福建師範大學文學院百年學術論叢　第五輯

從民間到經典

——關羽形象與關羽崇拜生成演變史論

劉海燕　著

本成果受「開明慈善基金會」資助

第五輯

總序

　　光陰似箭，歲月如流。從西元二〇一四年福建師範大學文學院與臺北萬卷樓圖書公司合作刊印「百年學術論叢」第一輯，至今已經走過了五個年頭，眼下論叢第五輯又將奉獻給學術界。

　　回顧已刊四輯，前兩輯的作者，大多數為德高望重的老先生；後兩輯，約有一半是中青年學者。由此，我們一方面看到老輩宿師攓袂引領的篤實風範，另一方面感受到年輕後學齊頭並進的強勁步武。再看第五輯，則幾乎全是清一色中青年英彥的論著。長江後浪推前浪，我們的學術梯隊已經明顯呈現出可持續發展的勢頭。

　　略覽本輯諸書，所沁發出的學術氣息，足以令人精神一振，耳目一新：陳穎《中國戰爭小說綜論》，宏觀與微觀交替，闡述中國戰爭小說發展史跡及文化意義，並比較評析海峽兩岸抗日小說創作；郭洪雷《小說修辭研究論稿》，綜括小說修辭研究史及中國小說修辭意識的發展現狀，力圖喚醒此中被遺忘的文學意識；黃科安《現代中國隨筆探賾》，梳理現代中國隨筆的發展歷程及其對中外隨筆傳統的傳承與創新，總結隨筆創作的經驗教訓；陳衛《聞一多詩學論》，以意象、幻象、情感、格律、技巧為核心，展開對聞一多詩學與詩歌的論述；林婷《出入之間——當代戲劇研究》，結合入乎其內、出乎其外兩種研究思路，為中國當代戲劇研究獻一家之言；黃鍵《京派文學批評研究（修訂版）》，考察中國現代文學史上「京派」的文學批評成就，發掘其對當代中國現代文藝批評的啟示性意義；李詮林《臺灣現代文學史稿》，從文本創譯用語的角度構建臺灣現代文學史，研究臺

灣現代文學進程中獨特的語言轉換現象；劉海燕《從民間到經典——關羽形象與關羽崇拜生成演變史論》，研究關羽崇拜及關羽形象塑造的宗教接受，深入闡釋關羽形象的文學生成與宗教生成；高偉光《神人共娛——西方宗教文化與西方文學的宗教言說》，以宗教派別之外的視角審視西方宗教文化內涵及其發展軌跡，用理智言說一部宗教文化；王進安《明代韻書《韻學集成》研究》，將《韻學集成》與相關韻書比較，探尋其間的傳承或改易情實，為明代早期韻書的研究添磚加瓦。凡此十種專著，無論是學術觀點之獨到，還是研究方法之新穎，均讓我們刮目相看。

　　讓我尤感欣喜的是，本論叢各輯的持續推出，不斷獲得兩岸學界、教育界的良好評價與真誠祝願。他們的讚許，是激發我們學術進步的一大鞭勵，也是兩岸學術交流互動的美贍見證。我堅磕不移地認為：在當今自由開放的學術環境中，兩岸文化溝通日趨融暢，我們的學術途程必將越走越寬闊久遠。

汪文頂

西元二〇一九年歲在己亥春日序於福州

目次

齊序

　　時間過得真快，好像劉海燕才剛剛入學，轉眼間竟然已經博士畢業了。劉海燕在江西師大讀碩士，師從王琦珍教授，主攻方向是明代詩文。王先生教導有方，要求嚴格，因此，她受到較好的科研訓練，特別是在文獻方面打下了比較堅實的基礎，為博士階段的學習創造了良好的條件。在博士階段她主要從事古代小說研究，她過去這方面接觸相對少些，這使我有一點擔心。但是，經過刻苦努力，對古代小說也有了較為深入的掌握。這樣，她的基礎相對來說，就比較寬厚一點，扎實一點。

　　關羽作為一個歷史人物，在歷史上並沒有什麼顯赫的地位，但是，他卻成為與「文聖」孔子並列的「武聖」，成為中國最受崇拜的神，其影響甚至遍及整個華人社會。這是一個非常值得研究的問題。正如有的專家指出的：「關羽形象與關羽崇拜的演變史，實際上可以視之為隋唐以降一部打開了的民眾心史，能窺探中國文化傳統中的人文精神。」劉海燕選擇這個題目做博士論文應該說是有意義的。這本書是在博士論文基礎上修改而成的。

　　劉海燕這本書的上編系統梳理了關羽形象與關羽崇拜的演變軌跡，考察了關羽形象符號化的過程，脈絡清晰，材料豐富翔實；下編全面探析了關羽形象與關羽崇拜的多種形態，考察了各種文本對關羽形象生成所產生的不同影響和作用。採用文學與社會、文學與宗教、文學與民俗等交叉研究的方法，對關羽形象作了文化闡釋，指出：「關羽形象的儒化與神化在明清兩代達到極致。作為一種表現社會道德力量的文化符號，關羽形象負載了多重的文化內涵。人們用不同文

化圈所提供的文化規範來界定關羽，或者說關羽形象兼容了不同文化圈的興趣和理念。」

　　如果說，劉海燕這本書在材料收集、梳理方面比較完備、比較系統的話，那麼，在理論闡述方面則相對薄弱。當然，理論闡釋，是「仁者見仁，智者見智」，可以有不同角度的觀察，有不斷深化的問題。

　　劉海燕在撰寫博士論文的過程中，還到解州等地進行了實地考察，對關羽崇拜現象有了更深切的體會；還得到劉世德、石昌渝、周強、陳翔華、沈伯俊、段寶林以及本系的幾位先生的指導；在博士論文答辯過程中，聽取了曹道衡、郭豫適、鄧紹基、張俊、張錦池、鍾振振諸先生的意見，這對她在原來論文的基礎上進一步修改、完善是十分重要和有益的。這本書如果說還有學術價值的話，與上面提到的幾位師友的幫助是分不開的。對於博士生的培養，我是主張採取開放的態度，讓他們「轉益多師」，吸取眾長；對人才，也應該搞「五湖四海」，不應以親疏，甚至以宗派來定取捨。正因為如此，在劉海燕留校工作之後，我們支持她去南開大學的博士後科研流動站工作，我想，在南開這所名校，在諸多名師的指導下，她一定會有更大的收穫。

　　劉海燕還很年輕，已經在學術道路上邁出了堅實的一步。現在我們國家，國泰民安，為青年人的成長提供了非常優越的條件。我相信，她今後只要方向正確，淡薄名利，扎實努力，一定會在學術上取得優異的成績，為祖國的學術事業作出自己的貢獻。

齊裕焜

二○○二年十二月二十八日

緒論

　　本書之所以選擇《從民間到經典──關羽形象與關羽崇拜生成演變史論》[1]作為題目，是意欲將關羽的形象塑造和宗教接受相結合，來考察各個歷史時期中的關羽形象和關羽崇拜，對關羽形象的文學生成與宗教生成作系統、深入的闡釋，挖掘關羽崇拜的內在特質。單一文學體裁（如小說、戲曲、民間傳說）中的關羽形象有學者做過深入研究，但完整、系統地梳理關羽形象的演變過程，揭示其中規律的研究目前尚未見到。關羽崇拜雖論述較多，但沒有人結合形象生成來進行考察。

　　誠然，本書的研究不能窮盡對關羽崇拜這一持續再生文化現象的考察與記述，只是盡可能的對各種文學（詩文、廟記、筆記、戲曲、小說）或泛文學體裁（史論、方志、地理書、宗教善書、廟碑楹聯）中所表現的關羽形象作歷史的、系統的考察。所以，本書不是單純的文學形象研究，或者文學流變研究，而是文學與社會、文學與宗教的交叉研究。本書力圖通過分析關羽形象的演變及關羽崇拜的發展來觀照文學與宗教的關係，包括在宗教文化背景中關羽形象的塑造，及其文學定型與象徵意象，也包括文學中關羽形象的典型化及其對關羽崇拜傳播的影響。

1　有關近年來關羽研究概況，請參考洪淑苓《關公「民間造型」之研究──以關公傳說為重心的考察》一書〈緒論〉部分的《民國以來關公研究概述》（1995）；李福清《關公傳說與《三國演義》》一書第一節〈關公傳說與關帝崇拜〉的〈關公研究概況〉，其書尾還附錄有〈關羽研究目錄：附關索目錄〉（1997）；蕭為、樂聞輯錄的〈關羽目錄〉，見盧曉衡編《關羽、關公和關聖──中國歷史文化中的關羽學術研討會論文集》（2002）。

　　本書對於關羽形象的演變研究，其旨趣與陳翔華先生《諸葛亮形象史研究》的方法有所趨同。研究一個歷史人物的形象演變史，陳先生的「四因子」說（一、歷史人物本身的事蹟材料；二、歷史上可資汲取的其他人物有關故事；三、前代傳說與創作的藝術沉積；四、創作者〔包括口頭傳說者、民間藝人與作家〕所處時代的要求，以及其本人的生活、思想與文化藝術素養）無疑是具科學性的研究方法。然而，與諸葛亮不同的是，關羽從三國走來，他的形象演變是與關羽信仰分不開的，因而對於不同歷史時期關羽的宗教接受也是本書討論的範圍。本書對於宗教的分析，基本上是立足於歷史的考察，但不是宗教教義的文本分析，也不同於人類學的田野研究，而是旨在探討一種與宗教、文學相關的社會現象，對其進行傳統文化的剖析與思考。本書主要從關羽形象的符號化、象徵化的角度，研究關羽崇拜的生成，探討中國傳統宗教中的造神過程。

　　面對關羽，我一直在考慮幾個問題，那就是，封建帝王，特別是明清兩代的帝王，怎麼會以堂堂九五之尊拜倒在中世紀一個戰將的神像之下？而對於廣大老百姓來說，用香燭供品，高高地供奉在神臺上的關羽神像究竟有什麼意義？對關羽崇拜現象來說，關羽形象無疑是一個最廣泛豐富的符號載體。基於這樣的一種想法，我的選題就立足於從關羽形象入手去探尋關羽崇拜的文化底蘊。

　　為了對關羽形象進行一個準確而又系統的考察，本書用一縱一橫兩條座標來定位關羽形象。本書的上編，是從時間發展的縱向角度考察關羽由歷史人物到文學形象，到宗教神靈的歷史過程。通過分析關羽形象的演變規律，挖掘其演變的時代因素和文化內涵，揭示中國文化傳統中獨特的人文精神。下編，是探討覆蓋社會各個階層的不同文學類型中的關羽形象的塑造，展現其絢爛多彩的藝術魅力，從中觀照中華民族造人造神的審美追求。結論部分是對關羽崇拜的文化闡釋。

　　上編「關羽形象與關羽崇拜的演變軌跡」是對關羽形象的歷史縱

深的梳理，是對關羽崇拜歷時性的介紹。分為三個階段：「從歷史到傳說」考證關羽的生平事蹟，以及時人與後人對他的評價，分析三國時期關羽形象的地域接受；考察關羽故事在三國至隋唐時期的流傳，並從關羽寺廟興建的傳說記載，結合道教興起，佛教本土化的宗教背景，構擬關羽宗教形象的最初形態。「故事勃興與文學定型」分析宋元兩代關羽形象塑造的多樣化。「元明之際：《三國志演義》與關羽形象的文學定型」主要分析小說《三國志演義》如何系統整合以前各種文藝形式對關羽的塑造，從而塑造出一個被普遍接受的關羽形象。「影響與傳播」考察清代至近代關羽形象的接受，關羽崇拜在域外與少數民族地區的傳播。

　　下編「關羽形象與關羽崇拜的多種形態探析」是以文體類型為綱，主要分析各種文學類型中的關羽形象。文體以雅、俗作為分類標準，然而在這兩類文體中，還有雅化和俗化的兩種傾向。例如，傳記中就有文學傳記和宗教傳記，而戲曲中也有宮廷大戲和民間祭儀劇的分化。在明清時期，特別是《三國志演義》小說出現後（所以本編的論述文本大致是明清時期的文本，當然在不同文體類型中，情況稍微不同，詩歌和碑記楹聯可能囊括了前代文本在內，俗文學文本基本上是《三國志演義》出現之後），關羽形象進入了各種雅俗文體，各種文體對關羽形象均有符合接受群體審美趣味的塑造。這樣，關羽形象中所包容的豐富內涵就非一般文學形象所能及了。本編主要在於揭示關羽形象最終作為一個大容量的文化載體推動關羽崇拜走向高峰的合力所在。

　　首先，關羽形象直接來源於史傳，陳壽《三國志》與裴松之注給後世提供了較大的文學虛構空間。除了歷史中的傳記外，此後的關羽傳記有文學傳記和宗教傳記兩種，記錄關羽生平事蹟的角度方式各異。歷代文人感懷、詠史的詩歌主要是對關羽的歷史評價與反思，抒發個人情感，也反映出士人階層對關羽信仰的接受心理和過程。

　　俗文學是關羽形象最為重要的生成載體。在「俗文學中的關羽形象論析」上部分主要分析《三國志演義》與關羽形象的塑造，分析情節的母題與敘事重構，小說對關羽形象忠義內涵的整合與提升，以及關羽的儒將品位與人神統一的英雄風采。在《三國志演義》之後，小說對於關羽的塑造基本上是往神魔形象的方向發展，明代末年的《關帝歷代顯聖志傳》展現的是關羽作為民間大神的形象。而《三國志玉璽傳》則融合了市井人情，基本上體現關羽形象在市民社會與下層民眾中間的流傳。

　　下部分主要考察戲曲中的關羽形象所具有的多種形態，大致分為兩個相反的發展方向，一是逐步深入民間，成為迎神賽社中祭祀的對象；一是被排演成宮廷大戲，成為官方接受的正神。民間傳說中的關羽形象物化色彩更加明顯，是關羽民間造型的重要表現。

　　第八章考察各種泛文學形態對於關羽形象的不同塑造。考察神仙譜系中關羽的地位以揭示關羽的宗教特性；宗教善書與寶卷中的關羽形象則是民間宗教對關羽的神性塑造。碑記楹聯主要作為寺廟文化來看待，從中也看出文人如何用儒家傳統來闡釋關羽信仰的文化內涵。

　　結論中考察關羽「紅臉、長髯、綠袍」等肖像特徵，關羽的刀、坐騎以及隨從的造型。這些特徵只有極少（如「長髯」）是歷史真實，大多數是後人塑造出來的。關羽造型中呈現出的這些符號化特徵，反映出民眾的接受心理。關羽個性特徵抽象化後，在不同社會階層有不同的接受與改造，這就是文化機制作用的結果。對關羽的「忠義勇」精神透視的視點與主體（民眾的、文人的、統治者的）不同，折射出不同的文化內涵。而關羽悲劇式英雄形象也為不同層次的人所接受，關羽成為中國社會具有廣泛影響力的信仰神，與其形象的普遍接受相關，也與儒道釋等多種宗教對於關羽神格的滲透與融合分不開。結論部分從中國傳統宗教的造神規律分析關羽崇拜形成的必然發展過程。從長期服從於封建皇權的民眾所形成的集體無意識的信仰理

念、在皇權統治與儒家思想控制下的造神運動以及俗文學發展歷程中關羽形象的典型性來揭示關羽崇拜的合規律性。

　　本書主要考察關羽由歷史人物到文學形象，到宗教神靈的歷史過程，關羽形象的演變軌跡是中國古代許多歷史人物形象演變軌跡中具有代表性的一種。通過分析形象演變的規律，揭示中國文化傳統中的人文精神，並挖掘其演變的深層文化底蘊。關羽形象演變的過程同時也是關羽崇拜形成、發展的過程。關羽崇拜的廣泛影響，使關羽形象在宗教領域逐步象徵化、符號化，成為社會意識形態中的固定意象。在儒、道、佛三教對關羽的塑造中，忠、義、禮、智、信等一些中國傳統文化的精神意蘊也固化在關羽形象當中，使關羽不僅成為這些文化精神的代表性人物，而且也被賦予超自然的神性特徵，並通過這種神靈形象在信徒心中產生神聖、畏懼等情感對人進行道德約束，關羽的宗教形象也在信徒的週期性頂禮膜拜中得到固定。

上編
關羽形象與關羽崇拜的演變軌跡

這是中國古代文化中一個神奇的造神傳說。關羽形象隨著三國歷史走進中國社會，他的故事也已經在廣袤的中華大地上流傳了將近兩千年。在中國封建社會改朝換代的進程中，在中國古代文化思想的蕩滌中，他逐漸蛻去了特定歷史氛圍的表徵，注入了傳統文化精神，再披上一些宗教神職的華袞，從而成為中國社會一種文化象徵。從歷史縱深的角度考察關羽形象，我們可以看清楚這個歷史人物從人到神的演變軌跡，也可以此觀照關羽形象在中國社會中的影響。

第一章
從三國到隋唐時期：
關羽形象與關羽崇拜的早期形態

　　如果以時代來劃分，關羽形象演變的第一個階段是三國到隋唐時期。這一時期，關羽作為三國歷史人物開始演變為傳說中的人物。在此，將主要考證關羽的生平事蹟以及時人與後人對他的評價，分析關羽形象的地域接受；考察關羽故事自三國至隋唐時期的流傳。並通過關羽寺廟興建傳說的記載，結合佛教本土化的宗教背景，構擬關羽宗教形象的最初形態。

第一節　關羽生平：一個中古戰將的真實人生

　　陳壽的《三國志》〈關羽傳〉[1]對於關羽的早期生活語焉不詳：「關羽，字雲長，本字長生，河東解人也。亡命奔涿郡」。「亡命」二字概括寫出這位帶有血性和果敢性格的戰將的青年時代。在諸將傳記中有「亡命」經歷的還有臧霸。據《三國志》〈臧霸傳〉[2]載，臧霸之父戒「為縣獄掾，據法不聽太守，欲所私殺。太守大怒，令收戒詣府，……霸年十八，將客數十人徑于費西山中要奪之，送者莫敢動，因與父俱亡命東海。」由此看來，豪傑志士「亡命」多與官府腐敗及戰亂相關[3]，參照三國時期王符《潛夫論》所記述，可概見一二。文中論吏治腐敗：「今者，刺史守相，率多怠慢，違背法律，廢忽詔

1　陳壽：《三國志》〈蜀書〉（北京市：中華書局，1982年），卷36，頁939。
2　《三國志》〈魏書〉卷18，頁537。
3　《三國志》〈魏書〉卷28〈王淩傳〉，頁757，王淩「亡命」則為戰亂。

令，專情務利，不恤公事。細民怨結，無所控告。下士邊遠，能詣闕者，萬無數人，其得省治，不能百一。」論戰亂苦痛：「前羌始叛……及百姓暴被殃禍，亡失財貨，人哀奮怒，各欲報仇。」除了百姓人身與財產安全受到叛亂的威脅外，朝廷將帥的懦弱無能也令人心寒而怨聲載道：「而將帥皆怯劣軟弱，不敢討擊，但坐調文書，以欺朝廷。……要取便身利己，而非獨憂國之大計，哀民之死亡也。」[4]尤其東漢桓、靈之世，王教日敗，兵燹不斷，民不堪命，展現出一派王綱解紐的末世氣象。關羽的家鄉所在地河東是司隸直屬管轄區。靈帝末年，也遭到黃巾黨「白波賊」的襲擊：「初，靈帝末，黃巾餘黨郭太等復起西河白波谷，轉寇太原，遂破河東，百姓流轉三輔，號為『白波賊』，眾十餘萬。」[5]這些流寇還與外寇相勾結：「中平（184-189）中，發匈奴兵，于夫羅率以助漢，……因天下擾亂，與西河白波賊合，破太原、河內，抄略諸郡為寇。」[6]關羽所在的解縣必然會波及。

　　至於關羽早期生活究竟如何，為何「亡命」，現在很難確知。而此後的戎馬生涯卻成為他一生最為輝煌壯麗的篇章。下面依據史料將其征戰生涯分三個階段：

一　從討黃巾到往投劉表（184-200）

　　這一時期對於整個劉備集團來說，經歷了抗擊黃巾，討誅宦豎，建立軍功；由官職低微、依附他人到轉戰江南，漸成勢力的過程。

　　在東漢靈帝末年征討黃巾起義的戰爭中，有一大批武將從行伍中

4　轉引自安作璋編：《秦漢農民戰爭史料彙編》（北京市：中華書局，1982年），頁294-295。

5　《後漢書》卷72〈董卓傳〉。

6　《三國志》〈魏書〉卷1〈武帝紀〉，注引〈魏書〉，頁9。

被提拔出來，關羽也是其中的一個。靈帝末年，黃巾軍反，劉備在涿郡集合徒眾，關羽、張飛以壯烈為禦侮，劉、關、張三人從此結緣。關、張雖與劉備「寢則同床，恩若兄弟」，但仍是從將的身分：「稠人廣坐，侍立終日。」在劉備事業草創時期，關張二人「隨先主周旋，不避艱險。」[7]而其時，劉備的狀況並不如意：

中平元年（184），劉備率關、張等人跟從校尉鄒靖討伐黃巾有功，除安喜尉。因鞭督郵而委官亡命。

中平六年（189），劉備與都尉毋丘毅詣丹陽募兵，在下邳與黃巾作戰有功，除為下密（今山東省昌邑縣東）丞。復去官。後為高唐尉，遷為令。

中平六年與初平元年之間（189-190），劉備因任職之地高唐為賊所破，往奔中郎將公孫瓚，瓚表為別部司馬。

此後，劉備參與了討伐董卓之戰，並在諸侯的吞併戰爭中逐漸擴充勢力：在初平二年（191）至初平四年（193），公孫瓚與袁紹之戰中，劉備數有戰功，領平原相，以關羽、張飛為別部司馬，分別統領部曲。在興平元年（194）曹操征陶謙之戰中，劉備援救陶謙，陶謙表其為豫州刺史，屯小沛。不久，陶謙病故，劉備領徐州牧。至此，劉備才小有立足之地，而徐州也成為諸侯爭奪的對象。建安元年（196）到建安三年（198）中，袁術曾來爭奪徐州，呂布也數次攻劉備。建安元年（196）六月，呂布曾趁劉備與袁術相持之時攻取下邳。劉備求和後，派關羽鎮守下邳。此後雙方再次衝突，劉備敗，投奔曹操。曹操東征，生擒呂布，並表劉備為左將軍，關羽、張飛為左中郎將。後劉備參與「衣帶詔」事件，事發。劉備借邀擊袁術的機會，殺徐州刺史車冑，叛操，重占徐州，「留關羽守下邳，行太守事，而身還小沛」[8]。曹操擊之，劉備走歸袁紹，隨後又往投荊州劉表。

7　《三國志》〈蜀書〉卷36〈關羽傳〉，頁939。

8　《三國志》〈蜀書〉卷32〈先主傳〉，頁875。

　　建安五年（200）春正月，董承等人「奉旨誅曹」，反被曹操殺害。曹東征劉備，劉備戰敗，關羽當時駐守下邳，關羽及劉備妻小都被曹操俘獲，至於許昌，曹操拜關羽為偏將軍，禮之甚厚。夏四月，關羽於白馬斬顏良。「刺良於萬眾之中」，首次顯露關羽超人的膽量和過人的武藝，曹操因此表關羽為漢壽亭侯。關羽以劉備厚恩而不為曹操的利祿所動，報效曹操後，盡封其所賜，拜書告辭。此時，「紹遣先主將兵與辟等略許下」[9]，關羽奔先主於袁軍。建安六年（201），曹操自擊劉備於汝南，關羽從先主歸劉表。劉表使劉備屯新野[10]。

二　赤壁之戰前後（201-210）

　　這一時期，劉備集團得到諸葛亮等謀臣相助，是事業發展時期。不僅於新野之戰，以微弱的力量逃脫了曹操的追擊，而且與東吳聯盟，在赤壁鏖戰中，成功地阻擊了曹操大軍的南下，形成三國鼎立之大勢。赤壁之戰，是以東吳作為主力，蜀將（除諸葛亮外）在這一戰爭中主要起輔助支援作用。而關羽在此前後的戰功，確立了他在劉備集團「股肱之臣」的地位。

　　建安十三年（208），秋七月，曹操南征劉表。八月，表卒，其子琮代，屯襄陽，劉備屯樊。九月，曹操到新野，「操以江陵有軍實，恐劉備據之，乃釋輜重，輕軍到襄陽。」[11]劉備的對策是「自樊將南渡江，別遣羽乘船數百艘會江陵。」關羽擔當了指揮水軍南下阻擊曹軍，同時接應劉備陸軍的重任。

　　劉備本來沒有水軍，然而他依附劉表後，深得荊州民心。特別是劉表去世，劉琮束手投曹之後，荊州水軍多歸劉備。關羽所率領的這

9　《三國志》〈蜀書〉卷32〈先主傳〉，頁876。
10　縣名，屬南陽郡，今河南省新野縣南。
11　《資治通鑑》卷65，頁2084。

支水軍,「乃是在收編劉表、劉琮襄陽水軍、降將降卒基礎上建立起來的。」[12]關羽水軍在南下的過程中定然遭到曹操部屬軍隊的打擊。據載,曹公「聞先主已過(襄陽),曹公將精騎五千急追之,一日一夜行三百餘里,及于當陽之長坂。」[13]當時追擊劉備於長坂的將領有曹純和文聘[14],而曹操精騎五千之外的兵力則被關羽牽制。關羽先與樂進戰於襄陽[15],《三國志》〈樂進傳〉載:「(樂進)後從平荊州,留屯襄陽,擊關羽、蘇非等,皆走之,……又討劉備臨沮長杜普、旌陽長梁大,皆大破之。」[16]從記載上看,關羽用的是且戰且走的戰略,牽制對方,掩護陸軍主力。後來在力不鈞敵的情況下退走,至於漢津。這時陸路受到重挫的劉備與諸葛亮、張飛、趙雲等數十騎也「斜趨漢津,適與羽船會」。在漢津又與徐晃、滿寵遭遇。《三國志》〈徐晃傳〉云:「(徐晃)從征荊州,別屯樊,討中廬、臨沮、宜城賊。又與滿寵討關羽於漢津,……」[17]結果,劉備諸軍「得濟沔,遇表長子江夏太守琦眾萬餘人,與俱到夏口」[18]。可見,戰役以關羽勝利而告終,關羽所領導的水軍出色地完成了阻擊敵人的任務。

　　建安十三年十一月,孫、劉聯盟在赤壁與曹操會戰,大破曹軍。這就是有名的「赤壁之戰」。據《江表傳》記載,劉備曾與周瑜會談,問及軍備,擔心不能攻破曹軍,「故差池在後,將二千人與羽、飛俱,未肯繫瑜,蓋為進退之計也」[19]。由此看來,劉、關、張應該

---

12 參見魏殿文:〈關羽水軍南下考略〉,《遼寧大學學報》1996年第4期。

13 《三國志》〈蜀書〉卷32〈先主傳〉,頁878。

14 《三國志》〈魏書〉卷18〈文聘傳〉:「授聘兵,使與曹純追討劉備於長坂。」頁539。

15 這裡與樂進襄陽之戰,還有一種可能性,就是赤壁戰後,「曹公遂北還,留曹仁、徐晃於江陵,使樂進守襄陽。」關羽可能在此時與樂進發生戰爭,不過,如果樂進是斷後的話,可能不會主動「討劉備」諸部屬。姑在此備註存一說。

16 《三國志》〈魏書〉卷17〈樂進傳〉,頁521。

17 《三國志》〈魏書〉卷17〈徐晃傳〉,頁528。

18 《三國志》〈蜀書〉卷32〈先主傳〉,頁878。

19 《三國志》〈蜀書〉卷32〈先主傳〉,頁879。

也參與了赤壁之戰，只不過未受周瑜統一調遣。而曹操戰敗後，劉備則在追擊曹軍中得到了江南諸郡，小有立足之地。戰後，曹軍是有計劃、有步驟地節節撤退。據《三國志》〈于禁傳〉載：「是時，禁與張遼、樂進、張郃、徐晃俱為名將，太祖每征伐，咸遞行為軍鋒，還為後拒。」赤壁戰後，曹操也是這樣佈局的。「操乃留征南將軍曹仁、橫野將軍徐晃守江陵，折衝將軍樂進守襄陽，引軍北還。」[20]而戰後，劉備、周瑜率兵追曹至於南郡[21]，關羽被遣斷絕曹操北退道路，「劉備與周瑜圍曹仁於江陵，別遣關羽絕北道」[22]。關羽曾與曹將李通正面交戰：「通率眾擊之，下馬拔鹿角入圍，且戰且前，以迎仁軍」，但是與曹操遭遇的可能性不大。

　　曹操退回北方後，「先主收江南諸郡，乃封拜元勳，以羽為襄陽太守、蕩寇將軍，駐江北。」[23]至此，關羽的軍事才能和在蜀漢集團的將帥地位已經確立。

三　固守荊州時期。劉備進據漢中，並稱「漢中王」

　　關羽固守荊州，由於勇猛而得以「威震華夏」，又因為驕矜自傲而最終失去荊州重地，並失去自己與兒子關平的生命。

　　據《獻帝春秋》記載：建安十五年（210），孫權曾打算聯合劉備一起奪取蜀地。劉備有心獨自收蜀，託名「新據諸郡，未可興動」，沒有答應。而且，「使關羽屯江陵，張飛屯秭歸，諸葛亮據南郡，備自住孱陵」[24]。建安十六年（211），益州牧劉璋請劉備入蜀以防禦曹

20　《資治通鑑》，頁2093。

21　《三國志》〈吳書〉卷47〈孫權吳主傳〉，頁1118。

22　《三國志》〈魏書〉卷18《李通傳》，頁535。

23　《三國志》〈蜀書〉卷36〈關羽傳〉，頁940。

24　《三國志》〈蜀書〉卷32〈先主傳〉，頁880。

操，關羽、諸葛亮等據守荊州。

建安十七年（212）曹操征孫權，關羽與樂進、文聘戰於青泥、尋口，「（文聘）與樂進討關羽於尋口，有功，……又攻羽重輜於漢津，燒其船于荊城。」[25]關羽此次戰事失利，引起深入益州的劉備的擔憂。先主遣使告璋曰：「曹公征吳，吳憂危急。孫氏與孤本為唇齒，又樂進在青泥與關羽相拒，今不往救羽，進必大克，轉侵周界，其憂有甚于魯。魯自守之賊，不足慮也。」[26]

建安十八年（213）諸葛亮入蜀，關羽留鎮荊州。建安十九年（214）關羽與孫權爭荊州。

《三國志》〈吳書〉卷四十七〈吳主傳〉：「是歲劉備定蜀。權以備已得益州，令諸葛瑾從求荊州諸郡。備不許，……（孫權）遂置南三郡長吏，關羽盡逐之。權大怒，乃遣呂蒙督鮮于丹、徐忠、孫規等兵二萬取長沙、零陵、桂陽三郡，使魯肅以萬人屯巴丘以禦關羽。權住陸口，為諸軍節度。蒙到，二郡皆服，惟零陵太守郝普未下，會備到公安，使關羽將三萬兵至益陽，權乃召蒙等始還助肅。」[27]

建安二十年（215）夏五月，劉備、孫權分荊州，備使關羽守江陵，權使魯肅屯陸口。

建安二十二年（217），耿紀、韋晃、吉本等人謀反，挾天子以攻曹魏，南引關羽為援，後失敗。而陸渾孫狼、南陽侯音等民苦於重役而反曹魏，南附關羽，或與關羽連和，於是「自許以南，往往遙應羽，羽威震華夏」。建安二十四年（219）正月，曹仁、龐德共攻拔宛，斬侯音、衛開，遂南屯樊，討關羽。據宋代洪適《隸釋》卷十九〈魏橫海將軍呂君碑〉載：「……關羽猖獗為寇，蕩搖邊鄙，虜劉[28]民

25　《三國志》〈魏書〉卷18〈文聘傳〉，頁539。

26　《三國志》〈蜀書〉卷32〈先主傳〉，頁881。

27　《三國志》〈吳書〉卷47〈吳主傳〉，頁1119。

28　劫掠、殺害之意。

人，而洪水波溢，氾沒樊城。平源十刃外潰潛通。猛將驍騎載沉載浮，於是不逞作慝，群凶鼎沸，或保城而叛，或率眾負旌自即敵門，中人以下並生異心。……」這位橫海將軍呂君不見史載，從碑記上看，可能是戍守魏邊鄙的將領。而當時參與襄樊之戰的呂姓將軍有數人，如《三國志》〈徐晃傳〉載：「羽圍仁于樊，又圍將軍呂常于襄陽……太祖復還，遣將軍徐商、呂建等詣晃。」最大的可能就是這位呂常。當時關羽在民眾部伍中的影響也由此可知。

　　建安二十四年（219）秋七月，劉備為漢中王，拜關羽前將軍，假節鉞。八月，關羽取襄陽，圍曹仁于樊，殺龐德，水淹于禁七軍。冬十月，孫權與魏軍聯合，徐晃破之，關羽敗走。十二月，走麥城，潘璋、朱然斷羽走道，擒關羽和關平於章鄉（臨沮縣之章鄉南，潘璋擒關羽於此）「二十五年（220）春正月，至洛陽。權擊斬羽，傳其首。」[29]

　　《魏書》對於徐晃與關羽之戰有詳細記載：「賊屯偃城，晃到，詭道作都塹，示欲截其後，賊燒屯走。賊圍頭有屯，又別屯四冢。晃揚聲當攻圍頭屯，而密攻四冢。羽見四冢欲壞，自將步騎五千出戰。晃擊之，退走。遂追陷，與俱入圍，破之，或自投沔水死。」[30]為此，曹操對徐晃大力嘉獎，並在徐晃還軍摩陂時，迎徐晃於七里之外。當時，鍾繇曾作〈賀克捷表〉：「臣繇言：戎路兼行，履險冒寒。臣以無任，不獲扈從。企仰懸情，無有寧舍。即日長史逯充宣示令，命知征南將軍運田單之奇，屬憤怒之眾，與徐晃同勢，並力撲討。表裡俱進，應期克捷，鹹滅凶賊。逆帥關羽，已被矢刃。傅方反復，胡修背恩[31]。

29　《三國志》〈魏書〉卷1〈武帝紀〉，頁53。

30　《三國志》〈魏書〉卷17〈徐晃傳〉，頁529。

31　傅方、胡修為曹軍將領。《晉書》卷1〈紀〉載：「帝（司馬懿）又言荊州刺史胡修粗暴，南鄉太守傅方驕奢，並不可居也。魏武不之察，及蜀將關羽圍曹仁于樊，于禁等七軍皆沒，修、方果降羽，而仁圍甚急焉。……」（頁3）

天道禍淫，不終厥命。奉聞嘉憙，喜不自勝。望路截笑，踴躍逸豫。
臣不勝欣慶，謹拜表因便宜上聞。臣繇誠惶誠恐，頓首頓首，死罪死
罪。建安廿四年閏月九日南蕃東武亭侯臣繇上。」[32]曹魏集團克捷制
勝的欣喜也表露無疑。而所謂「逆帥關羽，已被矢刃」，並不是關羽
陣亡，大概當時關羽可能身中箭傷，而關羽刮骨療毒的故事被記錄史
冊，未能確定為何時，也許正是在此時。

　　另外，吳國也將荊州之戰的勝利載於雅樂[33]。吳韋昭作《吳鼓吹
曲》十二篇，其中第七為〈關背德〉：「關背德，作鴟張。割我邑城，
圖不祥。稱兵北伐，圍樊、襄陽。嗟臂大於股，將受其殃。巍夫吳聖
主[34]，睿德與玄通。與玄通，親任呂蒙。泛舟洪範地，溯涉長江。神
武一何桓桓，聲烈正與風翔！歷撫江安城，大據郢邦。虜羽授首，百
蠻咸來同。盛哉三五比隆！」解釋道：「曲辭描寫蜀將關羽背棄吳
德，心懷不軌，大皇帝引師浮江而禽之也。」關羽代表蜀漢集團的利
益，與東吳爭三郡，自然也無可厚非。而其以惡詞拒絕東吳結親，在
擒于禁後，「人馬數萬，託以糧乏，擅取湘關米」[35]，並對其發出「如
使樊城拔，吾不能滅汝邪」[36]的警告，這些舉動必然對孫劉聯盟產生
破壞性影響。關羽的野心和自大，荊州作為軍家必爭之地的戰略地
位，都使得東吳自身做出背盟的舉動。

　　荊州之戰，吳魏兩國自然拍手稱快，而蜀國內部對此也有所評
價。廖立認為：「昔先主不取漢中，走與吳人爭南三郡，卒以三郡與

32　此文嚴可均收入《全上古三代秦漢三國六朝文》〈全三國文〉卷24，頁1184，注引自
　　〈絳帖〉，選自《昭和法帖大系》，為玉煙堂本，大概由宋人法帖中輯得，但缺「關
　　羽」兩字，可能與關羽後來封神有關。《昭和法帖大系》是日本昭和十六年史邑鑒
　　所輯。

33　楊晨：《三國會要》卷14〈樂〉，頁274。

34　《樂府詩集》據〈古樂府〉為「巍巍夫聖主」。

35　《三國志》〈吳書〉卷54〈呂蒙傳〉，頁1278。

36　《三國志》〈蜀書〉卷36〈關羽傳〉注引《典略》，頁942。

吳人，徒勞役吏士，無益而還。……後至漢中，使關侯身死無孑遺，上庸覆敗，徒失一方。是羽怙恃勇名，作軍無法，直以意突耳，故前後數喪師眾也。」[37]當時，南郡、公安之麋芳、傅士仁降於東吳；上庸之劉封、孟達不發兵援救關羽，使得關羽陷入孤立無援的局面。這也是關羽平時對士大夫驕矜自傲的結果。而呂蒙、陸遜之計襲荊州，便是關羽初戰告捷後，「意驕志逸，但務北進」[38]而輕視陸遜，忽視後方守備的戰略失誤。廖立自以為才名不亞於諸葛亮而發此狂言評論蜀政，並因此廢為庶民，遷徙於山中。客觀地說，荊州之失是蜀漢集團總體決策的失誤和關羽個人性格缺點的激發等諸內在因素，與吳魏各國勢力相爭的外在因素綜合而造成的後果。

關羽的驕傲還表現在他與馬超、黃忠比論軍功上[39]。作為一個歷史人物，關羽身上，有義、有勇，也有一些性格缺點，並不是一個完人。

景耀三年（260）秋九月，關羽被追諡為壯繆侯，同時追諡的有故將軍張飛、馬超、龐統、黃忠。

第二節　史傳：片段人生的聯綴

自從司馬遷《史記》開創了紀傳體史書的創作以來，中國歷史中寫人的傳統長演不衰。《史記》中單篇傳記的結構一般都是開頭介紹

---

37 《三國志》〈蜀書〉卷40〈廖立傳〉，頁997。

38 《三國志》〈吳書〉卷58〈陸遜傳〉，頁1344。

39 《三國志》〈蜀書〉〈關張馬黃趙傳〉，頁940：「羽聞馬超來降，舊非故人，羽書與諸葛亮，問超人才可誰比類。亮知羽護前，乃答之曰：『孟起兼資文武，雄烈過人，一世之傑，黥、彭之徒，當與益德並驅爭先，猶未及髯之絕倫逸群也。』羽美須髯，故亮稱之髯。羽省書大悅，以示賓客。」《三國志》〈蜀書〉〈霍王向張楊費傳〉，頁1015：「先主為漢中王，遣（費）詩拜關羽為前將軍，羽聞黃忠為後將軍，羽怒曰：『大丈夫終不與老兵同列！』不肯受拜……」。

主人公的姓字籍貫，然後敘述其生平事蹟，最後講到人物的死以及死後的家族興衰，作品後還有一段作者的評論。後來的史學家便沿用這種體例為歷史人物作傳。關羽的生平事蹟，最初是以史傳的形式記載並流傳的。中國傳統的史學觀要求史學家以客觀事實為依據秉筆直書，以質樸無華的筆調進行史書創作，反映歷史面貌。所以史傳中的關羽形象是其最原始的形態。

關羽傳最早見於西晉陳壽《三國志》〈蜀志〉，其後劉宋時期的裴松之為其作注，補充了一些當時流傳的野史中的史事傳說。陳壽的〈關羽傳〉非常簡略，不僅個人資料（如生年、家世等）交代不明，而且所選取的只是關羽一生中的幾個片段。這與關羽生逢亂世，材料搜集不齊，而且其出身平民，無法深入查考有關。其實關羽的生平故事在《三國志》的其他各傳中還零散可見，但作者沒有都寫入本傳中。這一方面是避免重複，另一方面也可看出作者對材料的取捨。

首先，作者在編纂歷史時，精簡了一些材料，並將部分材料以中心位置加以突出，其他材料則排擠到邊緣的地位。很顯然，劉、關、張的情同手足作為關羽的重要社會關係在傳首就表現出來。接著，從敘事的比重看，關羽在曹營，和關羽威震華夏以及其死的過程都被作為傳記的主要組成部分，體現在敘事篇幅的加長，對於人物關係、矛盾衝突的充分展開等方面，是作為關羽人生中兩個重要階段來表現的。此外，傳記中還有兩段類似人生花絮的故事性描寫，即與馬超比武事和刮骨療毒事，是點狀敘事。剩下的是關羽跟隨劉備的征戰活動。作者對於史實的安排自然也體現出他對關羽的評價。陳壽是將關羽和張飛放在一起評論的：「關羽善待卒伍而驕于士大夫，飛愛敬君子而不恤小人。」「關羽、張飛皆稱萬人之敵，為世虎臣。羽報效曹公，飛義釋嚴顏，並有國士之風。然羽剛而自矜，飛暴而無恩，以短取

敗，理數之常也。」[40]

　　五虎大將的合傳中，關羽列為首傳。他的事蹟足以表明「萬人之敵」的虎臣形象。作者旌揚關羽「報效曹公」的「國士之風」，同時，又從關羽「剛而自矜」、「以短取敗」的結局中有所訓誡。這就是作者透過歷史材料所發現的也是他讓後人從傳記中得到的。「R．G．柯林伍德認為，一個歷史學家首先是一個講故事者。……當歷史學家成功地發現歷史事實中隱含的故事時，他們便為歷史事實提供了可行的解釋。」[41]儘管從對史傳的剖析和解構中看出史學家對史實的一種主觀意識的滲透，我們卻並不能因此懷疑史學家對歷史客觀的真誠實錄。而且，在史傳中留下的大量虛構空間是不容忽視的。《關羽傳》中確切的時間只出現兩處，一是「建安五年」曹操東征，擒羽以歸，一次是「（建安）二十四年」關羽水淹七軍，敗走麥城。大部分事情的先後關係是從語言敘述本身的線性順序表現出來的。此外，作者以「初」、「嘗」、「先是」等詞語表示對事情的插敘或補敘，打破了單一的線性時間維度，也給讀者留下不確定的時空信息，為後人對歷史的真實提出多種解釋打下基礎。

　　在《三國志》〈關羽傳〉之後，常璩的《華陽國志》卷六〈劉先主志〉中有大段對於關羽的介紹，雖然不是關羽的傳記，但因為它年代較早，我們將其作為史傳來分析。〈劉先主志〉中的關羽事蹟基本上是從《三國志》本傳而來，其中，作者將幾則裴注也穿插入正文中，成為一段頗有意味的關羽經歷：

> （曹公東征擒羽後）初，羽隨先主從公圍呂布于濮陽。時秦宜祿為布求救于張楊，羽啟公：「妻無子，下城，乞納宜祿

40　《三國志》〈蜀書〉卷36〈關羽傳〉。

41　〔美〕海頓・懷特，張京媛主編：〈作為文學虛構的歷史本文〉，選自《新歷史主義與文學批評》（北京市：北京大學出版社，1993年）。

妻。」公許之。及至城門，復白。公疑其有色，自納之。後先
主與公獵，羽欲於獵中殺公。先主為天下惜，不聽。故羽常懷
懼。公察其神不安，使將軍張遼以請問之。……[42]

　　這裡描寫秦宜祿妻關羽屢求不得，被曹操自納。關羽在獵中欲殺
曹操不成，為曹操所獲後，在曹營心懷恐懼，以致後來辭曹的過程。
作者不僅將史實串聯起來，而且似乎將一部分事件作為原因，其他事
件作為結果來安排。於是關羽的這段經歷便可聯綴成為：關羽與曹操
爭美色不成，欲在打獵時殺操（泄私仇，被劉備為國家惜勸阻）。後
來為曹操擒獲，在曹營時心中（為舊怨）不安懷懼，最終辭曹歸劉。
這樣，關羽的形象與後來的忠義形象相差很遠。另外，〈劉先主志〉
中，將《蜀志》〈費詩傳〉中關羽恥與黃忠同列的事加入，關羽驕矜
自傲的性格更為突出。雖然，《華陽國志》的〈劉先主志〉並不是以
關羽為主要對象，但對關羽史事做這樣的聯綴卻是後來史傳中絕無僅
有的。由於常璩距離三國時期尚近，他的記敘有一定的可信度。

---

42 常璩著，劉琳校注：《華陽國志校注》（成都市：巴蜀書社，1984年），頁515。按：
　　此段中「乞納秦宜祿妻」事和「獵中殺操」事，陳壽本傳所無。前者見《三國志》
　　〈蜀書〉〈關張馬黃趙傳〉裴松之注引《蜀記》：「曹公與劉備圍呂布於下邳，關羽啟
　　公，布使秦宜祿行求救，乞娶其妻，公許之。臨破，又屢啟於公。公疑其又異色，
　　先遣迎看，因自留之，羽心不自安。此與《魏氏春秋》所說無異也。」（頁939）
　　另：《三國志》〈魏書〉〈明帝紀第三〉裴松之注引〈獻帝傳〉：「（秦）朗父名宜祿，
　　為呂布使詣袁術，術妻以漢宗室女。其前妻杜氏留下邳。布之被圍，關羽屢請于太
　　祖，求以杜氏為妻，太祖疑其有色，及城陷，太祖見之，及自納之。宜祿歸降，以
　　為銍長。及劉備走小沛，張飛隨之，過謂宜祿曰：『人取汝妻，而為之長，乃蚩蚩
　　若是邪！隨我去乎？』宜祿從之數里，悔欲還，飛殺之。郎隨母氏畜于公宮，太祖
　　甚愛之，每坐席，謂賓客曰：『世有人愛假子如孤者乎？』」（頁100）依據史料，關
　　羽求秦宜祿妻子可能是在曹操擊破（194），當時，關羽與劉備在徐州。後者見《三
　　國志》〈蜀書〉〈關張馬黃趙傳〉裴松之注引《蜀記》：「初，劉備在許，與曹公共
　　獵。獵中，眾散，羽勸備殺公，備不從。及在夏口，飄搖江渚，羽怒曰：『往日獵
　　中，若從羽言，可無今日之困。』備曰：『是時亦為國家惜之耳；若天道輔正，安
　　知此不為福邪！』」（頁940）

〈關羽傳〉的裴松之注[43]多數是裴松之從不同的史籍中搜集的材料。其中，《蜀記》引用六次，數量最多；還有《典略》一則，《江表傳》一則，《傅子》一則，《吳曆》一則，《魏書》一則。這些故事基本上是關羽言論行為以及與關羽有關的史實，有大致時間範圍的——如，乞納秦宜祿妻事發生在曹操與劉備圍呂布於下邳時——被注者插入史傳中，與正文相互映照，沒有時間性的則放置在傳尾。

　　裴注補充了一些關羽的事蹟，但它們大多數並不是陳壽對關羽評論的補充。與陳壽正文相比，裴注更體現出一種民間敘事的特徵。其中有豬齧關羽足等頗有神話色彩的預兆，有關羽與徐晃對陣的戲劇性對話，以及關氏滅族的結局等等，這些故事沒有非常統一的指向性，並未經過注者太多的加工。而裴松之的幾則個人評論也是就事而論，如對曹操不追關羽的稱揚，對劉備許田不殺曹操是為「國家惜之」的反駁，對蜀吳關係以及孫權斬殺關羽的推斷，都是針對所引用的故事進行辯證。關羽的軍功以裴松之評論最為精當：「關羽揚兵沔、漢，志陵上國，雖匡主定霸，功未可必，要為威聲遠震，有其經略。」[44]這些裴注的添加使得史傳中關羽形象具有與陳壽著述的有關意象分裂的傾向。

　　陳壽等史學家可能並未意識到，他們所作的是對歷史事實進行「變形」，其手法主要是以因果關係銜接各種故事，或以不同的角度去理解歷史材料。目的都是為了去揭示事件的「真實」或「潛在」意義，這種意義卻帶有不同意識形態參照系中的不同指向。

43　裴松之在他的〈進書表〉中提到自己作注的幾條體例原則：一、壽所不載，事宜存錄者，則罔不畢取以補其缺；二、同說一事而辭有乖離，或出事本異疑不能判，並皆抄納已被異聞；三、疵繆顯然，言不附理，則隨違矯正以懲其妄；四、時事當否及壽之小失，頗以愚意有所論辨。（轉引自中華書局本《三國志》出版說明）
44　《三國志》〈吳書〉卷52〈諸葛瑾傳〉裴松之注，頁1233。

第三節　魏晉南北朝時期關羽事蹟的傳播

　　魏晉南北朝，是中國歷史上又一動盪分裂時期。其分裂不像春秋戰國帶有濃厚的百家思想爭鳴的人文色彩，也不像三國有著在漢朝大一統背景下由分裂復歸正統的理想。這一時期，體現的是漢族的喑弱，胡族的驃悍，百姓的疾苦暴動。整個版圖在鐵騎的踐踏下變得支離破碎。儘管當時玄言清談之風使得士人萎靡不振，在士卒民眾和一些文人憤慨於家國離散，日暮途窮之時，尚武行俠之民族精神也油然生起。繼曹植「捐軀赴國難，視死忽如歸」的對「幽並游俠兒」的悲情讚頌之後，一些文人繼續謳歌這種大無畏的俠義英雄精神：「寧為殤國鬼，義不入圜牆。生從命子游，死聞俠骨香。身沒心不懲，勇氣加四方」[45]。在歌頌俠骨勇氣的同時，號召人們在風雲震盪的社會環境中建立功名：「震響駭八方，奮威曜四戎。濯鱗滄海畔，馳騁大漠中。獨步聖明世，四海稱英雄。」[46]在這樣激昂澎湃的時代浪潮中，並不遙遠的三國時期戰將的故事便得到傳播，關羽等人的威名也被時人所傳揚比附。

　　關羽和張飛是連在一起為人們所稱頌的，早在三國時期就有「關、張」之名。在南北朝史書中，對於戰將的勇猛也是以「關、張」並稱相比附的。翻檢史冊，可以看到如下記載，（參考趙翼《廿二史札記》卷七〈關、張之勇〉）：

晉	劉遐	每擊賊，陷堅摧鋒，冀方比之張飛、關羽	《晉書》〈劉遐傳〉
晉	王飛、鄧羌、彭越、范俱離、徐盛	驍勇多權略，攻必取，戰必勝，關、張之流，萬人之敵者	《晉書》〈苻生載記〉

---

45 張華：〈博陵王宮俠曲二首〉選自逯欽立校：《先秦漢魏晉南北朝詩》〈晉詩卷三〉（北京市：中華書局，1983年），頁612。

46 張華：〈壯士篇〉選自同上，頁613。

晉	張穆、邊憲、文齊、楊班、梁崧、趙昌	武同飛、羽	《晉書》〈禿髮傉檀載記〉
晉	李庠	蓋亦一時之關、張也。	《晉書》〈李流載記〉
宋	薛彤、高進之	有勇力，時人以比張飛、關羽	《宋書》〈檀道濟傳〉
魏	薛安都	時人謂關羽之斬顏良不是過也。	《南史》〈薛安都傳〉
魏	崔延伯	古之關、張也。	《魏書》〈崔延伯傳〉
齊	垣歷生、蔡道貴	義勇秀出，當時以為關羽、張飛。	《南史》〈文惠太子傳〉
魏	楊大眼	當世推其驍果，皆以為關、張弗之過也	《魏書》〈楊大眼傳〉
陳	蕭摩訶	君有關、張之名，可斬顏良矣！	《陳書》〈蕭摩訶傳〉

　　由此可見，「關、張」、「飛、羽」之名在當時得到廣泛流傳。而且關羽、張飛二人是並重的，孰先孰後並不重要。

　　當時，行伍當中還流傳著關羽的一些故事，上表中的蕭摩訶與薛安都的戰績便是關羽斬顏良的再現。史書記載：

> 薛安都，……孝建元年（454）除左軍將軍，及魯爽反叛，遣安都及沈慶之濟江，安都望見爽，便躍馬大呼，直往刺之，應手倒。左右范雙斬爽首，爽世梟猛，咸云「萬人敵」。安都單騎直入，斬之而反，時人皆云，關羽斬顏良，不是過也[47]。
>
> 太建五年（573），眾軍北伐，摩訶隨都督吳明徹濟江攻秦郡，

---

47 《南史》卷40，縮印百衲本二十四史，商務印書館據上海涵芬樓影印北京圖書館及自藏元大德刻本。

時齊遣大將尉破胡等率眾十萬來援，其前隊有蒼頭犀角大力之號，皆身長八尺，膂力絕倫。其鋒甚銳，又有西域胡，妙於弓矢，弦無虛發，眾軍尤憚之。……（吳明徹）遣人覘伺，知胡在陣，仍自酌酒飲摩訶，摩訶飲訖，馳馬衝齊軍，胡挺身出陣前十餘步，彀弓未發，摩訶遙擲銑鋧，正中其額，應手而仆。齊軍大力十餘人出戰摩訶，又斬之，於是齊師退走。[48]

這種「刺敵首於萬眾之中」的戰法，無疑需要具備高超的武藝和敏銳的判斷力，也充分顯示了一個將士的威勇與膽量。

關羽刮骨療毒的故事，則見於以下記載：「長孫子彥，西魏出帝時為中軍大都督，子彥嘗少墜馬折臂肘，上骨起寸餘，陰乃命開肉鋸骨，流血數升，言戲自若，時以為踰於關羽。」[49]軍中難免跌打殺傷，在面對巨大的生理上的苦痛時，需要一種樂觀和無畏的精神相激勵。顯然，關羽刮骨療毒這一故事在行伍中具有其他英勇事蹟所不可替代的榜樣作用。

對於關羽辭曹歸漢一事，《晉書》〈禿髮傉檀載記〉以具體事例做了善惡是非的客觀評價：「初乞伏乾歸之在晉興也，以世子熾磐為質。後熾磐逃歸，為追騎所執。利鹿孤命殺之。傉檀曰：『臣子逃歸君父，振古通義。故魏武善關羽之奔，秦昭恕頃襄之逃。熾磐雖逃叛，孝心可嘉，宜垂全宥以弘海嶽之量。』乃赦之。至是，熾磐又奔允街，傉檀歸其妻子」（頁3148）。關羽之歸君，熾磐之歸父，從中國傳統的倫理道德觀念來看，都是無可厚非的正確選擇。

在以關張相比附的將領中，楊大眼曾「以本將軍出為荊州刺史，常縛蒿為人，衣以青布而射之」。「荊蠻以為是作己之形射之，不敢復

---

48 《南史》卷67，頁12407。

49 《冊府元龜》卷395〈將帥部勇敢二上〉，頁4687。

為寇盜」[50]。崔延伯也曾為荊州刺史，史載其「膽氣超人，兼有謀略……荊州土險，蠻左為寇，每有聚結，延伯輒自討之，莫不摧殄」。關羽一世威名於駐守荊州時期到達頂峰，他的故事在荊州一帶的傳播甚於他處是必然的。

史書中關於關羽事蹟的記載，還包括一些對其評價的言論。如南朝宋太祖致書勸誡江夏文獻王義恭之驕奢不節時說：「《漢書》稱衛青云：『大將軍遇士大夫以禮，與小人有恩』。西門、安於，矯性齊美；關羽、張飛，任偏同弊。行己舉事，深宜鑒此」。當時江夏文獻王義恭也是任荊州刺史[51]，太祖這番話正是對關羽善待下人、驕於士大夫的性格的批評，望後人吸取教訓。魏孝文帝元宏於南齊建武四年（497）戰河北時，遺曹虎書，稱其「……卿進無陳平歸漢之智，退闕關羽殉節之忠，嬰閉窮城，憂頓長河，機勇兩缺，何其嗟哉」[52]。意欲招降虎，正是曹虎據樊城騎虎難下之時。這些對關羽故事的引用也是在襄樊、荊州一帶，可見其流傳的地域性。

與南北朝時期佛道的宗教興盛相關，已經有一些關於三國的人物靈異故事的記載。如《宋書》〈符瑞志〉[53]載：「關羽在襄陽，男子張嘉、王休獻玉璽，備後稱帝於蜀。」這件事《三國志》中也有載[54]，只不過這裡突出表現劉備稱帝的靈瑞。另外《宋書》〈五行志〉[55]記錄了「順帝升明元年七月，雍州大水，甚于關羽樊城時。」《晉書》〈藝術〉卷九十五〈戴洋傳〉記載戴洋的話中有：「昔吳伐關羽，天雷在前，周瑜拜賀」之句[56]，顯然，荊州之戰，周瑜早已去世，這是後人

50　《魏書》〈楊大眼傳〉，頁1635。
51　《宋書》〈武三王傳〉，頁1641。
52　《南齊書》〈曹虎傳〉，頁563。
53　《南齊書》〈曹虎傳〉，頁778。
54　《三國志》〈蜀書〉卷32〈先主傳〉，頁888。
55　《三國志》〈蜀書〉卷32〈先主傳〉，頁958。
56　《晉書》卷95，頁2472。

記憶上的一個失誤。而晉人將關羽之失與天雷的天象相應證，使其敗亡具有宿命的特徵。

南北朝時期的關羽，仍然只是三國歷史上的一個戰將，儘管有很多英勇的傳說，人們並不避諱關羽性格上的一些弱點。

北魏酈道元的《水經注》[57]中，在溯源人文地理的同時，也有一些稽考三國人物古蹟的地方。其中記載關羽的有五處，有些是關羽不甚英勇的風土傳說：

一、《水經注》卷五，〈河水〉：「又東北過黎陽縣南，……白馬城……袁紹遣顏良攻東郡太守劉延于白馬，關羽為曹公斬良以報效，即此處也。」[58]

二、《水經注》卷二十八，〈沔水中〉：「沔水又經平魯城南。……東對樊城，……建安中，關羽圍于禁於此城。會沔水泛溢，三丈有餘，城陷，禁降，龐德奮劍乘舟，投命於東岡。魏武曰：『吾知于禁三十餘載，至臨危授命，更不如龐德矣。』」[59]

三、《水經注》卷三十二，〈沮水〉：「沮水又東南逕驢城西，磨城東，又南逕麥城西，昔關雲長詐降處，自此遂叛。（朱謀㙔箋：《吳志》：呂蒙偽稱病篤，乃露檄召還，潛遣蒙伏精兵轞艫中，作商賈服，到南郡襲羽，盡得羽將士家屬。羽在樊城聞之，吏士無鬥心。羽自知孤窮，乃走麥城，西至漳鄉，眾皆委羽而降權。以是父子俱獲。）……（漳水）又南歷臨沮縣之彰鄉南，昔關羽保麥城，詐降而遁，潘璋斬之於此」[60]。

四、《水經注》卷三十四，〈江水二〉：「（江水）又南過江陵縣南……江水又東，經江陵縣故城南，……舊城，關羽所築，羽

57 王國維校：《水經注校》（上海市：上海人民出版社，1984年）。

58 王國維校：《水經注校》（上海市：上海人民出版社，1984年），頁159。

59 王國維校：《水經注校》（上海市：上海人民出版社，1984年），頁900。

60 王國維校：《水經注校》（上海市：上海人民出版社，1984年），頁1025、1026。

北圍曹仁，呂蒙襲而據之，羽曰：『此城吾所築，不可攻
也。』乃引而退。」[61]

五、《水經注》卷三十八，〈資水〉：「（資水）又東北過益陽縣北，
縣有關羽瀨，所謂關侯灘也。南對甘寧故壘。昔關羽屯軍水
北，孫權令魯肅甘寧拒之於是水。寧謂肅曰：『羽聞吾咳唾之
聲，不敢渡也。渡則成擒矣。』羽夜聞寧處分，曰：『興霸聲
也。』遂不渡。」[62]

從關羽生平事蹟在魏晉南北朝時期的流傳可以看出，關羽的故事
並沒有受到文人青睞。兩晉文人筆記小說如葛洪的《抱朴子》、《神仙
傳》、裴啟的《語林》、習鑿齒的《漢晉春秋》等以及劉義慶的《世說
新語》中都記錄了一些三國人物的言行，但幾乎都沒有提到關羽。關
羽作為將領的勇猛、忠義主要是在軍隊中流傳。這與關羽武將的身分
相關，也和關羽「驕于士大夫」的性格相關。因此，關羽故事在這一
段時期的傳播，我們只能從史書、類書和地理書的記載略窺其貌。

第四節　隋唐時期關羽故事的宗教形態

隨著時代的推移，關羽作為一個歷史人物的英雄事蹟已逐漸被淹
沒在滾滾歷史潮流中。隋唐五代，中國封建制社會進入鼎盛時期，大
一統的社會面貌和大融合的人文精神使得整個社會更多地關注現實建
設，營造充滿希望的盛世文明。關羽這位中世紀的戰將和其他上古的
英雄一樣，成為人們對烽火戰場的遙遠回憶。而且，受到三國時期的
分裂局面和以曹魏為正統思想的影響，唐朝統治集團在倡導文治武功
時，並不將蜀漢將領關羽作為褒頌的對象。在《北堂書鈔》[63]中關羽

---

61 王國維校：《水經注校》（上海市：上海人民出版社，1984年），頁1083。

62 王國維校：《水經注校》（上海市：上海人民出版社，1984年），頁1185。

63 虞世南撰：《北堂書鈔》（北京市：學苑出版社，1998年，據首都圖書館藏清光緒十
四年南海孔氏三十有三萬卷堂影宋刊本制）。

的形象還不如龐德威猛出眾。此書對關羽的記載僅有一則：「關羽愛《春秋》:〈江表傳〉云:關羽愛《左氏春秋》,諷誦略皆上口。」[64]此事並不見正史記載,而見於裴松之注,這一條記載似著重強調關羽的儒雅。而龐德的記載有兩則並且對關羽有貶無褒:「龐德罵關羽死,封子為侯」[65]。「箭不虛發:《魏志》龐德與曹仁討關羽⋯⋯德被甲持弓,箭不虛發」。《藝文類聚》中記錄魏將的事蹟較多,卻沒有關羽的記載。從隋唐時期文人為數不多的幾篇三國史論來看,在論及三國爭霸的蜀漢集團時,一般都提到劉備的寬仁,諸葛亮的智謀,君臣的魚水同心,關羽、張飛萬人之敵的勇猛[66]。然而畢竟勝者為王敗者寇,史論中對蜀漢集團更多的是惋惜與感歎。雖論者以曹魏為正統,相隔四百多年去評價古人古事,其論述也頗為客觀公正,對魏武曹操也是褒貶兼有。朱敬則的〈魏武帝論〉[67],認為曹操有其神謀權略、籠絡人才的一面,至於他包藏野心,對人才的猜疑打擊也是有目共睹的。所以曹操「重關羽之義,抑而不追」,是其「王霸之術」;而「雲長受恩而不謝」,毅然辭操歸漢,也是對曹操猜疑性格的深刻體察。

　　在唐朝開放的思想環境下,雖然不關注關羽的勇猛,卻不妨在史料中搜羅一點歷史人物的花邊故聞。陸龜蒙的《小名錄》[68]便記錄了很多諸如「鍾繇七十尚納正妻」之類的稗聞。關羽與秦宜祿妻子之事便被網羅進來:「驍騎將軍秦朗,字元明,新興人。父宜祿為呂布使,詣袁術,袁術妻以漢宗室女,其妻杜氏,下邳人,布之圍,關羽屬請于太祖,求杜氏為妻,太祖疑其色,及城陷,太祖親見,乃納

64 《北堂書鈔》卷97〈藝文部〉〈好學〉。
65 《北堂書鈔》卷47〈死王事子孫封〉。
66 如虞世南:〈論略〉,《唐文拾遺》卷13,見董浩編:《全唐文》(北京市:中華書局,1983年,第11冊),頁10500;王勃:〈三國論〉,《全唐文》卷182,第2冊,頁1856。
67 《全唐文》卷170,第2冊,頁1736。
68 《稗海》第一函,明商濬編撰,明刊本。

之。……」這則有關關羽與女性的故事也是出現在裴松之注中，沒想到後人以此來作為對英雄的調侃。

關羽形象在隋唐五代時期演變的最大特點是其宗教形態的初步形成。主要體現在以下幾個方面：

一是玉泉山的祠祀與傳說。關羽一生的成敗榮辱，與荊州息息相關；關羽死後的祠祀也大致以此地為起點。荊州一帶，古屬楚地，《舊唐書》〈地理志〉記載：「大抵荊州率敬鬼，尤重祠祀之事。昔屈原為制〈九歌〉，蓋由此也」。楚巫之風，自古承傳，玉泉山關羽祠的建立自然與當地鬼神崇拜的傳統有關。其最早的碑文記錄是唐朝董侹於貞元十八年（802）所記的〈荊南節度使江陵尹裴公重修玉泉關廟記〉[69]。文中稱「寺西北三百步，有蜀將軍都督荊州事關公遺廟存焉」。然而關羽遺廟初建於何時，語焉不詳。作者稱自己受命作記，是「尚書以小子曾忝下介，多聞故實，見命紀事」。作者收集的當時流傳於荊州的一些故聞傳說中，有發生在南北朝時期的「陸法和假神以虞任約，梁宣帝資神以拒王琳」[70]的傳說，和陳隋間關羽父子幫助智顗大師興建玉泉寺的傳說。傳說一般有個滯後流傳的時段，所以單憑文中記錄的這些傳說不能判定建祠的上限。後人往往將隋朝玉泉山顯聖建寺作為關羽祠祀的開端，這一故事最早便記載於董侹此文：「先是，陳光大中智顗禪師者，至自天臺，宴坐喬木之下，夜分忽與神遇。云願舍此地為僧坊，請師出山以觀其用。指期之夕，前壑震動。風號雷唬，前劈巨嶺，下堙澄潭，良材叢木，周匝而上，輪奐之用，則無乏焉。」而查智顗本人的述錄，以及其門人灌頂與唐釋道宣為他作的兩篇傳記，都沒有提到關羽。這兩篇傳記對於智者大師建寺

---

69 《全唐文》卷684，第7冊，頁7001。

70 《太平廣記》卷82，引《渚宮舊事》載，有隱士陸法和大敗侯景部將任約。戰鬥中「陸法和登艦大笑曰：『無量兵馬。』江陵多神祠，人俗常所祈禱。自法和軍出，無復一驗。人以為諸神皆從行故也。」江陵諸神中自然包括了身死江陵的關羽。

時降魔經歷的記載大同小異：《隋天臺智者大師別傳》：「……既慧日已明，福庭將建。于當陽縣玉泉山而立精舍，蒙敕賜額號為『一音』，重改為玉泉。其地本來荒險，神獸蛇暴，諺云：『三毒之藪，踐者寒心』。創寺其間，決無憂慮。是春夏旱，百姓咸謂神怒。故智者躬至泉源，滅此邪見。口自咒願，手又偽略。隨所指處，重雲靉靆（云盛貌），籠山而來。長虹煥爛，從泉而起。風雨沖溢，歌詠滿路。荊州總管上柱國宜陽公王積到山禮拜，戰汗不安。出而言：『積屢經軍陣，臨危更勇，未嘗怖懼，頓如今日。』」[71]《隋國師智者天臺山國清寺釋智顗傳》：「遂于當陽縣玉泉山立精舍，敕給寺額，名為『一音』。其地昔唯荒險，神獸蛇暴。創寺之後，決無憂患。是春亢旱，百姓咸謂神怒，顗到泉源，帥眾轉經，便感雲興雨注，虛謠自滅。總管宜陽公王積到山禮拜，戰汗不安。出曰：『積屢經軍陣，臨危更勇，未嘗怖懼，頓如今日。』」[72]可見，智者大師建寺初，與當地民眾崇拜的鬼神產生衝突並降魔化解的故事確實存在無疑，但關羽祠獨立於玉泉寺而存在，其祠祀可能較建寺更為久遠。而關羽幫助建寺的傳說是佛教在荊州的流播片段，表現佛教本土化時民眾的接受心理以及後代佛者對本土鬼神崇拜的利用。類似的故事在唐朝則天武后的國師神秀大師身上又上演了一次，同樣不見於唐朝當時人的記載，是後人附會的結果[73]。

　　關羽宗教形態的第二個表現是配享於蜀先主祠。功臣配享自古有

71　《隋天臺智者大師別傳》，見《乾隆大藏經》，福建師範大學歷史系藏臺灣影印本。

72　《續高僧傳》（共三十卷）卷17《隋國師智者天臺山國清寺釋智顗傳》，見《高僧傳合集》，（上海市：上海古籍出版社，1991年），據磧砂藏本影印。

73　《景德傳燈錄》與《續高僧傳》〈神秀傳〉沒有關羽之事，到明代嘉靖本《三國志演義》卷十六中引《傳燈錄》有，與智者大師之事同。另徐道《歷代神仙通鑑》卷十四「（唐鳳儀末年）神秀至當陽玉泉山，創建道場。鄉人祀敬關公，秀乃毀其祠。忽陰雲四合，見公提刀躍馬，秀仰問，公具言前事。即破土建寺，今為本寺伽藍。自此各寺流傳。」

之[74]。蜀先主劉備雖大業垂成，追隨他的關、張諸將也功虧一代，但關張之從祀劉備也是理所當然。據〈蜀先主廟記〉[75]:「……（先主）崇于故里，甘皇后配享于神座之中，諸妃嬪圖形於旒扆之後，孔明孝直股肱，皆列於東廂；關羽、張飛爪牙，悉標於西廡。威生戶牖，武耀庭除。」蜀先主廟在涿州先主故里，郭筠之記是為妻公重修廟宇而作，文中道:「……丁巳歲仲春月，因薦奠於蜀主，歎其年代綿遠，席具荒涼。棟宇欹傾，透風霜于幾席；簪纓零落，雜塵坌于珠金。欲再修崇，曠於故實。……」可見先主廟的祠祀年代較久遠，至於蜀地，也有先主廟的祠祀，唐朝詩人杜甫、劉禹錫都有拜謁先主廟的詩作傳世。《御定全唐詩》卷二百二十九杜甫〈謁先主廟〉有注引《方輿勝覽》:「劉昭烈廟，在奉節縣東六里。」注大致有後人所加，至於關羽是否從祀或者配享於廟中不詳。

關羽之配享於武成王廟是其宗教形態在政治宗教中的反映，也直接影響著宋代關羽信仰的正式確立。關於姜子牙的祭祀與武成王廟的建立，據載:「史籍無恒祭太公之文。皇朝貞觀中始於磻溪置祠。」[76]磻溪是姜子牙垂釣之地，這種地方祠廟的祭祀自然不關國家重典。而武廟的建立似乎與則天朝開設武舉考試，重視武將的培養有關。《舊

---

74 杜佑《通典》卷五十載:「……魏高堂隆議曰：按先典，祭祀之禮，皆依生前尊卑之敘以為位次。功臣配享於先王，象生時侍讌。讌禮，大夫以上皆升堂，以下則位於庭，其餘則與君同牢。至於俎豆薦饈，唯君備。公降於君，卿大夫降於公，士降於大夫，使功臣配食於烝祭，所以尊崇其德，明其勳以勸嗣臣也。……」後來功臣代代增添，按其軍功之不同在禮制上也有所區別:「晉散騎常侍任茂議：按，魏功臣配食之禮，敘六功之勳，祭陳五祀之品，或祀之於一代，或傳之於百代。蓋社稷五祀所謂傳之於百代者，古之王臣，有明德大功，若句龍之能治水土，柱之能植百穀，則祀社稷，異代不廢也。……若四敘之屬，分主五方，則祀為貴神，傳之異代，載之春秋。非此之類，則……各於當代祀之，不祭於異代也。……今之功臣，……各配食於主也，今主遷廟，臣宜從饗。」

75 《順天府志》為〈常尚貞修廟記〉，郭筠撰，《唐文續拾》卷7，《全唐文》第11冊，頁11246。

76 《大唐郊祀錄》卷10。

唐書》卷二十四〈禮儀〉四載：「則天長安三年，令天下諸州宜教人
武藝，每年准明經進士例申奏。」後來於開元十九年在兩京置太公尚
父廟一所，春秋二仲上戊日釋奠，以漢留侯張良配享。「天寶六載，
始詔諸州武舉人上省先謁太公廟，拜將出師，亦先告之。至肅宗上元
元年閏四月，又追封為武成王，移坐南面，選歷代良將為十哲，令有
司祭。今上在位，建中四年又詔令選范蠡等名將六十四人圖形於壁，
每因釋奠皆從祀焉。」[77]武廟的這套建制是仿效文宣王廟而來。據唐
人筆記記載：「天寶中，太學中太學生張綱上書，請于太公廟置武
監，國子監相對教習胄子，春秋釋奠于先師太公，一如國學文宣王
廟，書寢不報。」[78]然而在建中二年（781），當「詔有司繕葺，再修
祀事，准舊差太尉充獻，祝版御署」時，武廟祭儀卻引起了文武大臣
激烈的爭議。貞元四年（788）八月十三日兵部侍郎李紓上疏，認為
太公與孔子不能平起平坐：「伏以文宣垂教，百代宗師，五常三綱，
非其訓不明，有國有家，非其制不立，故孟軻稱生人已來，一人而
已。……且太公述作止於六韜，勳業形於一代，豈宜擬諸盛德，均其
殊禮。」[79]以其崇敬過禮，要求依舊式，乙太常卿以下，充三獻，祝
版請罷親署之禮。而在詔令百僚集議時，文官的反對意見更為激烈。
有于頎等四十六人同意李紓所奏。于頎奏曰：「追尊仲尼為文宣王，
貴有德也。追尊齊太公為武成王，崇有功也。」另有嚴浣等二人兼請
除去追封武成及王位。陸淳等六人請依貞觀，於磻溪立祠。嚴浣、陸
淳等人對太公相埒于先聖的功德地位提出質疑：「太公，兵權奇計之
人耳」[80]，「竊以武成王，殷臣也，見紂之暴不能諫，而佐武王以傾
之，於周則社稷之臣矣，於殷謂之何哉？……使武成之名，與文宣為

77　《大唐郊祀錄》卷10。

78　封演：《封氏聞見記》卷4〈武監〉，《四庫全書》第862冊，頁435。

79　李紓：〈享武成王不當視文宣廟奏〉，《全唐文》卷395，第4冊，頁4019。

80　嚴浣：〈武成王祀典議〉，《全唐文》卷526，第6冊，頁5339。

偶，權數之略，與道德齊衡，恐非不刊之典也。」[81]他們所議正是武
將難以論定的關鍵問題所在。將領輔佐君主得天下，固然開一代基
業，然而既是從破中立，必然是非成敗帶上鮮明的功利色彩，非武將
本身的武藝權術所能評判。特別是那些由舊朝入新朝的將領，新君舊
主，禮法難以周全。在這場爭議中，又有武將令狐建等二十四人請依
今禮酌定。他們的理由是：「當今兵革未偃，宜崇武教以尊古，重忠烈
以勸今。欲有貶損，非激勸之道也。……故文武二教，猶五行之迭
用，四時之代序。固宜並立，廢一不可，況其典禮之制，已歷二聖，
今欲改之，恐非宜也。」這樣，為了在文武之間達成平衡，帝王敕令
上將軍以下充獻官，余依李紓所奏，武廟由此才得以確立。

　　在唐朝的武成王廟中，關羽的地位很不突出，他只是六十四個從
祀名將中的一個。而且，關羽和戰場勁敵周瑜、陸遜、張遼並肩而
立，與生死對頭呂蒙對面相視，若其死而有靈，定不甘心。在祭祀
時，武成王、張良、十哲面前供有酒醴，從祀的六十四將面前則沒
有。為此，五代後唐時國子博士蔡同文奏請「武成王廟壁諸英賢畫像面
前，請各設一豆、一爵祀享。」[82]

　　總的來說，唐朝時期關羽形象在不同的地域以不同的宗教身分存
在著，關羽既開始承擔佛教寺廟的護法伽藍，又在帝王的宗法禮儀中
冠冕堂皇地配享，而民間的關羽形象還未脫離屬鬼的魔影。《北夢瑣
言》記載的邪魅：「唐咸通亂離後，坊巷訛言關三郎鬼兵入城，家家
恐悚。」[83]以及《雲溪友議》所載三郎神的威嚴：「廚中或先嘗食者，
頃刻大掌痕出其面，歷旬愈明。侮慢者，則長蛇毒獸隨其後。所以懼
神之靈，如履冰谷，非齋戒護淨，莫得居之。」[84]關三郎神是否就是

---

81 陸淳：〈祀武成王議〉，《全唐文》卷618，第6冊，頁6238。

82 王溥：《五代會要》（上海市：上海古籍出版社，1978年），卷3，頁49。

83 孫光憲：《北夢瑣言》（北京市：中華書局，1960年），卷11，頁90。

84 范攄：《雲溪友議》卷3《稗海》，第1函，明刊本。

關羽，尚難定論，但至少表現了關羽作為鬼神的一些特徵。在段成式《酉陽雜俎》續集卷三中還記載了一件與「關將軍」有關的軼聞：「武宗之元年，戎州水漲，浮木塞江。刺史趙士宗召水軍接木，約獲百余段。公署卑小，地窄不復用，因並修開元寺。後月餘日，有夷人逢一人如猴，著故青衣，亦不辨何制，雲關將軍差來采木，今被此州接去，不知為計，要須明年卻來取。夷人說於州人。至二年七月，天欲曙，忽暴水至。州城臨江枕山，每大水猶去州五十餘丈。其時水高百丈，水頭漂二千餘人。州基地有陷深十丈處，大石如三間屋者，堆積於州基，水黑而腥，至晚方落。知州官虞藏玘及官吏才及船投岸。旬月後，舊州地方乾，除大石外，更無一物。惟開元寺玄宗真容閣去本處十餘步，卓立沙上，其他鐵石像，無一存者。」[85]關將軍派一猴人來採木，運木的方式則是依靠洪水波濤。這「關將軍」無疑已經有了一定的神力。同時，在關羽家鄉，主管鹽池的是另一宗神祇，充分說明關羽信仰還未曾在全國廣泛深入地傳播。

---

85 段成式：《酉陽雜俎》（北京市：中華書局，1981年），頁225。

第二章
宋元時期：
故事勃興與關羽形象特質的確立

　　從宋代皇帝為關羽賜廟額、封王，到明朝皇帝封關羽為帝，關羽在中國傳統宗教中逐漸攀升到顯赫的天神地位。在南宋民族大分裂、大動盪時期，關羽忠義的形象特質得以確立；元朝的蒙古族統治者也接受了關羽的宗教形象。尤其值得注意的是，伴隨俗文學的發展，三國歷史故事在市民階層中的流傳，關羽的形象得到廣泛傳播，進而積累、演變成《三國志演義》中關羽的文學形象，標誌著關羽形象的定型。

第一節　宋代關羽形象的時代特質與宗教傳說

　　宋初延續的是唐五代以來關羽的三種宗教形態：地方性祠祀、配享於先主祠廟、從祀於武成王廟。《宋史》〈禮志八〉記載，「（太祖）建隆三年（962），詔修武成王廟……」，從祀的將領一仍舊貫。乾德元年（963）曾一度對於從祀將領重新評議[1]，後仍襲舊制。在國家祀典中，三國蜀漢集團未享國祚，只能祀為功臣、烈士。「蜀昭烈帝、關羽、張飛、諸葛亮……各置守冢三戶。」[2]北宋神宗元豐三年（1080），「閏六月十七日，太常寺言博士王古乞目今諸神祠無爵號

1　畢沅：《續資治通鑑》卷3〈宋紀三〉載，宋太祖幸武成王廟時曾詔令吏部尚書張昭等人重新裁定從祀人員，關羽、張飛等二十二人從武成廟從祀人員中退出（北京市：中華書局，1957年），頁61。

2　《宋史》〈禮志八〉，頁2559。

者，賜廟額，已賜廟額的，加封爵。初封侯，再封公，次封王。生有
爵位者從其本。婦人之神封夫人，再封妃，其封號者，初二字再加四
字，……欲更增神仙封號，初真人次真君」[3]。在宋朝如火如荼的封神
活動中，關羽也有了越來越長的封號。哲宗少聖二年（1095）五月，
賜額「顯烈」，徽宗崇寧元年（1102）十二月，封忠惠公；大觀二年
（1108），進封武安王[4]，到了宣和五年，禮部奏請武成王廟從祀諸
將，尚未封爵之人都加封爵號。而關羽已有爵號，不在加封之列[5]。
「宣和五年正月己卯，禮部奏：關羽敕封義勇武安王，今以從祀武成
王廟。契勘從祀諸將例不顯諡號，合稱蜀將武安王。從之。」[6]到北
宋中後期，配享武成王廟的關羽已經和姜尚同列王位，他的神職是大
大升高了。

　　與大宋皇帝的敕封有關的是在宋朝及後世流傳最廣的關羽與解縣
鹽池的故事。早在唐朝，解縣鹽池便有作為自然山水神崇拜而建祠封
神，不過卻是與一個叛臣有關。《新唐書》卷二百二十四〈叛臣〉下記
載：「大曆中，淫雨壞河中鹽池，味苦惡。韓滉判度支，慮減常賦，
妄言池生瑞鹽，王德之美祥。代宗疑不然，命（蔣）鎮馳驛按視，鎮
內欲結滉，鼓實其事，表置祠房，號池曰『寶應靈慶』云。」[7]而到
了宋朝，解縣的祠廟有龍廟、風后廟、靈慶廟、鹽宗廟、偃雲廟、淡
鹽廟等諸多名稱。解縣鹽池的鹽產量與自然氣候有很大關係。據載：
「鹽之類有二：引池而成者，曰顆鹽，《周官》所謂鹽鹽也。鬻海、

3　徐松輯：《宋會要輯稿》第1冊〈禮二十〉之7（北京市：中華書局，1957年），頁768。

4　《宋會要輯稿》第1冊〈禮二十〉之27，頁779。

5　《宋史》〈禮志八〉，頁2577。

6　《漢前將軍關公祠志》引李燾：《續資治通鑑長編》，不見今本中，疑為佚文。魯愚
　　等編：《關帝文獻彙編》（北京市：北京國際文化出版公司，1995年），第8冊，卷
　　3，頁591。

7　《新唐書》卷224，頁6391。

鬻井、鬻鹺而成者，曰末鹽，《周官》所謂散鹽也。」[8]而解州解縣、安邑兩池屬於「引池為鹽」。解池「灌水盈尺，暴以烈日，鼓以南風，須臾成鹽。」如果「不俟風日之便，厚灌以水，積水而成，味苦不適口」[9]。可見，解池種鹽需要適當的風雨日照，旱潦都對其鹽產量有影響。由此，引發出關羽與解池相關的兩個傳說。

　　一個傳說是宋真宗大中祥符七年，鹽池亢旱，關羽應召戰蚩尤[10]。胡琦《關王事蹟》引古記云：

　　　宋大中祥符七年，解州奏鹽池水減，虧失常課。上遣使往視，還報曰：「臣見一父老，自稱城隍神，令臣奏云，為鹽池之患者，蚩尤也。忽不見。」上乃詔呂夷簡至解池致祭。事訖之夕，夷簡夢神人戎衣，怒而言曰：「吾蚩尤也，主此鹽池。今者天子立軒轅祠。軒轅，吾仇也。我為此不平，故絕池水，若急毀之則已。」夷簡還，白其事。王欽若曰：「蚩尤，邪神也。信州龍虎山張天師能使鬼神。若令治之，蚩尤不足慮也」。於是召天師赴闕。上與之論蚩尤事，對曰：「此必無可憂。自古忠烈之士，沒而為神。蜀將軍關某，忠而勇。陛下禱而召之，以討蚩尤，必有陰功。」上問：「今何神也？」對曰：「廟食荊門之玉泉。」上從其言。天師乃即禁中書符焚之。移時，一美髯人擐甲佩劍，浮空而下，拜於殿庭。天師宣諭上旨，答曰：「敢不奉詔。容臣會嶽瀆神兵，為陛下清蕩之。」俄失所在。上與天師肅然起敬。左右從官悉見悉聞，莫

8　《宋史》〈食貨志下三〉，頁4413。

9　《宋史》〈食貨志下三〉，頁4424。

10　蚩尤與解縣鹽池的關係較關羽更古遠。相傳蚩尤與黃帝涿鹿之戰，蚩尤敗退，被黃帝捉住，身首分解，因名地為「解」，即山西解州。解州鹽池，鹵水色紅，相傳是蚩尤被殺流血所致。沈括《夢溪筆談》云：「解州鹽澤……鹵色正赤，在版泉之下，俚俗謂之『蚩尤血』」。（《四庫全書》862冊，頁720）

不讚歎。忽一日，黑雲起於池上，大風暴至，雷電晦暝，居人
震恐，但聞空中金戈鐵馬之聲。久之，雲霧收斂，天色晴朗，
池水如故，周匝百里。守臣王忠具表以聞，上大悅，遣使致
祭。仍命有司修葺祠宇，歲時奉祀。

宋鄭咸作〈元祐重修廟記〉沒有說明解州關帝廟始建於何時，但是既
然是元祐重建，初建則必然在此之前。而明代韓文的《正德修廟記》
則明確點出「宋祥符甲寅（也就是大中祥符七年）敕建」，可能就是
建於解救鹽池旱情之時[11]。
　　另一個傳說則是助張天師鹽池斫蛟平水患。此事據《大宋宣和遺
事》[12]元集記載為崇寧五年：

---

11 「關公戰蚩尤」的故事，多見於明清文人筆記中，如王世貞《弇州山人四部續稿》
卷一百七十〈尤子求畫關將軍四事圖〉云：「宋政和中，解州池鹽至期而敗，帝召虛
靜張真人詢之。曰：『此蚩尤神暴也。』帝曰：『誰能勝之？』曰：『臣已委直日關帥
可也。』尋解州奏大風，霆偃巨木，已而霽，則池水平若鏡，鹽復課矣。帝召靜虛
而勞之，曰：『關帥可得見乎？』曰：『可。』俄而見大身遂充廷。帝懼，拈一崇寧
錢投之，曰：『以為信。明當敕拜崇寧真君也。』」朱國禎《湧幢小品》卷二十「關
雲長」：「山西鹽池在解州，雲長所產處也。相傳黃帝執蚩尤于中冀，戮之，肢體身
首異處，而名其地曰解，其血化為鹵，遂成池。宋崇寧中，池水數潰。張靜虛攝雲
長之神治之，池鹽如故。雲長見像拜廷，于是加封拓祠。祠最偉，神亦最靈。池長
百二十里，闊七里，周垣守之。每大雨，輒能敗鹽，必禱于神而止。蚩尤以其血為
萬世利，而雲長周旋，永此利源，同于煮海，奇矣奇矣！」（《筆記小說大觀》第13
冊，頁292）另《蒲州府志》卷二十四載：「李晟鎮河東日，夜夢偉人來謁。自言：
『漢前將軍關某也。蚩尤為亂，上帝使某征之，顧力弱不能勝，乞公陽兵助我。來
日午時約與彼戰。我軍東向，彼西向。』語訖而去。晟早起，心異所夢。令軍士列
陣東向如所戒。是日天色晶朗。至午，忽陰雲四合，大風驟作，沙石飛起。晟曰：
『是矣。』即令鳴鼓發矢，如戰鬥狀。久之，風止雲豁，視士卒似多有傷者。其夕
復夢來謝云：『已勝蚩尤。』」（逸文引自唐人小說）這個故事還被寫入明清小說
中，見《水滸傳》（一二〇回本）第一一二回：「……潑風刀起，似半空飛下流星。
青龍刀輪，如平地壯士閃電。馬蹄撩亂，鑾鈴響處陣雲飛。兵器相交，殺氣橫時神
鬼懼。好似武侯擒孟獲，恰如關羽破蚩尤」。
12 《大宋宣和遺事》（上海市：中國古典文學出版社，1954年），頁15。

崇寧五年夏，解州有蛟在鹽池作祟，布氣十餘里，人畜在氣中者，輒皆嚼齧，傷人甚眾。詔命嗣漢三十代天師張繼先治之。不旬日間，蛟祟已平。繼先入見，帝撫勞再三，且問曰：「卿此翦除，是何妖魅？」繼先答曰：「昔軒轅斬蚩尤，後人立祠于池側以祀焉。今其祠宇頓弊，故變為蛟，以妖是境，欲求祀典。臣賴聖威，幸已除滅。」帝曰：「卿用何神，願獲一見，少勞神庥。」繼先曰：「神即當起居聖駕。」忽有二神現於殿庭：一神絳衣金甲，青巾美鬚髯。一神乃介胄之士。繼先指示金甲者曰：「此即蜀將關羽也。」又指介胄者曰：「此乃信上自鳴山神石氏也。」言訖不見。帝遂褒加封贈，仍賜張繼先為視秩大夫虛靖真人。

這裡關羽所斬蛟龍也是蚩尤變化的妖魅，而與關羽並肩作戰的是另外一位神祇，對於「崇寧真君」的封號也未曾提起。而《正統道藏》〈漢天師世家〉第三卷則記載為崇寧二年發生的事情：

……崇寧二年，解州奏鹽池水溢，上問道士徐神翁，對曰：「蛟孽為害，宜宣張天師」。……十二月望日召見，上曰：「解池水溢，民罹其害，故召卿治之。」命下即書鐵符，令弟子祝永佑同中官投解池岸圯處。逾傾，雷電晝晦，有蛟孽斫死水裔。上問：「卿向治蛟，用何將？還可見否？」曰：「臣所役者關羽，當召至」。即握劍召于殿左。羽隨見，上驚擲崇寧錢與之。曰：「以封汝。」世因祀為崇寧真君。明年三月，奏鹽課復常。……

查《宋史》〈本紀十二〉[13]：「崇寧四年五月壬子，賜張繼先號虛靖先

13　《宋史》〈本紀十二〉，頁374。

生……六月丙子，復解池鹽」；另李燾《續資治通鑑長編》云：「崇寧四年六月丙子，御紫宸殿，以修復解池，百官入賀。」《廣見錄》云：「三十代天師張繼先，宋崇寧中應召平解池之祟，賜號虛靜先生。」[14]由此說來，這一傳說似乎也有附會的根據。關羽因此而得到「崇寧真君」的封號。這個封號不見祀典，更具有民間道教色彩。

　　從上面關羽戰蚩尤的傳說來看，關羽之所以擔當如此重任，主要是他能夠以正抗邪。蚩尤是邪神，而關羽則是「古代忠烈之士，沒而成神」，是「忠而勇」的將軍。他還能會同嶽瀆神兵一同作戰，與唐朝為智者大師建玉泉寺那兼鬼怪神魔為一體的關羽父子形象大不相同。北宋鄭咸的〈元祐重修廟記〉便指出，關羽不攀附曹操之勢，不慕爵祿富貴，「抗強助弱，去安而即危」的「忠義大節」，表現出蜀漢劉氏正統的思想。雖然，北宋以司馬光為代表的一些史學家是主張以曹魏為正統的，但在百姓中，早就對蜀漢集團的人物表示出同情和好感。在此，可以引證蘇軾《東坡志林》中耳熟能詳的一段話：

> 王彭嘗云：「塗巷中小兒薄劣，其家所厭苦，輒與錢令聚坐聽說古話。至說三國事，聞劉玄德敗，顰蹙眉有出涕者，聞曹操敗，即喜唱快」。以是知君子小人之澤，百世不斬。[15]

　　在蘇軾的感歎中，劉備與曹操，即君子與小人，可謂涇渭分明。雖然北宋文人更為看重的是劉備與諸葛亮之間賢臣明君的遇合，但是力挽五代戰亂、綱常解紐之弊，以復興一代儒學為己任的北宋文人，也很自然的在關羽身上加上一些帶有儒家人文色彩的光環。可以說，對關羽忠義特質的塑造在北宋就開始了。北宋重臣張商英還有〈詠辭曹

---

14 轉引自《關帝事蹟徵信編》卷14〈靈異〉。《關帝文獻彙編》第3冊，頁455。

15 《東坡志林》卷6，見四庫筆記小說叢書，《仇池筆記》外十八種之一，《四庫全書》第863冊（上海市：上海古籍出版社，1992年），頁61。

事〉一詩。關羽辭操歸劉被當作「忠義大節」，應該是當時文人的共識。

宋朝懲五代分裂之亂，大量削奪兵權，統治者致力於文化建設，邊患卻始終難以根除。隨著民族矛盾的加劇，終於發生靖康之變，導致南宋偏安的政治局勢。在這個民族動盪不安的時期，需要武力和忠勇精神為大宋王朝禦敵衛國。不知是什麼原因，關羽和一位在靖康之變中捨己救國的將領李若水聯繫在一起。同樣的這則故事，在郭彖《睽車志》、曾敏求《獨醒雜志》、徐夢莘《三朝北盟會編》中都有類似記載，可見故事在當時流傳之廣。

郭彖《睽車志》卷二云：

> 忠愍李公若水，宣和壬寅，尉大名之元城。有村民持書至，云：關大王有書，公甚駭愕，視其緘云：書上元城縣尉李尚書，漢前將軍關雲長押。詰民何自得之，云夜夢金甲將軍告某曰：汝來日詣縣，由某地，逢著鐵冠道士，索取關大王書，下與李縣尉。既覺，驚異，勉如其言，果遇道士得書，不敢不持達。公發書，其間皆預言靖康禍變，以事涉怪，即火其書，遣其人，不復問。作詩紀之曰：金甲將軍傳好夢，鐵冠道士寄新書。我與雲長隔異代，翻疑此事太荒虛。公後果貴顯，卒蹈圍城之禍。兆朕之萌，神告之矣。公始名若水，後改賜今名，其子浚淳記其事，刻之石。[16]

而徐夢莘《三朝北盟會編》卷八十二引《中興遺史》及《別錄》則更具神怪色彩：

> 若水初官為大名府元城縣尉。差出下鄉，止一寺中，有百姓病

---

16 四庫筆記小說叢書，《分門古今類事》外八種之一。《四庫全書》第1047冊（上海市：上海古籍出版社，1991年），頁231。

十餘日，一夜夢金甲神人告之曰：「來日有鐵冠道士託汝寄書
與李縣尉，可達之，爾病即愈。」病人睡覺，甚異之。來日，
果有鐵冠道士扣門齎書與病人曰；「可將此書與李縣尉，說關
大王有書上侍郎」。病人以書詣若水投之……

似乎送信人也有功德，能夠因此而病癒。曾敏求《獨醒雜志》卷八則
點出了關羽與李若水二人的共同特質：「其後，二聖北狩，公抗節金
營，將死而口不絕罵，則知天生忠義，為神物者已預知其先矣。」正
是因為李若水的忠義不屈，民間才將二人捏合在一起，體現出一種精
神的傳承。

　　關羽的忠義精神與南宋高揚的民族氣節相契合，使關羽崇拜找到
了賴以生存的文化土壤，關羽形象的特質也從中凸現出來。在南宋文
人的題詠碑記中，便對關羽忠義、英勇的形象特質進行了多方渲染。
南濤的〈紹興重修廟記〉中除了讚揚關羽「忠義勇烈，出於天性，每
摧鋒破敵，所向無前」的驍勇善戰，也著重旌揚了關羽受曹公禮遇，
斬顏良後「盡封寶貨，懸印綬拜而告辭」，歸奔劉備，比戰勇更為重
要的「忠義大節」。蕭軫的〈淳熙加封英濟王碑記〉也是強調關羽
「為臣而忠於君」，「嘗受操之恩矣，其於先主君臣之分未定也，惓惓
於先主不渝其初，非見之明、守之確、行之剛者詎能爾耶？」在百姓
中，對於關羽的好感也十分明顯地表現出來。宋朝中後期，市民階層
興起。街頭巷尾傳誦的「說三分」講史故事和三國戲等俗文學樣式，
使關羽生前的故事得以深入民眾當中。張耒的《明道雜志》記錄了一
件這樣的故事：「京師有富家子，少孤專財，群無賴百方誘導之。而
此子甚好看弄影戲，每弄至斬關羽輒為之泣下，囑弄者且緩之。一日
弄者曰：『雲長古猛將，今斬之，其鬼或能祟，請既斬而祭之。』此
子聞甚喜，弄者乃求酒肉之費，此子出銀器數十。至日斬罷，大陳飲
食如祭者，群無賴聚享之，乃白此子，請遂散此器，此子不敢逆，於

是共分焉。舊聞此事不信，近見事有類是事，聊記之，以發異日之笑。」[17]這位富家子可能專財吝嗇，但是卻很自然地產生「至斬關羽輒為之泣下」的同情感和認同感，這可見市民對關羽的崇敬。而那些市井無賴固然是用關羽的威懾力來恐嚇富家子，才有祭拜關羽的行為，但從中也說明關羽已經開始由鬼怪向人格神演變。

　　南宋時期，帝王對於關羽的加封還有兩次。高宗建炎二年（1128）追諡「壯繆義勇」[18]。孝宗淳熙十四年（1187），又加封為英濟王。至此，關羽封號為「壯繆義勇武安英濟王」。後世文獻中記載了孝宗褒封關羽的誥辭，其中彰獎關羽「生立大節，與天地以並傳；沒為神明，亙古今而不朽。」還指出了關羽的神性和威嚴：「凡有禱于水旱雨暘之際，若或見於君蒿悽愴之間，英烈言言，可畏而仰。……」[19]

　　既然有帝王的扶持和提倡，關羽的祠廟也在各地興起。據《宋會要輯稿》〈禮二十〉記載：「蜀漢壽亭侯祠，一在當陽縣，（封號見前引）……一在東隅仇香寺。羽字雲長，世傳有此寺時，即有此祠，邑民疫癘必禱寺僧以給食。」（頁779）宋代方志中僅存《咸淳臨安志》中一條關羽祠廟的記錄：「清元真君、義勇武安王廟，西溪法華山，紹興三十二年（1162）建，一在半道紅。」[20]這條記錄向來引起人們的困惑和誤解，以為「清元真君」是關羽的另一個封號。然而我們如果尋檢筆記小說的記載，則豁然明朗。吳自牧《夢粱錄》卷十四〈土俗祠〉載：「……義勇武安王及清源真君廟，在西溪法華山，一在半道紅街。……」[21]又周密《武林舊事》卷五〈湖山勝概〉載：「關王

---

17 叢書集成初編本，第2860冊，頁14。

18 此次加封時間有「建炎二年」、「建炎三年」兩種說法。參看《漢前將軍關公祠志》卷3〈褒典志〉，《關帝文獻彙編》第8冊，頁591。

19 轉引自《關帝事蹟徵信編》卷三〈爵諡〉，《關帝文獻彙編》第3冊，頁147-148。

20 潛說友編撰，汪遠孫校補：《咸淳臨安志》，清道光十年刊本，卷73。

21 《筆記小說大觀》第7冊（揚州市：江蘇廣陵古籍刻印社，1983年），頁288。

廟，舊滿路種桃，號半道紅。」[22]可見關王廟在半道紅街。而清源真
君是灌口二郎的封號，其廟在西溪法華山，兩者是不同的祠廟。除了
關羽的專祠外，自然還有配享關羽的寺廟。有趣的是，甘寧廟中也有
關羽像。據陸游《入蜀記》卷四載：「富池昭勇廟（甘寧廟）……廡
下有關雲長像。雲長不應祀於興霸之廟者，豈各忠所事，神靈共食，
皆可以無愧邪。……」[23]

　　有關王廟的地方便有關羽的傳說，在荊門城西關羽行祠，流傳著
宣和七年春，關王附於人體降書之事[24]；以及淳熙八年關王為向友正
（又作白友正）傳藥方治病[25]的傳說。荊門玉泉關將軍廟中，還出現
了關羽的（漢）壽亭侯印[26]。而洪邁《夷堅志》記載的潼州關雲長廟
香火之盛，卻與廟祝喻天祐利用神靈貪圖私利有關[27]。儘管如此，伴
隨著宋徽宗朝的崇道活動和道教的世俗化，關羽崇拜在各種因素的影
響下日益興盛起來。終宋一朝，關羽宗教形象的道教色彩尤為濃重。

第二節　元代俗文化背景下關羽信仰的勃興

　　宋朝時期，西部和北部的少數民族族政權一直是宋政權的隱患所
在。西夏在一〇三八年脫離宋朝統治而獨立，一直到一二二七年在蒙
古族的鐵蹄下亡國，竟在西北邊陲與宋、金相持近兩百年之久；契丹

22　《筆記小說大觀》第9冊（揚州市：江蘇廣陵古籍刻印社，1983年），頁175。
23　《筆記小說大觀》第9冊（揚州市：江蘇廣陵古籍刻印社，1983年），頁14。
24　《關帝事蹟徵信編》卷14〈靈異〉，《關帝文獻彙編》第3冊。
25　洪邁：《夷堅志》丙卷10〈公安藥方〉。
26　洪邁：《容齋四筆》卷8〈壽亭侯印〉。《筆記小說大觀》第6冊（揚州市：江蘇廣陵
　　古籍刻印社，1983年），頁340。司馬知白〈壽亭侯印記〉，轉引自《玉泉寺志》卷
　　三〈詞翰志〉，李元才續修，釋亮山補輯，江蘇廣陵古籍刻印社據光緒乙酉重刻昆
　　盧殿藏板，《中國佛寺志叢刊》第14冊（揚州市：江蘇廣陵古籍刻印社，1996年），
　　頁285。
27　洪邁：《夷堅志》甲卷9〈關王幞頭〉。

族建立的遼政權，以強悍的遊牧民族性格窺視著宋王朝；隨後崛起的女真族更是野心勃勃，不但在宋朝的配合下滅了遼國，而且長驅直入，奪據中原，與宋劃江（長江、淮河）而治。西夏和遼國雖然國祚較長，但偏於西北一隅，固然受中原漢文化的輻射並影響改造著漢文化，然而在宗教信仰上，除了佛道二教外，還是較多地保留了本民族的多神崇拜。倒是金代占據長淮以北，深入漢文化腹地，與南宋對峙近百年，深刻影響著北方的文化，也被漢文化所影響。據目前的資料與文物發現，關羽崇拜在西夏和遼國的傳播，尚不太廣泛。僅有一九○九年在內蒙古黑水城（西夏遺址）的古廟發現的金代平水（山西臨汾）版刻、墨線印本義勇武安王像，其傳播不得而知。

　　金朝對漢族宗教採取接受利用政策，對關羽的接受也是一種北宋以來的民眾性崇拜。從金代留下來的石刻史料看，關羽崇拜來自以下幾種途徑和方式。一種是民眾祈求神靈護佑，為關羽建塔。解州直下封村柳園社舍人王興於金大定十七年（1177）丁酉三月十五日，將關王祖塔重加完葺，記道「義勇武安王，世祖解人，興於漢靈帝中平元年甲子，輔蜀先主佐漢立功。伏以大王勇略天資，英謀神授，盡忠義於先主，不避艱難。棄富貴于曹公，豈圖爵祿。當時志氣，曾分主上之憂；今日威靈，猶賜生民之福。今者本莊舍人王興將一千五十四年前祖塔重加完葺，伏願神靈降佑。一境之中，萬事清吉，風調雨順，國泰民安」[28]。一種是寺廟主持在寺廟內供奉關羽。大定十三年（1173），山西太原平遙縣冀郭村慈相寺主持福澄在寺內法堂與東廡之間新修關廟[29]，郝瑛的題記中指出：「將軍關羽者，為時名將，以韜略英雄，信義忠貞，臣於蜀主。而諸葛孔明謂髯之逸倫絕群，其才有足稱，卓然所立者，昭昭于國志之書，載之詳矣。」修繕關廟自然也

28　〈關大王祖塔記〉，《石刻史料新編》，《山右石刻叢編》卷21，頁15416。
29　〈慈相寺關帝廟記〉，《山右石刻叢編》卷21，頁15408。

是對這位婦孺皆知的忠義良將的崇拜。一種是地方官吏在縣治建關羽祠，以便早晚禱告，答謝神靈。金泰和初，信武將軍完顏師古便對汲縣縣治，即故尉司公廨內舊有的武安王祠重加修飭[30]。一種是關王顯靈處修建祠廟。鞏昌府仁壽山的關廟便是相傳金大定間，關羽在此顯靈抵禦敵寇而建廟祠祀[31]。而田德秀的〈嘉泰重修廟記〉[32]記載，在當時考慮到關羽之廟「歲久將弊，特降明命而完新之。」由此可見，金朝統治者對於關羽崇拜還是扶持的。

　　元朝對漢族文化進行具有本族色彩的統治，在宗教政策上，基本融合了蒙古族的宗教信仰與漢族的宗教信仰，統治者也是採取封神賜號的措施，使得中國傳統宗教政策得到延續。元朝統治者先後加封了山川神[33]和天妃[34]、李冰、二郎神[35]等民間神祇，也加封蒙古巫者所奉神靈[36]。三國人物中，諸葛亮[37]、張飛[38]和關羽也先後被賜封。關羽的加封在文宗天曆元年（1328）：「加封漢將軍關羽為顯靈義勇武安英濟王，遣使祠其廟」。除了帝王的封號之外，在民間還為關羽加上了一串長長的稱號。題為「至順二年（1331）立，今在正定府城內隆興寺」的〈武安王封號石刻〉[39]和大元國至正十三年四月中旬

---

30 王惲：〈義勇武安王祠記〉，《秋澗集》卷39，《四庫全書》第1200冊，頁501。

31 同恕：〈關侯廟記〉，《榘庵集》卷3，《四庫全書》第1206冊，頁682。

32 《解州關帝廟》，頁37。

33 「至正十一年四月，加封河瀆神為靈源神祐弘濟王，仍重建河瀆及四海神廟」（《元史》〈本紀〉，頁891。）

34 中統十五年八月，封「泉州神女號護國明著靈惠協正善慶顯濟天妃」，至正十四年十月，封「輔國護聖庇民廣濟福惠明著天妃」（《元史》〈本紀〉，頁204、916。）

35 至順元年，封「秦蜀郡太守李冰為聖德光裕英惠王，其子二郎神為英烈昭惠顯靈仁祐王」（《元史》〈本紀〉，頁750。）

36 至順二年，封「蒙古巫者所奉神為靈感昭應護國忠順王，號其廟曰靈祐」。（《元史》〈本紀〉，頁775。）

37 至治二年閏月，「封諸葛忠武侯為威烈忠武顯靈仁濟王」（《元史》〈本紀〉，頁622。）

38 至元六年九月，「加封漢張飛義武忠顯英烈靈惠助順王」（《元史》〈本紀〉，頁858。）

39 《常山貞石志》卷20，頁13523。碑高一尺四寸二分，廣六寸五分，行行十三字。

有九日立石的〈關廟詔〉[40]都刻下了「敕封齊天護國大將軍、檢校尚書、守管淮南節度使、兼山東河北四門關鎮受招討使、兼提調遍天下諸宮神殺無地分巡案、管中書門下平章政事、開府儀同三司、紫金光祿大夫，駕前都統軍、無佞侯、壯穆義勇武安英濟王、護國崇寧真君」的稱號。既不見史載，反映的是民間的關羽信仰形態。

元代關羽的祠祀更為廣泛，以至於「郡國州縣、鄉邑閭井盡皆有廟」[41]。據史料記載的便有二十多處。而且形式不一。有專祀也有陪祀，有與道宮一起供奉，也有與佛像一起祀饗。

廟名	修建年代	地點	修建人	出處
義勇武安王廟	宋慶元間建	（金陵）城內東南隅，禦街東		《宋元方志叢刊》《至正金陵新志》卷十一
慈相寺關真君廟	金大定十三年（1173）	平遙縣	寺主澄	《山右石刻叢編》卷二十一
關侯廟	金大定年間	陝西鞏昌		同恕〈關侯廟記〉
義勇武安王祠	金泰和初年	汲縣		王惲〈義勇武安王祠記〉
義勇武安王廟	金正大四年（1227）	山西樂平		宋超《義勇武安王廟記》
關王廟	至元五年（1268）重建。	定海縣西北四里		《宋元方志叢刊》《至正四明續志》卷九
關王廟	元大德三年（1299）	丹徒縣江口坊豎土山側	縣尉孫琳建	《宋元方志叢刊》《至順鎮江志》卷八
武安王廟		南北二城約		《析津志輯佚》〈祠廟〉

40　《山右石刻叢編》卷38，頁15825。碑高一尺一寸，廣二尺十七，行行十一字，正書，今在鄉寧縣。

41　郝經：《重建廟記》。

廟名	修建年代	地點	修建人	出處
		有廿餘處，有碑者四		〈儀祭〉
義勇武安王廟	壬子歲建	在大定府西關		《元一統志》卷二〈大寧路〉〈古蹟〉
顯靈義勇武安英濟王廟	歸附後建	慈溪縣縣治南十步		《宋元方志叢刊》《至正四明續志》卷九
武安廟	開化之九月	和州縣之東	和州李侯	《四庫全書》《桐山老農集》卷一〈武安王廟記〉
關王廟		昌國州之東		《宋元方志叢刊》《至正四明續志》卷九。另《大德昌國州圖志》卷七，關王廟在州城之東
漢義勇武安王廟	大德元年（1297）建	順天府雞水南湖之右	權帥府事苑德	郝經《重建廟記》
武安王廟		解州聞喜縣西關		《山右石刻叢編》卷十七
顯靈義勇武安英濟王碑	天曆二年（1329）	揚州舊城三元巷		《十二硯齋金石過眼錄》卷十八：《顯靈義勇武安英濟王碑》
武安王封號石刻	至順二年（1331）	正定府城內隆興寺		《常山貞石志》卷二十：〈武安王封號石刻〉
武安王廟	元統二年（1334）七月	彰德府城西北隅觀音堂		《安陽縣金石錄》卷十：〈創建武安王廟記〉
顯靈義勇武安英濟王碑	至至（有誤）二十七年八月立	萊州府城		《山左金石志》卷二十四：〈關帝廟碑〉
顯靈義勇武安	元統二年	高唐州城內		《山左金石志》卷二十

廟名	修建年代	地點	修建人	出處
英濟王之廟	（1334）八月			三：〈重修關帝廟碑〉（頁14778）
永慶寺關公像	至正九年（1349）七月	安陽縣		《安陽縣金石錄》卷十二：〈造石香爐記〉
關廟	至正十三年（1353）	今在鄉寧縣		《山右石刻叢編》卷三十八：〈關廟詔〉

資料所見金元關廟一覽表

　　尤為值得注意的是，元代開始有一些關於關羽崇拜的民俗活動的記載。據《析津志輯佚》〈祠廟〉〈儀祭〉[42]載：「……武安王廟，南北二城約有廿餘處，有碑者四。一在故城彰義門內黑樓子街，有碑。自我元奉世祖皇帝詔，每月支與馬匹草料，月計若干，至今有怯薛寵敬之甚。國朝常到二月望，作遊皇城建佛會，須令王監壇。一在北城羊市角北街西，有碑二，記其靈著。一在太醫院前，揭曼碩有記。」這段話不僅記錄了析津的關廟情況，而且記載了遊皇城的宗教活動，其中關羽是監壇之神。同樣的活動見於《元史》〈祭祀志六〉：「世祖至元七年（1270），以帝師八思巴之言，於大明殿御座上置白傘蓋一，頂用素段，泥金書梵字於其上，謂鎮伏邪魔護安國剎。自後每歲二月十五日，於大明殿啟建白傘蓋佛事，用諸色儀仗社直，迎引傘蓋，周遊皇城內外，雲與眾生祓除不祥，導迎福祉。」這就是遊皇城的佛事活動。而且準備工作從正月開始，「歲正月十五日，宣政院同中書省奏，請先期中書奉旨移文樞密院，八衛撥傘鼓手一百二十人，殿後軍甲馬五百人，抬昇監壇漢關羽神轎軍及雜用五百人。宣政院所轄官寺三百六十所，掌供應佛像、壇面、幢幡、寶蓋、車鼓、頭旗三百六十

---

42 熊夢祥著：《析津志輯佚》（北京市：古籍出版社，1983年），頁57。

壇⋯⋯」（頁1926），還有教坊司的樂戲雜辦。這些執事人員由官府發給鎧甲袍服器仗，鮮麗整齊，裝束奇巧，首尾排列三十餘里。活動之日還要由官府人員監督，「禮部官點視諸色隊仗，刑部官巡綽喧鬧，樞密院官分守城門，而中書省官一員總督視之。」活動需要歷時幾天才能完成。「先二日，于西鎮國寺迎太子游四門，昇高塑像，具儀仗入城。十四日，帝室率梵僧五百人，於大明殿內建佛事。至十五日，恭請傘蓋於御座，奉置寶輿，諸儀衛對仗列於殿前，諸色社直暨諸壇面列於崇天門外，迎引出宮。至慶壽寺，具素食，食罷起行，從西宮門外垣海子南岸，入厚載紅門，由東華門過延春門而西。帝及后妃公主，于玉德殿門外，搭金脊吾殿彩樓而觀覽焉。及諸對仗社直送金傘還宮，復恭置御榻上。帝室僧眾作佛事，至十六日罷散。」這一活動已成為每年必行的佛事。「歲以為常」、「或有因事而輟，尋復舉行。夏六月中，上京亦如之。」在這佛教的盛大活動中，關羽雖然只是監壇之神，但也充分說明他降魔祛災的神職。不管屬於哪種宗教形態，都是朝廷和民眾民俗活動的一部分。

另外，據《析津志》〈歲紀〉載：「（五月端午）南北城人於是日賽關王會，有案，極侈麗。」賽關王會是五月慶端午精彩活動中的一項，而且「貂鼠局曾以白銀鼠染作五色毛，縫砌成關王畫一軸，盤一金龍。」至於賽會上的音樂雜戲，也甚是精彩。「若鼓樂、行院，相角華麗。一出於散樂所制，宜其精也。」

由上可見，元朝少數民族的統治並沒有阻礙關羽信仰的普及進程，而且元朝寬鬆的文化政策以及在此土壤中迅速成長的俗文化形式和俗文學樣式，為三國故事和關羽故事的傳播起了推波助瀾的作用。

元代胡琦的《關王事蹟》是一種宗教性質的讀物，它將關羽生前事蹟和死後靈蹟記錄下來，並對歷代關王封祀及廟記碑記加以裒集，開明清關羽聖蹟書籍之源頭。此書五卷，有明成化七年張寧刻本，前有胡琦戊申至大元年正月上元序和題為「前進士雲岩李鑒」至大戊申

端陽日序。似於至大元年（1308）刻書，然而書中有皇慶元年
（1312）玉泉寺住山廣鑄事，則又似在此之後。明人王圖在〈漢前將
軍關公祠志序〉談到此書則說：「元季胡光瑋氏始哀公遺跡及墳廟創
立始末，輯而傳焉。公祠之有志也，則自胡氏始也。然胡氏獨志其玉
泉者耳，且其采撮尚多疏漏。國朝解守張君寧，嘗踵胡氏舊編繕修新
志，亦屬躊駁。……」以此則張寧在成化年刻書時恐有增修。

　　胡琦，《元史》無傳，據後人記載其字光瑋，隱居當陽之漳濱，
《玉泉寺志》〈列傳〉[43]：「胡琦，字漳濱，當陽人也，係宋胡安國之
云（疑有誤）。仍《荊志》。安國有宅在北門外新店，宋末廢落，元詔
復其家。琦因奉文定，祀居當陽之漳濱鄉，故號漳濱也。克守家訓，
不樂仕進。州郡征辟者，皆不就。延祐三年（1316）春，山西太原平
遙梁公櫬字仲祿者，宰當陽，慕琦名，延之，乃館於琴堂。公言其先
祖瓊公蒙關聖顯靈平武仙賊，琦感於心，乃撰《關王事蹟》。後以壽
老於家。」除了《關王事蹟》五卷外，據其自序另有《玉泉志》三
卷。據《當陽縣志》卷七《祀典志》載：胡文定（安國）在宋崇寧間
為蔡京所排擠，退居漳濱，卒葬於此。胡安國有三子：寅、宏、寧，
胡琦與胡安國之關係不明。

　　《關王事蹟》一、二卷為「實錄」，實際上是關羽生平傳記。後
有胡琦之論說。卷三為「神像圖、世系圖、年譜圖、司馬印圖、亭侯
印圖、大王冢圖、顯烈廟圖、追封爵號圖」，卷四是「靈異、制命」，
卷五為「碑記、題詠」，基本上囊括了元代以前的關羽傳說與史料。
胡琦編撰此書，自稱是慕雲長之義勇忠節，病世傳之鄙俚怪誕。而關
雲長自南宋社會動亂時期，以其忠勇精神從諸神中提拔而出，成為民
族氣節和精神的代表，尤為符合由宋入元的遺民心態。李鑑《題刻胡
琦新編事蹟序》中有「夫漢賊不兩立，王業不偏安，則討樊所以去

43　《玉泉寺志》卷7，《中國佛寺志叢刊》第15冊，頁679。

賊，去賊所以興漢也」以及「天不祚漢」的感歎，認為「天之心雖不可得而回，而神之心則雖百死而不忍背漢也。」這既是對雲長的激賞，也是抒發天意已定後，仍然人心向漢的民族感情。

不管怎樣，只要有戰爭，就一定有保家衛國的重任，就有時代對忠和勇的需求，這種要求在特定的時代氛圍中有特定的意義。在宋元之際表現的是民族氣節和遺民心態，在元末則又表現為抗擊起義軍，保護城池。元無名氏的《保越錄》描寫至正十八年冬十一月事。讚頌樞密院副使呂珍等人誓死護城的英勇事蹟。其中，在戰鬥進入相持階段時：「丙午，大軍之勢益熾，皆致死，將登城。御史大夫慶重率官僚禱城隍廟及武安王廟。」在禱告之後，果然「至午後暴風雨忽起，飛石揚沙，塵埃蔽面，人馬不能正立，大軍將旗俱折。器械鋪舍，縱橫散亂，白晝晦冥，我軍乘勢擊之。……奚燒其捲笆竹牌，攻城之具，盡被我軍所得，……城外望見城中常有紫雲覆護。」在神靈默默的護佑中，戰將的英勇與關羽的義勇聯成一氣，將保衛越城的鬥志高高揚起。這就是關羽在戰場上切實的作用[44]。

第三節　宋元史傳中的關羽形象

宋元史著中出現的關羽傳大致沒有超出《三國志》關羽本傳的範圍。但是在編纂歷史的視角和技巧上體現出史學家們各自不同的風格，由此折射出關羽形象特徵的多向性。

在宋朝的兩部別史中出現了兩篇關羽傳。其一是鄭樵《通志》卷一一八的〈關羽傳〉，其二是蕭常《續後漢書》卷九〈關羽傳〉。這兩篇史傳與陳壽正史的文字風格相近，幾乎與正史全同，稍微的區別在於，分別選擇了不同的裴注插入傳文中。而這微細的穿插帶給兩篇傳

---

44 《歷代筆記小說集成》(石家莊市：河北教育出版社)，元代部分，第3冊，頁279。

記中的關羽形象不同的面貌。鄭樵在傳首寫道:「關侯字雲長,本字長生,河東解人也。好左氏傳,諷誦略皆上口。」關羽愛好《左氏春秋》是《三國志》關羽本傳裴注置於傳尾所引用的《江表傳》中的內容,在鄭樵傳中得到突出,而且關羽這一愛好在辭曹事中得到驗證。作者在關羽向張遼表示要立效報曹而去之後,將裴注中引用《傅子》有關張遼矛盾心理的一段插入:「遼欲白操,恐侯見殺;不白,非君臣之道。歎曰:『曹公,君父也;侯,兄弟耳。』遼遂白之。操曰:『事君不忘其本,天下義士也。度何時能去。』遼曰:『受公恩,必當立效報公而後去。』」在此,突出了關羽之義以及曹公對其忠義的嘉賞。辭曹一事便成為關羽深明春秋大義,忠於劉備的重要表現。蕭常的《關羽傳》則在劉備遭曹操追擊,從樊城南下,與關羽共至夏口之後,插入裴注中引用《蜀記》的許田射獵一段:「初,昭烈在許,與操共獵,獵中眾散。羽勸昭烈殺操,昭烈不從。及是,羽曰:『往日獵中,若從羽言,豈有今日之困?』」意在表現關羽之謀略,對曹操則視以敵對的心態。二傳在人物稱謂上與《三國志》有所不同,對於曹操,《三國志》稱曹公,二傳都直呼曹操。鄭樵傳中呼關羽為關侯,蕭常傳呼劉備為昭烈,從此也可見宋朝以蜀漢為正統的思想。二傳除了插入傳記的裴注外,其他幾條裴注一概略去。作者的取捨態度很明顯,對關羽的評價也在暗暗提升。

　　元朝的郝經在其《續後漢書》卷十六也有一篇〈關羽傳〉。傳中以小字將《三國志》的原注注明[45],但是有些裴注被插入傳文。傳記對關羽事蹟的加工主要在後半段。例如,在吳、蜀爭奪荊州時,將關羽逐吳三郡長吏事加入:「昭烈既得益州,孫權遣使求荊州諸郡,昭烈不許。權遂置長沙、零陵、桂陽三郡長吏,羽盡逐之。權大怒,遣呂蒙督兵取三郡,遂分荊州,以湘水為界,羽督南郡、零陵、武陵以

---

45 注為苟宗道所加。

西而已。」旨在表明關羽與吳的仇隙自此始生。後來又加重關羽威震
華夏的筆墨：「羽又別遣將圍將軍呂常于襄陽，荊州刺史胡修、南鄉
太守傅芳皆降於羽。」而後，在曹操欲徙都時，加入司馬懿等人勸告
的原話表現出蜀吳外親內疏的關係。最後在展現關羽與孫權的分裂
時，插入裴注所引《典略》關於關羽因孫權出兵淹遲而對其責罵威
脅，以及〈吳書〉〈呂蒙傳〉關羽擅取孫權湘關米事。充分展開了當
時魏蜀吳之間的矛盾和在利益關係上的聯合與較量。關羽死後，孫權
為了全據荊州，將關羽之首送給曹操，曹操求其屍以禮葬之。之後插
入關羽出征時夢豬齧足事以及關羽好《春秋左氏傳》等，寫道：「景
耀元年追諡忠義，羽儀狀雄偉，岳岳尚義，儼若神人。好《春秋左氏
傳》，諷誦略皆上口，然剛而自矜，終以取禍雲。」最後寫道：「景耀
末，龐德子會從鍾、鄧入寇，盡滅關氏家。」作者對關羽悲劇結局的
描寫十分深刻，而在選擇並確信裴注中關氏滅族的記載這一點上似乎
不夠客觀。

　　儘管每個時期的史學家都儘量要以接近歷史真實的語言進行敘
述，而事實上，歷史話語並不能再現出精確對等於歷史，並按其順序
排列的那個現象領域。「列維－斯特勞斯堅持認為，歷史從不知是為
自身的，歷史總是有目的的。說它有目的是由於歷史是為某個意識形
態目標為參照係數而寫成的。」[46]以上各史傳中關羽形象所具有的不
同傾向很鮮明地證實了這一點。中國的史籍由編年體走向紀傳體，是
一種對歷史序列的文本突破，同時在闡釋歷史的過程中加入了更多人
文色彩。關羽的歷史形象在以史傳為載體流傳時也得到史學家的不同
闡釋。

---

46 〔美〕海頓‧懷特：〈歷史主義、歷史與修辭想像〉，《新歷史主義與文學批評》，頁
183。

第四節　宋元民間口頭史詩中的關羽形象

　　在三國故事的流傳中，《三國志平話》和成化刊本詞話《花關索傳》都可以看作是早期說唱的口述記錄。《三國志平話》有元代至治年間（1321-1323）刊行《全相平話五種》本，和刊行年代尚有爭議（一說一二九四年，一說一三五四年）的《至元新刊全相三分事略》本。作為講史藝人的的說話底本，《三國志平話》屬於詩贊系的講唱文學，是民間藝人汲取歷代史書而對三國史事進行的通俗性創造加工之後的產物。《花關索傳》是明代成化十四年（1478）北京永順堂刊印的說唱詞話，其刻印的形式風格與《全相平話五種》一樣，故有學者認為其初刻年代可以上推到元代[47]。這部樂曲系的詞話雖然以三國為時代背景，但是主要描寫關羽之子花關索——一個不見史載、民間流傳的中世紀英雄——的傳奇人生經歷，其中所有的關於英雄的成長、神奇的武器，男女英雄決鬥後的訂婚等大量史詩母題的存在，反映出其作為民間英雄史詩的特徵。在這些口頭文學中，關羽並不是最活躍出色的人物，卻無疑已經具有了豐富的個性特徵、強烈的道德評判色彩以及突出的神秘力量。

　　《三國志平話》和《花關索傳》中的關羽形象，並不是某個民間藝人的獨立創作，而是歷史故事進入民間說唱敘事傳統，在民間長期流傳演化而成。其形象和故事的生成類似西方的史詩。「正如『特洛伊陷落』的故事那樣，『拉布達刻司之屋』（House of Labdakos）的故事和其他希臘英雄史詩傳奇，就其本身而言，它們並非源於某一特定作者的虛構，而是全體人民的創造，並一代又一代相傳下來，欣然地傳給那些樂意講述它們的人。因此，在講述中呈現的風格也不是一種個體的創作，而是大眾的傳統（popular tradition），並且這是在經過

---

47 趙景深：〈談明成化刊本「說唱詞話」〉，見《曲藝叢談》（北京市：中國曲藝出版社，1982年）。

了若干世紀的發展，在詩人和聽眾中逐步形成的傳統。」[48]

　　《三國志平話》作為宋元講史話本，其中的故事大致還是根據歷史事實來發展編排的。而關羽的故事輪廓已經存在於《三國志平話》中，包括：「桃園結義」、「關公襲車冑」、「關公刺顏良（文醜）」、「曹公賜雲長袍」、「雲長千里獨行」、「關公斬蔡陽」、「古城聚義」、「關公單刀會」、「關公斬龐德」、「關公水淹七軍」等情節片段。其中，刺顏良、擒龐德、水淹七軍都是史傳中有所記載的，具有歷史的真實性。而更多的史事則被不同程度地進行加工改造。有的是移花接木，如「斬蔡陽」者本不知是何人，卻說是關羽所殺；刮骨療毒中，為關羽療毒之人也不知何人，卻變成三國時的名醫華佗——可能在民眾心目中，華佗已經成為三國時期醫者的代號。有的是陰陽差錯，如單刀會，本來是魯肅深入蜀軍駐地[49]，並且詰難關羽，平話中雖是魯肅過江，卻帶兵三千，暗藏殺心。關羽則是「腰懸單刀」，「南赴魯肅寨」。關羽成為孤膽英雄，一舉挫敗魯肅的陰謀。平話中還有著與同時代戲曲（如關漢卿《單刀會》）中相同的「羽不鳴」、「鏡先破」的劍拔弩張的描寫，表現關羽的剛勇之氣。除了對史事的民間加工外，「桃園結義」、「古城聚義」等情節則更多地是來自民間江湖義氣的寫照。義、勇是平話中關羽形象的主要特徵，平話中還提到「關公自小讀書，看《春秋左氏傳》，曾應賢良舉」，「喜看《春秋左傳》，觀亂臣賊子傳，便生怒惡。」其武將之勇因此而不同於張飛，具有儒雅知禮的道德修養。而辭曹歸漢，千里獨行情節也成為後來文人創作中著力擴充和宣揚的部分。

　　如果說平話所繼承的是歷史傳統，《花關索傳》沿襲的則更多為

---

48 〔美〕約翰‧邁爾斯‧弗里，朝戈金譯：《口頭詩學：帕里－洛德理論》第2章：〈米爾曼‧帕里：從荷馬文本到荷馬口頭傳統〉（上海市：社會科學文獻出版社，1995年版），頁48。

49 據史傳記載，本來是在益陽舉行，是魯肅深入蜀軍駐地。見《三國志》〈吳書〉卷54〈魯肅傳〉，頁1272。

神話傳統。《花關索傳》中的關羽是作為神魔之父的身分出現的，描寫關羽形象著墨不多。正面的肖像描寫僅見《花關索貶雲南傳》中。劉備收了成都府後，擺下太平宴，封關羽為荊州並肩王，張飛為閬州一字王。筵席間，關羽建議三人分別駐守，劉備要關羽先唱得蕭牆倒才叫他們分開。這時只見：「（唱）關公當時忙披掛，渾身結束做將軍。槽頭牽過赤兔馬，抬過鋼刀似板門。且說關公怎打扮，連環鎧甲戰袍紅。頭下烏髭撒五路，金獸寶刀青跡踏，繡鞍馬跨赤鬃龍。似此將軍凡世少，只疑神下九天宮。征袍戰驥荊無色，刀和朱纓一樣紅。匹馬單刀，連喝三聲，只見一聲響亮，到了蕭牆。」[50]蕭牆之患喻指內部潛在的禍害，使人聯想到「禍起蕭牆」的典故。關羽喝倒蕭牆可能也是一種對於這三個結義兄弟接踵而來的分離、遇害的暗示。這裡體現出關羽具有一種非常的法力，而全篇詞話便是著力從側面渲染了關羽武器（青龍偃月刀）、坐騎（赤兔馬）的神奇：關索多次得到赤兔馬的神力相助，打敗對手；關羽的刀法是關索復仇的重要功力。此外，詞話中還描寫了關羽的傲氣。《花關索下西川傳》中，劉備、張飛、諸葛亮等人率兵收取西川，被鬼頭王志和呂凱等人圍困在閬州城，劉備寫信由姜維送到荊州關羽處求救：「關公接了書來看，微微冷笑兩三聲。當初不用爺兒將，今朝卻做受圍人。傳語哥哥休要怪，鎮守荊州不出門。（說）關公道：『姜維去時，不用爺兒們；今朝卻來取，我也不去。』」姜維於是將黑松林轉鋼叉呂凱寫的向關羽挑釁的字給關羽看。「關公看了道：『這廝無理，我和你有甚冤仇？』當時便喚關平、關索本不去，一來要捉轉鋼叉呂凱，二來救哥哥皇叔，不負桃園結義之心，我父子都走一遭。」[51]從這兒看，關羽的傲氣爭勝之心勝於兄弟情誼，須用激將法才得以調動。

50 朱一玄校點：《明成化說唱詞話叢刊》（鄭州市：中州古籍出版社，1997年），頁51-52。

51 朱一玄校點：《明成化說唱詞話叢刊》（鄭州市：中州古籍出版社，1997年），頁42。

　　這兩部早期說唱文學中，關羽形象的人性與神性都還僅僅初具模型。而從關羽與其他人物形象相關的故事中可以汲取一些具有民間敘事傳統的情節單元，這些情節單元有的被後來的文人創作所吸收，有的卻是民間特有的敘事視角。

一　結義兄弟

　　兄弟結義的母題在民間文學中有廣泛的流傳[52]，《花關索出身傳》開始時對於劉、關、張三人結義的描寫便帶有江湖草莽英雄的特色：「（白）關、張、劉備三人結為兄弟，在姜子牙廟裡對天設誓，宰白馬祭天，殺黑牛祭地。只求同日死，不願同日生。哥哥有難兄弟救，兄弟有事哥哥便從。如不依此願，天不遮，地不載，貶陰山之後，永不轉人身。」[53]張飛和關羽交換著殺了彼此家小之後，與劉備前往興劉山替天行道作將軍。而平話屬於向書面文學過渡的敘事文本，已將結義的地點安排在桃園。與小說《三國志演義》比較起來，平話雖然也重點突出了劉備作為劉漢皇室後代的身分，但其三人的結義誓詞中尚未有「上報國家，下安黎庶」的忠君報國思想，平話所敘述的也主要是以劉、關、張三人為中心（後來諸葛亮出現也成為中心）的沙場立功，失而復聚，報仇興兵等故事，與三國問鼎風雲的真實史事還相差甚遠。關羽下邳降曹這段故事，平話處理成為「兄弟失散──產生誤會──長途跋涉──誤會解除」的結構。其中，不但張飛產生誤會，劉備對於關羽攜其家小投曹操，斬袁紹雙將險些危及性命也有不滿，指責關羽「無兄弟之心」、「無桃園之恩」。小說中劉備所表現出的堅信不疑確實有些「長厚而近偽」。後來劉備在關羽、張飛死後發

---

52 參考李福清：《三國演義與民間文學傳統》（上海市：上海古籍出版社，1997年），頁70-76。

53 朱一玄校點：《明成化說唱詞話叢刊》（鄭州市：中州古籍出版社，1997年），頁2。

起的伐吳戰役又是對結義誓詞三人同生共死的踐履。作為以英雄為中心的講史平話，這一結義的情節單元顯然成為敘事的主線，是對義這一道德品質的貫徹與實踐。

二　王位繼承

　　李福清認為「平話裡的結義使得國君劉備與他的勇士們之間產生了宗法關係的氛圍。」同時他引用了這樣一段話。「有一些史詩在『史詩時代』的焦點上站立著一個理想的史詩國家形象⋯⋯既然這個國家不僅是民族歷史的，而且是社會歷史的烏托邦，那末，其中代表政權和民族團結的『王侯』和反映人民理想的壯士們就會處於宗法的關係之中。」[54]在平話的民間敘事話語中，劉、關、張這種由兄弟而生的宗法關係表現為關羽對蜀漢王權繼承的干涉上，由此引發了關羽與劉備義子劉封的矛盾關係，並造成關羽的死亡。平話中，諸葛亮迴避了立嗣問題，讓劉備問遠在荊州的關羽，關羽指出劉封為義子，劉禪為嫡子，言下之意，當立嫡子，立嗣之事一錘定音，劉封也因此懷恨在心。而從《花關索傳》中關索與劉封的衝突，也隱約看出劉封欲做太子，繼承天下的野心。關羽恐怕未必真的對立嗣問題有如此重要的決斷。根據史實，《三國志》〈劉封傳〉中記載，劉封在劉備入川時正當年輕力壯，「時封年二十餘，有武藝，氣力過人」，而且屢立戰功。然而劉備自稱漢中王時，卻立年幼的劉禪為太子，從嫡子義子的親疏關係看，劉備立劉禪也在情理之中。但劉封確實強於劉禪，不管是否有野心，他確實是劉禪繼位的一個威脅。所以劉封的死，是劉備與諸葛亮為了避免立嗣問題引出紛爭而採取的政治行動。史載：「先主責封之侵陵達，又不救羽。諸葛亮慮封剛猛，易世之後終難制馭，

---

54 〔俄〕E・M・梅列金斯基：《民間史詩》，轉引自李福清：《三國演義與民間文學傳統》，頁75。

勸先主因此除之。於是賜封死，使自裁。」[55]至於荊州戰役中劉封、
孟達的缺援，史載：「……自關羽圍樊城、襄陽，連呼封、達，令發兵
自助。封、達辭以山郡初附，未可動搖，不承羽命。會羽覆敗，先主
恨之。……」[56]上庸、西城二地歸附不久，邊境上情況複雜，劉封不
出兵援救關羽恐怕事出有因。而在這些史實的串聯中，作為劉備義弟
的關羽與作為劉備義子的劉封之間的關係自然引人浮想聯翩。王權繼
承是封建社會的一件大事，皇室權力之爭是民間社會所津津樂道的話
題。從民眾的眼光看，作為結義兄弟，關羽與劉備的關係自然非同一
般，具有參與決定立嗣的權力。而劉封的悲劇與關羽的悲劇相關聯，
真實的歷史為史詩中虛擬的國家社會平添了幾分似真似幻的傳奇色
彩。《花關索傳》中劉封的結局十分悲慘：「鼓框裡面打釘子，便把冤
家報此仇。後殺他在牛皮內，害民劉封斷了蹤」[57]。《三國志演義》中
襲用了這個母題，並把它放在塑造忠義品格的情節格局中加以褒貶。

三　義士與奸臣

　　關羽與曹操之間發生的故事也是由史傳加上民間構思而來。曹操
與劉、關、張三人在伐董卓、破袁術、呂布等軍事鬥爭中是聯合的關
係。曹操對劉、關、張三人還有某種程度上的引見之恩。而從平話中
可見，百姓對曹操還是帶有強烈的貶損的感情色彩和價值取向。包括
他灞橋聽任張遼設計陷害關羽，另外曹操攻打荊州在平話故事中卻是
為了索取陳登之女供其淫樂，分明是個奸詐好色之徒。而曹操與關羽
的關係之所以特別，特別在他對關羽的知遇之恩。身在曹營的關羽事

---

55 《三國志》〈蜀書〉卷40〈劉封傳〉，頁994。

56 《三國志》〈蜀書〉卷40〈劉封傳〉，頁991。

57 朱一玄校點：《明成化說唱詞話叢刊》，《花關索出身傳》（鄭州市：中州古籍出版社，
　　1997年），頁2。

蹟見於史載，斬將立功、知恩圖報、重義輕利是關羽的過人之處。所以也成為民間藝人著力創作的情節片段。當關羽脫身離去——離開時，民間故事中曹操的設計陷害與史實中的遣其不追是不相符合的——他和曹操的關係由友人再次變為敵人。這種戲劇性的角色變換，便是民間藝人發揮創造力的最佳切入點。小說選擇赤壁之戰這一見於史載，大規模的孫劉曹三個集團之間的戰爭，選擇曹操狼狽潰退的時刻，設定關羽與曹操正面遭遇的場景，表現亦敵亦友的較量，情與法的尖銳對立，矛盾的最終化解，成為經典的文學構思。平話中，是以「面生塵霧，使曹公得脫」來解決矛盾的。這一非人力解脫的結局避免了關羽的尷尬，但是人性挖掘不深，終不過是百姓單純美好的想像。

四　主僕忠義

在《三國志平話》中，周倉似乎與關羽沒有什麼關係，而是作為漢將出現在六出祁山，驅使木牛流馬運糧的故事中。周倉作為負責打造木牛流馬並運輸糧食的長官，詐降司馬懿，將木牛流馬經獻與他，使司馬懿中諸葛之計。詞話《花關索傳》中，周倉本是關索下西川途中收服的成都府元帥，後來跟了關元帥，做了「擎刀得意人」。在荊州之戰時，糜竺糜芳獻了荊州，投了吳王，「關公、周倉便走，引殘兵敗將，直走到玉泉山下，又被吳王軍起身擋住關公人馬，一日一夜。關公道：『周倉，三軍都餓倒，我又肚中饑了。』周倉道：『我去尋個山獸充饑。』走了一遭，並無一物，自道：『主公饑。』去左腿上割肉一塊，火上炙熱，走至寨中，與關公充饑。停了一個時辰道：『周倉，我又饑。』周倉又去尋，並無一物，又去右腿上割下肉一塊。周倉無食，虛暈倒了。關公等了多時，只見小軍報道：『周倉死了。』關公道：『他如何死？』小軍道：『他為主公無食，腿上割肉，

虛暈倒了。』關公叫苦：『怎地是好？』」[58]。周倉割肉的壯烈情節是詞話獨有，與「介之推割股啖君」的故事相仿，周倉對關公的忠已經超出了生命的界限，是無限的忠誠，是對神靈的膜拜與捍衛。

五　父子神魔

　　民間關於關羽之子關索的傳說流傳較早，詞話中設計了認父的場面：「荊王道言不要說，拍手擺頭不認人。大小官員勸不得，走上胭脂馬便行。才方道罷猶未了，關索心下怒生嗔。看你今朝那裡去，如何不認自家人。好生今日認兒子，做個遮槍護劍人。若是聲言不忍認，橫山落草做強人。」[59]史詩中有父子決鬥的母題，這裡將其矛盾淡化。關索的形象與哪吒一樣屬於神靈的子輩，能夠借助父親的法力降魔伏妖。這種父子神魔的關係，對歷史人物關羽來說，則是神話傳統在關羽形象塑造上的表現。

　　在這兩部早期說唱中，很明顯可以看出口頭史詩中關羽形象所受到的歷史傳統與神話傳統的影響。正如洛德所說「歷史『進入』或是以其一般特徵折射在口頭史詩和民謠傳統之中，但絕非歷史引發了口頭傳統。」[60]「歷史事件不能為一種範型提供相應的強度和力量，以拯救處於變化過程之中的傳統。這些變化不是時間導致的衰落，而是持續出現的由後繼的世代和社會所作出的再度詮釋。傳統並沒有衰落，而是存在於綿延持續的復興與更新之中。因而，這些範型保持著如此的推進力就必定是超歷史的。它們的基質（matrix）是神話而不

58　朱一玄校點：《明成化說唱詞話叢刊》，《花關索貶雲南傳》（鄭州市：中州古籍出版社，1997年），頁55。

59　朱一玄校點：《明成化說唱詞話叢刊》，《花關索認父傳》（鄭州市：中州古籍出版社，1997年），頁25。

60　〔美〕約翰‧邁爾斯‧弗里，朝戈金譯：《口頭詩學：帕里—洛德理論》第3章，洛德〈巴爾幹口頭史詩與民謠中的歷史及傳統〉，頁111。

是歷史；因為，並不是故事，而恰恰正是歷史，至少在其可能對故事發生影響的開始之際，其自身就已經被改變了。」[61]民間口頭文學傳統對於歷史和神話的改造在時間的推移中顯示出變化，關羽的形象也是在這種口頭文學傳統中得以形成。

第五節　宋元戲曲中的關羽形象

　　元代有關關羽的故事主要出現在兩種類型的俗文學中，一是說唱文學，以《三國志平話》為代表。一種是元雜劇三國戲。這二者是元代市民文學中的孿生姐妹。元代少數民族統治的文化氣氛，使元雜劇中的關羽故事在史傳文學的基礎上帶有更多市民文學的色彩。此節所分析的雜劇包括元代的作品和元明之際無名氏的作品。

　　元雜劇中的關羽故事按照其創作來源大致可以分為三類。第一類是對宋元說唱平話的故事情節加以再創造的故事。例如關漢卿的《關大王獨赴單刀會》、鄭德輝《虎牢關三戰呂布》、無名氏《關雲長千里獨行》，平話中分別有「三戰呂布」，「關公千里獨行」的小標題和單刀會的插圖。而關漢卿《關張雙赴西蜀夢》與成化刊本《花關索傳》中的情節類似。第二類是在民間傳說的基礎上加工而成的關羽故事。如無名氏《劉關張桃園三結義》，寫關羽早年在家鄉因殺死有叛亂之心的州尹臧一貴和衙門中人，逃亡在涿州范陽，買下酒菜到屠戶張飛處買肉。張飛不在，將切肉的刀子壓在一塊重千斤的石頭下，聲言誰能夠搬動石頭，拿出刀子，買肉分文不取。關羽搬動了石頭取刀買肉，留下買肉錢而去。張飛聞訊，深為敬佩，找到關羽敘話。二人在酒店喝酒時遇見劉備，見其相貌不凡，便邀其同飲。劉備醉酒後蛇鑽七竅，被認做大富之人，關羽主張不問年紀，拜劉備為兄。三人到涿

---

61 〔美〕約翰・邁爾斯・弗里，朝戈金譯：《口頭詩學：帕里──洛德理論》，頁109。

州郡城外的桃園結拜兄弟。雜劇補充了史傳中所記載的關羽「亡命奔涿郡」之前的故事，並且三人結義的過程不同於平話而頗具民間傳奇色彩。再如《關大王大破蚩尤》是搬演宋徽宗崇寧年間，解州鹽池斬蚩尤的神蹟故事。戴善甫《關大王三捉紅衣怪》雖然已佚，由標題推測也可能是神話傳說。這些故事在民間流傳已久，人們耳熟能詳，搬上戲曲舞臺後更為生動形象。

　　第三類關羽故事是劇作者對歷史故事的重構，並以歷史人物來反映元代社會生活。如《關雲長單刀劈四寇》記敘樊稠、張濟、李傕、郭汜四人要為董卓報仇，兵臨城下，王允跳城自殺。四人有意投奔朝廷，後不耐煩朝廷拘束的官宦生活，欲挾持帝王而回西涼，被董承覺察，事先移帝王至洛陽。四人追趕而來，路遇曹操和蒲洲祭祖回來的關羽，將四人殺死。這個劇情不符合三國史實，關羽是被添加的人物，卻成為編劇者塑造的主要對象。另外《壽亭侯怒斬關平》是寫關平之馬踏死王榮老漢的兒子福住，王榮告狀，關羽秉公執法，要將關平斬首的公案故事。以歷史人物寫世情，在富有生活趣味的描寫中，人物形象也獲得了一些新的內涵。

　　首先，關羽在元雜劇作家的筆下成了具有凜然氣節的民族英雄。關漢卿《關大王單刀會》是元雜劇中的名篇，對於單刀會這一歷史故事進行了具有新的時代氣息的闡釋，突出塑造了關羽的英雄形象，也使得單刀會故事在戲曲舞臺上具有深刻的藝術魅力。關漢卿此劇現存有兩個傳本：一是元刊本，見士禮居所藏元刊雜劇[62]，一是明刊本，見脈望館鈔校古今雜劇[63]。元刊本與明刊本有一些細微的差別，元刊本的一頭一尾出現了兩個明刊本沒有的人物：開頭有孫權，而結尾有兩支曲子被推測為關羽部將所唱，可能是周倉。元刊本的賓白比較簡

62　現有影印本《元刊古今雜劇三十種》，見《古本戲曲叢刊》第3輯。

63　《古本戲曲叢刊》第4輯影印，北京市：中國戲劇出版社《孤本元明雜劇》排印。

略。賓白中看不出細節描寫，比明刊本少了兩個插科打諢的人物。一是司馬徽的小道士，一是送信的黃文。道童愛說大話：「關雲長是我酒肉朋友，我叫他兩隻手送與你那荊州來。」後來又恐怕惱犯關羽，被周倉掄刀砍殺，唱道：「唬得我恰便似縮了頭的烏龜則向那汴河裡走。」黃文被關羽英氣嚇倒：「髯長一尺八，面如掙棗紅，青龍偃月刀，九九八十斤，脖子裡著一下，那裡尋黃文來。」為劇本增添不少詼諧色彩。這種詼諧的成分在元刊本裡找不到。元刊本比明刊本多了十支曲文，在曲文中更有一種凝重的歷史滄桑感和英雄主義的豪情。

　　就元刊本看，開頭孫權的出場，以及他對劉、關、張兄弟在赤壁之戰中的功勞的肯定：「……想當日曹操本來取俺東吳，生被那弟兄每擋住。」與喬國老對關羽的頌揚一起，使得蜀漢占據荊州更有一分論功行賞的合理性，為魯肅索取荊州的理由打了個折扣。連東吳資深人士喬國老在一開場就說「荊州不可取」，接著第一折、第二折是借喬國老和司馬徽之口對關羽之英勇加以渲染與肯定，這本來不符合情理，但是從第一句唱詞我們可看出作者的用心良苦：「咱本是漢國臣僚，欺負他漢君軟弱，興心鬧。」喬國老首先便表明自己本來是「漢國臣僚」，說明與蜀漢同根連枝的關係，以統一的漢朝來涵蓋分裂的三國，抒發作者對漢民族大好河山的不盡懷念。在這樣的思緒下展開對關羽英雄無畏的讚揚，自然就流露出一種民族自豪感。關羽在第三折出場時的賓白中有：「關羽暗想，日月好疾也，自從秦始皇滅，早三百餘年也。又想起楚漢紛爭，圖王霸業，不想有今日。」這種歷史興衰的感歎，與第四折關羽所唱「水湧山疊，年少周郎何處也？不覺灰飛煙滅……這也不是江水，二十年流不盡的英雄血。」使人在時間的縱向延伸中，油然感受到山河熱土上，漢民族的榮辱興衰和壯志豪情。在單刀會上，關羽不還荊州的理由是「俺皇親合情受漢朝家業，則你那吳天子是俺劉家甚枝葉！」是以漢朝正統的地位與魯肅相爭辯。最後一句唱詞「遂不了老兄心，去不了俺漢朝節。」將關羽義正

詞嚴駁斥魯肅的理由提升到漢民族氣節上。歷史上，關羽並沒有如此占絕對優勢的理由。這種感情是劇作者在對漢室江山的深切愛戀下增添進去的，是在元朝少數民族統治背景下，家國情懷注入到歷史劇中的新感受。

其次，就是對關羽勇猛無畏戰將形象的刻畫。高文秀《劉玄德獨赴襄陽會》第四折曹章便把關羽比喻成「恰便似英雄的楚霸王」（〔得勝令〕）。《關雲長單刀劈四寇》中曹操多次讚揚關羽，稱「關雲長義勇奪魁，仗英雄天下無敵」、「雲長義勇忠良將，天下聞名大丈夫」。除了直接頌揚外，最重要的一種藝術方法就是追溯關羽的生平功績。這在《關大王單刀會》中用得最為典型。雜劇中多次回憶關羽誅文醜、刺顏良、襲車冑、斬蔡陽、千里獨行、過關斬將的事蹟。《壽亭侯怒斬關平》劇也從關府家奴關西的口中回憶出關羽事蹟：「（第二折）〔牧羊關〕俺將軍他生的九尺二神威像，性忠直有紀綱，更生的貌堂堂，志氣昂昂。灞陵橋退卻了曹兵，刀挑戰袍威懾了眾將。他也曾誅了文醜，他也曾刺了顏良，他也曾襲了車冑，他也曾鼓三聲斬了蔡陽。」雖然劇情展示只是一個舞臺場面，但通過對關羽以往戰績的敘寫鋪墊，用雜劇四折一楔子的形式涵納了關羽整個人格精神和人生歷程，使得其英雄形象具有深厚的文化底蘊。《單刀會》劇中還用一種浪漫主義的手法將關羽的神勇層層渲染，主要是表現他的勇猛豪情和大無畏精神。

其他的劇目中，對於戰將形象的塑造還有不同的側重點。如《關雲長單刀劈四寇》刻畫出關羽作為戰將立志報國，建功立業的思想。劇情描寫劉、關、張三人在平原縣時，有一次關羽回家祭祖，在黃河退灘遇見挾持天子的董卓部將李傕、郭汜等四寇，斬寇立功。劇中，關羽被塑造成「將門之子」。見第三折關羽自歎：「想俺兄弟三人，如此英雄，幾時是那崢嶸的時節也呵。〔中呂粉蝶兒〕屈沉殺雄壯英豪，幾時得氣昂昂領兵驅校，每日家悶懨懨閑放刀槍。俺哥哥他理居

民，兄弟也學兵法。關某便溫習韜略，思量來枉用心苗。俺在這縣衙
中不能榮耀。〔醉春風〕思先父到家鄉，至墳中拜祖考。我是那將門
之子有聲名，倒大來便好好。有一日掌領軍權陣前顯武，一心待立些
功效。」三人餞別，張飛也想尋「出身之計」，不願意在德州閒居。
關羽說：「某想來，俺要榮顯，還要些功勳，方可得皇家爵祿也。」
他有心要「捨命保皇朝」，是一位尚不得志，想要報效國家，建立功
勳，獲得爵祿的將士心態。在黃河退灘與曹操相遇，劈死四寇，唱詞
中表現關羽的英勇和猛將得以施展武藝報效國家的欣喜：「〔賞花時〕
仗勇烈常思要盡忠，我著那大膽的賊徒走似風，直殺的滿地草梢紅。
憑著我心懷義勇，我直著談笑間獻頭功」。「〔越調鬥鵪鶉〕……你看
我從頭兒調遣，博一個萬載清名，功勳久遠……」前面有呂布被四寇
打得流鼻血的滑稽描寫，後面有曹操部將曹仁、曹璋、許褚、曹霸四
將戰四寇不敵作為襯托。四寇死在關羽刀下，是因為張濟當初的誓願
中有「死在大刀下」，頗有點因果報應的色彩。第五折中董承說：「我
料曹將必不能勝四寇，雲長一準成功」，也是側面烘托出關羽武藝高
強、眾人皆知。關羽顧念桃園結義的兄弟情誼，不願一個人獨自受大
官。最後董承將張、劉二人接來，封關羽蕩寇將軍，張飛車騎將軍，
劉備德州太守。

　　在元代平話中，張飛的塑造比關羽著墨更多，張飛魯莽而又豪
放，藝高膽大的形象在元雜劇中也十分突出。而與張飛相比，雜劇中
對關羽形象的塑造體現出不同的風格，關羽形象寄託著更多與國家命
運相聯繫的興亡感情，也代表著自古武將報效國家、建立功勳的志
向。見關羽的上場詩：「秉性忠直志節剛，身材凜凜氣昂昂。一心義
勇扶社稷，永祚家邦萬載康。」（《桃園結義》第二折）「青龍偃月三
停刀，陣前勒馬顯英豪。忠心報國除奸黨，我則待捨死忘生保漢
朝。」（同上）「智勇全才掌計籌，能驅戈甲統貔貅。武習孫吳知戰
策，文通左傳玩春秋。」（《張翼德三出小沛》第一折）關羽的戰將品

格已經從部伍中提拔出來，帶有既驍勇善戰又懂兵家謀略的儒將色彩。所以雜劇中還有關羽讀《春秋》的場面。見《張翼德單戰呂布》第二折，關羽上場道：「文武英才則我強，三人結義把名揚。萬軍隊裡施手策，則我是忠直勇烈漢雲長。……小校掌起燈來，將那春秋我看。(做掌燈科)(關末看春秋科)」。另外，在《張翼德三出小沛》中張飛私自出城衝陣向曹操求救，第二次衝出又因粗心失落書信而返回，三出小沛。關羽則「在城上略展機謀，護定城池。」(第二折)表現出其韜略。

雜劇中的關羽還是一個執法如山、不徇私情的清官形象。清官戲在元雜劇中常見的是包公戲，通過包公的公正和辦案的智慧解決官民糾紛，維護貧苦民眾的利益。《壽亭侯怒斬關平》中，矛盾對立的雙方竟然是關羽父子，衙門官吏懾於關羽位高權重，功勳卓著，而不敢處置其子關平。劇中王榮告狀時「大衙門裡近他不得，我告天來天高，告地來地厚」的欲訴無門的悲怨心情正是當時官府辦案缺少公正的準繩，百姓生命沒有保障的社會狀況的寫照。這就反映了一種社會現象和問題，那就是將門之子是否與平民同罪，體現了市民階層要求平等的願望。關羽得知關平犯法，堅決要將自己的兒子斬首。這一態度先從關府家奴關西口中道出：「第三折〔尾聲〕你告著馬踏殺七步才，親生子三婚喪。你試看八面威將養親兒一命償。俺將軍忠直有氣象，舉諸直錯諸枉，有胸襟有膽量。不管那有功勳能相持慣戰討，則論那人死在路傍，則與那嬰童的命償，俺將軍怎肯道饒了關平便休想。」另外，關羽妻子王氏眼見親兒伏法，雖然痛心，但毫不徇私求情。從中也可看出關羽的家風威信。劇情最後卻是以王榮自願撤訴，五小虎將因戰功封爵的大團圓而結束。矛盾沒有充分展開。但是關羽這一維護正義的形象則成為其人格中的新內涵。

雜劇中還有對關羽性格弱點的刻畫，這種弱點不是史傳上所說的驕傲，而是民間故事中創造的一個比較自私自利的關羽形象。關羽華

容道放曹操一事在平話中是關羽「面生塵霧」，曹操撞陣而過，而
《走鳳雛龐掠四郡》劇中對此事有所評論。在第二折簡雍與龐統論諸
葛亮的功勞時，龐統說諸葛亮錯用了將：「不合教關公去趕曹操，想
當日關公在許昌，三日一小宴，五日一大宴，上馬一提金，下馬一提
銀。想那般恩惠，他怎肯殺曹操也。」應該差張飛前去才是，顯然認
為是關羽為報私恩而放走曹操。在第三折從黃忠口中訴出他與關羽的
一段往事。黃忠云：「當初和我應舉去，為他和我平日有仇，他去御
史臺裡插告狀，告下我一篇虛詞。他後來走了，倒拿住我打了二十，
罰我在本處隱跡數年。我今日要與他交鋒。你回去，我則要你二哥雲
長來。」似乎關羽還有公報私仇的舊事。而黃忠最後還是覺得關羽武
藝實在高強，甘願投降。黃忠與關羽這段向壁虛構的故事可能是從正
史中關羽不肯與黃忠同列為五虎將衍生而來。

　　此外，元雜劇中還有分別描寫關羽鬼魂和關羽神靈的劇目，前為
《關張雙赴西蜀夢》，後為《關大王大破蚩尤》。《關張雙赴西蜀夢》
可能是一個流傳比較古老的悲劇故事。唐代詩人李商隱《無題》詩中
就有「益德冤魂終報主」的詩句。劇作者關漢卿仍是運用浪漫主義的
手法，通過鬼魂自己的訴說表達「死魂兒有國難投」的悲愴心情，反
映出對賣國叛敵、陷害忠良的劉封、張達等人的仇恨。《關大王大破
蚩尤》中，關羽因為生前正直重義，慷慨無私，死歸正道，為玉泉山
土地。有玉帝敕令他率領五嶽四瀆之兵。關羽帶著關平、鬼力，將蚩
尤打敗，被宋徽宗封為「崇寧真君」。解州人民為關羽造廟，祭祀。

　　在很多雜劇中關羽出現「神道」的稱謂。元刊本《諸葛亮博望燒
屯》第一折中諸葛亮便預言「這將軍（關羽）生前為將相，死後做神
祇」。鄭德輝《虎牢關三戰呂布》第二折，孫堅問劉、關、張三人姓
名，對關羽說：「神道許了三牲還不曾賽哩。」無名氏《劉關張桃園
三結義》中，與張飛一起賣肉的屠戶描述關羽外貌說：「那個人生的
異相，三綹美髯，過其胸腹。……看了他身凜凜，貌堂堂，恰似個活

神道一般」。這樣的稱謂對於其他的三國人物卻很少見，從中可以看出雜劇與當時關王會等民俗活動有一定的關係。有的學者就將《關大王單刀赴會》一劇判定為「是頌劇，是產生於關王會活動中的頌劇，是關漢卿在關王會活動的『社戲』中提煉出來的頌劇。」[64]這也有一定道理。在《關大王大破蚩尤》中還具體描寫了祭賽關羽的時間：「別的神祇，一年享祭一遍，惟尊神享祭三遍，是四月八日，五月十三日，九月十三日。」而且通過關羽的訴說，反映出當時迎神的一些民俗事象：「則說五月十三日早晨，……鬧吵吵眾黎民，不一時將我來抬出這廟門。〔滾繡球〕他抬的我望前去走似雲，……那時節眼暈，掂的我腦悶頭昏。我在那五雲轎子三千氈，我為這一炷明香可著我到處巡，枉費了我些精神」。可見關羽戲之所以在後代得以廣泛流傳，還與這種酬神的宗教儀式與民眾的宗教心理有關。

元明之際無名氏雜劇中還出現了具有神職的關羽形象。《洞玄升仙》敘寫邊洞玄道姑在漢鍾離和呂洞賓的點化下升仙的故事，其中出現「馬、趙、溫、關斗口四將」受鍾離祖師所召守丹爐；《鎖白猿》寫沈璧泛海經商，煙霞大聖（白猿）變做其模樣與沈妻生活兩年，沈璧回來後受到驅趕，時玄真人奉「太上老君急急如律令，敕召馬、趙、溫、關斗口四將下界擒拿白猿」。關羽作為「四大天將」出現，其穿關和《關雲長大破蚩尤》中作為玉泉山土地神的關羽以及眾多作為三國人物的關羽的穿關是一樣的，都是「滲青巾、蟒衣曳撒、紅袍、項帕、直纏、褡膊、帶、帶劍、三髭髯」。

---

64 劉知漸：〈讀《單刀會》札記〉，《戲劇論叢》1958年第2期，頁80。

第三章
元、明之際：

《三國志演義》與關羽形象的文學定型

　　嘉靖元年序刊本（以下簡稱嘉靖本）《三國志通俗演義》題署為「晉平陽侯陳壽史傳，後學羅本貫中編次」，是以歷史為依據，旁搜長期流傳的三國傳說，經過文人潤飾加工而成的章回體歷史演義小說。它的問世是中國俗文學史上的重要里程碑，這部小說中的人物和故事自然也成為百世流傳、令人津津樂道的永恆話題。《三國志演義》的創作雖然是遠紹陳壽《三國志》及其裴松之注而來，其直接源頭卻是宋元以來的三國戲曲與平話。在這一部世代累積型的小說作品中，兼容了民間傳說的改編、由歷史事實演變而來的故事以及對史書的摘錄與複述三種成分[1]。這三種成分統一在關羽形象的塑造中，於是刻畫出了一個具有民間傳奇色彩、同時又具有儒雅氣度、最後還被神化了的關羽形象，從而完成了這一人物的文學定型。

第一節　文本的流變與關羽形象的發展

　　《三國志演義》問世以後，在其刻本的流傳過程中，大致有三個系統的版本留存下來：以閩刻本為中心的志傳系統[2]，以嘉靖本為中

1　參考周兆新：〈《三國演義》的三種成分〉，見《三國演義考評》（北京市：北京大學出版社，1990年），頁1。

2　其中，有的學者又以增插關索情節等文本的差異而分為「關索系本」與「花關索系本」，見中川渝：《《三國志演義》的版本研究》（東京都：汲古書院，1998年）。本文中所分「志傳本一」和「志傳本二」參考依據此書的結論。

心的演義系統。以毛綸、毛宗崗父子校改本為中心的評改本系統。前
二者刊印的年代先後，目前學術界尚有爭議[3]。但對其文本風格上的差
異則意見趨同。毛本顯然是晚於前二者的，而且基本上是以演義系統
的李卓吾評本為祖本。但毛本一問世後，在藝術上達到了前兩者所沒
有的高度，從而取代以前的版本而成為幾百年來最流行暢銷的版本。
從志傳本到嘉靖本到毛本經歷了三種不同身分的文人[4]對《三國》文
本的加工和改造，在關羽形象塑造上也體現出一些細微的差異。

　　首先，關羽的外貌和自我介紹略有不同。見下圖。

嘉靖本	朱鼎臣本	毛本醉耕堂本
「祭天地桃園結義」	「祭天地桃園結義」	「第一回　宴桃園豪傑三結義　斬黃巾英雄首立功」
玄德看其人：身長九尺三寸，髯長一尺八寸；面如重棗，唇若抹朱；丹鳳眼，臥蠶眉，相貌堂堂，威風凜凜。玄德就邀同坐，問及姓名。其人言曰：「吾姓關，名羽，字長生，其後改為雲長，乃河東解良人也。因本處豪霸倚勢欺人，關某殺之，逃難江	玄德看其身長九尺，髯一尺八寸。面如熏棗，丹鳳眼，蛾蠶眉，相貌魁偉。就邀同坐，問其姓名。其人曰：「吾姓關名羽，字雲長，河東解梁人也。因本處豪霸倚勢欺人，被某殺之，逃難江湖六年。今聞召募義士，欲往應募，以遂己志。」玄德大喜。	玄德看其人身長九尺，髯長二尺，面如重棗，唇若塗脂；丹鳳眼，臥蠶眉，相貌堂堂，威風凜凜。玄德就邀他同坐，叩其姓名。其人言曰：「吾姓關名羽字壽長，後改雲長，河東解良人也。因本處勢豪倚勢欺人，被吾殺了，逃難江湖五六年矣。今聞此處召軍破賊，特來應

3　嘉靖元年（1522）序刊本（簡稱嘉靖本）是目前所見最早刻本，另嘉靖二十七年
　　（1548）建陽葉逢春本則屬於志傳系統。

4　《三國志演義》的作者是羅貫中。這三種版本系統中，毛本無疑是毛綸、毛宗崗父
　　子刪改、潤色之後的作品，而嘉靖元年序刊本和志傳本也難免得到如庸愚子、蔣大
　　器以及其他一些文人無意識或者有意識的加工。這在《三國志演義》的成書過程中
　　已經是一個無庸置疑的事實。

嘉靖本	朱鼎臣本	毛本醉耕堂本
湖，五六年矣。今聞召募義士破黃巾賊，欲往應募。」玄德遂以己志告之。		募。」玄德遂以己志告之，雲長大喜。
「曹操起兵伐董卓」 階下一人大呼出曰：「小將願往，斬華雄頭，獻於帳下！」眾視之，見其人身長九尺五寸，髯長一尺八寸，丹鳳眼，臥蠶眉，面如重棗，聲似巨鐘，立於帳前。	「曹操興兵殺董卓」 階下一人厲聲曰：「小將願斬華雄，獻於帳下！」眾見其人，身長九尺三寸，髯長一尺五寸，丹鳳眼，臥蠶眉，面如熏棗，聲似銅鐘，立於帳前。	「第五回　發矯詔諸鎮應曹公　破關兵三英戰呂布」 階下一人大呼出曰：「小將願往，斬華雄頭獻於帳下！」眾視之，見其人身長九尺，髯長二尺，丹鳳眼，臥蠶眉，面如重棗，聲似巨鐘，立於帳前。

小說中曾經兩次提到關羽的身高，在各版本中卻有一些差異。有「身長九尺三寸，髯長一尺八寸」；「身長九尺三寸，髯長一尺五寸」；「身長九尺五寸，髯長一尺八寸」；「身長九尺，髯長二尺」等說法。嘉靖本和朱鼎臣本，小說文本描寫的前後還有所不同。這當然不是關羽的身子和鬍鬚驟短驟長，主要在於關羽的肖像描寫不見於史傳，基本上來自民間傳說。小說中標明的是一個虛數，無非用來說明關羽的高大魁梧和他特別的長髯。另外，在關羽的自白中，對自己名字和籍貫的介紹各本不太相同。出現了三個字號：「雲長」、「壽長」、「長生」。其籍貫，嘉靖本就有「河東解良」與「蒲州解良」（見「劉玄德北海解圍」）兩說，朱鼎臣本則為「河東解梁」。毛本關羽字「壽長，後改名雲長」來源於民間傳說，與正史不合。

其次，文本的敘事情節也有些不同。大致如下表所示：

	嘉靖本	朱鼎臣本	湯賓尹本	毛本
壽亭侯印事	有	有	有	無
秉燭達旦事	無	無	無	有
花關索事	無	無	有	無
關索事	無	有	無	有
關羽之死	複刻本不同	同	同	同

毛本與嘉靖本和志傳本不同的地方是，在第二十五回「屯土山關公約三事　救白馬曹操解重圍」中多了「秉燭達旦」事。在第二十六回「袁本初敗兵折將　關雲長掛印封金」中少了「壽亭侯印」事。毛宗崗認為前者是「不可闕者」，後者是「紀事多訛」。雖然聲稱依據的是所謂「古本」，恐怕這一取捨大致還是毛氏自己的選擇。嘉靖本與毛本和志傳本的不同之處在於，嘉靖本沒有（花）關索的故事，在序者（庸愚子序）看來，（花）關索故事大概是屬於粗鄙的野史：「前代嘗以野史作為平話，令瞽者演說，其間言辭鄙謬，又失之於野，士君子多厭之」。而《三國志演義》之所以人人欲得之，則是其「文不甚深，言不甚俗，事紀其實，亦庶幾乎史」。嘉靖本依據前人史書，增添論贊、詩評以及典故，正體現刊刻者有意「羽翼信史」的原則。關索故事來自民間說唱，與三國正史相差甚遠。對於《三國》文本中這一故事到底是後人增插入還是原本就有，現在仍有分歧。不過這一個神奇怪異的有關關羽之子的故事，顯然有違正史。就算在同時代流傳，也會被嘉靖本的刊印者所刊落。關索故事衍生出兩個系統，一是志傳本一（朱鼎臣本等）與毛本所有的關索故事。一是志傳本二（湯賓尹本等）所有的花關索故事[5]。為此，還涉及到對關羽的妻子和兒女的交代問題。那是在小說的第七十三回「玄德進位漢中王　雲長攻拔襄陽郡」，從諸葛瑾為孫權世子和關羽之女求親的話中道出。見圖：

5　具體分析見下節。

嘉靖本	朱鼎臣本	湯賓尹本	毛本
諸葛瑾曰：「某聞雲長自到荊州，劉備娶與妻室，先生一子，次生一女。其子聰明，其女尚幼，未曾適人。……」	諸葛瑾曰：「某聞雲長自到荊州，玄德為其娶妻，生一女一男，名興，其女尚幼，未曾適人。……」	諸葛瑾曰：「某聞雲長前妻生有一子名關索，自到荊州，喪了前妻。劉玄德與娶一妻，先生一男，後生一女。其女年幼未曾適人，……」	諸葛瑾曰：「某聞雲長自到荊州，劉備娶與妻室，先生一子，次生一女。其女尚幼，未許字人。……」

　　在嘉靖本自身的版本系統中，出現了兩個「關羽之死」的情節。現存的以涵芬樓藏本為底本，並參以日本文求堂主人藏本補配的商務印書館影印本，書名題為「明弘治本三國志通俗演義」。該影印本有庸愚子弘治甲寅年（1494）序，無修髯子嘉靖壬午年（1522）引；該書的「關羽之死」與以上海圖書館藏本為底本，以甘肅省圖書館藏本補配的人民文學出版社影印本不同，現比較如下：

嘉靖本第十六卷第三則：「玉泉山關公顯聖」	商務印書館影印本	人民出版社影印本
	公與潘璋部將馬忠相遇，忽聞空中有人叫曰：「雲長久住下方也，茲玉帝有詔，勿與凡夫較勝負矣。」關公聞言頓悟，遂不戀戰，棄卻刀馬，父子歸神。	關公翻身落馬，被潘璋部將馬忠所獲。關平知父被擒，火速來救；背後潘璋、朱然率兵齊至，把關平四下圍住。平孤身獨戰，力盡亦被執。……少時，馬忠簇擁關公至前。權曰：「孤久慕將軍盛德，欲結秦晉之好，何相棄耶？公平昔自以為天下無敵，今日何由被吾所擒？將軍今日還服孫權否？」關公厲聲罵曰：「碧眼小兒，紫髯鼠輩！吾與劉皇叔桃園結義，誓扶漢室，豈與汝叛漢之賊為伍耶！我今誤中奸計，有死而已，何必多言！」於是關公父子皆遇害。

與嘉靖本幾乎同時出現的較早的志傳本都有關羽寧死不屈，責罵孫

權，最後與關平殉難的情節。而志傳本一（朱鼎臣本）則更有一種隨
天命而終的觀念：「是歲十月中旬，關公天壽合盡。其子關平大罵不
絕，抱父屍而死」。毛本還加上關羽的卒年月與歲數：「時建安二十四
年冬十二月也，關公亡年五十八歲」。在「玉泉山關公顯聖」情節
中，關公的魂靈飄蕩到玉泉山，其中與普淨的對話，毛本與嘉靖本稍
微有異：

嘉靖本	毛本
忽聞空中有人大呼：「主人何在？」	忽聞空中有人大呼曰：「還我頭來！」
禪師曰：「昔非今是，一切休論；只以公所行言之：向日白馬隘口，顏良並不待與公相鬥，忽然刺之，此人於九泉之下，安得而不恨乎？今日呂蒙以詭計害公，安足較也？公何必疑惑於是？」公遂從其言，入庵講佛法，即拜普淨禪師為師。	普淨曰：「昔非今是，一切休論；後果前因，彼此不爽。今將軍為呂蒙所害，大呼還我頭來，然則顏良、文醜，五關六將等眾人之頭，又將向誰索耶？」於是關公恍然大悟，稽首皈依而去。

周曰校本的這兩段對話與嘉靖本相同，志傳本和李卓吾評本則關羽索
要自己的頭的話與毛本同，後面普淨回答與嘉靖本同。周曰校本、李
卓吾評本、志傳本的「普淨」為「普靜」。這段文本之後，嘉靖本和
志傳本、周曰校本、李卓吾評本都有《傳燈錄》[6]中關羽助六祖禪師
神秀建寺，封為伽藍的故事：

> 大唐高宗儀鳳年間，開封府尉氏縣有一秀才，累舉不第，三上
> 萬言策，皆不中選，遂乃出家，法名神秀，拜蘄州黃梅山黃梅
> 寺五祖弘恩（忍）禪師為師，學大小乘之法。後雲遊至玉泉
> 山，坐於怪樹之下，見一大蟒，風簇而至。神秀端然不動。次

6　這一故事並不見於《景德傳燈錄》。

日，于樹下得金一藏，就於玉泉山創建道場。因問鄉人：「此何廟宇？」鄉人答曰：「乃三分時，關公顯聖之祠也。」神秀拆毀其祠，忽然陰雲四合，見關公提刀躍馬於雲霧之中，往來馳驟。神秀仰面問之，公具言前事。神秀即破土建寺，遂安享關公為本寺伽藍。至今古蹟尚在。神秀即六祖也。

還有一則根據陳壽《三國志》史傳而來的對關羽和張飛兩人的評傳，其中更多地加入民間對關、張二人的看法：

關公在生之時，敬重士大夫，撫恤下人。有互相毆罵者，告於公前，公以酒和之。後人爭鬧，不忍告理，常曰：「恐犯爺爺也！」時人為此，不忍繁瀆焉。故自古迄今，皆稱曰「關爺爺」也。張益德平素性躁，雖敬上士，而不恤下人。凡有士卒爭鬥者，告於益德前，不問屈直，並皆殺之。後人因此不敢告理，但恐斬之。所以關公為人，民不忍犯；益德為人，民不敢犯：其貴重如此也。

再記敘宋崇寧年間解州鹽池關羽顯聖戰蚩尤，封崇寧真君，後累封至義勇武安王，至今顯聖、護國佑民的宗教傳說和一首讚頌關羽的長詩。到毛本裡則改用一副對聯，而將顯聖故事和評傳都刪去了。

　　此外，諸文本在處理關羽與其他人物的關係上，一些細節之處也頗有不同。關羽與貂蟬的故事，在《三國志演義》小說文本中未曾出現，但是廣泛流傳於民間。嘉靖本在白門樓斬呂布後，提到「操將呂布家小並貂蟬載回許都，盡將錢帛分犒三軍。」其中似是隱含了一段關羽、貂蟬、曹操之間的故事。周曰校本也有曹操將貂蟬帶回許都一事，而且，還有一條雙行小字的「補遺」：「後操以貂蟬賜關羽。未

久，關羽惡蟬言辭反復，激怒斬之。」[7]而志傳本沒有這句話（志傳本一（如朱鼎臣本）無，志傳本二（湯賓尹本）有），毛本正文中自然沒有斬貂蟬的故事，但是評點者毛氏父子卻在「將呂布妻女載回許都」之後，加了一句頗有意味的評語：「未識貂蟬亦在其中否？自此之後，不復知貂蟬下落矣」。

　　關羽與徐晃的關係，在志傳本、嘉靖本中都沒有特別指出，而毛本則在第二十七回「美髯公千里走單騎　漢壽侯五關斬六將」的開頭加了一句：「卻說曹操部下諸將中，自張遼而外，只有徐晃與雲長交厚，其餘亦皆敬服；獨蔡陽不服關公，故今日聞其去，欲往追之。」為後來第七十六回「徐公明大戰沔水　關雲長敗走麥城」（嘉靖本第十六卷第一則「關雲長大戰徐晃」）中，關羽稱「徐晃與吾故舊」、徐晃稱「……憶昔壯年相從，多蒙教誨，感謝不忘。……」追敘舊日交情埋下伏筆。在戲曲和民間傳說中有「閱軍校刀」的故事。講的是曹操操練士兵，關羽和徐晃比武，徐晃佩服關羽的刀法，關羽向徐晃傳授春秋刀法的事情，以此可見徐晃與關羽的交情。這一傳說沒有寫進小說，但是留下二人的交情，為徐晃後來與關羽父子的荊州之戰作鋪墊。

　　嘉靖本還在兩處肖像描寫中，將魏延和關羽聯繫在一起：卷九第一則「劉玄德敗走江陵」中，魏延首次出現，作者描寫他的外貌：「身長九尺，面如重棗。目似朗星，如關雲長模樣，武藝獨魁。」後來，在卷十一第五則「黃忠魏延獻長沙」中，又寫道：「其人面如重棗，目若朗星，氣宇軒昂，貌類非俗，乃似關將」。在形貌上將關羽與腦後長有反骨的魏延連在一起，周曰校本有，志傳本二（湯賓尹本）有，志傳本一（如朱鼎臣本）和毛本則沒有這些描寫。還有一個

7　轉錄自周兆新：〈元明時代三國故事的多種形態〉，《三國演義叢考》（北京市：北京大學出版社，1995年），頁312。

人物細節的處理，就是有關胡華、胡班父子。嘉靖本《三國志演義》中，關羽過關之前在胡華莊上歇息，並為胡華送信給他的兒子胡班，是為關羽順利過第四關埋下伏筆。而對於胡班幫助關羽過關之後的結局，嘉靖本與毛本不同。嘉靖本在小字注中交代了胡班是為王植家人所殺。而毛本在評點中則寫胡班後來歸蜀，而且在第七十三回，費詩到荊州封關羽為「五虎大將之首」時，有「先是，有胡華之子胡班到荊州來投降關公。公念其舊日相救之情，甚愛之，令隨費詩入川，見漢中王受爵。費詩辭別關公，帶了胡班，自回蜀中去了。」

有關關羽的詩歌論贊，各個版本也有些差異。嘉靖本中插入的詩歌比較多。然而有一首詩，其他版本都有，只有嘉靖本沒有。那就是關羽陪同二嫂隨曹操還許都，曹操以禮相待，在贈送赤兔馬之後有一詩：「威傾三國著英豪，一宅分居義氣高。奸相枉將虛禮待，將軍降漢（豈知關羽）不降曹。」[8]李卓吾評本、周曰校本基本上繼承了嘉靖本中的關羽詩歌，只是少了關羽父子死時，贊雲長父子忠義的詩：「天生虎將佐炎劉，父子胡為一旦休？千載令人思慕處，巍巍功業等伊、周。」這首詩也不甚高明。相對嘉靖本來說，志傳本中有關詩歌刊落較多，但在關羽荊州之戰又多了幾首靜軒詩。志傳本（以黃正甫本為例）中的靜軒詩有：「江東寤寐索荊州，關將英雄獨欠謀。可惜荊襄歸異姓，孔明緣自少機籌。」（第十三卷第五則）還有：「從來仁義感人深，背義忘恩恨不禁。犬馬知恩曾報主，麋芳何起背君心。」「陸遜青年未有名，呂蒙詐病暗行兵。關公莫待臨危悔，只為欺人一念輕。」（第十三卷第七則，湯賓尹本僅有此一首，未注明是靜軒詩）「關公義勇孰能儔，難出東吳陸遜謀。不識勢窮人盡散，單刀猶欲復荊州。」（第十三卷第八則）這些詩，周曰校本、李卓吾評本也有。詩歌對於關羽大意失荊州作出合理的分析：孔明的失策，麋芳的背

8　嘉靖本第五卷第十則「雲長策馬刺顏良」。此詩嘉靖本獨無，志傳本等題靜軒詩，毛本存詩，未標靜軒所作。

信；陸遜的驕軍之謀，呂蒙的詐病之策；最主要的還是關羽的大意輕敵，「單刀」無援。這些志傳本增插進去的靜軒詩，到毛本便多數被刪去了。嘉靖本有關關羽的詩在毛本中大概只保存四分之一多一些，有的地方則改成了別的詩。比如，在關羽之死後面去掉嘉靖本的詩歌，改為以下兩首：「漢末才無敵，雲長獨出群。神威能奮武，儒雅更知文。天日心如鏡，春秋義薄雲。昭然垂萬古，不止冠三分。」「人傑惟追古解良，士民爭拜漢雲長。桃園一日兄和弟，俎豆千秋帝與王。氣挾風雷無匹敵，志垂日月有光芒。至今廟貌盈天下，古木寒鴉幾夕陽。」文詞優雅，是文人創作的詠史詩。另外，嘉靖本卷十七第五則「劉先主猇亭大戰」中，在東吳大將甘寧被沙摩柯箭射而死後有一首廟贊詩：「巴郡甘興霸，長江錦幔舟。關公不敢渡，曹操鎮常憂。劫寨將輕騎，驅兵飲巨甌。神鴉靈顯聖，香火永千秋。」從「關公不敢渡，曹操鎮常憂」一句可見，正史中有關「關羽瀨」的故事[9]在後世還流傳著，而毛本將其改成「酬君重知己，報友化仇讎」，大概因為詩句與關羽神勇形象不符，就將關羽不敢渡的事蹟迴避了。

　　這三個系統的《三國志演義》，文本敘事風格的不同是顯而易見的。大致志傳本較為簡略、粗俗。例如有關關羽斬管亥（卷二第九則「劉玄德北海解圍」）、關羽斬紀靈部將荀正（卷三第四則「呂布月夜奪徐州」）、關羽生擒王忠（卷四第八則「關張擒劉岱王忠」）的打鬥描寫就較其他系統文本要簡單得多。嘉靖本演義系統則從史傳中生搬了較多的評傳、論贊，敘事風格較古拙，但略顯凝滯沉悶；從藝術上看，毛本更為通俗流暢。在關羽形象的塑造上，小說作者則通過一些文學形式和手段，將歷史中的關羽與俗文學中的關羽形象整合起來，

9　《三國志》卷五十五《吳書》〈甘寧傳〉：「（甘寧）後隨魯肅鎮益陽，拒關羽。羽號有三萬人，自擇選銳士五千人，投縣上流十餘里淺瀨。雲欲夜涉渡。肅與諸將議，寧時有三百兵，乃曰：『可復以五百人益吾，吾往對之。保羽聞吾欬唾，不敢涉水。涉水即是吾禽。』肅便選千兵益寧，寧乃夜往。羽聞之，住不渡，而結柴營。今遂名此處為關羽瀨。」（頁1293-1294）

加重性格特徵的塑造（部分是增刪情節，部分是增刪一些論贊、典故），在細節上對形象進行加工補充，最終塑造出的一個七實三虛的歷史人物典型。從以上文本比較來看，志傳本與演義系統在關羽形象塑造方面並沒有很大的變化，最多看起來志傳本更粗糙一些，嘉靖本更能體現史傳文學中對亂世英雄戰將的塑造，在人格上瑕瑜互現，比較完滿。而到了毛本，在增刪文本中則有明顯的美化關羽的痕跡。關羽在毛本中已經成為一個道德高尚的儒將和神化的英雄。

第二節　關索形象的文學構思與民間傳播

在《三國志演義》的文本中，除了嘉靖本外，其他各本都或多或少存在關羽兒子關索的故事。關索的故事，顯然不來自三國正史，基本上是民間傳說的產物。而且，在不同《三國》小說文本中敘述的情節內容並不完全相同。這種差異的出現，使得人們對關索故事的生成及其與三國故事的關係作出種種猜測。當然，不管在《三國》文本中，還是在說唱詞話中，關索故事都是與關羽密不可分的。探索關索形象的文學構思，可以更深刻地了解關羽形象的理解和接受，而這一故事的民間傳播更見出正史與通俗文學之間的雙向互動。

一　關索形象探源

關索的名字，據目前所見史料記載，最早出現在宋朝。在宋朝瓦舍勾欄的百戲表演中有名叫關索的角色。吳自牧《夢粱錄》卷二十〈角觝〉記載：「……杭城有周急快、董急快、王急快、賽關索，赤毛朱超、周忙憧、鄭伯大、鐵稍工、韓通住、楊長腳等，及女占賽關

索、囂三娘、黑四姐女眾，俱瓦市諸郡爭勝，以為雄偉耳。」[10]另外，還有小關索、袁關索、賈關索等稱呼。武將與義軍中多有以關索作為綽號的[11]。如《水滸傳》一百○八將中楊雄的綽號就叫「病關索」，由此可見，關索可能是當時在民間廣為流傳的一位戰鬥英雄，但到底是當時實有其人還是民間傳說的歷史人物，尚不能確證，而且也看不出他與三國時期的關羽有任何聯繫。到了元代，關索便見於俗文學[12]的三國講史故事中。在元至治年間刊行的《三國志平話》下卷，諸葛亮征孟獲時，出現了關索。《平話》中，關羽失陷荊州之時，其子關平在荊州軍中（稱關羽為「我父」、「荊王」）。但關平並未與關羽一同「歸天」，又多次出現在後文。關索則只出現一次，至於關索與關平的結局則沒有交代。

情節	人物	引文
先主伐吳	關平	（八陣圖）呂蒙班軍復回，軍師引軍後趕，兩壁有馬超、關平夾間。
平孟獲	關索	（不危城）……關索詐敗，呂凱趕離城約三十里，人告呂凱言，諸葛使計奪了不危城。……
平孟獲	關平	有日，軍師使關平問蠻王不降又不戰，為何？蠻王言害病。關平言曰：「你識俺軍師善能行醫。」蠻王隨關平見軍師。
一出祁山	關平	數日，關平引三千軍來探秦川，至大林前下馬。關平自思：軍師道能人也。關平令軍造飯，姜維軍來殺關平一陣。
三出祁山	關平	司馬懿不識諸葛，相距半月。關平來搦戰，被司馬殺一陣。

---

10 《筆記小說大觀》第7冊，頁309。

11 《金史》卷十八《突合速傳》有金軍與宋軍作戰時，「宋河東軍帥郝仲連、張思正，陝西軍帥張關索及其統制馬忠，合兵數萬來援，皆敗之。」（頁1802）卷一百三十三記載軍帥張關索被擒（頁2849）。可見其時張關索實有其人。

12 《清平山堂話本》中也有「眉疏目秀，氣爽神清，如三國內馬超，似淮甸內關索，似西川活觀音，嶽殿上炳靈公」的比喻。見洪楩編，譚正璧校點：《西湖三塔記》（上海市：上海古籍出版社，1987年），頁28。

　　關索、關平出現於以上情節都不見史載——正史無關索此人，關平則與關羽同時遇害，不可能出現在征孟獲與北伐中原的戰爭中——可見元代俗文學中已經開始在三國故事的後段加入關羽後代戰鬥事蹟的描寫，以此對關羽父子進行塑造。

　　明成化說唱詞話中的《花關索傳》是明成化十四年（1478）重刊本。從其版式看，保留了元代的風格，故被認為是來源於元代的一個說唱本。詞話分為四集，敘述關索一生的傳奇經歷：劉、關、張結義後，關張二人約定互相殺死對方家小。張飛帶走關平，放走懷有三個月身孕的胡金定。胡氏回娘家生下一子，卻在七歲時走失，為索員外所得，隨華岳先生學成武藝下山尋親，因此取名花關索。花關索在胡家莊初顯身手，收服太行山十二弟兄，並與母親胡氏一起下西川認父。下西川路上，花關索在鮑家莊比武，收鮑三娘為妻；打死與鮑三娘訂親的廉康，破其姚岑大寨；到蘆塘寨收王桃、王悅為妻。最後終於到了興劉寨，認父之前，先擒拿冒稱父親的盜馬人姚賓；認父之後，打敗了前來報兄仇的廉旬，小英雄花關索揚名興劉寨。曹操於落鳳坡城設宴，劉備前去赴宴，花關索扮作跟馬童子，與心懷不軌的呂高天子比武助興，殺死呂高天子和軍師張琳，保護劉備有功。劉備下西川遇阻，書調荊州關氏父子。花關索為開路將，一路收服巴州呂凱、閬州王志、強盜周霸、成都周倉，平定西川。花關索與關羽共守荊州，因與劉備義子劉封在席間爭吵，二人被貶。花關索貶至雲南，因災瘴得病，華岳先生用靈藥為其治病。他得知關羽死訊，率軍殺了陸遜、呂蒙。後來劉備死了，諸葛亮回臥龍崗修行，花關索氣病而死，其妻與部下各自回歸原處。

　　詞話以花關索為中心，主要描寫其高強的武藝、伏人的膽識、神異的能力、剛強暴躁的性格。從肖像描寫看，花關索長得「胭脂將就粉妝成」，但身量很小，經常被對手所嘲笑。如：「口內奶牙猶未落，頭上胎毛更未生」（送寶曹將）。「坐在馬上拳來大，走在喉中不噎人」

（張琳）。「吐唾手心來澡洗，淹到眉毛你叫深」（周倉）。而花關索毫
不畏懼，反唇相譏：「尿浮空大無斤兩，秤錘雖小壓千斤」。最後，花
關索總是以超人的武藝將對手制服。而且，總是有神奇的器物幫助或
者異人指點，給予花關索取勝的能量。花關索的力量來自石頭裂縫中
流出的靈水，他的兵器——九股紅綿套索和藏了黃龍槍的花斑竹——
是隨身寶物，後來對抗廉旬的坐騎金精獸和王志的坐騎青金獸，用的
是父親關羽的赤兔胭脂馬。打敗周霸火刀法，是花關索在一個婦人指
引下找到的宣花斧。為父報仇時，是得到關羽指點，鬼頭王志到玉泉
山潭中找到關羽的三停刀，頗有神怪色彩。總之，詞話《花關索傳》
實際上是借用三國人物史事而再創作的有關花關索的英雄史詩。其
中，花關索被塑造為關羽的第二子，但是卻沒有關羽的形象特徵（個
子小，連關羽也認不出），整個故事缺乏歷史真實性（劉備所在為興
劉寨），更多的是表現英雄傳奇故事，打鬥場面，表現英雄的勇武和
神性特徵。

　　值得注意的是，元代出現的關羽後代的故事與傳說中，並沒有歷
史記載中的關羽第二子——關興的姓名和事蹟（戲曲中也只有關平，
見《壽亭侯怒斬關平》）。關興的故事大致是在《三國志演義》小說出
現後才流傳的。而且，關索的傳說也與其同時流傳。尤其在雲南、四
川、貴州等地，有關索嶺、關索寨、關索坪、關索廟、華岳山、鮑三
娘墓等地理風物遺跡。對於關索的崇拜也流行於這些地區。為此，早
在清代，就有學者對於關索人物形象及其由來進行推測，有多種不同
的解釋：其一是認為關索即為關興。關興隨丞相南征，屢立戰功，有
功德於邊地人民，其地之人尊為「關父」——就像岳飛被尊為岳爺爺
一樣——而「父」在當地與索同音，因而被誤認為「關索」。還有一
種解釋是，大概諸葛亮渡瀘之役，關興也隨從參與，曾駐紮軍隊於
此，當時以關帥呼之。有人紀其功績時以帥為率，後遂訛率為索。其
二是以為關索是關鎖同音而誤，不知何據。其三則以為關索是物而非

人。各地的關索嶺都險峻高峭，難以攀登，必引之以索而後能度，勢若關隘。《月山叢談》：「雲南平彝過曲靖，晉寧過江川，皆有關索嶺，上各有廟。蓋前代凡遇高阜置關，關吏備索以挽舁者，故以名耳。傳訛之久，遂謂實有其人，而實妄也。」[13]其四就是詞話所做的合三姓為一姓的解釋，更為荒誕不經。

　　關索名稱的由來尚未有定論，但關索作為民間傳說中的英雄應該沒有疑問。只是這位姓花或姓關的英雄人物是如何與《三國》人物關羽及其史事聯繫起來的，現在卻難以推論了。

二　《三國志演義》中關索故事的敘事策略

　　在《三國志演義》文本中，除了嘉靖本沒有關索的痕跡外（早期的志傳本葉逢春本也沒有關索故事），其他的版本中或多或少都保留了關索的故事。按照故事的不同又可以分為兩類：一類是關索故事，有毛本、周曰校本、李卓吾評本和志傳本一（黃正甫本、朱鼎臣本等）；一類是花關索故事，主要有志傳本二（湯賓尹本、雙峰堂本等）。下面我們通過文本比較分析，考察各種關索故事的發展脈絡以及作者的敘事策略。

　　首先來看關索故事系統。在志傳本一（朱鼎臣本）、周曰校本、李卓吾評本、毛本中，關索只出現在諸葛亮七擒孟獲的故事中，其情節大致包括以下幾種（以黃正甫本為例）：一、關索投軍；二、一擒孟獲時，攻打金環三結、董荼奴、阿會喃三洞元帥，關索為後接應，與王平、張嶷、張翼迎戰孟獲。三、二擒孟獲時，與王平、張嶷、張翼各守一寨。四、三擒孟獲，授密計擒各洞酋長；五、四擒孟獲，關索護車；六、六擒孟獲，為祝融夫人所擒（毛本沒有）；七、七擒孟獲。在關索投軍時，自稱為關羽第三子（六卷本為第二子）並自述其

經歷：「自荊州失陷，逃難在鮑家莊養病。每要赴川（李卓吾本為蜀）見先帝報仇，瘡痕未合，不能起行。近已安痊，打探得東吳仇人已皆誅戮，逕來西川（益州）見帝，恰在途中遇見征南之兵，特來投見。」[14]（毛本）然而上文諸葛瑾為孫權之子求婚於關羽時，有關關羽家室的介紹，則與此處有些矛盾。毛本和周曰校本、李卓吾評本寫道：「諸葛瑾曰：『某聞雲長自到荊州，劉備娶與妻室，先生一子，次生一女。……』」黃正甫本則直接點出其子名字：「諸葛瑾曰：『某聞雲長有一女，次得一子名興。……』」可見，小說上文交代，關羽除了「義子」關平外，只有一子一女，而且其子名字為關興。可是到後文中，出現了第三子。這一矛盾表明，在關索故事系統中，關索故事無疑是被志傳本的刊印者（或編者）增插進小說祖本中的，之後，周曰校本在校改整合刊刻時出了疏漏。在「六擒孟獲」祝融夫人與諸將相鬥情節中，祝融夫人首戰一將張嶷，後來平添上關索，接著馬忠被擒，明明擒了三將，而諸葛亮用擒住的祝融夫人換回的卻只有「二將」。這顯然是周曰校本在對文本進行校改時遺留下來的痕跡。

朱鼎臣本	周曰校本
孟獲大喜，即令夫人出馬與關索、張嶷交馬。不數合，夫人回馬便走，關索趕，被一刀飛來，急用手隔之，正中左臂，翻身落馬。蠻兵趕出，將關索捉將去了。張嶷、馬忠聽得關索被擒，急出救時，被蠻兵圍住，望見祝融夫人，慌去擒時，坐下馬倒，亦被擒了，都解入洞來見孟獲。……孔明便令：使送還夫人，換回三將。	夫人撥馬便走，張嶷趕去，空中一把飛刀落下。嶷急用手隔，正中左臂，翻身落馬。蠻兵一聲喊處，將張嶷、關索執縛去了。馬忠聽得張嶷等被擒，急出救時，早被蠻兵困住，望見祝融夫人挺標勒馬而立，忠忿怒前去戰，坐下馬絆倒，亦被擒了，都解入洞，來見孟獲。……孔明……欲送夫人換回二將。

14 醉耕堂本《三國志演義》第87回，頁970。

　　誠然，志傳本在編寫文字時有許多疏漏之處。祝融夫人出戰不大可能敵二將，所以後來毛本的刪節是有必要的（類似之處有一擒孟獲時，關索作為接應的描寫也有刪改）。然而，縱觀七擒孟獲中的關索故事，關索無非一個跑龍套的角色，沒有什麼個性特色，突然而來，不知所終。既然毛本是從志傳本刪節而來，為什麼還會保留這個不見史傳，不符上文的人物呢？

　　下面，再來看花關索故事系統。花關索故事出現在志傳本二（湯賓尹本）系列版本中，雖然名為「花關索」，在有關情節中多稱為「關索」。花關索的主要事蹟是：荊州認父──武陵見劉備──長沙戰楊齡──與劉備入川──龐統死送信回荊州（各本稍異）──與張飛戰嚴顏、張任，戰葭萌關，益州封賞，取閬中，瓦口關戰張郃，漢中戰（徐晃、龐德）。基本上參加了取漢中的全部戰事，後來被派鎮守雲南，在雲南病逝。仔細將花關索故事文本與嘉靖本的有關文本相對照，可以發現，在塑造花關索這一人物時所使用的一些敘事策略，現將其歸納如下：

（一）附加姓名法

　　「孔明定計捉張任」一段，是將（花）關索的名字跟加在他人之後。如雙峰堂本：

一、原來張飛正從那條路殺來，當日卻望見塵埃起，知是與川將交兵。飛當先而來，玄德有天子洪福，卻好這裡撞見，便與張任交馬。兩員將戰到十合，背後關索、嚴顏引兵大進。

二、張飛曰：「卻好，想這廝卻從繞城未，我分兵兩路。」張飛在左，關索在右，玄德接應。

三、張任回兵，正把張飛攔住在垓心裡，進退不得。比及玄德、關索軍來接著，混戰一場。

「瓦口張飛戰張郃」（張飛關索取閬中）等段中，則將（花）關索

名字加在魏延後面。如：

一、張飛受訖，吩咐魏延、關索、雷同各引一枝軍馬，為左右翼；

二、張郃只盼兩寨來救，誰知兩寨救兵已被魏延、關索、雷同兩將殺退；

三、魏延、關索得了計；

四、想伏兵卻被魏延、關索精兵到，趕入穀口；

五、馬上用鞭指與魏延、關索曰：「奪瓦口關，只在這幾個百姓身上。」

六、便與魏延、關索商議：「明日文長引兵扣關攻打，賢姪引兵去山僻處埋伏，我親自引輕騎出漢關山，襲關後，張郃可擒矣。」

七、（劉備）又差嚴顏往巴西閬中守隘，替張飛、魏延、關索回來取漢中。（「黃忠計斬夏侯淵」）

八、（孔明）差張飛、魏延、關索分兵兩路去截曹操糧道，令黃忠、趙雲分兵兩路去放火燒山（「劉玄德取漢中」）等。

（二）替換姓名法

在劉備領兵取西川到落鳳坡龐統中箭身亡這一段，雙峰堂本是將嘉靖本中隨劉備入川的關平替換成關索；湯賓尹本則稍有不同，是將關索增插進去。這樣關平、關索都在軍中，嘉靖本中由關平做的事，在湯賓尹本中，分成兩個人做：接應黃忠、魏延的是關索，助劉備殺敗張任的是關平，到荊州送信的是關平（同嘉靖本），二人都是與劉封對舉的。（如表所示）。

	嘉靖本	雙峰堂本	湯賓尹本
龐統	次日，孔明總守荊州；關公拒襄陽要路，當青	次日，孔明總守荊州；關公拒襄陽要路，當青泥隘口；	次日，孔明總守荊州；關公拒襄陽要路，當青

	嘉靖本	雙峰堂本	湯賓尹本
獻策取西川	泥隘口；張飛領四郡巡江，趙雲屯江陵，鎮公安。玄德令黃忠為前部，魏延為後軍，玄德自與劉封、關平在中軍。馬步兵五萬起程。	張飛領四郡巡江，趙雲屯江陵，鎮公安。玄德令黃忠為前部，魏延為後軍，玄德自與劉封、關索在中軍。龐統為軍師，馬步兵五萬起程。	泥隘口；張飛領四郡，趙雲屯江陵，鎮公安。玄德令黃忠為前部，魏延為後軍，玄德自與劉封、關平、關索在中軍。領馬部軍五萬起程。
黃忠魏延大爭功	龐統曰：「此二人去，恐于路上相爭，主公可自引軍為後應。」玄德留龐統守城，帶劉封、關平引五千軍隨後起程。…… 只見寨中旗幟全別，冷苞大驚，兜住馬，回頭看時，當頭一員大將金甲錦袍，乃是劉玄德。左邊劉封，右邊關平。	龐統曰：「此二人去，恐於路上爭競，主公引一軍自為後應。」玄德留龐統守城，帶劉封、關索二軍隨後便起。…… 只見寨中旗幡各別，冷苞大驚，兜住馬看時，當頭一員金甲錦袍，乃劉玄德也。左邊劉封，右邊關索。	龐統曰：「此二人去，恐於路上爭競，主公引一軍自為後應。」玄德帶劉封、關索二軍，隨後接應。…… 見寨中旗幡各別，冷苞大驚，兜住馬看時，當中乃劉玄德。左邊劉封，右邊關索。
落鳳坡箭射龐統	……玄德人困馬乏，那裡有心廝殺，且只要走。將近涪城，張任一軍追趕至緊。左邊是劉封，右邊是關平，二將引三萬生力軍截出，殺退張任。…… 玄德寫了一封書，叫關平分吩：「你與我往荊州請取軍師去。」關平領了書辭別。自往荊州來。……	……蜀兵得勝，迤邐趕來，人困馬乏，那裡有心廝殺，看看走近涪城，張任一軍，追趕至急。忽左邊衝出劉封，右邊衝出關索，二將引三千生力軍截出，殺進（退）張任。…… 玄德修了書，交關索分吩：「你與我往荊州取軍師去。」關索領了書，辭玄德。投荊州來。…… 後數日，正遇雲長一班兒正	……玄德人困馬乏，那裡有心廝殺，且只要走。將近涪城，張任一軍追趕至緊。左邊是劉封，右邊是關平，二將引三萬生力軍截出，殺退張任。…… 玄德寫了一封書，教關平分吩：「你與我往荊州請取軍師去。」關平領了書辭別。自往荊州來。……

	嘉靖本	雙峰堂本	湯賓尹本
	數日內，雲長等正坐間，人報說關平到，眾官皆驚。	坐間，人報說關索至，眾皆大驚。接書視之，眾皆下淚。	數日內，雲長等正坐間，人報說關平來到，眾官皆驚。
張飛義釋嚴顏	……孔明遂與了印綬，令文官馬良、伊籍、向朗、糜竺，武將糜芳、廖化、關平、周倉，一班兒輔佐雲長，同守荊州。先撥精兵一萬，教張飛部領，取條大路，殺奔巴州、雒城之西，先到者為頭功。	……孔明遂與了印綬，令……一班兒輔佐雲長，同守荊州。一面親自統兵入川。先開精兵萬餘，叫張飛同關索部領，取大路殺奔巴州，取雒城之西，先到者為頭功。 約三更後，遙望見張飛親自在前，橫矛縱馬，悄悄引軍前進。去不得五七里，背後關索領軍仗人馬，陸續而來。	……孔明遂與了印綬，令文官馬良、伊籍、向朗、糜竺，武將糜芳、廖化、關平、周倉，一班兒輔佐雲長，同守荊州。先開精兵萬餘，叫張飛部領，取大路殺奔巴州、雒城之西，先到者為頭功。

在「瓦口張飛戰張部」（雙峰堂本為「張飛關索取閬中」）中，將降將雷同（嘉靖本為雷銅）替換成關索。如：

一、張飛急喚雷同商議（飛喚關索商議）；

二、飛撥精兵五千與雷同（索），飛自引兵萬餘；

三、前面雷同（關索）殺出，兩下夾攻，部兵大敗。

四、張飛、雷同（關索）連夜追襲，直趕到岩渠山；

五、次日令雷同（關索）去山下搦戰，部只不出。雷同（關索）驅兵上山；等等。

在「劉玄德取漢中」一節，用關索代替孟達：玄德引劉封、孟達（關索）並川中諸將而出。

（三）增插情節法

　　對於（花）關索形象塑造，作用最大的還是在《三國》文本上增添情節。這些故事情節不多，而且基本上是從民間說唱詞話中引入的，保留著（花）關索傳說的原貌。最主要的莫過於「花關索荊州認父」。這一節中，對於花關索「身長七尺，面似桃花」的外貌描寫，他合三姓為名的出身，比武娶三妻的經歷，都與《花關索傳》相符。在「劉玄德取漢中」一段中，突然出現了兩個閬中降曹將──周伯與王志出陣和劉封、關索相鬥。王志為關索所擒。聯輝堂本和楊閩齋本還有一條小注──王志遂降關索，改名關志。──這與詞話中，關索下西川收鬼頭王志的情節相符，只是改成對陣相戰，少了有關坐騎的神奇打鬥描寫。後來，關羽荊州被害，關羽次子關興於劉備興兵伐吳時出現，湯賓尹本在小注中交代「（關興）字安國，興因齎功簿往成都，先主令同關索鎮雲南」。先主見到關興後，問曰：「關索為何不來？」興曰：「吾兄亦病故矣。」關索病逝於雲南也與詞話相同，只是卻沒有關索為其父報仇的情節。

　　小說中對於花關索的描述雖然是以詞話塑造的人物經歷為背景，卻剔除了不少荒誕、有悖於歷史的因素，將關索從一位草莽英雄重塑為馳騁沙場、屢立戰功的將軍之子。在荊州認父時，並沒有詞話中關索威脅關羽如不相認就要反出興劉寨、投奔曹操的暴躁無禮。而是自陳「父不認兒，兒無所倚」，哭昏在地。在後來隨劉備攻取漢中的各大戰役中也很能夠互相協作，施展武藝才能。在金雁橋邊，與諸葛亮一起計誘張任，藝高膽大；在取漢中時，鬥徐晃、龐德，奮力拚殺；無論是戰場對陣還是後衛接應，都非常積極勇敢，不失虎子本色。

三　關索形象傳播的意義

　　民間的花關索故事大概在《三國志演義》作者和刊行者同時代甚

至更早便廣為流傳。對於這個被民間認為是關羽之子，而又不見於正史的人物，小說作者和刊行者自然不能坐視不理。於是，這個人物和他的故事便和其他的三國傳說故事一起，進入了署名為「三國志傳」的歷史演義小說的文本範圍。從「志傳」的文本體例來看，是以人物傳奇為主而不是以歷史演義為主，所以在三國歷史人物的基礎上增加（姑且不論是作者所加還是刊行者所加，其性質一樣）一個有著傳奇經歷的傳奇人物，更為適合小說讀者——民眾的通俗品味。

實際上，《三國志演義》小說也是在關羽後代身上進行關羽形象的對象化塑造。嘉靖本中，關羽自從收了關平為義子後，關平一直追隨其左右，而關平大都是與劉備的義子劉封一起出現的——博望燒屯、三氣周瑜、與劉備入川，前期並不活躍。關平曾跟隨劉備入川，在落鳳坡龐統中箭身亡後，返回荊州送信，於是留在荊州。關平與關羽同時出現是在單刀會和水淹七軍、失荊州等情節中，關平作為關羽的忠實衛士，後隨關羽在荊州遇難。關羽的兒子關興水淹七軍時現身，後與張飛之子張苞一同參加劉備伐吳報仇的戰事——其中關羽顯靈，也參加了諸葛亮伐魏的戰鬥——戰羌兵時關羽再次顯靈。這樣，小說有兩段大的戰事沒有關羽後代參與。一是劉備取漢中，二是諸葛亮七擒孟獲。關索故事就是出現在這兩個時段：花關索出現在劉備取漢中時，關索出現在諸葛亮征雲南時。從此，作者（或刊行者）的用意一目了然。

在正史裡，關羽後代無傳，只在關羽傳中點出，而且記載十分簡略。關平與關羽同時遇害見於史實，《三國志演義》小說是遵從正史而來；《三國志平話》和《花關索傳》中，關平還出現在失荊州後來的故事中。對於關羽之女，有拒婚東吳的記載；這一故事也搬進了小說。對於關興，《三國志》〈關羽傳〉的傳尾道：「興，字安國，少有令問，丞相諸葛亮深器異之。弱冠為侍中、中監軍，數歲卒。」沒有記載關興參加過什麼戰役。可見，對於關羽後代的大量描寫都是民間

傳說或小說作者的創造。關羽後代的事蹟是關羽人格精神的延續：關平身上投射出關羽的義，關興在戰場上，兩次由關羽顯靈助戰，折射出其神威和武勇。關索的出現，不但填補了兩段故事中關氏父子的空白，而且同樣反映了關羽形象的神勇特徵。在湯賓尹本「劉玄德智取漢中」一段中，關索出戰，與徐晃和龐德交手。此二人正是後來荊州關羽面臨的勁敵。關索的對戰無疑與荊州之戰遙相呼應，加深了讀者的印象。而且在出戰時，小說寫道：「關索接住徐晃，戰上四五十合，不分勝敗。徐晃喝曰：『吾不活捉豎子，誓不歸寨！』索亦曰：『吾定砍你頭，方肯回陣。』兩下大戰，金鼓振天。曹操在於高阜處觀看，暗暗稱羨，問左右曰：『那少年將是誰？』有知者對曰：『乃關雲長之子關索也。』操歎曰：『虎父還生虎子也。』」這段戰鬥描寫不見於《花關索傳》詞話。作者借曹操之眼和口對關索進行觀察、評價，自然是在「虎子」身上映照出「虎父」的風采。

關索雖然不是正史記載的三國人物，然而，他的故事在元明以及後代留下深刻的痕跡，成為地域風俗的組成部分。明清時期的方志和文人筆記中留下大量關索的風物及其傳說。據《明一統志》記載：「雲南永昌府關索寨在永平縣東北四裡，周回二裡，俗傳蜀漢將關索所築。」[15]「貴州永甯州關索嶺在頂營長官司治東，勢極高峻，周回百餘里，上有關索廟，因名。」[16]《廣志繹》卷五「關索嶺，貴州極高峻之山，上設重關，掛索以引行人，故名關索，俗人訛以為神名，祀之。旁有查城驛，名頂站。深山邃箐，盜賊之輩，實繁有徒。縉紳商賈，過者往往於此失事。崗以一衛尉統邏，卒獲之。」明代的文人也有吟詠關索嶺的詩歌，如《楊升庵全集》關索嶺詩云：「關索危嶺在何處，猿啼鳥道淩青霞。千年廟貌猶生氣，三國英雄此世家。月捷西來武露布，天威南向陣雲賒。行客下馬一醉酒，侯旗風偃有吹

15　《明一統志》卷87，文淵閣四庫全書第473冊，頁840。

16　《明一統志》卷88，文淵閣四庫全書第473冊，頁864。

箚。」這裡已將關索與「三國英雄世家」聯繫在一起。文人的筆記中
進一步指出關索的戰績：謝肇淛《滇略》云：「（漢）昭烈章武元
年……以（李恢）為庲降都督，隨丞相亮南征，大破蠻兵，功最居
多，封漢興亭侯。時左將軍關雲長之子索亦有戰功，開山通道，常為
前鋒。今黔滇有兩關索嶺，永昌有關索寨是也。……」[17]清代有關關
索的傳說更豐富。王士禎《池北偶談》：「雲貴間，有關索嶺，有祠廟
極靈。雲明初師征雲南，至此見一古廟，廟中石爐插鐵箭一級，其上曰
『漢將關索至此』。雲南平，遂建關索廟，今香火甚盛……」[18]陳鼎《滇
黔紀遊》云：「關索嶺為黔山峻險第一路，如之字盤折而上。山半有
關壯繆祠，即龍泉寺。中有馬跑泉，甘碧可飲。相傳壯繆少子索用槍
刺出者。……西巔即順忠王索祠。鐵槍一株，重百餘斤，以鎮山
門。」[19]關索的神勇故事流傳越多越廣，對他的崇奉也日益興盛，還
有加封，見許瓚曾《滇行紀程》：「俗謂前將軍第三子曰關索，從諸葛
丞相南征孟獲，威勳甚盛，沒而民思之，立廟於此。以其名名嶺，未
考何代，敕封義勇英武威烈感應順忠王。」[20]英烈侯廟、龍驤將軍廟
都是祭祀關索的。雲南澄江縣陽宗鎮小屯村至今還流傳關索戲。這一
劇種以關索命名，專演「三國戲」，並只唱蜀漢人物，而且只演其殺
伐戰功，避免走麥城之類的悲劇[21]。

　　從以上史料看，毛宗崗在《三國志演義》中保留了關索征雲南的
故事，是對民間傳說選擇的結果（他擯棄了更多具有怪異色彩的花關
索故事），體現的是明清時代的歷史風貌——當時很多人都相信關索
就是關羽的兒子並征雲南有功——及當時三國故事流傳的情況。《三

17　文淵閣四庫全書本，第494冊，頁148-149。

18　《池北偶談》〈談異五〉（北京市：中華書局，1982年），卷24，頁569。

19　見吳震方編《說鈴》前集本。

20　見吳震方編《說鈴》前集本。此兩書對於關索其人也有考證。

21　參考陳天佑：〈關索戲——典型的戲曲型儺戲〉，《中華戲曲》1996年第2期，頁90-
　　107。

國志演義》小說中很多情節都是從正史中衍生出來，正史衍生出許多傳說則是十分普遍的。而關索其人其事則正好相反，卻是從民間傳說中逐步被提升到「羽翼信史」的地位，也說明傳說一旦虛化，會依靠正史來加以確信。歷史與民間存在的這種互動關係確實令人深思。[22]

第三節　關羽形象在明代的傳播及其社會影響

　　明初很長一段時間，在通俗文學發展歷程中，是一個創作停滯時期。在入明後，《三國志演義》刻印問世之前，我們所能見到的描寫關羽形象的文學作品有明永樂宣德年間，周藩王府所刻朱有燉的雜劇《關雲長義勇辭金》和明代中葉成化七年到十四年（1471-1478）北京永順堂刊印的《花關索傳》。當然，一些民間戲曲的演出劇本雖不見刊刻流傳，但無疑保留著元末明初雜劇中關羽形象的諸種形態。而方孝孺的《寧海縣廟碑》則再次將關羽從「武夫之勇」中提升而出，褒揚其「操欲誘侯為己用，毅然不從；權欲為子請婚，罵辱其使如狗彘；左右昭烈，誓復漢室」的「忠義之氣」。成化年間，解州知州張寧重修解州關廟，並在成化六年（1470）重刊了胡琦的《關王事蹟》。在士人階層與王侯階層所旌揚的忠勇與民間百姓所讚頌的神靈之間，《三國志演義》找到了關羽形象塑造的契合點，從而完成其文學定型。

　　從嚴格的時間意義上來說，嘉靖本《三國志演義》的刊刻也許並不代表什麼，但其刊行後，的確迎來明代通俗小說的創作熱潮，關羽形象也在通俗文學中得到繼續發展。

　　關羽故事的深入人心與《三國志演義》一書的廣泛流傳有著密切

---

22 在彝族長篇傳說故事《勒格詩惹》（1986年，李鑑踪在四川涼山彝族自治州採集）中出現果索（即關索），他是孔明的前鋒將軍並被俘虜。佳日古哈等講述翻譯，李鑑踪收集整理的《勒格詩惹》漢文版，見四川省民間文藝家協會，四川省民間文學集成辦編《民間文藝資料》第二集。一九八七年四月內部鉛印本，參見〈論彝族民間傳說和故事中的孟獲形象〉，江玉祥：《中華彝學專輯》，2000年8月。

的關係。據統計，僅在有明一朝刻印出版的各種版本的《三國志演義》小說就有三十多種[23]。以此可見小說在明中後期的流行之廣。明人陳際泰記載自己「從族舅借《三國志演義》，向牆角曝日觀之。母呼我食粥，不應，呼食飯，又不應。……」[24]，其廢寢忘食的入迷程度也可見出讀者對此書的喜愛。

　　初刊於嘉靖四年（1525）呂楠編撰的《義勇武安王集》八卷，是繼元胡琦《關王事蹟》之後再次編定的關羽事蹟之書。清初，錢謙益在此基礎上修訂，於康熙八年（1669）再次刊行。萬曆三十一年（1603）刊印的《漢前將軍關公祠志》也是記錄關羽祠廟靈異等事蹟的書。而大概成書於崇禎三年（1630）以後的《關帝歷代顯聖志傳》則是將關羽歷代顯靈的事蹟彙編，並標以回目而成的。關羽靈應的故事還經常可以在一些神魔小說中找到一鱗半爪。除了小說外，關羽形象也深入到明代社會的一些民俗事象當中。現存的明萬曆二年（1574）手鈔本《迎神賽社禮節傳簿四十曲宮調》中，保留了當時民間迎神賽社的活動細目，其中有關關羽的供盞隊戲十分豐富。這是山西鄉村農民民俗活動的真實反映，也是關羽故事與關羽信仰流傳的見證。在市民階層日益壯大、經濟文化不斷繁榮發展的都市，也有各種與祭神、賽神相關的活動。王稚登《吳社編》〈會〉載：「凡神所棲舍，具威儀簫鼓雜喜迎之曰『會』，優伶伎樂，粉墨綺縞，角觗魚龍之屬，繽紛陸離，靡不畢陳。香風花靄，迤邐日夕，翱翔去來，雲屯霧散，此則會之大略也。會有松花會、猛將會、關王會、觀音會。松花、猛將一會，余幼時猶及見，然惟旱蝗則舉。關王會則獨盛於昆山。……」[25]劉侗《帝京景物略》載：「五日（月）……十三日進刀馬

23　〔英〕魏安：《三國演義版本考》（上海市：上海古籍出版社，1996年）。
24　陳際泰：《太乙山房文稿》，轉引自朱一玄、劉毓忱編：《三國演義資料彙編》（天津市：百花文藝出版社，1983年），頁644。
25　《說郛》續編28。

於關帝廟，刀以鐵，其重以八十。筋紙馬，高二丈，鞍韉繡文轡，銜金色旗鼓，頭踏導之。」[26]

　　經過歷代的演變，關羽既成了文學作品中的歷史人物，又成為宗教信仰中的神靈。關羽為儒、道、釋三教所接納而呈現出三種宗教形態。在宋元時期，儘管帝王因崇信道教而對關羽屢加封號，然而終不過是封建皇權認肯之下的民間宗教形態。在儒家的國家宗教祀典中，關羽一直是武成王廟中配享的武將之一。到了明太祖時，這種情況發生了變化。據《明史》〈禮志〉載：「初，太公望有武成王廟，嘗遣官致祭如釋奠儀。」[27]洪武二十一年，太公望被作為歷代名臣從祀，同時從祀的有張良、諸葛亮、岳飛等三十七人。至此，武成王廟罷祭，去王號。姜太公悄悄地從武廟的位置上隱退了，而關廟此時則成為京師九廟之一。明太祖為關羽抹去了歷代「溢美之稱」，只是以簡簡單單的「漢壽亭侯關公廟」相稱。史載：「漢壽亭侯關公廟，永樂間建，成化十三年，又奉敕建廟宛平縣之東，祭以五月十三日，皆太常寺官祭。」[28]與其同祀於京師的是「真武廟，東嶽泰山廟，都城隍廟，太倉神廟。司馬、馬祖、先牧神廟，宋文丞相祠，洪恩靈濟宮、榮國公姚廣孝之廟祀」。而《明會典》則稱為「漢前將軍壽亭侯關公廟：四孟歲暮，遣應天府官祭，五月十三日又遣南京太常寺官祭。」關於「壽亭侯」之稱似是明太祖詔封的一個失誤，王鴻緒《明史稿》〈禮志〉、《明會典》所載洪武迄嘉靖初春秋祭告祝文，亦云：「致祭于漢前將軍壽亭侯之神」，雜劇中就有《壽亭侯怒斬關平》與《壽亭侯五關斬將》的劇名。據傳[29]，到明世宗嘉靖十年（1531），才更正為「前將軍漢壽亭侯」。

26　《說郛》續編28。
27　《明史》〈禮志〉卷50，頁1293。
28　《明史》〈禮志〉卷50，頁1293。
29　《關帝事蹟徵信編》卷3〈爵謚〉。

　　究其實，關於「壽亭侯」稱號之議只是一個小插曲而已。關廟之載入祀典，成為官祭之廟，的確是關羽信仰的一件大事。明太祖以神道設教為目的，制定禮法。洪武元年便命中書省下郡縣訪求應祀神祇，著於祀典，而不在祀典者一律視為淫祠。在祀典中還規定了地方所祀神祇[30]。關羽只在京城（北京，後增南京）祭祀，是否出於限制的考慮已不可得知，但民間有「明太祖既定天下，將建廟於雞鳴山以事神，夜夢關羽以鄱陽助戰論功。明日遂敕工部建廟於雞鳴山，特賜英靈坊以表之。」[31]的傳說，似表明其神道設教的用意。

　　對於以民間宗教形態存在的關羽信仰來說，帝王的限制與利用總是有限的。因為它已經融入民間社會生活的一部分，成為民眾的精神力量。明中後期有關關羽靈應的傳說逐漸增多，民間對關羽的推崇也日益增加。於是在民間流傳著一些不載於祀典的關羽封號：神宗萬曆十年（1582）封諡「協天大帝」，萬曆十八年（1590）封諡「協天護國忠義神」[32]，萬曆二十三年（1594）晉升為帝，賜廟額「英烈」。萬曆四十二年（1614）十月十一日加封為「三界伏魔大帝神威遠震天尊關聖帝君」，最後這一十六字的封號見於劉侗《帝京景物略》卷三〈關帝廟〉：「萬曆四十二年十月十一日，司禮監太監李恩齎捧九旒冠、玉帶、龍袍、金牌，牌書敕封三界伏魔大帝神威遠鎮天尊關聖帝君，于正陽門祠建醮三日，頒知天下。然太常祭祀，則仍舊稱。……天啟四年七月，禮部覆題得旨，祭始稱帝。」[33]。

30　〈禮四〉卷50。

31　《關帝事蹟徵信編》卷14〈靈異〉引周暉《金陵瑣事》，《關帝文獻彙編》第3冊，頁463。

32　俞樾：《茶香室三鈔》卷79〈關帝〉。

33　關於此次封諡的時間似乎還有萬曆三十三年說，見陳長安主編：《關林》（鄭州市：中州古籍出版社，1994年），頁9。

第四章
關羽形象與關羽崇拜的影響與傳播

　　在明末清初的抗清鬥爭中，關羽與諸民族英雄是漢族軍民高揚鬥志的號角。而清朝統治階級則是將《三國志演義》小說視為了解漢文化的一個窗口，他們在傳揚利用結義精神和忠勇品格的基礎上，對關羽大加封諡，最終使得關羽在國家宗教祀典中攀升到幾乎與「文聖」孔子相等的地位，也以官方的姿態促進了關羽信仰向社會底層的滲透。關羽形象在民眾中得到更為廣泛的傳播，關羽的神性逐漸高於人性，成為終日被香燭繚繞，供奉於神龕的神祇。這種對勇猛武力的頂禮膜拜，在某種程度上已經超越了儒學思想的範圍，更多體現為墨家思想內涵。於是清朝的封神政策成為一把雙刃利劍，既激發了民間底層的對抗性力量，又加速了封建專制政權的敗亡。然而清朝統治者的開疆拓土，直接促進了關羽形象在少數民族中以及域外的傳播和發展。本章旨在考察清代至近代對關羽形象的接受，關羽崇拜在域外與少數民族地區的傳播。

第一節　關羽形象與關羽崇拜在清代的影響與傳播

　　清兵入關後，受到漢族人民與南明政權的極力反抗，清兵「揚州十日」、「嘉定三屠」的種族清洗政策在漢族人民心中留下難以抹去的陰影，也更加激起了民眾的反抗。他們以南明小政權為依託，戰鬥的主力卻是一些誓死抗清的愛國將領和明末農民起義軍。終順治一朝，這種抗清力量如星星之火在南北大地興起。雖然最終由於隊伍內部權力爭鬥和南明後主的軟弱，由於清政府與漢族大地主的勾結鎮壓，被

逐個殲滅。持續最久的鄭成功在臺灣領導的抗清鬥爭，也於康熙二年
（1662）宣佈投降。而漢族人民的這種抗清熱情曾一度使得入關的清
統治者大為恐慌，順治皇帝還曾被嚇得想要重新出關。在英勇的抗清
隊伍中，關羽等民族英雄成為激揚鬥志的精神力量。在清初江陰人民
的抗清鬥爭中，抗清將領閻應元「軀幹豐碩，雙眉卓豎，目細而長
曲，面赤有鬚。巡城時，一人持大刀相隨，頗類關壯繆，外兵望見，
以為天神。」（韓菼《江陰城守紀》）閻應元領導部隊頑強抗敵，終因
寡不敵眾，被俘不屈而死。據說，當時在張獻忠部隊中，還有一個叫
金公趾的四川人，到張獻忠軍中講《三國志演義》[1]。可見三國人物
故事在抗清隊伍中的影響。

　　《三國志演義》在清人中的影響則可追溯到清始祖努爾哈赤和皇
太極。此二人都非常喜歡閱讀這部小說，並通過它了解漢族文化。太
宗崇德四年（1639）皇太極命達海等人將《三國志演義》等書翻譯成
滿文，供八旗子弟和官員學習[2]。該書後於順治七年（1650）由滿族
學士查布海等譯完，多爾袞還專門發佈一項諭旨：「諭內三院：著譯
《三國志演義》，刊刻頒行。此書可以忠臣、義賢、孝子、節婦之懿
行為鑒，有可以奸臣誤國、惡政亂朝為戒。文雖粗糙，然有益處，應
使國人知此興衰安亂之理。」清朝政府不僅將《三國志演義》作為治
國之道的借鑒，而且還將其視為謀略兵書。海蘭察曾對乾、嘉時期將
領額領登保說：「子將才，益略知古兵法。」於是以清文《三國志演
義》授之，由是曉暢戰事[3]。而《三國志演義》也在民間起義軍中廣
為流傳：「張獻忠、李自成及近世張格爾、洪秀全等，初起眾皆烏
合，羌無紀律。其後攻城掠地，伏險設防，漸有機智，遂成滔天巨
寇；聞其皆以《三國志演義》中戰案為帳內唯一之秘本。」[4]

1　劉健：《庭聞錄》卷3「收滇入緬」，《三國演義資料彙編》，頁654。
2　《清史稿》卷228〈達海傳〉，頁9257。
3　《清史稿》卷344，頁11153。
4　黃人：《小說小話》，《三國演義資料彙編》，頁747。

　　據《清太宗實錄》初纂本記載，崇德元年（1636）十月，有人投書於多爾袞，稱「朱家劫數已盡，大金後代天聰皇帝應運坐殿北京，掌立世界乾坤。」同時製造「關王顯聖」的傳說[5]。歷朝天子登基，都會有諸如此類的宗教傳言，這無非是一些宗教人士為了攀上「國師」地位而杜撰的。然而在清朝初年，他們竟然拿關羽顯聖來服眾心，這顯然是投清帝所好的結果，也可見清人對關羽的敬重。這樣，在國家宗教祀典中，關羽受到極大的恩寵，與釋迦牟尼、觀世音菩薩相提並論，成為清朝「立杆大祭」中的重要祭祀神祇。在坤寧宮祭祀諸神中，關羽與釋迦牟尼、觀世音菩薩為朝祭神祇。也就是說，在坤寧宮的關羽神位前，終日有香煙繚繞。與此同時，關羽的神位繼續攀升。「順治九年（1653），敕封『忠義神武關聖大帝』。雍正三年（1725），追封三代公爵，曾祖曰『光昭』，祖曰『裕昌』，父曰『成忠』，供後殿。增春秋二祭。洛陽、解州後裔並授五經博士，世襲承祀。……乾隆三十三年（1768）以壯繆原諡，未孚定論，更命『神勇』，加號『靈佑』。殿及大門易綠瓦為黃。四十一年（1776），詔言：『關帝利扶炎漢，志節凜然，陳壽撰《志》，多存私見。正史存諡，猶寓譏評，曷由傳信？今方錄《四庫書》，改曰「忠義」，武英殿可刊此旨傳末，用彰大公』。」[6]

　　清朝統治者何以對關羽如此青眼相加？傳說清初統治者曾以《三國志演義》中「桃園結義」故事與蒙古約為兄弟，「其後入帝中夏，恐蒙古之攜貳也」，於是累封關羽，「以示尊崇蒙古之意。」蒙古人信仰喇嘛外，最尊奉關羽，在清朝二百餘年中蒙古能安居於北疆，是效關羽之事劉備[7]。以上傳聞姑備一說，而嘉慶以後，記錄於史冊的關

5　轉引自郭松義：〈論明清時期的關羽崇拜〉，《中國史研究》1990年3期，頁127-139。

6　《清史稿》〈禮三〉卷84，頁2541。

7　徐珂：《清稗類鈔》〈喪祭類〉〈以祀關羽愚蒙〉（北京市：中華書局，1986年），頁3566。

羽歷次封諡，都與清政府的戰事活動有著密切的聯繫。嘉慶十八年
（1813），清廷在平息京師和河南滑縣兩地的天理教起義後，即以
「屢荷關帝靈爽翊衛」加封「仁勇」二字。道光八年（1828），新疆
張格爾之役，清廷又因「關帝屢張靈佑」，再加封「威顯」。咸豐一
代，太平天國起義達到高潮，統治者對關羽加封也最頻繁。咸豐二年
（1852）加封「護國」，次年增「保民」，六年（1856）添「精誠」，
七年（1857）再增「綏靖」。同治九年（1870），加號「翊贊」。光緒
五年（1879），加號「宣德」，這樣關羽的封號已加至二十二字：「忠
義神武靈佑神勇威顯保民精誠綏靖翊贊宣德關聖大帝」。

　　清朝統治者對關羽的青睞在某種程度上超越了孔夫子，這恐怕與
不同民族文化傳統有關。滿族是崇尚驍勇武力的遊牧民族，他們對關
羽更多的是一種戰神崇拜，又因為維護清朝統治的需要，而宣揚其護
國佑民的忠義色彩。從清廷以兄弟義氣羈縻蒙古一事來看，其崇奉關
羽帶有尚同兼愛的墨家思想。這一點上，義的因素多於忠，與民間
的關羽崇拜相契合。清代是民間關羽信仰充分發展的時期，處於中國
底層文化中的小生產者的墨家思想在此得到充分體現。這是一個游離
於儒文化中心的亞文化圈，主要的對象是下層文人、小生產者與農
民。他們為了各自不同的現實要求而崇奉關羽，或為風調雨順，或為
科場得意，或為財源廣進……這樣，關羽形象中的神性得以全方位展
現，在現實社會中承擔不同的神靈職能，從而高出了關羽的人性。另
外，在漢族民眾中，一種揮之不去的民族思想也融進長期以來儒家倡
導的關羽的忠義精神中，形成了各種民間幫會，這些崇奉關羽的秘密
會社帶有對抗封建統治的色彩。清統治者的神道設教最終喚醒了中華
民眾的民族意識和團結精神，不斷衝擊著腐朽的清政權並伴隨其走向
滅亡。

　　關羽信仰的傳播是以各種文藝樣式為載體的。首先是《三國志演
義》的繼續傳播和影響。這部小說在清代被重刊多次，其廣泛流傳將

三國人物和故事帶到祖國各地。其次是戲曲的發展。乾隆初年，宮廷教坊排演了宮廷大戲《鼎峙春秋》。在民間，演戲酬神已經成為各地流行的民俗事象。地方花部亂彈戲的繁榮也是關羽戲流行的一個重要因素。從上到下，關羽戲在整個社會的關羽信仰傳播中都具有重要的作用。再者，各種形式的說唱藝術與文學也是傳播關羽信仰，塑造關羽形象的重要載體。乾隆年間抄本《三國志玉璽傳》以民間文學的視角重新詮釋三國歷史，其關羽形象更多地雜糅了民間傳說。另外，關帝廟的官方普及，使得各地的關羽神蹟傳說盛行。與此相關的是對各地關帝廟的記載和關羽傳說的輯錄，這在清朝是很流行的。其中主要包括：康熙四十一年王復禮《季漢五志》；乾隆二十一年張鎮《解梁關帝志》；嘉慶二年《關氏家譜》；清乾隆三十七年彭紹升《關聖帝君全書》；清雍正九年刊本《關帝寶訓圖注》；清抄本《關帝廟菩薩殿拆修差估丈尺》做法清冊；清道光十二年刊《關帝全書折中》；清光緒八年武清侯邦典重刊周廣業、崔應榴的《關帝事蹟徵信編》等等。這些書記載關帝歷代封諡，史事編年圖解，碑記藝文，靈應事蹟，內容大同小異。這些書大都是由民眾捐款刻印的，其行為本身就表示對關羽的崇信。清朝以關帝為名的道教善書也廣為流傳，最有普遍影響的是《關聖帝君覺世真經》，主要是勸人去惡從善，有利於教化。秘密宗教、結社的教派寶卷中，《護國佑民伏魔寶卷》、《敕封伏魔品》、《萬神擁伏魔品》、《伏魔帝成證覺品》、《三義護國佑民伏魔公案寶卷》等都以關羽為降妖伏魔之神[8]，文學所塑造的關羽形象，其神性也已經超越了人性。

　　晚清外強入侵，整個封建社會趨於崩潰。王綱解紐使得封建統治者無心再去營造膜拜神祇的神話。末代皇帝溥儀在《我的前半生》中寫了袁世凱向清皇室索取玉璽，妄圖稱帝，清太妃們天天燒香拜佛，

8　郭松義：〈論明清時期的關羽崇拜〉，《中國史研究》1990年3期，頁127-139。

求「協天大帝關聖帝君」給予保佑。可是神靈並不能挽回清朝崩潰的命運。而在袁世凱任大總統時，軍中還有《關帝史略演詞》這種將關羽作為戰神加以宣揚的軍隊教科書。有《袁督師配祀關岳議案》等祭祀文案。這一時期尤為突出的表現在於民間秘密結社對於關羽的供奉，以及商人的會館對關羽的崇拜。關羽崇拜在封建末世達到高峰的同時也表現出封建迷信的唯心色彩。

第二節　關羽形象與關羽崇拜在境內少數民族中的影響和傳播

　　三國人物與三國故事在中國少數民族地區的流傳有著相當長的歷史。關羽形象與關羽崇拜對少數民族地區所產生的影響則主要體現在《三國志演義》成書之後，以及明清兩代（特別是清代）對邊疆開疆拓土的征戰之後。在此，主要考察新疆、蒙古、西藏三個邊疆地區的關羽形象和關羽崇拜。

　　新疆地區最早建立關廟的是巴里坤城，為康熙末「靖逆將軍吏部尚書富（寧安）公駐兵時所創建」[9]。根據《回疆通志》記載，在新疆地區大大小小的關帝廟就有十多座。這些關帝廟的建立是與清朝康熙、雍正、乾隆三個皇帝對回疆分裂勢力的征戰分不開的。清朝對準噶爾部進行了長達七、八十年的戰爭，對於鞏固西北邊疆邊防，促進多民族國家的統一具有重要的意義。遠征的清朝軍隊將戰神關羽的崇拜帶到了新疆。乾隆二十三年（1758），清將軍兆惠率精騎到葉爾羌與叛賊霍集占戰，當時兆惠兵單力薄，被霍集占圍困三個月，直到第二年二月才冒死突圍，戰爭之慘烈可想而知。據《回疆通志》卷八葉

9　《趙裘萼公剩稿》卷1，〈巴爾庫關廟碑記〉。轉引自郭松義：〈論明清時期的關羽崇拜〉，《中國史研究》1990年3期，頁127-139。

爾羌地區《通古斯魯克碑記》[10]記載，「……其驍帥，我軍來自數千里外，故馬既疲而矢亦窮。度難全勝，乃會議諸大臣官員，依黑水，互完柵相持。時則以三千之懸卒，敵數萬之賊師，主客勞逸之勢殊，謂濱于危者數矣。至於賊用詭計，決水不能濡，縱火不能焚，飛礮（炮）丸如雨，曠日持久，賊屍累累。我軍卒無傷者，衣單而叩天不寒，食冰而禱神得泉。謂非陰有物以相之，而胡出萬全？」在敵我懸殊、極端困苦的戰爭環境下，清兵以微寡的兵力抵禦了霍集占部的圍擊，在幾乎糧盡矢絕的情況下突圍而出，這種勇猛拼搏的精神來自何處？篤信關羽的士兵們自然以為是神靈護佑所致。於是乾隆二十四年將軍兆惠奏請建關帝廟。乾隆中，清政府在新疆確立全面統治，許多城鎮依照內地規則，建立關廟。如伊犁關廟是乾隆二十七年（1762）工部尚書阿桂「疏請建立」的。新疆地區的關帝廟匾額大都與邊疆的防衛相關。如烏什關帝廟，御書匾「靈鎮嚴疆」，御書對聯「秩倫名炳千秋日，靖遠威行萬里風」。關帝廟儼然是清朝皇權、兵權所至的主權象徵，而駐守邊防的士兵成為關帝廟的修建者與維護者。嘉慶初，洪亮吉遭貶流放到伊犁，他從嘉峪關出口西向，直到惠遠城，「東西六千餘里，所過鎮堡城戍人戶眾多者，多僅百家，少則十家、六七家不等，然必有廟，廟必祀神武。廟兩壁必繪二神，一署曰平，神武子也。……一署周倉。」這些眾多的大小關廟，都是駐屯兵丁，或從內地遷去的墾戶和遣犯建立的[11]。此外，關帝廟還與官方的一些商業行為相聯繫。如吐魯番「城正北建關帝廟一座，春秋致祭，開設官當鋪一座。」不知為何將官當鋪與關帝廟建在一起。

　　蒙古族與關羽的淵源可上溯到元朝，當時蒙古族作為中國封建政

10　和寧修：《回疆通志》，邊疆地方志叢書（臺北市：文海出版社印行，1966年），頁255。

11　《更生齋文甲集》卷3，〈長流水關神武廟碑記〉，參看郭松義〈論明清時期的關羽崇拜〉一文。

權的統治者曾一度賜予關羽封號。元亡後，明朝的蒙古人如何崇拜關羽已不可知，而清代《關名筆記》記載：「當世祖之未入關也，先征服內蒙古諸部。因與蒙古諸汗約為兄弟，引《三國志》桃園結義事為例，滿洲自認為劉備，而以蒙古為關羽。其後入帝中夏，恐蒙古之攜貳焉，於是累封忠義神武靈佑仁勇威顯護國保民精誠綏靖翊贊翊德關聖大帝，以示尊崇蒙古之意；時以蒙古於信仰喇嘛外，所最尊奉者，厥唯關羽。二百餘年，備北藩而為不侵不叛之臣者，專在於此。……」可見，蒙古族的關羽信仰也很普遍。早在康熙二十七年（1688），兵部督捕理事官張鵬翮隨內大臣索額圖等，經蒙古與俄羅斯議和，途經歸化城（今呼和浩特）時，見「城南有關夫子廟」，張鵬翮特留《關帝志》二冊，「欲使遠人知忠義也」。後來，由於內地漢民大批向內蒙移墾，關廟也多起來。如歸化城南的和林格爾廳，有關廟五座，其中的壩底關廟是乾隆間修[12]。外蒙的庫倫（今烏蘭巴托）、恰克圖等地，也先後修起關廟。甚至連最西邊的扎薩克圖汗地區，也立廟祀奉。

關羽信仰在西藏地區的傳播則與藏傳佛教以及藏族的民族神崇拜聯繫在一起。藏族當時是一個以騎兵爭戰為傳統、農牧結合的少數民族，他們擁有流傳廣泛的民族史詩《格薩爾王傳》，其中塑造的民族英雄格薩爾是一個無所不勝的戰神。據稱，西藏有《蠻三國》一書，記載格薩爾征討白帳突厥、黑帳突厥和黃帳突厥三族的戰鬥故事。稱讚格薩爾王與胡人鬥爭之武功。並稱格薩爾王為蠻關公，在藏族地區流行普遍，而在藏族地區也有供奉格薩爾王的寺廟，這就為吸納關羽提供了有利的契合點。據韓儒林〈羅馬凱撒與關羽在西藏〉[13]一文引奪節君《草原散記林蔥土司之武廟》載：「廢清末葉，林蔥土司汪清真登曲衣，聘德格名匠多人，建小廟於其境，歷時三載，規模備具。

---

12 陳寶晉：同治《和林格爾廳志略》，「祠祀」。

13 韓儒林：〈羅馬凱撒與關羽在西藏〉，《華西大學中國文化研究所集刊》1941年第2期，頁30-37。

所造神像，本自格撒人物（俗稱《蠻三國》）。土人敬之，於今三十餘
載，而香火不絕。……」另外，在藏族、滿族、蒙古族、達斡爾族、
錫伯族人民眼中，關羽主要是被當作戰勝之神和家國的保護神來看待
的。傳入藏區的關羽神像是黑棗紅臉，滿面鬍鬚，與格薩爾的形象接
近，不識文字的藏族人民很容易將格薩爾的神像與關羽神像混淆。清
政府統一西藏，向拉薩派駐大臣，遣戍軍隊。拉薩、日喀則、磨盤山
（今吉隆縣屬）以及川邊的里塘、打箭爐（今康定）等地，次第創建
關廟。而清人入藏後又將格薩爾王神像混同於關羽神像了。《衛藏通
志》卷六〈寺廟〉記載，拉薩東，二日山南薩木秩地方，有一座俗稱
桑鳶的喇嘛寺，「相傳至今一千四十三年」，「內供關聖帝君像。傳
云，唐以前，其方多鬼怪為害，人民不安，帝君顯聖除之。人始蕃
息，土民奉祀，稱尊號曰革塞結波。」既然是唐朝相傳，則定然是西
藏本土神祇格薩爾王無疑。關羽傳入西藏後之所以很容易與格薩爾王
相混同，主要是這兩位神祇在藏族人民心中的戰神地位以及神職極其
相似，其形象也逐漸趨同了。[14]

　　西藏宗教界為了促進多民族的統一，也嘗試將關羽信仰納入藏傳
佛教。據《章嘉國師若必多吉傳》載，乾隆元年（1736）時，章嘉活
佛自拉薩起程赴京，在路上得到一位紅臉大漢的庇佑，關羽向章嘉活
佛托夢，應諾要守護佛法。章嘉活佛於是在達扎濟仲活佛的支持下，
親自撰寫了祭祀關羽的祈願文。西方史學家海西希在《西藏和蒙古的
宗教》一書中記載道：「在十八世紀中葉，（西藏）章嘉呼圖克圖乳貝
多吉（1717-1876）在北京皇宮中最高級別的喇嘛教官濟仲呼圖克圖
的倡導下，為關老爺寫了一卷祭祀祈願文，以藏文、滿文和蒙古文版
本發行。中國古老的戰神關羽於其中又被宣佈為中國皇帝的大守護

---

14 有關西藏的關帝廟，可參看陳崇禮：〈西藏的幾處關帝廟〉，《中國西藏》1996年第6
　　期。

神，並且與在格魯巴教派諸神占統治地位的三位一體集密──勝樂輪──閻曼德伽結合在一起了。」[15]

　　根據現在收藏於西北民族學院的土觀活佛所編的藏文《章嘉若白多吉全集》，內中有章嘉活佛所寫的〈關老爺的祈供法〉一文，文章將關羽正式列入藏傳佛教諸護法神的行列之中，這是目前所知能證明關聖帝君被納入藏傳佛教之中的最早的權威性文獻。祈供文中將關羽視為「統領全中國的大戰神」，在祭祀文中，要關羽遵照托夢所示「做瑜伽聖法修煉之助伴，息滅所有違緣而助順緣無餘成，使佛法廣弘，國境平安」；使「瑜伽師徒及獻盜施主等，無論外出、住家、做事皆平安。」章嘉活佛的弟子三世土觀活佛寫了名為〈三界伏魔大帝關雲長之歷史和祈供法・激勵事業雨流之雷聲〉的文章，向藏傳佛教界詳細敘述了關羽的來歷和祭祀關羽的宗教儀軌。此外，關羽與藏族供奉的赤贊神也有關聯。《西藏王統記》等藏文史書記載，文成公主將覺臥佛請入西藏時，唐皇特派兩個大力士挽車裝運。藏族人民以其護運佛像有功，曾塑其像供奉。五世達賴時，重塑了赤尊贊的形象，使其成為紅臉金甲、威風凜凜的將軍，從形體上與關羽更為接近，後來便與傳入的戰神關羽混為一體。《如意寶樹史》記載：五世達賴在親筆所寫的尊贊神祈供文中，明確指出：「贊神來自漢地，且隨文成公主成番域守護神，於松贊干布前做許諾之，魯贊大威力者，願往積崖山之住地。」土觀活佛也認為關羽與尊贊應出自同一心識。藏傳佛教中還有一個與關羽形象近似的赤面煞神叫「贊卡爾」，也簡稱為贊，其神像常被血或紅色染之[16]。

　　對於清朝政府來說，關帝廟仍然是其開疆拓土的一個標誌。拉薩

---

15 轉引自陳崇凱：〈藏傳佛教地區的關帝崇拜與關帝廟考述〉，《西北民族研究》1999年第2期，頁185。

16 上文論述參考陳崇凱：〈藏傳佛教地區的關帝崇拜與關帝廟考述〉，《西北民族研究》1999年第2期。

關帝廟碑文還記錄了乾隆五十六年（1791），福康安與海蘭察率領漢藏大軍征討廓爾喀時，關羽顯聖助戰的傳說。「……乾隆辛亥秋，廓爾喀部落惑于逆僧沙瑪爾巴遊說，潛師侵掠後藏。賊眾我寡，憑高固守，賊屯林中，每夜數驚，自相蹂躪，以為大兵且至，懼而引去。皇帝赫斯震怒，命大學士忠銳嘉勇公福康安為大將軍，超勇公海蘭察、四川總督惠齡為參贊大臣，統領索倫漢土官兵，聲罪致討。副都統賽尚阿巴圖魯成德分率偏師，由聶拉木牽綴賊勢，琳同大學士毅籌畫軍儲，往來策應，大將軍等由濟嚨進鳥道羊腸，賊人負嵎據險，我兵出奇奮勇，七戰七捷，直逼賊巢，廓酋舉國懾怖，哀懇乞降。我皇上如天之仁，不忍覆其巢穴，詔許歸誠。自進師至凱旋凡三越月，固由聖主廟謨廣運，指示機先，大將軍運籌帷幄，靡堅不破，然究屬帝君威靈呵護之所致也。大將軍回藏，度地磨盤山，創立神祠以答靈貺」[17]。

第三節　關羽形象與關羽崇拜在域外的影響與傳播

歷史上，中國在國力強盛時期，曾對周邊國家產生深遠的影響，中華文化也在東亞地區廣為傳播。近代門戶開放後，更多的中國人走出國門。他們走向世界的同時也帶著對家國的深情依戀，這一鄉情和對漂泊命運的悲感激發起最深層的宗教意識，於是華僑們把關羽這位保護神帶出了國門。

關羽崇拜最早波及的是長期以來受到中國傳統文化影響，與中國交流密切的朝鮮、日本、越南等周邊國家。朝鮮大約從十六世紀流行關羽信仰，萬曆二十年（1592）明朝政府派軍隊到朝鮮援助抗倭作戰。游擊陳琳，在李朝政府的協助下，特於漢城崇禮門外建關廟一座[18]。

---

17 《衛藏通志》卷6，和琳碑文，頁386。
18 吳晗編輯：《朝鮮李朝實錄中的中國史料》（北京市：中華書局，1980年），第10冊，頁4211。

此後朝鮮的關羽崇拜日益興盛。朝鮮關帝廟曾於一八八一年再版過
《關聖帝君聖蹟圖說全集》，今存有一八八二年朝鮮顯聖殿藏版《關
聖帝君寶訓圖像注》，還出版了韓文的《關帝言錄》、《關帝玉寶篆
文》等。越南也流行關羽信仰。雍正三年（1725）五月曾加封關羽為
安南王。越南《嘉定通志》卷六記載，越南的關廟有的十分壯觀。南
方邊和鎮關廟「在大鋪州南三街之東，面瞰福江，殿宇宏麗，塑像
高丈餘」，是一處很有名的場所。越南會安「有關夫子廟，嵩祀最
盛，閩會館也。」[19]越南現存有的關帝文獻有：一八六四年版《關聖
垂訓寶文》，一八七四年版《關聖帝君救劫勸世永命經》，一九○七年
版的《關聖帝君科儀》等等。越南還有不少用越南語言抄寫的關帝文
獻[20]，說明越南人也信仰關羽。《三國志演義》的日譯本大約於一六九
二年在日本問世，日本的關羽信仰卻比《三國志演義》的日文譯本早
半個多世紀。日本史籍中有「唐三佛寺」，分別是：一六二三年，長
崎華僑「三江幫」（即江南──江蘇、浙江、安徽、江西）創建的興
福寺，在寺廟的媽祖堂內，左旁祀關羽；一六二八年，長崎華僑泉
（州）漳（州）幫，創建的福濟寺，寺內的青蓮堂，左旁祀關羽；一
六二九年，長崎華僑福州幫創建的崇福寺，寺內的護法堂祀關羽和觀
音。後來，一六七八年長崎華僑廣東幫建立了聖福寺，寺內觀音堂，
祀關羽、媽祖和觀音。聖福寺裡關羽神的地位比唐三佛寺更高。每年
農曆五月十三日關羽誕辰，聖福寺的儀式也更隆重。

　　隨著華人的足跡遍佈全球，關羽崇拜也被帶到世界各地，幾乎有
華人的地方都會有關帝廟。大致來說，關羽形象和關羽崇拜在域外的
傳播與以下因素相關。

　　首先，外國的關廟很多是由留居其地的華僑或來往貿易的華商建
立起來的。關羽是作為宗教神祇在中華文化圈中流傳，同時也帶上了

---

19 釋大汕：《海外紀事》卷4。

20 據李福清《關公傳說與三國演義》，他曾在河內見到越南人編的《神號》舊抄本。

華僑的尋根意識和求保護的意願。

　　十七世紀二十年代，明末華商東渡，將祭祀關羽的民俗帶到日本。日本長崎「建有關廟、天后兩處廟宇，皆內地商人所造，供奉中國正神」[21]。明治以前，日本華僑華人的關羽信仰基本上是與佛教寺院混合在一起的。當時僑居日本的華人得不到中國政府政治上的保護，便借助威靈顯赫的關羽作為自己生命和財產的保護神，聊寄漂泊他鄉的羈旅鄉愁，並祈求消災除魔保平安。而聖福寺關羽的供祀則與明遺民的「反清復明」意識相聯繫，關羽興復漢室的歷史事蹟得到強調。明治以後，日本華僑的成分發生變化，以資金雄厚的貿易商人為主，故關羽信仰也和商業性組織中華會館結合在一起。

　　明代後期由閩粵等省流徙南洋、經商謀生的華人開始在當地建立關廟。在東南亞的華人中，「關帝亦是受普遍奉祀的神明」。它是「神聖」又「兼任財神」[22]。

　　其次，關羽作為海外華僑從事商業活動時供奉的財神，並且成為中華會館——這一維繫著地緣、血緣、業緣等關係的華僑自治組織的象徵。

　　同治癸酉年（1873），橫濱華僑創立了日本僑胞的自治團體——中華會館，並興建關帝廟。根據一九二三年《重建中華會館碑記》記載：「會館之設所以聯眾志商眾事也。此館創建于同治癸酉中，奉武帝仰賴庇蔭，祀時弗懈。……」[23]關羽除了被奉為商業神、財神，還成為象徵中華道義秩序的至高無上的神。是中華民族優良傳統在域外的延續。

21　臺灣故宮博物院編：《宮中檔雍正朝奏摺》15輯，頁844-845。參考童家洲：〈試論關帝信仰傳播日本及其演變〉，《海交史研究》1993年第1期。

22　〔英〕巴素著，劉前度譯：《馬來亞華僑史》（馬來西亞：光華日報社，1950年），頁84。

23　莊為玠：〈關羽崇拜在國內外〉，《泉州鯉城文史資料》（泉州市：中國人民政治協商會議福建省泉州市鯉城區委員會文史資料委員會，1991年），第6-7輯（總第24-25輯），頁80。

　　關帝爺是華人商會組織的重要核心。據〈菲律賓福聯和布商會成立經過〉一文介紹：「福聯和布商會原名關帝爺會，創立於西班牙管領菲律賓之末葉，即清光緒十一年（1885），因為當時風氣未開，各途商業團體組織尚未萌芽，而崇拜祖國之古代英雄關雲長者，尤為群眾之普遍心理，故即取關帝爺名，以名本途所組織之商會。然亦有取義焉，蓋吾僑皆欽佩關羽為人忠義信勇，……吾人定當企仰昔賢，守此美德，以光大前人之遺緒也」。早期菲律賓華僑所組織的木商會、布商會均曾以關帝爺命名。因為崇拜英雄，信仰忠義是當時華僑的普遍心態。

　　關帝爺也是同鄉會館的奉祀神靈。巴達維亞現存最早的關帝廟是一個叫戴亮輝的人創建的。這是一個來自廣州府南靖區的華人，他於一八〇二年來到巴達維亞經商，因此廟的名字叫「南靖廟」。戴先生的意圖是，一方面，使關羽崇拜在巴達維亞能夠永存，關羽在他的家鄉有「南靖帝君」的封號並且在一五九六年就有南靖廟供奉。另一方面，他試圖以南靖工會這一基地與同鄉建立聯繫，使從南靖來到巴達維亞的移民能夠得到幫助。關羽被來自中國同一省市、同一地區的商人作為地域性聯繫的保護神。最早的一塊褒揚關羽的牌匾寫於一八二四年，寫著「漢室褒忠」。它是一位富裕的商人捐贈的，這位富商同時也捐款修整中國人的醫院並被提名為中國人社區的首腦。值得一提的是，後來一八六五年與一八七七年的兩塊匾額，它們都是由南靖的具有一定資格的人捐贈的。前者是以同知銜副行政長官的名義捐贈的，是國外商人與其家鄉的政府部門更正式的聯繫的存在，關羽崇拜為州政府所贊成。散居國外的華人與家鄉政府部門這種特殊的聯繫在十九世紀中葉的印尼是比較罕見的。仔細推敲，必然發現，實際上，巴達維亞的南靖廟是中國南靖地區的一個直接的映射。同時，這座寺廟也是南靖商人聯繫的總部所在地。

　　澳洲悉尼的關帝廟也作為四邑會館，其中有一對關帝廟對聯：

「大地幾英雄，碧血丹心，萬古雲霄思漢鼎。天涯有桑梓，春椒秋菊，一堂風月話鄉親」，寄託對故鄉的懷戀，並以關羽為榜樣，期待為中華振興而獻身[24]。

關羽還與宗親會館相關。劉、關、張等姓華僑憑藉桃園結義故事組成「古城會」等血緣組織，馬來西亞的檳城便有一個劉關張趙古城會館。菲律賓馬尼拉有個菲華龍崗公所，是劉關張趙四姓的會所。自然是以義氣作為宗親會館的凝聚力。此外，一些私會黨、黑社會組織也同樣供奉關帝爺。

隨著中華勞工的足跡遍及世界各地，中華民族的一些源遠流長的優良傳統——吃苦耐勞、聰明能幹、勇於開拓等也在世界各傳揚，而關羽則成為這些炎黃子孫所具有的優良品德的象徵。據載，緬甸猛拱有「華僑所建關廟」，據傳為「乾隆初元」，漢人到此開設玉石廠後才有的[25]。清代晚期（十九世紀中葉），歐美各國掀起淘金狂潮，中國勞工漂洋過海到美洲西部和澳大利亞修路開礦，於是那裡也出現了關廟。在美國西海岸邊的舊金山「就有一座頗具規模的關帝廟」。清同治七年（1868），中國使團還曾前往進香[26]。澳大利亞墨爾本市西北的本迪戈，是著名的產金中心，有大批華人在此開礦。據說，清咸豐七年（1857），曾聚集到三萬五千人，有四座「中國廟」，其中一座至今還完整地保留下來，稱「大金山廟」，神壇上供奉關羽神像，還有一柄青龍偃月刀，進香之人絡繹不絕[27]。

---

24 參考莊為玠：《關羽崇拜在國內外》。

25 尹明德：《雲南北界勘察記》。轉引自郭松義：〈論明清時期的關羽崇拜〉，《中國史研究》1990年3期，頁127-139。

26 張薔：〈國外也有關廟〉，《北京晚報》，1983年2月17日；轉引自郭松義〈論明清時期的關羽崇拜〉，《中國史研究》1990年3期。

27 丁倍海：〈中國淘金者的子孫在「龍城」——訪澳散記」，載《環球》1983年2期，轉引自郭松義：〈論明清時期的關羽崇拜〉，《中國史研究》1990年3期。

下編
關羽形象與關羽崇拜的多種形態探析

通過對歷代史實的考索，我們追尋關羽形象與關羽崇拜演變的足跡，叩問這一人間神靈生前後世留下的人性精神及其於天人之際的廣泛傳播。這是中華民族性格塑造與傳統承襲的特有模式。基於這一文化傳統，我們將繼續觀照文學與泛文學文本中，關羽形象所表現的藝術美感與符號張力，展現其在文本中縱橫古今、馳騁未來的文化魅力。文學這個無限時空的場域，也是關羽崇拜得以興盛的重要載體所在。

第五章
雅文學中的關羽形象論析

第一節　傳記文學中的關羽形象

　　陳壽的《三國志》〈關羽傳〉及裴松之注是關羽生平事蹟最原始、最真實的記載，此後史著中出現的關羽傳大致沒有超出這個範圍。進入文學的關羽故事具有多種形態，然而傳記文學以真實性的文體特徵為載體，在對關羽形象的敘寫中體現出更多史學的接受心態。以此作為考察關羽形象流傳的不同類型的開始，無疑更接近關羽形象的原點。本文將從作者們秉承實錄精神的微細差異中，勾勒關羽形象的原型演變。

一　文學傳記：亂世背景中的人生

　　韓兆琦《中國傳記文學史》〈緒論〉引用蔡儀主編《文學概論》中對「傳記文學」的定義：「傳記文學是形象地描寫自己或他人的比較完整的或某一階段的生活歷程。它只是在實際情況的基礎上作適當的藝術加工，既有藝術性，又有歷史資料的價值。傳記文學是以人物為中心對象的，特別著重刻畫人物的性格和形成的環境。」文人為關羽作傳大概是從宋元之際開始的。當時，朱熹以蜀漢為正統的史學觀以及民族分裂時期對忠義精神的現實需要，使得關羽日益成為一個歷史的忠義標本。而這個標本的製作者主要是被儒家理學思想薰陶出來的文人。目前所見，較早的關羽文學傳記出現在元朝胡琦的《關王事蹟》中。明清時期，隨著關羽傳說與關羽信仰的興起，關羽的傳記也

大量出現在《漢前將軍關公祠志》、《解梁關帝志》、《漢壽亭侯關夫子全集》等書中。其書標明為「實錄」或「本傳」，大致是史書中資料的集合，再稍微加以藝術創造，作為一種文學傳記，在關羽形象的表現與塑造上有自己的特點。

　　這些傳記無一例外都網羅搜集了陳壽《三國志》及裴松之注中有關關羽的事蹟、言行、評論的材料，並適當吸取了通鑑類史書編年體的寫作方法，將史實以時間為序排列起來，形成了一個歷史大框架。其中演繹著當時三國紛爭的時代背景，使關羽的人生命運與蜀漢的興衰緊密相連。這一敘事模式是從胡琦的《關王事蹟》〈實錄〉中開始的，後來的傳記在其基礎上加以完整。由於這些關羽傳記著重於史料整理，文字上大同小異，基本上都是以正史為依託，甚至照抄正史，所以在此我們可以焦竑《漢前將軍關公祠志》〈本傳志〉為例來分析說明。

　　這篇傳記補充的關羽人生歷程中發生的社會大事有：東漢末年的黃巾起義，朝政昏亂，緊接而來的諸侯紛爭，其中劉備在徐州與袁術、呂布、曹操的衝突。然後就是羈旅曹營、辭曹歸劉，依靠荊州劉表；曹操南征，劉備南逃，聯合孫權發起赤壁之戰，取得勝利；又與孫權爭荊州，劉備入漢中取益州，關羽領荊州牧，在荊州與吳、魏的矛盾和較量。除了正史記敘的曹營生活，主要重心放在了孫劉聯盟的赤壁之戰以及戰後荊州局勢上。其中有些人物言論與關羽不太相干，而但凡涉及關羽，作者都收錄無遺。如諸葛亮前去勸服孫權，因提到「關羽水軍精甲萬人」，便照抄其長篇大論。曹操謀臣對孫劉關係的預測，以及周瑜勸孫權驕怠劉備心志的言語，其中因含有關、張「萬人之敵」、「熊虎之將」的議論，也原文照抄；劉備入川後借曹兵南下，「關羽與樂進在青泥相拒」，向劉璋求兵未遂，也寫入關羽傳文。這些言論都是《三國志》中的原文，錄入傳記，未加改造。對於了解當時三國局勢的細枝末節有一定的作用，但是篇幅冗長又稍嫌喧賓奪

主。處理最為得當的是關羽爭三郡後，東吳對付關羽的策略和人員調動、軍事行動；關羽的威震華夏及與徐晃的正面作戰等等。這樣，失荊州責任便不僅是關羽短而取敗，具有深刻的歷史背景和時代內涵。

傳記作者當然是帶有自己的主觀傾向。如胡琦在《實錄》後評論道：「記者謂雲長處置乖方，以短取敗，愚謂不然。看雲長須是看他與先主、孔明以興復漢室為己任，一片忠忱對越天地，即是夏少康以一旅祀夏，配天之本心也。雖古義烈無以加焉。後之君子，當諒甚。不當以成敗利鈍言也。」焦竑《本傳志》後則引《三國志》〈馬超傳〉裴注《山陽公載記》所錄馬超呼劉備字，關張示之以禮的故事，讚揚劉、關、張君臣之禮義，對於陳壽「徒以報效曹公為國士之風」表示異議。毫無疑問，忠義精神成為關羽形象的突出特徵。韓組康《關壯繆侯事蹟·實錄》（民國）還將關羽生平一直延續到了劉備出兵伐吳為關、張報仇，後駕崩於白帝城，也是強調劉、關、張三人的君臣之義。

對於關羽生平的敘述，後來摻雜了一些帶有傳聞性質，非出於史實的記載。如錢謙益《關聖帝君傳》記敘關羽的家鄉：「河東解梁寶池里下馮村人也。」韓組康《實錄》則敘述關羽的家世淵源：「夏大夫龍逢公之後。」這些都是後人推衍而來，雖然關羽資料更加細緻但並無根據。正史中，關羽的前輩祖系不清楚，後世也只平、興二子與統、彝二孫有所記載。而且《三國志》裴注引《蜀記》之語，指出「龐德子會，隨鍾、鄧伐蜀，蜀破，盡滅關氏家。」這似乎意味著關羽已經絕後。當然對於崇信關羽的後代人來說，這是無論如何不能相信的，不僅不信，而且還為關羽編造出了前世後世的關氏家譜。早在元代胡琦《關王事蹟》中就有所推定，此後民間都流傳著這樣的一幅關羽世系圖：關羽的先世為夏桀時期的賢臣關龍逢[1]。關羽有二子，

1　此人不見《史記》〈夏本紀〉，據說曾經因勸諫桀而被殺。

長子為關平，次子為關興[2]。關平與關羽同時蒙難，而有二孫：關
統，關彝。後世的關氏後代有：北魏的關朗，劉宋的關康之[3]，唐朝
的關播[4]，元代的關玉和關珍。後來根據民間的故事又加入了關羽的
祖父關審（字問之），父關毅（字道遠）。到清代，關羽家族就更加熱
鬧，為了讓這位武聖人與孔聖人位置相垺，關羽祖父三代還接受清廷
的供奉，關氏後代還被封為博士[5]。

　　後人還推測了關羽的年齡。胡琦《關張年歲考辯》根據宋人吳鶴
林認為張飛為五十歲死的說法，推證出張飛生於熹平二年（173），劉
備生於延熹四年（161）。關羽則長於張飛，小於劉備，大概是五十
上，六十下的年齡。梁章鉅《三國志旁證》卷二十三[6]徵引了一些筆記
野史，對關羽的年齡、家世作了一些補證。如他引用王朱旦的《關侯
祖墓碑記》：「於桓帝延熹三年（163）庚子六月二十四日生侯。侯長，
娶胡氏，於靈帝光和九年戊午五月十三日生子平」，之後，又錄有前
人及典籍中記載的「六月二十二日生」、「五月十三日生」、「八字為四
戊午說」等等[7]。關羽的出生年月日變得豐富多彩的原因，主要與民
間的祭祀活動有關，以致不同的地方，關羽的誕辰日都有所不同。

　　除此之外，編撰者們還刻意訪尋關羽遺跡列於傳記之後。最有名

2　有的宗教善書中還加上了關索。

3　《南齊書》〈高逸傳〉頁937載：「康之字伯愉，河東人。世居丹徒，以墳籍為務。
　　四十年不出門，不應州府辟。……尤善《左氏春秋》。」沒有說明關康之是關羽後
　　代，但是此人愛好《左氏春秋》，與關羽有相似之處。

4　《新唐書》〈關播傳〉頁4818，未載關播是關羽的後代。更有意思的是：「初，上元
　　中，詔擇古名將十人配享武成廟，如十哲侑孔子。播奏『太公，古賢臣，今其下稱
　　亞聖。孔子十哲，皆當時弟子，今所配年也不同。請罷之。』詔可。」可見關播還
　　曾奏阻關羽從祀武成王廟。

5　《清史稿》卷84〈禮三〉，頁2541。

6　梁章鉅撰，楊耀坤校訂，其中「解州守主朱旦」應為「解州守王朱旦」（福州市：福
　　建人民出版社，2000年），頁581。

7　《三國志旁證》，頁584。

的恐怕要算關羽的風雨二竹了。風中竹與雨中竹虬枝鐵幹，竹葉錯綜，很有骨力。據說與畫相關的還有關羽降鸞筆寫的兩首詩，風竹詩云：「不謝東君意，丹青獨立名。莫嫌孤葉淡，終久不凋零」。雨竹詩云：「大業修不然，鼎足勢如許。英雄淚難禁，點點枝頭雨。」另外，傳說關羽能寫一手好篆書，有「讀好書，說好話，行好事，做好人」和「願天常生好人，願人常行好事」共二十四字留存下來。這些後人編造的書法名跡，無非作為關羽形象的陪襯，藉以勸懲教化。

　　傳記中值得一提的文學再創作是有關關羽與他人書信的編造。古人頗有擬古之風，有時也以古人的身分寫信作答為戲。胡琦在《關王事蹟》中就提到有關羽〈辭曹書〉：「〈雲長辭曹書〉，予得其本于荊門故人家，考其文義，不似漢時文字，蓋後人擬而作之也。茲不錄」。胡琦對這種擬古書信尚剔除在外，後來的傳記卻擬造書信樂此不疲。在焦竑《本傳志》中就有〈告曹書〉，全文如下：「切以日在天之上，心在人之內。日在天之上，普照萬方，心在人之內，以表丹誠。丹誠者，信義也。羽昔受降之日，有言曰：主亡則輔，主存則歸。新受曹公之寵顧，久蒙劉主之恩光。丞相新恩，劉公舊義；恩有所報，義無所斷。今主之託羽以知望形立相覓跡求功，刺顏良于白馬，誅文醜于南坡。丞相厚恩，滿有所報，每留所賜之物，盡在府庫封緘，伏王臺慈府垂鑒照。」這封書信與《三國志演義》中的辭曹書毫不相同，卻與萬曆年間傳奇《古城記》中書信大致無差，可見是在下層民眾中流傳，至於是誰的創作難以推證。從詞義上看表現了關羽守義報恩的思想。

　　在清朝張鎮《解梁關帝志》〈本傳〉中，出現了三封書信，關羽在曹營受到禮遇後與曹操書：「劉豫州有言：尉佗，秦之小吏耳，猶獨立不詭。某啞啞飛鳴，翔而後集，寧甘志終於人下也。使明公威德布於天下，幹旋漢鼎，窮海內外將拜下風，沐高義矣，獨某乎哉。」[8]

8　張鎮：《解梁關帝志》卷1〈本傳〉，《關帝文獻彙編》第2冊，頁511。

似是表現自己的志向和對曹操的感激。而〈辭曹書〉:「切聞主憂臣
辱，主辱臣死。曩所以不死者，欲得故主之音問耳。今故主已在河
北，此心飛越，神已先馳。惟明公幸少衿之，千里追隨，當不計利
害，謀生死也。子女玉帛之睨，勒之寸丹，他日幸以旗鼓相當，退侯
三舍，意亦欲如重耳之報楚成者乎。」[9]主要表達自己與劉備生死相
隨的心意以及日後對曹操知恩圖報的許諾。而〈答陸遜書〉:「將軍作
鎮西藩，為吳右臂。下車未遠，遽懷老夫，中心藏之，共獎王室，幸
甚幸甚。目前小捷，曷敢貪天之功，第荊州與陸口接壤，為釁已非一
日，寡君報公子之命，丞相有破曹之勳。舊屬宗盟，非吳土地。乃阿
蒙不揆大義，狡然西窺，老夫不戒戎軍而捍禦無術。將軍慨然以操猾
為憂，豈睹其篡逆不共戴天，尚以蜀為漢室宗冑，或能用命，抑事在
荊而指在洛，亦惟將軍為之。老夫之言，誠如皎日，勿昵小功，終成
大德。」[10]其中有關羽自衿之詞，不明陸遜用心，反而勸其同以伐曹
為務，頗符合關羽當時心境。

　　擬造書信不是傳記中所特有的，在小說、戲曲中也可見到。書信
以代言體的形式為後世文人構擬關羽心態提供了一個十分恰當的載
體。

　　傳記立足於關羽一人的事蹟，比《三國志演義》小說在情節描寫
上更為集中，對於事情前因後果的展開更為緊湊明晰。又因為是對人
物整個人生的寫照，較戲曲描寫故事片段又更為豐富、完整。另外，
在描寫中也頗有勝於小說、戲曲之處，最典型的應該是單刀會的對話
描寫了。以焦竑《本傳志》為例:

　　　魯肅欲與公會語，諸將疑恐有變，議不可往。肅曰:「今日之
　　　事，宜相開譬，劉備負國，是非未決。羽亦何敢重欲干命。」

9　張鎮:《解梁關帝志》卷1〈本傳〉,《關帝文獻彙編》第2冊，頁513。
10　張鎮:《解梁關帝志》卷1〈本傳〉,《關帝文獻彙編》第2冊，頁537。

乃邀公相見，各駐兵馬百步上，但諸將軍單刀俱會。公諸將亦勸公勿往。公曰：「今日之事，必為荊州。肅長於辯，非他人所能口折也。且不往則見吾怯。」諸將請陳兵而往，公曰：「兵多見疑。」竟單刀詣肅。酒酣，肅曰：「往與豫州觀於長阪，豫州之眾不當一校。計窮慮極，志執摧弱。圖欲遠竄，望不及此。吾主矜愍豫州之身無有處所，不愛土地士民之力，使有所庇蔭，以濟其患。而豫州私獨飾情，愆德隳好，今已藉手於西州矣，又欲剪并荊州之土，斯蓋凡夫所不忍行，而況整領人物之主乎？肅聞貪而棄義，必為禍階，吾子屬當重任，曾不能明道處分，以義輔時，而負恃弱眾以圖力爭。師曲為老將，何獲濟？」公未及答，部將周倉怒目裂眥，拔劍而言曰：「烏林之役，左將軍身在行間，戮力破敵，豈得徒勞，無一塊土而足下來欲收地耶？臣問紀人之功，忘人之過，宜為君者也。將軍但知荊州當借當還，不知破魏之功當賞，竊為將軍不取也。且土地者，唯德所在耳，何常之有？」肅厲聲呵曰：「此何為者！我與若主言，若安得不遜！若豈能為樊將軍耶？」曰：「為樊將軍亦何難！」公提刀起曰：「此自國家事，是人何知！」目使之去。從容謂之曰：「昔高帝除秦暴而創洪基，光武驅新亂而復舊物。豫州親帝室胄，君侯所知也。因天下亂，出死力，百戰而有一州，此彈丸之地，即封土不為過。況天子存亡未可知而討虜坐擁江東之眾，此豈有功德在先世，儼然受南面之賞，不過乘中州擾亂而攘割之耳。天命未改，尺土皆漢有也。吾久不向足下取全吳而足下更從吾取三郡，此吾所不解也。」肅不能答，為禮而別。[11]

---

11 焦竑等：《漢前將軍關公祠志》卷1，《關帝文獻彙編》第8冊，頁539-542。

　　在這段故事中，首先就以雙方諸將的勸阻作鋪墊，從關羽嘴中得知魯肅之辯才，知道前去必是一番唇槍舌戰。接著是雙方陳情的言辭，切中肯綮，最後關羽占上風。其中魯肅的辯詞完全從正史《三國志》〈吳志〉〈魯肅傳〉，及裴松之注所引〈吳書〉中來。而周倉形象與關羽的辯詞則是作者的藝術創造。周倉顯然是來自傳說和小說，而文中周倉比小說所寫更為活躍。「烏林之役」一段，正史中本是關羽之辭，在此移為周倉，並被魯肅斥為「樊噲」之舉，更比照出周倉魯莽武勇的神采。至於關羽的一段陳詞，以土地為漢室所有加以反駁。認為以劉備的戰功當有封地，而孫權坐擁江東，割據天下，不顧天子存亡，並非義舉。有理有據，比起小說中以「此為吾兄之事」，赴宴莫提荊州，恐傷故舊之情，「他日令人請公到荊州赴會，另作商議」的推託之詞更理直氣壯一些。當然小說中關羽是隻身入虎穴，故鋒芒遮掩。總的說來，傳記作者對這段文字的加工是根據史實合理虛構，可讀性強。

　　文學傳記的關羽形象具有更為生動的藝術效果，這與文學語言的流暢生動分不開，也體現出傳記的文體特徵。通過在大時代背景下關羽人生歷程的寫照，使得關羽的形象特質更為突出，這是以人物為中心進行敘事的結果。這些傳記收在民間編輯刊行的《關帝志》、《祠志》、《圖志》等書中，長期在民間流傳，為關羽形象的傳播起到了重要的作用。

二　宗教傳記：一個歷史的神話

　　如果僅是一個普通的歷史人物，其傳記的創作恐怕不出以上範圍。然而，關羽最後成為中國老百姓信仰的神祇，這是出於民眾的意願，所以關羽還有其作為神祇的傳記。這一類傳記，帶有很多宗教意象，雖然違背歷史真實，但卻是民眾所接受的。於是關羽的故事就成為了歷史中一個真實的宗教神話。

　　有關關羽的宗教傳記，大致來源於清朝王朱旦所撰〈漢前將軍壯繆侯關聖帝君祖墓碑記〉，碑記除了有關內容外，還記敘了王朱旦本人獲得這些關羽世系材料和生平傳說的緣由。王朱旦稱他於丁酉秋旅宿涿郡時曾夢見關羽，後作關帝論一篇。康熙十七年（1678），王朱旦為解梁郡守，恰逢常平士人於昌發現巨磚。巨磚上有關羽先世里居、世德與葬地。循山訪墓，果然合券。關於巨磚及碑記內容的真實性，被那些為關羽作志的學者（如《關夫子志》編者張鵬翮曾做《關帝祖塋辯》）所批評，然而關羽的這些神性事蹟還是結合關羽信仰流傳開來。盧湛所編《關帝聖蹟圖志全集》中，便根據王朱旦的碑記和史實，畫成全圖，描述關羽的「聖蹟」。民國時期邵銘鼎將同治甲戌年間（1874）撰寫的《協天大成關聖帝君聖蹟列傳》與《關聖帝君覺世經》等合刊。這些宗教性的傳記為關羽添加了一些具有中國傳統色彩的宗教意象，總括如下。

　　首先，祖墓的風水與聖人天命的承繼。為了突出關羽與孔聖人相等的武聖的地位，宗教傳記將其與五百多年前的孔子聯繫起來：「由孔子以至漢末五百有餘歲，孟子曰：『五百年必有王者興其間。……」[12]而其「稟乾坤之正氣，鐘山嶽之精英」，在於關羽祖墓的風水。中國自古有風水信仰，風水指的是住宅與墳墓的地勢與方向等。古人認為這些因素會給死者的後代帶來不同的命運：「條麓有聖祖墓。當條之中，群峰交擁，勢馳萬馬，皆整列而不亂，左旗右鼓，襟山盤池。自開唐虞終天之盛，歷千五百年，產孔子以來而山嶽之靈秀復萃于條陰矣」。「條麓」指的是中條山，關羽成神成聖的命運被解釋為因為祖墓的風水好而得到陰福。再追溯關羽的祖考：「聖族系夏忠臣龍逢之後，祖諱審字問之，石磐其號也。……聖父諱毅，字曰道遠，」關羽家學淵遠，祖輩父輩都是忠孝好道的隱士。以上便是盧湛《全圖》中「隱居訓子」、「盧墓終喪」、「葬地發祥」三個圖事。

---

12 以下引文見邵銘鼎收同治甲戌年撰寫的《協天大成關聖帝君聖跡列傳》。

　　其二是與龍有關的英雄奇生與死亡預兆。盧湛《全圖》中有「見龍生聖」和「烏衣兆夢」兩個故事。「見龍生聖」寫道:「漢桓帝延熹三年庚子六月廿四日,有烏龍見於村,旋繞於道遠公之居,遂生聖帝。異哉,猶之二龍繞室,五老降庭生孔子也。」龍是帝王的象徵,中國古代帝王誕生常有異象伴隨,這是對其不凡人生的預兆。「烏衣兆夢」寫道:「帝美鬚髯,一髯特長,戰輒躍躍。被難之前夕,夢烏衣丈夫拜辭曰:余北海龍,附君助猛威,今請辭去。晨起,特長之髯,觸手落。帝心惡之。殆與泣麟同一轍雲。」兩則故事都有意與孔子相連,暗示其武聖的地位。「烏衣兆夢」的故事雖注明出自墓碑記,卻並不首見於王朱旦碑記,許多明代筆記中就出現了這個故事。如《異讖資諧》等。

　　其三是神奇的面相與相士的預言。邵銘鼎所收《協天大成關聖帝君聖蹟列傳》寫道:「聖生而英奇,長九尺六寸,面如薰棗,唇若丹朱,鳳目蠶眉,臉有七痣,忠孝性成,讀書明易,尤好春秋」。對於相士預言,寫得更為神奇生動:「司馬德操善相人,稱帝狀貌清奇古怪,得四大威儀正氣:神光滿面,目彩含真,清之正也;眉高入鬢,鬚長過腹,奇之正也;五嶽隆起,四水歸源,古之正也;面赤氣精,神藏威露,怪之正也。功業非常,千百年後,與天地並立,殆天人降世也」。在中國方術中,面相被認為是一個人的重要特徵,能夠預示其命運,這種相術體現的是下層民眾的思想,並沒有科學根據。盧湛《全圖》之「回途遇相」就虛構了一個關於相士對關羽的預言:「君裹乾坤正氣,後當血食萬年,何論名業!」總而言之,面相作為傳統文化,也只是民眾對關羽成神的一種解釋和依據。

　　其四,生前或死後創下的非凡業績。周滙淙《關帝全書折中》〈關聖帝君傳〉[13]和盧湛《全圖》都詳細地介紹了關羽的生平事蹟,

---

13 道光辛卯年刻,湖北蘄陽府城內大生堂書局印行。

《全圖》是以小說為依據，故事性更強些。所展現的關羽生前功績，已見史傳，茲不贅述。而邵銘鼎所收《協天大成關聖帝君聖蹟列傳》還記敘其死後加封及其伏魔蕩寇的神職，只是沒有具體事例。另外，該傳突出了陪祀的關平與周倉。如周倉的「赴水擒龐德」，關平「同殉父難」等，並列敘關氏歷代子嗣，顯然是民間的向壁虛構。

從以上幾篇宗教傳記記敘的內容看，傳記作者是將關羽作為一位文化聖人來描述的，力圖與孔子相埒，突出儒家傳統文化中的忠孝節義思想。雖然吸收了一些神話傳說，但還不算怪誕。就是「井磚示異」，也無非體現對關氏家族統緒與傳嗣的追溯，也是欲與孔氏相埒的心理所致。

大概從元代的《新編連相搜神廣記》[14]開始，另有一種神仙傳記，卻是對關羽死後非凡事蹟的記錄。《新編連相搜神廣記》後集《義勇武安王》就在簡略敘述關羽生平後，主要記敘了宋徽宗年間，關羽應張天師召，下界與蚩尤作戰取勝並封王的過程。關羽戰蚩尤，是關羽從魂靈變為神靈的一個轉折性事蹟。這次在人間皇帝面前的突出表現使得關羽信仰得到帝王的認同，從而步入國家祭祀的神殿。

第二節　詩歌中的關羽形象與物化意象

在中國傳統文學中，詩文一向是高居廟堂之上的雅文學。歷代文人不僅用詩歌來言志抒情，而且也用詩歌來憑弔古人感懷歷史，表現出中國文人以史為鑒的人文關懷和以史明志的人生追求。歷代文人在詩篇中對於關羽其人其事也發出了無限的感慨和深沉的詠歎。他們將關羽人格形象與詩韻中的物化意象融合起來，營造出至真至美的情境，延續著儒家溫柔敦厚的詩教和人文思想。他們用一種真實的口吻

---

14 秦子晉撰：《繪圖三教源流搜神大全》（外二種），元刻本，建安版（上海市：上海古籍出版社，1990年）。

訴說著關羽身前身後的事蹟，用於通神，用於化民，也在默默引導著關羽信仰上升為國家祀典。文人們究竟為關羽做了些什麼？他們能不能算是關羽形象的主要塑造者呢？

歷代詠頌關羽的詩歌散見於各種詩集和寺志方志，鉤沉仔細、輯錄完備實屬不易。幸而前人已經做了一些輯錄工作，明清以來的帝志、聖蹟圖志等有關關羽的文獻中都有藝文部分，選輯了一些詩歌。筆者所根據的前人選本有：明代焦竑、趙欽湯等人所編《漢前將軍關公祠志》卷九〈藝文志下〉所錄贊十三首，頌一首、歌四首、賦三篇、詩八十一首。張鎮所編《解梁關帝志》卷四〈藝文下〉所錄詩一〇四首、歌四首、賦二篇、頌三篇、贊十五首、對聯二十二副。周廣業、崔應榴所編《關帝事蹟徵信編》卷二十九〈詩詞〉所錄詩七十六首，詞六首。各本所錄詩歌大同小異，以明代詩歌數量最多，清代詩歌尚未足備。本文論述以以上選錄詩歌為主稍加補充，通過分析反映詩歌中關羽形象的面貌。

一

《關帝事蹟徵信編》的編者崔應榴在卷二十九末尾言及所選詩歌的題材道：「嘗讀帝志，及各省郡邑志，諸名人集，拽得詩一千首有奇，亦云富矣。除選登墓寢、祠廟、名跡等門外，復太（汰）存計若干首，蓋十僅取二三焉。讀悲涼雄壯之作，欲碎垂壺，誦幽邈沉鬱之章，疑聞鐵笛。他如讀史興懷，感時發慨，組織唐音，步武乩韻，體裁略備，慕想從同。……」可見從題材上看，主要有「墓寢、祠廟、名跡」等紀遊詩和「讀史興懷，感時發慨」[15]的詠史詩，前者側重於憑弔古蹟，後者側重於詠歎史實，但也不是截然分開的，往往是情景

---

15 《關帝文獻彙編》第4冊，頁496-497。

交融，夾敘夾議。此外，還有記敘關羽成神顯靈的靈蹟詩和有關關羽侯印、磨刀雨等風物傳說的風物詩。

各種題材的關羽詩歌，無疑都在詠歎中注入了深刻的歷史內涵，這種歷史感是關羽形象作為歷史人物所具有的特質。隨著時代的變遷，關羽形象內涵也在不斷擴充。首先，詩歌中關羽的生平事蹟是從真實歷史到虛構故事的擴展。唐朝，關羽成為詩人吟詠的對象，大多是與張飛並列，作為古代勇武的戰將來比附時人，抒發感情。如岑參的〈東歸留題太常徐卿草堂〉有：「漢將小衛霍，蜀將淩關、張」，這裡是以關張襯托徐太常的武勇。又有用來感歎三國史事，如「雖倚關、張敵萬夫，豈勝恩信作良圖？」[16]「管、樂有才真不忝，關、張無命欲何如？」[17]「可憐蜀國關、張後，不見商量徐庶功。」[18]到宋朝，有更多的關羽個人事蹟進入詩歌，如「萬眾中，刺顏良。身歸漢，義益彰。位上將，威莫當。吳人詐，失不防」[19]。顯然是廟祀中對關羽功績的頌贊。尤為引人注意的是，宋人已經將關羽下邳降操、後歸劉備一事美化，表現他的漢室氣節。如張商英的〈詠辭曹事〉：「月缺不改光，劍折不改鋩。月缺白易滿，劍折尚帶霜。勢利尋常事，難屈志士腸。男兒有死節，可殺不可量。」[20]元朝詩歌中，繼續歌頌關羽對於劉備的忠誠，如宋無〈關雲長〉：「一面荊州赤手擎，當時華夏震威名。平生不背劉玄德，獨有曹公察此情。」而從最後一句看，詩人對於曹操能夠遣其而不追，對人才的寬大政策也表示欣賞。在一組題詠關羽墓的同題詩歌中，詩人以深刻的感觸敘寫了荊州之敗，既是對荊州戰事的歷史反思，也抒發對英雄末路的悲哀。其中，

16　徐寅：〈蜀〉，《全唐詩》卷710。

17　李商隱：〈籌筆驛〉，《全唐詩》卷539。

18　崔道融：〈過隆中〉，《全唐詩》卷714。

19　黃茂才：〈武安王贊〉，《關帝志》卷4，藝文下。《關帝文獻彙編》第2冊，頁1081。

20　《關帝志》卷4，藝文下。《關帝文獻彙編》第2冊，頁994。

劉緯的「鞍馬平生百戰身，可憐於此臥荒榛。俘來于禁元輕敵，釁起孫吳為絕親」[21]，是將荆州之失歸咎於關羽的「輕敵」與「絕親」。而何溟的「欲除曹氏眼前害，豈料吳兒肘後欺？」[22]周午的「仲謀不度來求婚，遣使甘言祇取辱。奮髯北伐將徙都，白衣狙詐芳仁呼。」[23]李鑒的「傅糜俱罪生狂計，蒙遜陰謀謬見親。」[24]則將責任更多推到關羽部將的變節和東吳的偷施機謀上。歷史的是是非非，留與後人論短長。

明清詩歌中，對關羽事蹟的歌詠更為全面。其中，描寫關羽熟知《春秋》，忠於漢室，有明朝趙璞的〈次何州判韻〉：「許身劉氏堅惟一，報效曹公示不欺。」張良知的〈重謁武安王祠〉：「義扶蜀主興劉祚，威震曹瞞出許關。」曾大有的〈謁解州廟〉：「學術真成淹左氏，丈夫元不齒黃忠。」陶琰的〈重謁武安王廟〉：「志在《春秋》知討賊，忠存社稷欲安劉。」描寫關羽襲斬顏良、單刀赴會有：明朝蹇萬里的〈大王塚〉：「天生一髯獰于龍，馘良俘禁談笑中。」李春光的〈謁武安王〉：「單刀回魯肅，巨舶困曹仁。」趙欽湯的〈輯志特感〉：「夏口單刀駐，荆門萬家巡。」對於荆州之失也是以十分同情的筆觸寫出：如吳獻臺的〈題關壯繆像〉：「……巨浪淹七軍，襄樊列艫艟。禁俘德亦虜，大江血流紅。威聲震華夏，曒日懸晴空。陸渾互許洛，壺漿若雲從。詎意肘腋間，包藏劇群凶。蚩蚩眾狐蜮，發奸遜與蒙。輕舟襲南郡，九仞隳成功。麥城困孤旅，臨詛頹元戎。侯存漢爐熾，侯歿炎精終。……」

此外，明朝詩歌出現了一些俗文學中虛構的故事。如桃園結義：王明的〈謁解州廟〉「蕩寇將軍百世英，桃園猶憶舊時盟。」李贄的

21　〈題大王塚〉，《關帝志》卷4，藝文下。《關帝文獻彙編》第2冊，頁996。

22　〈題大王塚〉，《關帝志》卷4，藝文下。同上，頁997。

23　〈題大王塚〉，《關帝志》卷4，藝文下。同上，頁998。

24　〈題大王塚〉，《關帝志》卷4，藝文下。同上，頁999。

〈過桃園謁三義祠〉，對劉、關、張兄弟結義之情的讚頌是在與勢利人心的比較中見出，是對俗世民風的深刻感觸：「世人結交須黃金，黃金不多交不深。誰識桃源三結義，黃金不解結同心？我來拜祠下，弔古欲沾襟。在昔豈無重義者？時來恆有〈白頭吟〉。三分天下有斯人，逆旅相逢成古今。天作之合難再尋，艱險何愁力不任？桃源桃源獨蜇聲，千載誰是真弟兄？千載原無真弟兄，但聞季子位高金多能令嫂叔霎時變重輕。」描寫秉燭達旦有：侯畛的〈次韻〉：「秉燭中宵大義存，成仁身報漢王恩。」湯顯祖的〈鄡中關亭侯祠〉：「輿圖並借揮戈色，廟貌全依秉燭光。」馮夢禎的〈關漢壽贊〉：「侯武而文，好讀左傳，侯勇而義，秉燭達旦。」還有描寫斬貂蟬事：如王世貞的〈見有演關侯斬貂蟬傳奇者感而有述〉[25]：「董姬昔為呂，貂蟬居上頭。自誇預帷幄，肯作抱衾裯。一朝事勢異，改服媚其仇。心心託漢壽，語語厭溫侯。憤激義鶻拳，皆裂丹鳳眸。孤魂殘舞衣，腥血濺吳鉤。茲事豈必真？可以快千秋。且聞抱琵琶，夕弄他人舟。售者何足言，受者能不羞？寧如楚虞姬，一死不徇劉。」此詩記載關公斬貂蟬的故事與戲曲中的情節基本一致。詩歌敘述了貂蟬見風使舵，在關羽面前貶低呂布，心託關羽，激起義憤，關羽毅然斬貂的過程。詩人明知此事為虛，但認為是千秋傳誦，大快人心的正義之事。末尾二聯議論，點出對貂蟬「朝秦暮楚」的不齒，稱揚女性的節操。另外還有彭夢祖的〈關公廟祀歌〉：「貂蟬顏色天下殊，背面忘夫即可誅。人間亦有奇男子，月下能揮一劍無」。鄭以偉的〈舟中讀《華陽國志》〉：「百萬軍中刺將時，不如一劍斬妖姬。何緣更戀俘來婦，陳壽常璩志總私」。還有描寫斬文醜，有雷林的〈謁武安王祠〉：「刃絕文顏威大振，計吞吳魏志難酬。」[26]描寫過五關，有明代盧象升的〈過恨這關詩〉「千古英

25　《弇州山人四部續稿》卷6，《四庫全書》第1282冊，頁82。
26　宋朝陸游曾有七言絕句〈讀史〉「顏良文醜知何益，關羽張飛死可傷。」見《劍南詩稿》卷81，將顏良、文醜與關羽、張飛對舉，但沒有明確關羽斬文醜的故事。

雄恨這關，疆分豫楚幾重山。龍泉道士嫌岑寂，鳥道征人歎往還。劍
削芙蓉身欲奮，幽棲岩壑意仍閑。遐思壯繆當年事，歷盡江山識歲
寒。」詩引說道：「關夫子過五關，此其一也。相傳有勒馬回頭恨這
關之語，遂以為名。余剿寇信陽[27]，聞郢中有警，星夜馳援過此。」
這首雄邁蒼涼的詩歌正是詩人在關羽古蹟前追記的戰鬥情懷。對於將
虛構的故事入詩，古代文人歷來有所批評。如《菇廬雜綴》說：「《三
國志演義》，不盡子虛。唯詩人不加鑒別，概以入詩，致騰笑藝林者
亦復不鮮。今河南有恨這關。相傳因關羽過五關時，有『立馬回頭恨
這關』之句得名。明盧忠肅督師至此，賦詩云：『千古英雄恨這關，
疆分楚豫幾重山……遐思壯繆當年事，歷盡江山識歲寒。』五關六
將，語屬不經。吳拜經謂忠肅此詩，特有為而發。要未免失於檢
點。」袁枚《隨園詩話》說：「崔念陵進士，詩才極佳。惜有五古一
篇，責關羽華容道上放曹操一事。此小說衍義語也，何可入詩？何屺
瞻作札，有生瑜生亮之語，被毛西河誚其無稽，終身慚悔。某孝廉作
關廟對聯，竟有用秉燭達旦者，俚俗乃爾，人可不學耶？」[28]批評歸
批評，虛構的關羽故事被寫入詩歌還是越來越多。小說或戲曲中虛構
的故事情節同樣在詩歌中得到表現，而且真實與虛構的界限更加模
糊。這樣，無形中豐富了關羽形象義勇品格的內涵，為人物形象增添
了幾分藝術色彩。

　　其次，詩歌中關羽形象從其生前人格形象向死後神格形象延伸。
宋朝黃茂才的〈武安王贊〉中有「嚴廟貌，爵封王。祚我宋，司雨
暘。禱而應，彌災荒」的詞句，對於關羽死後封王成神，及其「司雨
暘」的神職並且拯救災荒、十分靈應作了初步的描寫。關於「彌災
荒」的靈應事蹟，最典型的是宋朝解池鬥蚩尤的故事。對此，明代陳

---

27 盧象昇撰：《忠肅集》卷1，清文淵閣四庫全書本。
28 轉引自鄭振鐸：《〈三國志演義〉的演化》，見陳其欣選編：《名家解讀《三國演
　　義》》（濟南市：山東人民出版社，1998年），頁18。

繼儒的〈關將軍〉詩以爛漫神奇的筆法將故事的來龍去脈作了完整的
藝術表現：「黃帝殺蚩尤，其血化為鹵。里人上冢時，七家白虹舞。
迨宋政和中，作耗解州土。鹽池歲圯敗，十課不登五。帝問虛靜師，
何神格此虜。師屬關將軍，桓桓彪且武。俄奏大風作，霹靂闞而怒。
拔木池水清，群鬼斫做脯。帝曰可見乎，披雲忽驚睹。大身充其庭，
修髯飄頰輔。從此濯厥靈，鹽政無所苦。死且滅蚩尤，吳魏安足
數。」[29]元朝吳萊的〈富春新創關將軍廟成吳子中攜卷索題〉記敘了
關羽托夢為吳生治病並因此而受到祀敬的創廟緣由：「吳生病起有怪
聞，夢中識得髯將軍。香火乞靈自此揭，廟門釃酒棕櫚雲……」[30]明
朝郭子章也將自己萬曆年間征討夜郎時，關羽夢示機謀的經歷寫入詩
中：「……夜夢壯繆侯，車騎儼相過。倒屣延之八，席分賓主坐。論
賊無足虞，秕糠易揚簸。巢幕暫偷安，積薪以待坐。及余入八番，次
第密收羅。……豈專帷幄謀，一一神所佐。……」[31]此外，明朝張恒
的〈平泉紀異〉也記載了關羽顯靈，平泉抵抗倭寇之事：「君不見，
赫赫英靈如常在，佑國誅賊顯台海。世宗倭寇犯平泉，帝現雲端時露
鎧。又不見，小子患瘤危篤時，夢中常得帝扶持。浩然正氣塞宇宙，
萬方玉食信無私。」清朝嵇永仁的〈紀異〉：「香煙繚繞壽亭祠，千古
衣冠繫所思。忍使忠良遭陷溺，先教烈火自焚帷。」是對所在署中關
帝祠神幔空中舉火自焚的異事及其預示有所感歎。清人詩歌中的關羽
形象籠罩著更為厚重的神性色彩。如清李哲亭的〈贈亮山上人〉之
二：「普淨山頭性久明，雲中每聽步虛聲。玉泉法化龍泉地，祗為眾
生不為名。」描寫關羽玉泉顯聖和護法的宗教傳說。伍桂辛的〈玉陽
官署〉：「……三界伏魔初顯烈，神功一夜雷電掣。殿宇巍峨頃刻成，

29　湯大節訂正：《晚香堂小品》，轉引自《關帝事蹟徵信編》卷29〈詩詞〉，《關帝文獻
　　匯編》第4冊，頁452。

30　《存心堂遺集》，轉引自《關帝事蹟徵信編》卷29〈詩詞〉。同上，頁459。

31　朱彝尊：《明詩綜》，郭子章《紀夢》，轉引自《關帝事蹟徵信編》卷29〈詩詞〉。同
　　上，頁450。

諸佛如來皆大悅。開皇皇后作檀越，大啟叢林擬金闕。……壽亭侯印
深藏護，龍眉龍角鎮山林。」完全將關羽當作「三界伏魔大帝」，將
其作為與如來諸佛排列在一起的神靈來刻畫，具有超人的神功和法
力。以神靈身分出現的關羽或驅除天災，或扶助人事，或解除病患，
都是造福人類，是詩人歌頌的正義之神。這種正氣和武勇也正是關羽
生前品格的延續。在詩歌中，關羽形象得到提純和昇華。

二

　　歷代詩人將關羽納入自己詠史抒懷的情感意象之中，不僅僅是記
錄關羽的身世遭逢和感應靈異，也寄託了自己對家國命運的深切關注
和人生價值的深沉感懷。中國古代社會的文明進程，是各個朝代興亡
更替，不斷爭戰的過程。反觀歷史長河，前關羽者，有像李廣、衛
青、霍去病等大將；後關羽者，有像岳飛、文天祥這樣的民族英雄，
這一些將領在歷史的滾滾塵煙中努力踐履著自己的人生追求，沙場立
功，為國為民。也因為他們的突出貢獻，成為宇宙微塵中被浪花淘出
的「英雄」。他們的武力成為後人旌揚的對象，他們的忠誠也留給後
人以寶貴的精神財富。詠歎史實，是為了以古鑒今，詩人的著眼點在
於所處時代和自己的命運前程。袁枚《隨園詩話》卷十四從詩歌創作
的角度總結道：「詠史有三體：一借古人往事，抒自己之懷抱：左太
沖之〈詠史〉是也。一為隱括其事，而以詠歎出之：張景陽之〈詠二
疏〉，盧子諒之〈詠藺生〉是也。一取對仗之巧：義山之『牽牛』對
『駐馬』，韋莊之『無忌』對『莫愁』是也。」[32]關羽早在杜甫的詩歌
中便成為比附的對象。杜甫〈奉寄章十侍郎〉：「淮海維揚一俊人，金
章紫綬照青春。指揮能事回天地，訓練強兵動鬼神。湘西不得歸關

---

32 清乾隆十四年刻本。

羽，河內尤宜借寇恂。朝覲從容問幽仄，勿云江漢有垂綸。」[33]這裡
是用「對仗之巧」，以駐守荊州的關羽比喻章十侍御（章彝），認為章
彝不應該內調回朝。金朝張珣的〈義勇行〉則是借關羽之事抒發自己
懷抱：「憶昔天下初三分，猛將並驅誰軼群。桓桓膽氣萬人敵，臥龍
獨許髯將軍。威吞曹瞞欲遷許，中興當日推元勳。惜我壯繆功不就，
竟令豺兒還紛紛。血食千年廟貌古，歲時歌舞今猶勤。君不見天都、
靈武巢未覆，撫髀常思漢壽君。」[34]作者大概身處宋末民族戰爭時
期，家國山河破碎，未能恢復，敵軍強盛難以消滅。作者痛心疾首，
憂心滿懷。在稱頌關羽義勇之時，也抒發自己「功不就」的惆悵情
懷。元朝郝經的〈曹南道中憩關王廟〉：「傳聞哨馬下江陵，青草湖南
已受兵。壯繆祠前重回首，荊州底事到今爭？」[35]更是詠歎時事之
作，關羽戰鬥過的荊州之地在詩人所處的元初依舊成為兵家爭鬥的所
在，等到塵埃落定，會是一個什麼樣的結局呢？一問之中，隱含作者
多少對時局的關注和前途未卜的憂思。古人詠史，以為「但敘事而不
出己意，則史也，非詩也。……」[36]講究「不必專詠一人，專詠一
事。已有懷抱，借古人事以抒寫之，斯為千秋絕唱。後人黏著一事，
明白斷案。此史論，非格也。」[37]只有將古人與現實相聯繫，詠史才
具有更為深刻的時代意義。

　　除了借關羽所處的三國時代比照現實，延續著對戰將的讚頌和國
家命運的思考，詩人們更多從關羽其人反觀自身，吟詠之中流露出深
沉的悲劇意識。這種悲劇意識，從淺層來講，是對功名不就、功敗垂
成的感歎。從深層來講，則是古人常常流露的生命意識，是對人生苦
短、無法永恆的傷懷。在與關羽相關的送別詩中，詩人將關羽和荊州

---

33 《全唐詩》卷228，清文淵閣四庫全書本。
34 《關帝志》卷4，藝文下。
35 《關帝志》卷4，藝文下。
36 吳喬：《圍爐詩話》卷3，清借月山房彙鈔本。
37 沈德潛：《說詩晬語》卷下，清乾隆，清乾隆刻沈歸愚詩文全集本。

這片土地聯繫在一起。郎士元〈壯繆侯廟別友人〉:「將軍秉天姿,義勇冠今昔。走馬百戰場,一劍萬人敵。誰為感恩者,意是思歸客。流落荊巫間,徘徊故鄉隔。離筵對祠宇,灑酒暮天碧。去去無復言,銜悲向陳跡。」[38]前四句感歎關羽的功績,後六句則抒發離別的思緒,這種離別因為在關羽祠的特定地點,在歷史的陳跡面前,所以除生別離之外,更有一種與已經逝去的歷史古人相隔千載的距離感,也使這次送別顯得格外的滄涼。元朝鄧光薦的〈送錢方立游荊楚為弔云長歌〉則記敘送友人前往荊楚之地,作者眼前幻化出那片:「曹劉孫氏百戰之山川」。在離別中,歌者充滿了悲愴的感情,這種悲涼是為那片「山川蕭條風景異,塵沙落葉號寒蟬」的土地所發,更是為那些埋沒黃土的三國古人而發。君不見「堂堂雲長氣蓋世,少假數月無中原。漢灰欲冷寧非天,孔明公瑾皆無年」,那些在歷史中叱吒風雲的人們卻沒有逃脫命運的安排,最終離開了鮮活的人世。詩人要友人前去憑弔,並悠然感歎「紛紛餘子何足數,更向鹿門求老仙。」終於在求仙的神話中宿命地逃遁了那份命運的關懷。

在謁墓詩中,面對關羽的墓寢,這種生命的悲感也越發的強烈。於是就有結合荊州失守而發出的「鞍馬平生百戰身,可憐於此臥荒榛」[39]的感歎,有「嵯峨一塚餘千年,長使英雄淚如水。」[40]的英雄末路之悲。有「三分鼎據今猶恨,不恨曹瞞恨仲謀。」[41]「地下應含千古恨,雄心未復漢山河。」[42]的千古遺憾。不過,隨著明清之後關羽崇祀的日益隆重,詩人又在謁廟的詩歌中表達出另外一種思想價值傾向,那是對生前事與身後名的對比觀照,是對關羽「髯破雖亡神萬

38　《全唐詩》卷248。

39　劉緯:〈題大王塚〉。

40　周午:〈題大王塚〉,《關帝志》卷4,藝文下。

41　袁翔:〈謁解州廟〉。

42　張京安:〈謁常平關王祠〉。

古，崇封嚴祀亦何榮」[43]的欽羨。原來那種「黃壤一抔蓋忠義，空餘遺恨失吞吳」[44]壯志未酬的詠歎，變成對於關羽廟祀千古、孫曹寂寞無聞的現實關懷。他們不約而同地在二者之間作出比較，並且積極肯定關羽流芳百世的生命價值。如明朝趙友的〈題雲長勇義〉:「匹馬擒良已報曹，英雄氣概萬人豪。陸城廟食垂今古，卻笑吳宮遍野蒿」。當一切的人世繁華都衰敗，留在人們心中的精神仍然永存。所以在對荒敗的吳宮景色付之一笑時，詩人也頓悟出「誰與當年論勝敗，還從身後定雄雌」[45]的歷史選擇。「臺荒銅雀春無主，鎖斷長江水自悲。惟有侯祠彌宇宙，英聲大節動遐思。」（同上）到了清朝，關羽崇拜更為熱烈:「中原有地皆修祀，故土無人不薦香。可歎孫曹甘僭竊，何如忠義萬年芳。」[46]什麼是短暫，什麼是永恆；什麼是渺小，什麼是偉大，是非成敗轉頭空之後，穿越漫長的時間隧道，才讓人真切分明地感受到。

　　古代的士人階層是社會文明的承載者，是社會的知識精英，他們大多數可能並不相信什麼鬼佛神靈，對於關羽崇拜也沒有下層百姓那麼深切的體驗與執著的感受。他們更多是從儒家思想上去塑造關羽的人格精神，最初也許只是對一種武力的旌揚，在以蜀漢為正統的史學觀指導下，關羽的武勇帶上了忠君報國的正義色彩，不是蠻勇和暴力。儒者所強調的「勇」，在於「臨大節而不可奪」[47]、「三軍可奪帥也，匹夫不可奪志也」[48]。要胸懷壯志、心存大節，此勇並非單憑武藝高強所能做到，還要能夠修身自省，知禮名義。所以，詩人們並沒有花多少筆墨去渲染沙場的氣氛，表現讓人散魂奪魄的武力之威，而

---

43 周尚文:〈重謁武安王廟〉。

44 劉巽:〈題大王塚〉。

45 徐學聚:〈謁玉泉山廟〉。

46 喬庭桂:〈修志有感〉。

47 《論語》〈泰伯〉。

48 《論語》〈子罕〉。

是將更多的讚頌目光投注到關羽個人的品格修持上，也就是突出其儒將的風範。如文徵明的〈題聖像〉:「有文無武不威如，有武無文不丈夫。誰似將軍文而武，戰袍不脫夜觀書。」是對關羽文武兼修的稱讚，而「夜觀」之書，便是儒家奉為「麟經」的《春秋左傳》。作者認為關羽能夠保持氣節，在於深諳儒家經典的春秋大義。像趙欽舜的〈謁解州廟〉中所寫道的:「歸吳便可邀殊遇，從魏尤堪樹壯猷。偏向孤城輕一死，不虛平日看春秋。」於是，關羽「許身劉氏」、「報效曹公」、「秉燭中宵」、「刃絕文顏」、「夏口單刀」、「威震襄樊」的生平事蹟或傳聞，都具有了傳統的儒家思想的底蘊。如陶世敏的〈關聖讀春秋〉:「漢季有真儒，孤忠懷魯史。當時懼亂臣，千古如夫子。呂陸不勝誅，魏吳旋已圯。獨留達旦光，一炬無終始。」這裡，已經將關羽與孔夫子相比，攀升到聖人的地位。究其實，在儒家文化中薰陶出來的古代文人可能並沒有著意塑造關羽的初衷（唐宋時期，僅有少量詠歎史實的詩作），而當關羽在俗文化中被推崇並在香煙繚繞的神龕中供奉得以名垂不朽時，文人的個體意識再次與其共振。芸芸眾生中，士人比民眾更關注自己個體的終極歸宿，他們以立功、立言、立名作為自己個體精神不朽的永恆追求。他們在歷史長河中尋找靈魂不朽的榜樣，關羽的儒將精神便是這樣塑造出來的。作為榜樣，關羽人格精神的不朽讓儒者看到一種精神追求的實現。

當然，除了在關羽形象上寄託一種儒家的人文精神之外，也不排除一些文人在護法參禪的宗教修行中與關羽相契合。典型的是明中後期的「公安三袁」，三袁的故鄉就是隋朝智顗大師的家鄉。在荊州玉泉山的柴紫庵，有明萬曆甲寅年（1614），公安吏部袁中道建有的「淨名堂」，亦曰「靈桂堂」。用來「祀諸護法居士者，中為維摩詰，左為關侯，右為太史袁宗道、黃輝、雷思霈，吏部袁宏道。」[49]袁中道在〈題關將軍祠〉一詩中表現出的就是淡泊功名，歸隱山鄉的參禪

49 《玉泉寺志》卷1〈營建志〉，《中國佛寺志叢刊》第14冊，頁63。

心態:「一腔血盡了生緣,靜向山中禮佛筵。人道肝腸能死國,我言肋骨好參禪。澗岩震怒如雷地,草木淋漓易雨天。日暮鳥啼人跡斷,自搜殘碣自嘗泉。」[50]

三

詩歌高度精煉的韻體語言和抒情的表現手法使得它不能像小說戲曲那樣展現生動的情節、戲劇性的衝突。然而它卻以各種意象的排列組合使得語言的符號性大大加強,從而闡釋思想,表達情感。

意象的內涵,據王弼《周易略例》:「夫象者,出意也,……象生於意,故可尋象以盡意。」故意象就是「盡意」之象。《周易》對象的另一種重要規定是「觀物取象」。象又是將客觀事物充分象徵符號化的結果。劉勰最早將意象用於文學創作,《文心雕龍》〈神思〉:「獨照之匠,窺意象而運斤」,是創作構思中根據意象來修飾剪裁的意思。後人將詩歌中意象定義為:「意象是以語詞為載體的詩歌藝術的基本符號。」[51]在中國古代詩學中,意象思維成為詩人和讀者進行詩歌創作和鑒賞的重要思維方式。歷代詩人就是以大量靈動、鮮活的物化意象完成關羽形象的塑造。

在詠歎關羽的詩歌中,頻繁出現的無疑是關羽形象的個體意象,而其個體意象又包含著不同層面:

(一)形體意象

如關羽外貌上的「髯」意象。「髯」意象來自於《三國志》〈關羽傳〉,其中有稱關羽「美鬚髯」,諸葛亮稱馬超「猶未及髯之絕倫也」的評論,本事最早被張珣〈義勇行〉所用:「桓桓膽氣萬人敵,臥龍

50　《玉泉寺志》卷6〈七言律〉,《中國佛寺志叢刊》第15冊,頁552。

51　陳植鍔:《詩歌意象論》(北京市:中國社會科學出版社,1990年),頁64。

獨許髯將軍」。於是,「髯」成為關羽標誌性特徵,很多詩歌都以「髯」直接代指關羽。如明周尚文的〈重謁武安王廟〉「髯破雖亡神萬古,崇封嚴祀亦何榮」;清邵賢的〈謁關帝祠〉:「天若假髯存一日,人誰攘鼎到三分。」其次,詩人在「髯」前加上修飾語,形成不同形態的意象。如「美髯」:「于時美髯萬人敵,偉哉河東關雲長」[52];「美髯飄飄赤兔驚,桃園結盟對天地」[53]。「修髯」:「修髯拂拂動風雲,虎將當年自逸群」[54];「大身充其庭,修髯飄頰輔」[55];還有「蒼髯」:「赤面心扶漢,蒼髯貌絕倫」[56]。「紫髯」:「紫髯一奮僕千夫,魄褫顏良膽氣粗」[57]。李東陽〈古樂府詠漢壽亭侯〉「髯如虯,眼如炬」的描寫是將髯比喻成龍。何喬新〈懷關壽亭〉的「紫髯勁如鐵」更賦予髯一種剛勁的力量。費密〈過荊門廟〉的「怒嘯髯戟舞」將髯與戰鬥用的戟類比,突出表現關羽的善戰和強勁。其三,在「髯」前加上動詞,又構成了一些動態的意象,如「奮髯」:「奮髯北伐將徙都,白衣狙詐勞仁呼」[58],似乎在征戰中,髯也代表了一種昂然的志氣和前進的激情。另外就是「掀髯」:胡應麟〈謁漢壽亭侯廟歌〉中「為侯作歌侯俯讀,掀髯一笑群吳牛」,表現了蔑視敵人的樂觀和無畏。俞詁的〈謁武安王廟〉:「願叩威靈露忠悃,掀髯何處讀春秋」則構擬了關羽讀春秋的姿態等等。「髯」意象是詩歌中描寫關羽外貌最突出的意象,並且被賦予了一種戰鬥力,形神兼備,很有特色。其他也存在如「赤面」等意象,不及前者豐富。

---

52 陳省:〈鼎新漢壽亭侯祠顏歌〉。

53 彭夢祖:〈關公廟祀歌〉。

54 來三聘:〈弔關侯〉。

55 陳繼儒:〈關將軍〉。

56 李春光:〈謁武安王〉。

57 劉巽:〈題大王塚〉。

58 周午:〈題大王塚〉。

（二）喻體意象

　　喻體意象，是用一些事物比喻關羽形象，揭示其特質。最典型的是「龍」意象。《說文》：「龍，鱗蟲之長，春分而登天，秋分而入川。」古代，龍一般喻指皇帝，有時也指非常之人。在有關關羽的詩歌中，龍的意象具有一定的主觀多樣性，有時候是指關羽輔佐的蜀漢君主，也就是劉備。這個時候，與龍意象對舉的是「熊虎」，用來比喻關、張等猛將，如馬淑援的〈謁常平廟〉：「憶昔威儀整洛東，高光相望後先空。將軍虎踞雄江表，帝胄龍興跨漢中」。「虎踞」江表的是關羽，用虎喻其勇猛，「龍興」漢中的是劉備，意味著皇室帝王。再如許遂〈謁解州帝廟〉的「龍飛巴蜀天終定，虎鎮荊襄氣自雄」也是同樣的意象群。單以龍指代劉備的，如吳獻臺的〈題關壯繆像〉：「矯矯壯繆侯，挺身出蒲東。草茆識先主，仗劍扶真龍」。又《易》曰：「雲從龍，風從虎」。全天敘的〈敬題漢壽亭侯排律八十韻〉有「草昧雲龍合，神霄鐵馬驤」，用雲龍際會比喻君臣際會。單以「熊虎」指代關羽的有：費密的〈過荊門廟〉：「將軍得雄分，梗亮絕倫伍。盱目無當時，畏者若熊虎」。劉廷臣的〈謁關祠〉：「雖為熊虎喻，海內總依神」。呂子固的〈上武王詩〉：「熊威豹略超千古，虎據龍驤震九州」。用「熊」、「豹」、「虎」、「龍」四種動物來比喻關羽的勇武與謀略。關羽還有一個稱呼為「虎臣」，如黃希聲的〈郭家溝謁聖廟〉：「將軍桓桓稱虎臣，於今乃現帝天身」。隨著關羽神職的不斷提升，龍意象就更多的與關羽形象結合在一起，用來喻指關羽的非凡與神性。徐渭的〈讀三國史關帝傳〉：「千里人間窮赤兔，中宵夢斷失須龍」，其中「鬚龍」是「髯侯」關羽的形象體現。不過，詩歌中最多出現的還是「青龍」。「青龍」意象是與關羽的大刀——青龍偃月刀相聯繫的，見毛一公的〈過解謁漢壽亭侯祠〉：「青龍斜偃月，赤兔捷追風」，由刀及人，所以也常代指關羽其人，如徐學謨〈謁武安王廟〉：

「當日青龍猶天矯，不堪沾灑望中原」；李本盛〈謁解州廟〉：「燦爛
青龍辭操日，飛揚白馬刺良年」；在民間也有很多關羽與龍相關的傳
說，其中還有關羽的鬍鬚是龍所變的故事，所以龍意象也與髯意象聯
繫在一起，如蹇萬里〈大王塚〉「天生一髯獰于龍，鹹良俘禁談笑
中」；王世貞的〈題關帝四畫‧平蚩尤〉：「鼎湖龍髯久上天，妖魄再
作修羅顛」等。詩歌中的龍意象也可能是受民間傳說的影響而形成
的，不管怎樣，龍的飛騰變化，祥瑞靈性，十分生動的將關羽的神格
表現出來。除此之外，龍意象還為關羽廟貌渲染一種神秘和風雲變化
的氣氛。如：「龍飛潮漲千崖斷，蜃氣風生萬木哀」[59]；「曙嶺雲霞看
日上，晚潮風雨聽龍吟」[60]。

（三）象徵性意象

　　象徵性意象，指的是那種用自然的存在物或物質來象徵、比照關
羽形象的內在精神。先看「氣」意象。氣意象在詩歌中分為不同層
面，最淺層的是用來指自然之氣，也就是其本意。如清朝栗引之的
〈遊玉泉寺〉：「泉裡鐘聲沖斷壑，樹迴嵐氣湧層雲」。再深一層的意
象是「劍氣」、「英氣」，特指一種物或人的氣勢，宋無名氏的〈武成
王廟從祀贊〉中有「劍氣凌雲」的贊詞，清劉漢儒的詩歌中有「劍氣
蒼茫江樹冷，光風搖動楚山秋」，也是將關羽的勇猛氣勢物化在兵
器——劍上。更深層的氣意象是「間氣」、「正氣」、「浩氣」等。《辭
源》「間氣」條說：「古讖緯之說以五行附會人事，謂帝王臣民各受五
行之氣以生。正氣為若木，得之以生為帝；間氣乃『不苞（包）一
行』之氣，得之以生為臣。」詩人在憑弔歌頌關羽的時候，總是要從
其家鄉的地望寫起，像張京安的〈謁常平關王祠〉：「山水鐘靈人自

---

59 林雲程：〈謁漢壽亭侯祠〉。

60 張舜臣：〈謁荊州廟〉。

傑，乾坤間氣世無多」；許莊的〈謁解廟〉：「漢業遑遑四海傾，西南間氣偉人生」；李春光的〈謁武安王〉：「間氣鐘才傑，蒲東跡未塵」；趙標的〈謁解州廟〉：「河東鐘間氣，涿郡邁真人」。認為中條山的水土孕育出了這樣一位英才，宇宙乾坤中的間氣都聚集在關羽的家鄉。這種意象根源於中國的風水觀念，也是關羽作為賢臣良將的象徵。「正氣」意象則不來自讖緯觀念，更代表著一種剛正不阿的精神，也暗示著蜀漢事業的正義性，如呂子固的〈上武王詩〉：「正氣充盈窮宇宙，英靈煊赫幾春秋」；甚至還象徵著關羽神性的剛正，梁山金的〈玉泉山寺行〉：「英雄正氣護所皈，真參上乘無障毀」。「浩氣」也是浩然正氣，在詩歌中經常與「丹忠」意象並舉。「丹」象徵著赤誠，在詩歌中多次出現「丹忠」、「丹心」等意象，用來頌揚關羽的義氣忠誠。如喬庭桂的〈修志有感〉：「浩氣寧隨雲水逝，丹心直並日星光」；魏允貞的〈曉發當陽謁帝墓〉：「一片丹心扶赤帝，千年浩氣在中原」；張鵬翮〈謁荊州廟〉：「忠貞垂宇宙，浩氣塞蒼穹」；在詩歌中還經常出現「日月」等時空意象。「日月」在詩歌中一方面表示高高在上之「高」，萬人共睹之「明」，如徐泰的〈題掇刀石〉：「封王祀典乾坤久，信史功名日月高」；程嚴卿的〈題大王塚〉：「一時成敗風雲散，千古精誠日月明」；呂鳴夏的〈上武王詩〉：「忠心昭日月，義氣壯雲濤」；許莊的〈謁解廟〉：「堂堂義勇乾坤遠，耿耿丹衷日月明」；張良知的〈重謁武安王祠〉二首：「大節一生明日月，英風百世重河山」；李春光的〈謁武安王〉：「名猶懸日月，魄已化星辰」；鄭邦福的〈關帝廟〉：「風雪熱沸三分鼎，日月高懸一寸丹」；李鎮的〈謁關廟〉：「青史高名懸日月，令人千載仰洪模」等。另一方面，也表示時間長久，如李竣〈關侯祠〉：「漢室乾坤大，精忠日月長。」總之，用來象徵關羽人格精神的高尚與不朽。

　　在這些詩歌中，除了關羽個體意象外，還有一些與關羽形象有關的社會意象，都是喻指意象或者象徵意象。比如象徵漢室政權的「炎

精」、「炎劉」等意象。反映君臣之間關係的「魚水意象」，反映戰爭
的「戈」意象，以及象徵敵對面、惡勢力的「鬼蜮」、「狙謀」等意
象。詩人在詠史述懷時，就是將這些意象加以組合，在方寸的篇幅中
馳騁千年，縱橫疆場，充分地構擬出一個生前驍勇善戰，忠誠義勇，
死後萬人仰慕，神祀不休的關羽形象。意象活動在創作過程中表現為
攝取客觀對象，融合主體與客體，意識與表象，意義和情感的編碼活
動，在閱讀接受階段，意象活動又是符合情感邏輯的解碼活動。我們
逐一地分解詩人所運用的意象，從中觀照詩人在塑造關羽形象時的意
象思維方式，那是受到天人合一觀念的影響而形成一種融社會、自
然、人生為一體的直觀整體思維方式，意象的產生就是主體對客體意
象性活動的結果。「在藝術裡，感性的東西是經過心靈化的，而心靈
的東西也借感性化而顯現出來。」[61]詩人們以自己的思想與關羽形象
共鳴，通過意象活動表現的關羽形象已經不是自然符號的再現，而是
情感符號的表現。帶有了詩人個性化的特徵。他們揚棄了關羽形象中
的粗陋之處，充分注入自己的理想人格，通過意象化的語言將關羽形
象提純為一種精神符號，這就是他們的作用所在。

---

61 〔德〕黑格爾：《美學》第1卷（北京市：商務印書館，1979年），頁46-47。

第六章
俗文學中的關羽形象論析（上）

第一節　《三國志演義》中的關羽形象

　　在關羽形象演變史中，長篇章回體歷史演義小說《三國志演義》所塑造的歷史人物關羽完成了其形象的文學定型。關羽從中古時期的三國歷史中走來，從歷代的民間信仰中走來，從宋以來勾欄瓦舍的說唱中走來。在史傳文學的基礎上，經過民間藝人的加工，最終由羅貫中和小說的刊印者、評點者整合，形成了《三國志演義》中的關羽形象。作為一部世代累積型的古典小說，《三國志演義》中與關羽有關的故事基本上都能夠在前代的史傳與文學中找到原型。關羽是《三國志演義》塑造的「三絕」之一，是歷史真實和藝術虛構的完美結合。本章通過分析小說整合之後集大成的關羽英雄傳奇的敘事重構，關羽形象忠義內涵的整合與提升，關羽形象中人性與神性的統一，以及小說對關羽形象的傳統審美創造，來觀照這一歷史小說中的典型形象。

一　古城會──英雄傳奇的母題及其敘事重構

　　俄國學者李福清在論及羅貫中的創作方法時，說道：「中世紀作者與近代作者不同，完全不以構思新異的內容為目的，他孜孜以求的就是如何用新的方法來轉述舊聞故事」、「中世紀作者從前人作品中吸取素材要比現代作家自由得多。」[1]在十四世紀的中國社會文化生活

1　〔俄〕李福清：〈《三國演義》和晚期平話〉，《《三國演義》與民間文學傳統》（上海市：上海古籍出版社，1997年），頁198。

中，小說作者可資汲取的材料有以嚴肅實錄的文言寫作而成的史傳文學，及受到民間文學深刻影響的通俗虛構的戲曲和說唱文學。此外，還加上作者自己以一定的創作原則即興發揮的新情節。《三國志演義》作為中國第一部長篇歷史演義小說就是這樣在長期積累的基礎上，由羅貫中連綴、創作而成的。

在《三國志演義》小說文本中有兩大敘事板塊是圍繞關羽展開敘寫的，那就是辭曹歸劉和大意失荊州兩部分。前者從下邳失守、屯土山約三事、秉燭達旦、刺顏良文醜、掛印封金、灞橋挑袍、五關斬將等到古城聚義，最後以赤壁之戰後華容道義釋曹操而結束，完成了關羽「義絕」的形象刻畫。而大意失荊州一段，可以從「單刀赴會」開始，一直到敗走麥城，是關羽英雄無畏、忠義報國精神的悲劇展現。比較起來，前者更具傳奇性英雄史詩的意味，明代傳奇《古城記》便是搬演這一段故事。宋戲文中《關大王古城會》已佚，而古代口頭文學的流傳也難以確知。但從元代以來各種文學體裁對這一故事的敘寫來看，古城會的基本情節在元代以來的俗文學中都大致具備，只是在結構上，《三國志平話》將關羽事蹟與劉備、趙雲相遇，劉備、趙雲逃離袁紹路遇龔固，二人與張飛相會作為兩條線索並行。元雜劇《關雲長千里獨行》則是由甘夫人主唱的旦本戲，動作性不明顯。以上二種都沒有五關斬將、服周倉等情節，關羽的傳奇事蹟不夠突出。而《三國志演義》中關羽的比重則大大加強。

古城會作為關羽傳奇的文學特徵是由小說作者加工整合而形成的。這段故事以一連串具有道德傾向的情節（如約三事、秉燭達旦、掛印辭金等）著力渲染關羽的忠義大節等精神底蘊；以一些虛擬誇張的戰鬥場面（斬顏良文醜、五關斬將、斬蔡陽等）來展現關羽的神勇和堅定的信念；以塑造關羽形象為中心展開情節，體現了小說作者創作英雄傳奇的敘事結構中，以史傳文學為原型的改造和對傳說故事母題的吸納。

　　首先，看看有史事原型的故事情節。故事開始的時代背景，據史書記載如下：《三國志》〈蜀書〉〈關羽傳〉：「建安五年，曹公東征，先主奔袁紹。曹公擒羽以歸……」。《三國志》〈魏書〉〈武帝紀一〉：「……遂東擊備，破之，生擒其將夏侯博。備走奔紹，獲其妻子。備將關羽屯下邳，復進攻之，羽降。昌豨叛為備，又攻破之……」所以，古城會故事開始於建安五年曹操東征劉備的史事，而至於關羽歸曹操是「擒」還是「降」，史書上是兩可的。小說作者則選擇了「降曹」的記載，並衍生出一段英雄落難，抉擇兩難的「屯土山約三事」情節。這個故事具有很濃的傳奇色彩，卻有其史事原型，不出自關羽本人，而與說服關羽的張遼相關。那就是發生在此後的昌豨叛亂事，事見《三國志》〈魏書〉〈張遼傳〉。原來，張遼曾「與夏侯淵圍昌豨于東海」，張遼以為昌豨有降意：「乃使謂豨曰：『公有命，使遼傳之。』豨果下與遼語，遼為說『太祖神武，方以德懷四方，先附者受大賞』。豨乃許降。遼遂單身上三公山，入豨家，拜妻子。豨歡喜，隨詣太祖。」總而言之，張遼成功地說降了昌豨──儘管其所處情勢與關羽不一樣──而且，更重要的一個細節是張遼「單身上三公山」與張遼單身上土山十分相似。因此這段張遼與昌豨間的史事可以看成土山約三事情節的故事原型。至於約三事，則是民間加工的結果。下面是不同文本中所約三事：

	《三國志平話》	《千里獨行》	《三國志演義》	《古城記》
一、	我與夫人，一宅分兩院。	降漢不降曹。	降漢不降曹。	主亡則輔，主存則歸。早上知道仁兄消息，晚上辭別就行，毋得攔阻。
二、	如知皇叔信，便往相訪。	一宅分兩院。	二嫂給與皇叔俸祿養贍。	降漢不降曹。

	《三國志平話》	〈千里獨行〉	《三國志演義》	《古城記》
三、	降漢不降曹，後與丞相建立大功。	打聽到兄弟信息便尋去，不許阻攔。	但知劉皇叔去向，不遠萬里辭去。	一宅分兩院。

三事中，降漢不降曹是表現其「忠」，一宅分兩院表現其「節」，得知兄弟去向，辭別就行表現其「義」。在不同的文學文本中有所不同。

　　古城會中的史事情節還有斬顏良。《三國志》〈蜀書〉〈關羽傳〉載：「紹遣大將軍顏良攻東郡太守劉延于白馬，曹公使張遼及羽為先鋒擊之。羽望見良麾蓋，策馬刺良於萬眾之中，斬其首還，紹諸將莫能當者，遂解白馬圍。」斬顏良是正史所載關羽的神勇事蹟，為了與前後的情節相連貫，為了敘事的生動性和傳奇性，後人[2]將故事充分地延展開來：袁紹派顏良出征的起因（劉備投紹後的鼓動），曹操對於關羽出戰的矛盾心理及其破解，關羽萬眾之中刺顏良的合理解釋（劉備對顏良臨行關照），關羽對於兄弟張飛百萬軍中取上將首級的稱讚等等。在戲曲和平話中，斬顏良之後，緊接著便是誅文醜，二者連在一起。誅文醜事雖然不見史傳，卻在民間流傳久遠。早在洪邁《容齋續筆》卷十一〈名將晚謬〉中就有：「關羽手殺袁紹二將顏良、文醜於萬眾之中」[3]的說法，後來的戲曲、平話便將其作為關羽勇猛的一個附筆加載於白馬斬顏良之後。而小說中則將其地點放在延津（平話中也有誅文醜事，但地點是在官渡，而且描寫不夠細緻），中間穿插了一段劉備在袁紹軍中鬥智鬥勇、生死存亡、驚心動魄的對話描寫，表現劉備對於關羽的信任和善於應變的機智，反襯出袁紹的不納良諫和愚笨無知。斬蔡陽的情節與誅文醜一樣是對史事的挪用。

2　因為《三國志平話》和元明之際雜劇《關雲長千里獨行》對斬顏良故事描寫不多，《千里獨行》雜劇還是從劉備口中側面道出（第三折），十分簡略。所以這一故事的再創作無疑多是由小說作者完成。

3　《筆記小說大觀》，第6冊，頁235。

據《三國志》〈蜀書〉〈先主傳〉記載，在關羽辭操歸劉後：「（袁）紹遣先主將本兵復至汝南，與賊龔都等合眾數千人，曹公遣蔡陽擊之，為先主所殺。」（頁876）小說中將斬蔡陽一事放在古城聚義前關羽與張飛對立的矛盾中，蔡陽的出現使張飛與關羽造成誤會，斬蔡陽則使關羽向張飛辯明心跡，同時也展現關羽的英勇善戰。

如果說以上情節是在真實的基礎上虛構，那麼從民間傳說中來的故事則虛多於實。有關壽亭侯印的故事在宋朝曾一度引起廣泛的注意，司馬知白《壽亭侯印記》記載：「紹興中，洞庭漁獲公壽亭侯印」，而且此印不止一枚，《三國志》〈關羽傳〉記載，關羽斬顏良後「曹公即表封羽為漢壽亭侯」。為何古印刊落「漢壽亭侯」之「漢」字已不可知，但此印屬於偽造也明白無疑。洪邁《容齋四筆》卷八對此辨別道：「予以為皆非真漢物。且漢壽乃亭名，既以封雲長，不應去漢字，又其大，比它漢印幾倍之。聞嘉興王仲言亦有其一，侯印一而已，安得有四？雲長以四年受封，當即刻印，不應在二十年，尤非也。是特後人為之以奉廟祭。其數比多，今流落人間者，尚如此也」[4]。在小說中，古印上的「漢」字是加上去了，卻引出一段關羽被封為壽亭侯而卻印，加漢字而受印的情節，以地名「漢壽」之「漢」引申為國祚正統之「漢」，與關羽「降漢不降曹」的諾言呼應，體現了民間文學的藝術構思。

千里獨行與五關斬將也是根據長期流傳的民間傳說加工而成。從民間文學分類看，是由尋親和歷險的母題衍生而來。關羽辭別曹操，「亡歸劉備」，這是正史記載的事實，在無情節的散體文學中，史書只交代一個簡單的結果，而「亡歸」的過程便成為後來民間集體智慧的創造與想像。顯然，這段行程的起點是曹營，終點時劉備所在之地（最大的可能是袁紹營），而「千里獨行」之難在於時空的阻隔，更

4　《筆記小說大觀》，第6冊，頁340。

難的是人為的障礙和內心道德衝突。很明顯，「千里獨行」受到了「孟姜女千里尋夫」等傳說類型的影響，著力於在一個時空的架構中表現人物為了一種信念、感情或責任不辭勞苦，戰勝艱難險阻而最終得遂心願的人生歷程，具有一種道德歸宿和終極追求的價值取向。在千里獨行這一母情節中又包含了若干子情節，如掛印封金，灞橋挑袍、五關斬將等，掛印封金表現關羽對名利的鄙棄和與曹操的決絕。灞橋贈袍則被設計成為兩種不同的內涵：一是由曹操部下設計謀害關羽的陷阱（戲曲和平話），一是曹操知遇關羽，遣之不追的人情（小說）。小說《三國志演義》中的這一構思自然突出了曹操對關羽的知遇之恩，與後面華容釋操情節相呼應，比起前者所用粗淺的江湖伎倆要深刻得多。而這兩種動機都被關羽小心謹慎地用馬上挑袍的動作加以化解，擺脫而去。

過關也是中國古代戰鬥傳說的一個母題，元代散曲中有「千里獨行關大王，私下三關楊六郎」的唱詞[5]。古代設關於界上，以稽查行旅。從數字來講，「五」作為數名，一般體現為自然界事物固定的常數，如《易繫辭》上：「天數五，地數五。」《左傳》〈僖公十六年〉：「隕石于宋五。」再比如五官、五行等，大都是一種客觀存在的數量。另外，古傳天子自內而外有五門，這種層遞關係與關羽過五關相似，表現一種難以逾越的空間間隔。至於「六」，在中國傳統思想中象徵著順利。可能民間藝人設計五關斬六將的故事就是從這些傳統的數字符號象徵系統中得到靈感。五關斬將不見於〈千里獨行〉雜劇，但是早在宋戲文中就有《關大王古城會》[6]的劇目，元代關漢卿的《關大王獨赴單刀會》中有「小可如我千里獨行，五關斬將」（元刊本第三折〔么篇〕）的唱詞，元明間無名氏有《壽亭侯五關斬將》

5　周文質：《時新樂》，見隋樹森編：《全元散曲》（北京市：中華書局，1981年），頁559。

6　已佚，見張大復：《寒山堂新定九宮十三攝南曲譜》。

（佚）。從情節的動作性和道具性看，灞橋挑袍和五關斬將來自宋以來的民間戲曲舞臺創造是很有可能的。而《三國志平話》中雖然沒有過關的情節，但是在下卷關雲長「刮骨療毒」的時候，關羽自稱「前者吳賊韓甫射吾一箭，其箭有毒。」這裡提到的「韓甫」與《三國志演義》小說中過洛陽關的「韓福」諧音。在關羽過洛陽關的時候，曹將韓福放箭「正射中關公左臂」，韓福也在打鬥中被關羽所斬。這樣看來，在宋元說話中可能也有這個故事流傳。

　　另外，郭常之子盜馬故事似乎從姚斌盜馬故事改編而來（見《花關索傳》之荊州認父），姚斌的故事還有一個真假關公的傳說，在小說中沒有提及。

　　史實和傳說還表現出一定的互動性，秉燭達旦的情節，就很能體現這一特點。秉燭的構思來自中國傳統的男女授受不親的「禮節操守」觀念，也就是關羽約三事中強調的要與嫂嫂「一宅分兩院」的要求。秉燭夜讀、接光待旦這一為民間津津樂道的故事在元代卻被寫進了歷史讀物。潘榮《通鑑總論》中有：「明燭以達旦，乃雲長之大節」之語，萬曆十九年（1591）南京萬卷樓周曰校刊本《三國志演義》在小字注「考證」中寫道：「《三國志》關羽本傳，羽戰敗下邳，與昭烈之後俱為曹操所虜。操欲亂其君臣之義，使後與羽共居一室。羽避嫌疑，執燭待旦，以至天明。正是一宅分為兩院之時也。故《通鑑斷論》有曰：『明燭以達旦，乃雲長之大節耳。』」[7]後來萬曆三十八年（1610）建安余象斗刊《鼎鍥趙田了凡袁先生編纂古本歷史大方綱鑒補》卷十二漢獻帝五年的「目」中有「使羽與二夫人共室，羽避嫌秉燭立待至天明」，眉題標「秉燭待旦」，這一情節嘉靖本中沒有，到毛本中便插入了，情節來源與民間傳說不同，也有違於史實，卻是

7　日本學者金文京認為《通鑑斷論》可能是《通鑑總論》所誤，見金文京〈從「秉燭達旦」談到《三國演義》和〈通鑑綱目〉的關係〉，收入周兆新編：《三國演義叢考》，頁276。

二者相互作用的結果。

　　雖然「古城記」只是關羽傳奇人生的一個片段，但是這一片段的意義在於定型早，流播久遠，有發展。其中很多情節至今成為關羽人格精神的塑造平臺，具有不可磨滅的藝術魅力。

二　關羽形象忠義內涵的整合與提升

　　《三國志演義》在人物塑造上以「三絕」著稱。關羽便是其中的「義絕」。關羽怎麼會成為中國傳統倫理道德中忠義的化身？這並不完全是正史中史官筆下關羽形象所具有的特徵，而是歷代以降民間流傳的各種傳說與民眾意願整合的結果。當然，至少有兩個故事情節是有些史實依據的。一是劉、關、張三人的兄弟情誼。一是關羽的辭曹歸劉，這在史官的筆下，非常簡略。到宋元平話和戲曲中，民間創作家們則是將其作為中世紀英雄的傳奇經歷來加以塑造的，出現了桃園三結義和千里獨行、五關斬將、華容釋操等故事，表現的是江湖俠義，弟兄情義。《三國志演義》小說中，作者將這些故事放進東漢末年諸侯逐鹿、爭霸中原、力扶漢室的大歷史背景中，剔除了一些民間文學所有的神怪、草莽色彩，特別是毛氏父子的評改本，更是用一個士人文學家的筆墨，精心虛構了從桃園結義、古城聚義到義釋曹操、義釋黃忠等一個個故事，從而塑造出了義的多重內涵，下面便分析這種忠義內涵在小說中的整合與提升。

　　毛宗崗讀《三國志》法中指出：「《三國》一書，總起總結之中，又有六起六結。……其敘劉、關、張三人，則以桃園結義為一起，而以白帝托孤為一結」。可見，「桃園結義」情節具有十分關鍵的作用，它出現在小說的第一回，此後幾乎每個比較重大的故事情節中，這一結義情節都被重提，以證明劉、關、張三人之間的情義。這樣，實際上，桃園結義已經成為小說的一條重要線索貫穿在文本中。與平話和

戲曲比較起來，小說中出現了更為完整的具有忠君報國色彩的結義誓詞：「念劉備、關羽、張飛，雖然異姓，既結為兄弟，則同心協力，救困扶危；上報國家，下安黎庶。不求同年同月同日生，只願同年同月同日死。皇天后土，實鑒此心，背義忘恩，天人共戮！」[8]誓詞中體現出劉、關、張結義的雙重內涵。其一，作為結拜兄弟，要同生共死。其二，則是報國安民，扶助漢室。在小說此後的情節中，這兩重涵義都得到了具體的闡釋。前者成為關羽被困土山時，張遼的說辭──「遼曰：『當初劉使君與兄結義之時，誓同生死；今使君方敗，而兄即戰死，倘使君復出，欲求兄相助，而不可復得，豈不負當年之盟誓乎？……』」（第二十五回）也成為關羽華容釋操時，逃脫軍令處置的重要託辭──「卻說孔明欲斬雲長，玄德曰：『昔吾三人結義時，誓同生死。今雲長雖犯法，不忍違卻前盟。望權記過，容將功贖罪』。孔明方才饒了」（第五十一回），最後還成了劉備伐吳的痛心疾首、堅定不移的理由──「先主降詔曰：『朕自桃園與關、張結義，誓同生死。不幸二弟雲長，被東吳孫權所害；若不報仇，是負盟也。朕欲起傾國之兵，剪伐東吳，生擒逆賊，以雪此恨！』」（第八十回）後者，則成為古城前張飛詰難關羽的痛斥之辭──張飛認為關羽「背了兄長，降了曹操，封侯賜爵」，是為無義。也成了諸葛亮將荊州託付於關羽時的勉勵之辭，「（孔明）乃將玄德書與眾官看曰：『主公書中，把荊州託在吾身上，教我自量才委用。雖然如此，今教關平

8　《三國志平話》中沒有誓詞：「以此，大者為兄，小者為弟，宰白馬祭天，殺烏牛祭地。不求同日生，只願同日死。三人同行同坐同眠，誓為兄弟。」在元末無名氏雜劇《桃園結義》第四折有三人祭拜時的祝文：「樓桑劉備、蒲州關羽、涿郡張飛，虔誠拜禱，謹以香燈花果，白馬烏牛，庶羞之奠，致祭于天庭聖眾：備等結義昆仲，不求同日而生，只願同日而死，一在三在，一七三七，同扶劉室之華夷，共輔漢朝之基業。謹辦虔心，祝告天公，神明鑒察。」在此出現了元末興復漢室的思想，與小說中的誓詞又有點差別。由此看來，結義誓詞與戲曲小說的創作時代背景頗為相關。

齎書前來，其意欲雲長公當此重任。雲長想桃園結義之情，可竭力保守此地，責任非輕，公宜勉之。』雲長更不推辭，慨然領諾。」（第六十三回）還成了留守荊州的關羽在與東吳爭奪土地，與東吳諸葛瑾、魯肅等人相抗爭，以致最後戰敗被俘，斥責孫權時義正辭嚴的辯辭——關公厲聲罵曰：「碧眼小兒，紫髯鼠輩！吾與劉皇叔桃園結義，誓扶漢室，豈與汝叛漢之賊為伍耶！我今誤中奸計，有死而已，何必多言！」（第七十七回）

　　與嘉靖本相比較，毛本在闡揚結義的內涵時，還有從兄弟之義向君臣大義轉移的傾向。表現在對於描寫「誓同生死」的江湖義氣之詞的刪節。如嘉靖本第六十三則「關雲長千里獨行」中，當關羽與二嫂到達胡華莊上時，「老人請公坐，公曰：『嫂嫂在上，安敢就坐。』老人曰：『公異姓，何如此之敬也？』公曰：「某曾共劉玄德、張益德結義兄弟，誓同生死。二嫂相從于兵甲之中，未嘗敢缺禮。」這段話無關君臣大義，在毛本中就被刪落了。另外非常重要的一處在嘉靖本的第六十二則「關雲長封金掛印」中，關羽已知兄長劉備在河北袁紹營中，曹操令張遼試探關羽之意。在張遼與關羽之間展開了一段有關於朋友的對話。嘉靖本是這樣的：

關公正悶中，張遼入賀曰：「聞兄在陣上知玄德音信，特來賀喜。」關公曰：「故主未見，何喜之有！」遼曰：「公看《春秋》管、鮑之義，可得聞乎？」公曰：「管仲常言：『吾三戰三退，鮑叔不以我為懦，知我有老母也。吾常三仕三見逐，鮑叔不以我為不肖，知我不遇時也。吾常與鮑叔談論，身極困乏，鮑叔不以我為愚，知時有利不利也。吾常與鮑叔賈，分利多，鮑叔不以我為貪，知我貧也。生我者父母，知我者鮑叔』。此則是管、鮑相知之交也。」遼曰：「兄與玄德相交，何如？」公曰：「吾與玄德公結生死之交耳。生則同生，死則同死，非

管、鮑之可比也。」遼曰：「吾與兄交何如？」關公曰：「吾與你邂逅相交，若遇吉凶，則相救；若逢患難，則相扶；有不可救，則止。豈比吾與玄德生死之交也？」

關羽言論中將朋友分成三類：劉、關、張生死之交，管、鮑相知之交，與張遼的邂逅之交。這裡，桃園結義的生死交成為朋友之交的最高境界。而在毛本中則改成了：

關公正悶坐，張遼入賀曰：「聞兄在陣上知玄德音信，特來賀喜。」關公曰：「故主雖在，未得一見，何喜之有！」遼曰：「兄與玄德交，比弟與兄交何如？」公曰：「我與兄，朋友之交也；我與玄德，是朋友而兄弟、兄弟而主臣者也：豈可共論乎？」

毛本不僅淡化了朋友結義的概念，而且將劉、關、張之間的結義由朋友、兄弟而提升為主臣，因而關羽的行為也更具有忠君色彩。

小說對兄弟結義與君臣大義的深刻揭示，使得忠義思想多元化而能夠成為全民接受的一種意識形態。尤為深刻的是，小說創設的華容釋操情節，給關羽一個忠義難兩全的情境，再次深化了義的文化內涵。在華容道上，關羽面對失敗逃亡的曹操會作出怎樣的抉擇呢？從平話中的「曹操撞陣，關羽面生塵霧」，天意難違，到小說中關羽為曹操舊日恩情所動，冒死主動讓路。可以說，文人的構思較民間更具文化底蘊，是塑造關羽品格的神來之筆。古城會一段，在關羽和曹操之間已經有了一種似敵似友的關係。從個人道義上講，曹操能夠保全劉備妻室以及關羽性命，這對關羽以致蜀漢集團都算是恩重如山。而從國家忠義來看，曹操有漢賊竊國之嫌，關羽無論如何也是與他不共戴天的。所以在舊義與新恩的抉擇中，關羽能夠毫不猶豫辭曹歸劉，

全其舊義。然而，在曹操敗走華容的情勢之下，關羽如果趕盡殺絕，在人們心目中，他就有點太不近情理了。在文人構思華容釋操的情節時，自然也找到了他們所憑依的儒家倫理道德依據。那就是《孟子》所記載的「庾公之斯追子濯孺子」的故事，見嘉靖本小字注：

> 昔日，春秋之時，鄭國有一賢大夫，名子濯孺子，深精弓矢之藝。鄭使子濯孺子領兵侵衛，衛使其將庾公之斯迎之。鄭兵大敗，衛使庾公之斯追之。從者曰：「衛兵至近，大夫可以用箭射之。」子濯孺子曰：「今日我疾作，不可以執弓。追兵近，吾必死矣！」乘車而走。衛兵趕上，子濯孺子問曰：「追我者誰也？」左右曰：「衛將庾公之斯也。」子濯孺子曰：「吾生矣！」左右曰：「庾公之斯乃是衛國第一善射者，又與大夫無故舊之親，何言其生也？」子濯孺子曰：「雖與我無親，他曾于尹公之他處學藝來。尹公之他卻是我的徒弟。尹公之他是個正直的人，其朋友必是正人也。我故知其人必不肯加害於我，故言我生也。」左右未信。忽果庾公之斯追至，大叫曰：「夫子何不持弓矢乎？」子濯孺子答曰：「今日吾臂疼，不可以執弓也。」庾公之斯曰：「我昔日學射于尹公之他，尹公之他學射于夫子，我不忍以夫子之藝反害于夫子。雖然如此，今日之事乃君之事也，我不敢廢之。」遂抽矢去其箭頭，發四矢而回焉。於是子濯孺子得命而還鄭。天下稱義。[9]

義是中國儒家傳統所倡導的理想人格的一部分，它是以善性為基

9　出自《孟子》〈離婁下〉。《左傳》〈襄公十四年〉中也有記載，有所不同：「初，尹公佗學射於庾公差，庾公差學射於公孫丁。二子追公，公孫丁御公。子魚曰：『射為背師，不射為戮，射為禮乎？』射兩軥而還。尹公佗曰：『子為師，我則遠矣。』乃反之。公孫丁授公轡而射之，貫臂。」

礎的。「君子以義為質」[10]，「羞惡之心，義之端也。」[11]這樣，義的
內涵中便帶有「仁」的成分。「仁者愛人，義者正己」，「愛在人，謂
之仁；義在我，謂之義」[12]。這裡表明的是一種對人對己的態度，對
別人不仁，也是不義。庾公之斯因為學射於子濯孺子的學生尹公之
他，所以子濯孺子對他有師恩。此外，雖然子濯孺子是代表鄭國領兵
侵犯衛國，但是對戰中，他因臂疼而不能執弓，處於弱勢，與庾公之
斯失去平等較量的機會。這樣，庾公之斯放他一馬，是符合儒家仁義
精神的。這就類似於華容道上關羽放曹操的場面。另外，從中國文化
傳統來看，更注重仁愛，求同求和，並不旌揚那種窮兵黷武、殺伐侵
略的軍功。所以戰爭的血腥殘酷之下，還時時流淌著善良人性的溫
情。這可能也是人們都能夠接受關羽釋放曹操的民族心理基礎。在戰
場上出於仁義手下留情的故事還發生在關羽戰長沙時「義釋黃忠」的
情節中[13]。由此可見，這一仁義的品格則是在兄弟結義、君臣大義之
外，更具有普遍人性的儒家傳統美德。

　　作為關羽的陪襯，小說刻意塑造了關平這一人物。關平在正史記
載中為關羽長子確鑿無疑，到小說中搖身一變成為關羽義子。在古
城遇張飛之後，關羽隨孫乾到汝南訪兄，宿於關定莊上。關定久仰關
羽大名，熱情相待，其次子關平年方十八，習武。關定意欲讓其跟
隨關羽，在劉備的說合下，尚未有子的關羽將其收為義子。這個違背
史實的構思，無非加強關羽身上的義氣色彩。關羽已有兄弟之義，至
此又得父子之義。關平便作為關羽「義絕」形象的襯托而成為義子
造型。

10　《論語》〈衛靈公〉。

11　《孟子》〈告子上〉。

12　董仲舒：《春秋繁露》〈仁義法〉。

13　毛本將嘉靖本第一百○五則「黃忠魏延獻長沙」的回目改成「關雲長義釋黃漢升」
　　（第五十三回），自然也是突出其「義」。

　　與關羽的仁義相反，在小說中還出現了徐晃在荆州戰役中與關羽對陣時的無情無義。徐晃在這場戰役中大勝關羽，被曹操嘉賞，但是他的言行卻受到了小說評點者的批評與指責。《讀三國史答問》[14]中特別指出了這一場景：又問：「先生以故人寬徐晃，臨陣共語，但說平生，不及軍事。須臾，晃下馬，宣令：『得關雲長頭，賞金千斤。』先生始驚怖，謂晃曰：『大兄是何言耶？』何不長於料人，為小人所涸，以致臨沮之變耶？」曰：「此小人負先生，先生不失為長者。今故以萬代之瞻仰償之。然則，小人亦何嘗負先生也耶？此政足以見先生之仁，不足以沒先生之智也。」在毛本中，曾暗示徐晃與身在曹營的關羽交好，民間傳說中還有徐晃曾得關羽傳授刀法的故事。而徐晃的言語與行為卻是一點也不顧念舊情，儘管是發生在兩軍對峙的戰場，也是為人所不恥的。與關羽形象一比較，徐晃的人格便失色不少。

　　從桃園結義中以「上報國家，下安黎庶」為基礎的兄弟情義；到關羽掛印封金、辭曹歸劉的忠義；華容釋操，甘冒死罪的「憑將一死酬知己」的恩義；疆場不趁人之危，義釋黃忠的仁義；《三國志演義》小說展現出一個多面立體的「義」的典型，這是歷代的說唱文本和戲曲文本所不能企及的，這不能不說是小說作者的功勞。

三　關羽的儒將品位與人神合一的英雄形象

　　關羽是《三國志演義》中著意塑造的名將形象。在嘉靖本的回目中關羽出現的次數多達十九次（毛本有十三次）。其中，第五卷、六卷以八則的篇幅敘述關羽辭曹歸劉的過程。第十五卷、十六卷以十則的篇幅描寫大意失荆州的過程。這樣以一個人物為中心的情節描寫，其篇幅之長，只有諸葛亮的七擒孟獲和六出祁山可以媲美，在武將中

---

14 陳曦鐘、宋祥瑞、魯玉川輯校：《三國演義》會評本（北京市：北京大學出版社，1986年），頁26。

則是絕無僅有的。如果說《三國志演義》中的謀臣系統是以諸葛亮為中心，那麼武將系統則是以關羽為中心的。對此，毛宗崗《讀三國志法》評論道：「……歷稽載籍，名將如雲，而絕倫超群者莫如雲長。青史對青燈，則極其儒雅；赤心如赤面，則極其英靈。秉燭達旦，人傳其大節；單刀赴會，世服其神威。獨行千里，報主之志堅；義釋華容，酬恩之誼重。作事如青天白日，待人如霽月光風。心則趙抃焚香告帝之心，而磊落過之；意則阮籍白眼傲物之意，而嚴正過之：是古今來名將中第一奇人」[15]。

　　綜觀小說中絢麗多彩的武將形象，大致可分為四種類型。一是威猛型，有張飛、許褚、典韋、夏侯惇等；一是膽識型，有趙雲、甘寧、張郃、馬超等；一是謀略型，周瑜、陸遜、司馬懿等；一是將帥型，徐晃、曹仁、呂蒙等。關羽則四者兼而有之：斬華雄、刺顏良見其勇猛，單刀赴會是其膽識，襲車冑、淹七軍是其謀略，佈置荊州江防足見其將領之才。雖然都是一兩個鏡頭閃過，卻都讓人印象深刻。關羽是武將中的全才，同時也是熟讀《春秋》的儒將。《春秋左氏傳》對於關羽來說，一方面是作為兵書來讀；另一方面，《春秋》也成為中國傳統思想和道德精神的象徵。

　　在群雄紛爭的亂世要能夠爭雄稱霸、立於不敗之地，人才是很重要的。這裡的人才既包括運籌帷幄、決勝千里的謀臣軍師，也包括藝高膽大、衝鋒陷陣的虎臣良將。然而這文臣武將之間的關係卻比較微妙，特別是文武兼修的將領與謀臣之間更有一番較量。封建王朝在開國立邦以後，大臣中的文武之爭是朝廷中需要調解使其權勢平衡的一個普遍問題。在爭奪天下的疆場上，這種相互對立的關係也隱隱約約地顯示出來。蜀漢集團中，關羽和諸葛亮是劉備一武一文的兩根棟樑支柱。在諸葛亮尚未出山之前，劉、關、張三人總是形影不離，張飛

---

15 陳曦鐘、宋祥瑞、魯玉川輯校：《三國演義》會評本（北京市：北京大學出版社，1986年），頁5。

是莽勇之人，而關羽則熟讀《春秋》，深明大義。劉備諸如破黃巾之後的去留，鞭督郵以後的抉擇等一應大事都與關羽相商，關羽襲斬車冑還是先斬後奏。在關、張死心塌地為劉備效忠的基礎上，前期劉、關、張三人的關係中平等的兄弟身分更突出。諸葛亮出現之後，這種關係發生了微妙的變化，那是由兄弟到君臣的轉變。關、張便成了諸葛軍師調兵遣將之列，與其他武將無甚大的區別。在三顧茅廬之時，關、張曾表現出對於諸葛亮隱居不出，劉備求賢若渴的不滿。後來諸葛亮博望燒屯之戰，令諸將領嘆服。張飛的心好服，關羽則不見得，不過這層關係消弭在決定蜀漢集團命運興衰的「隆中定三分」的戰略決策中。諸葛亮與關羽的再一次對手，是華容釋操的矛盾衝突與解決。小說作者創造這個情節，是在諸葛亮先知先覺的基礎之上的──他將關羽陷入忠與義的兩難境地，最後由劉備顧念兄弟之情義得到解決──這一切都是諸葛亮所預知的。這樣，既符合曹操由華容小道撤退的史實，又在關羽之義和諸葛亮之智的形象塑造上添加了神奇的一筆。同時，也表現出文武之間的較量。關羽與諸葛亮還有一場對手戲，是在交割荊州之任時。諸葛亮從劉備派關平送信至荊州推測其是想讓關羽擔當保守荊州之任。關羽也慨然領諾：「孔明設一宴，交割印綬，雲長雙手來接。孔明擎著印：『這干係都在將軍身上。』雲長曰：『大丈夫既領重任，除死方休。』孔明見雲長說個『死』字，心中不悅；欲待不與，其言已出。」諸葛亮無法違背劉備念桃園結義之情所作出的決定，卻預感到其悲劇的結局。對於關羽來說，這既是關係到蜀漢集團命運的重任，也是他一生輝煌時刻的到來。

　　如果說作者因為對這兩個人物的喜愛在諸葛亮與關羽身上沒有展開敘寫這種較量，那麼，作者將其轉移到了那位貌似關雲長，但是腦後有反骨的魏延身上。關羽、張飛死後，魏延是蜀漢集團比較活躍的大將。魏延於嘉靖本第九卷第一則（毛本第四十一回）首次出現，嘉靖本描寫了他「面如重棗，目似朗星」，酷似關羽的模樣。其實，兩

人最相似處在於「驕于士大夫」這一點上。魏延腦後反骨的塑造真是神來之筆，這不是出自正史，可能有民間傳說的因素。其反骨被諸葛亮所預知，隱喻著魏延與諸葛亮的一種對立關係。在取漢中、征孟獲、伐魏的各大戰役中，魏延都以驍勇善戰的面貌出現。他的缺點在於會邀功心切而違抗軍令（如卷十三第四則「黃忠魏延大爭功」）。伐魏之時，魏延提出的與諸葛亮分兵而進的戰術被諸葛亮所拒絕（毛本第九十二回還描寫「魏延怏怏不悅」），後來魏延與諸葛亮「爭氣」，用言語激逼著陳式違抗軍令（「諸葛亮四出祁山」）；諸葛亮則欲借魏延引司馬懿入葫蘆谷之時，將其一並燒死，最終未遂心願（毛本將其刪去）。值得回味的是，正是魏延將諸葛亮禳星的主燈踏滅，雖屬無意，卻加速了諸葛亮的死亡，後來諸葛亮設計斬了魏延，雖也是事出於魏延與楊儀之間的矛盾，這對於蜀漢政權未嘗不是一種損失。小說作者能夠在史實的基礎上作出如此精彩的虛構，可能與他在元末明初風雲際會中的切身感受相關。

　　關羽的傲氣和驕矜是史官有所批評的，關羽人性的缺點在於他的驕傲輕敵，但他並不是一開始就恃才傲物，在刺顏良之後，當曹操誇獎其為「神人」時，他稱賞張飛「于百萬軍中取上將之頭，如探囊取物」。對張遼惺惺相惜，在白門樓上表張遼為「忠義之士」，「願以性命保之」。都表現出他的謙虛、愛惜人才的一面。而後來的欲與馬超比武，又在諸葛亮「猶未及美髯公之絕倫超群也」的誇耀中取消入川的念頭，其驕人之心已漸長。在恥與黃忠並列五虎上將之位時，尚能聽費詩的以理相勸，到調遣荊州江防人手時則不再聽王累的諫言。拒婚於東吳，使得腹背受敵，關羽的失敗就在於此。對於這一性格缺陷，小說作者並未美化。小說中不僅根據正史，寫關羽欲與馬超比武、恥與黃忠同列、嚴拒孫吳提親、體罰士大夫等情節，還以十則的篇幅逐步展開了關羽大意失荊州的整個過程，充滿了英雄末路的悲劇氣氛。在《三國志平話》中，已經出現了「關公水淹七軍」的故事，

但到描寫關羽荊州敗亡之時卻極為避諱和簡略。只是在救兵不應、兩國夾攻的形勢之下，寫道：「當夜三更，大風忽作，其響若雷，滿城人若言折了關公。」這似乎是個預兆，之後就以「言聖歸天」四字一帶而過。而古今戲曲中對於關羽敗走麥城的演出都是有所禁忌的，於是關羽之死也成為了小說中關羽形象由人到神轉變的一個結點。

　　小說中與關羽之死相關的人物是和尚普淨[16]。這位在關羽身邊出現的宗教人物來自民間關羽作為「斬首龍」的傳說。傳說中普淨對斬首龍之關羽有再生之功。這一故事在成書於小說《三國志演義》之後、徐道的《歷代神仙通鑑》中有完整的敘述，包括雷首山澤的老龍怎樣被罰下界，普淨如何將龍首再造成人，氾水關的相遇，關羽死後的皈依。是不是後人借小說情節自圓其說難以確定。然而，《三國志演義》中普淨與關羽在氾水關相遇之時，就給人一種似曾相識的感覺。普淨是鎮國寺的僧人[17]，是關羽同鄉。他們的對話簡短卻蘊含深意：

> 普淨：將軍離蒲東幾年矣？
> 關羽：將及二十年矣。
> 普淨：還認得貧僧否？
> 關羽：離鄉多年，不能相識。
> 普淨：貧僧家與將軍家只隔一條河。

　　關羽這位突如其來的老鄉不僅幫助關羽過關，而且還在雲遊他方、臨別之時留下「後會有期，將軍保重」的話語，暗示玉泉山的相會。在玉泉山，普淨和尚作為將關羽點化歸神的宗教力量的代表，無疑是與後世對關羽的崇拜相關的。

---

16 有的志傳本也寫作普靜。

17 嘉靖本為長老，毛本為僧人。

　　小說中比較完整地展現了三國歷史人物關羽的人格形象，同時還虛構了關羽成神顯靈的情節，似鬼似神，頗具有浪漫主義的色彩。除了玉泉山顯聖外，關羽在敵國顯靈兩次：一次是附身於呂蒙，大罵孫權，神威宛若在世。而追索呂蒙性命則是傳統的報應思想。一次是東吳將關羽之首送與曹操，曹操開匣觀看，關羽「口開目動，鬚髮皆張」。關羽於劉備夢中出現兩次：一次是剛遇害，其魂靈泣告劉備起兵以雪弟恨[18]。一次是劉備兵敗白帝城時，與張飛一起告知劉備已成鬼神，並召喚劉備聚會[19]。這兩次托夢，足見劉、關、張兄弟情深。關羽還在戰場上顯聖兩次。一次在供有關羽神像的山間人家，助關興除潘璋，奪回青龍偃月刀[20]。一次是救關興，戰羌兵越吉元帥[21]。在戰場上關羽身形威儀如生前。從關興眼中看：「只見雲霧之中，隱隱有一大將，面如重棗，眉若臥蠶，綠袍金鎧，提青龍刀，騎赤兔馬，手綽美髯，分明認得是父親關公。」戰神是關羽最基本的神性，後世出現的關羽神蹟故事多與其護國佑民相關。

　　小說關於神化的關羽形象的描寫，顯然是受到了後世文化的影響，不是三國的歷史真實。但是它將這種宗教文化加以合理的虛構進入三國故事，使關羽同時以人和神的身分出現在歷史演義小說中，在擴展關羽形象內涵的基礎上，也昭示了一種民族的傳統文化。黑格爾認為在表現歷史題材時，「藝術家應該注意到當代現存的文化、語言等等」，「這樣破壞所謂妙肖自然的原則正是藝術所必有的反歷史主義，作品的內在實質並沒有改變，只是已進一步發展的文化使得語言表現和形象必然受到改變。」[22]正是作者所處時代的文化改變了關羽形象

---

18 以上三則見於嘉靖本第十六卷第四則「漢中王痛哭關公」毛本第七十七回。

19 嘉靖本第十七卷第九則「白帝城先主托孤」，毛本第八十五回。

20 嘉靖本第十七卷第五則「劉先主猇亭大戰」，毛本第八十三回。

21 嘉靖本第十九卷第七則「孔明大破鐵車兵」，毛本第九十四回。

22 〔德〕黑格爾著，朱光潛譯：《美學》第1卷（北京市：商務印書館，2011年），頁353。

的塑造，因而虛實相間，似神似人。這種歷史敘事與文學敘事的巧妙
融合更能增加人們對歷史人物的認同感和對小說藝術的審美感受。

四　傳統語境中的形象塑造

　　在歷史小說創作中，最難處理的是虛構與史實之間的關係，這一
點，也成為歷代小說評論家爭論不休的問題。作為第一部歷史演義小
說，《三國志通俗演義》所刻畫的一系列歷史人物形象受到人們的認
同與接受是毋庸置疑的。這不僅僅因為三國人物早已為人們所喜聞樂
道，更在於作者的藝術匠心和精心創作。儘管作者的創作技巧還比較
粗拙，但卻值得肯定。本節主要分析在傳統語境中《三國志演義》文
本對關羽形象的塑造。

　　義為核心，組合個性，輻射全篇。對於關羽性格的描寫，是突出
表現他的忠義思想。在關羽忠義形象的塑造上，作者不自覺地貫注了
一種民眾的道德理想，所以才會出現千里獨行、五關斬將的傳奇性描
寫──雖然不真實，卻確信關羽能夠做到──在誇張的場景描摹之中
充滿一種崇敬與仰慕，這也符合中華民族塑造偶像的民族心理。

　　除了「義」，小說還描寫了關羽的神勇，在小說的前部，作者以
神奇的筆法描寫了關羽斬華雄和刺顏良的故事。這兩個經典的場面描
寫奠定了關羽武勇的基礎，成為世代流傳的佳話。兩次對戰，關羽出
手都出奇的快，剛一抬刀便已結束戰鬥，敵將死於刀下。斬華雄用的
是側面描寫。曹操斟酒為關羽助威，關羽未及喝酒，「出帳提刀，飛
身上馬。眾諸侯聽得寨外鼓聲大振，喊聲大舉，如天摧地塌，嶽撼山
崩，眾皆失驚。卻欲探聽，鸞鈴響處，馬到中軍，雲長提華雄之頭，
擲於地下。其酒尚溫。」（嘉靖本卷一第九則「曹操興兵伐董卓」）刺
顏良則是正面描寫。「關公奮然上馬，倒提青龍刀，跑下土山，……
河北軍見了，如波開浪裂，分作兩邊，放開一條大路。公飛奔前來，

顏良正在麾蓋下，見關公到來，恰欲問時，馬已至近。雲長手起，一刀刺顏良於馬下。」（嘉靖本卷五第十則「雲長策馬刺顏良」）萬軍中刺顏良讓河北軍領略了關羽的神威。其實，對於關羽的武藝到底多高，作者未作明示。而除了這兩次之外，關羽在與其他大將對打時優勢並不明顯。例如，他與紀靈能戰上二十合不分勝負，而張飛不到十合就將紀靈斬於馬下（見卷三第八則「呂布夜月奪徐州」，卷五第二則「關雲長襲斬車冑」），在與龐德、徐晃、黃忠的對戰中也顯不出其武藝之高強。但是，斬華雄和刺顏良這兩個事蹟之神奇，給關羽增添了一份獨特的神勇，成為了人們評判關羽武勇的心理定勢。到後來的單刀赴會、刮骨療毒和水淹七軍，更是逼真再現了一個虎將的形象。

　　珍珠串聯，層層皴染。關羽的性格就是在這樣一個一個的情節片段中展現的。它們很自然的如珍珠一般散落在三國的各個歷史片段中，同時又與蜀漢集團的起落興衰聯繫在一起，成為關羽性格的特質，也成為整個小說結構的一個小綱。這些故事有的在戲曲中單獨得以發揮，比小說更為生動、精彩（如單刀會、桃園結義等），但是《三國志演義》將其串聯起來，則更能體現關羽英雄性格的完整性和立體性。如古城會一段，小說採取了一種線性敘事的手法，除了劉備在袁紹軍中的事蹟有些穿插描寫外，基本上都是以單線性流程串聯各個情節單元，這可能就是中國古代長篇小說構成的一種模式──串聯小故事。其情節流程圖如下：下邳失守──屯土山約三事──秉燭達旦──許都諸事（贈美女、金銀、戰袍、赤兔馬等）──斬顏良──封漢壽亭侯──誅文醜──掛印辭金──灞橋挑袍──遇廖化、胡華──五關斬將（夏侯惇挑戰、張遼送文憑等）──郭常之子盜馬、收周倉──古城釋疑斬蔡陽──汝南尋兄收關平──臥牛山會趙雲──古城聚義。顯然，其情節上的重構在於，將與趙雲的相遇推到最後，而劉備在袁紹營中的動態是由孫乾等人側面告知。這樣主線突出，其他背景又能夠交代清楚。在這樣的線性敘事中，時間和空間的

彈性都非常大，於是，得以衍生出一系列有關關羽的故事情節來充實和豐富敘事文本。

在剛剛起步的中國古典小說中，往往是用這種串聯的方法將一個個小故事組合進長篇小說中。但與《水滸傳》中各位好漢的小傳不同，這並不是一加一地組合，而是將一個人物的性格加以組合，從而提升到了另一個審美形象的層面。在珍珠的互相輝映中，關羽性格的道德層面得到加強，因而成為了傳統精神的化身，帶有浪漫主義的色彩。

在情節描寫中，作者很注意氣氛的鋪墊。斬華雄和刺顏良這兩次對戰，關羽出場之前，都以一大批的武將挑戰失利作為鋪墊：華雄先斬了鮑忠，後與孫堅部相遇。孫堅因缺糧而人心思亂，被華雄偷襲，狼狽逃走。部將祖茂戴孫堅的赤幘被華雄所斬。次日華雄挑出赤幘搦戰，斬俞涉、潘鳳，眾諸侯大驚失色。而顏良進攻白馬，在陣上，連折曹操手下宋憲、魏續（志傳本作「績」）兩員大將；徐晃出戰，「二十合，敗回本陣」。曹操心中憂悶不已。在正方處於劣勢的戰況下，關羽出場了。斬華雄是關羽自薦，眾諸侯對於劉備手下的馬弓手能否敵得過連斬數將的華雄充滿懷疑；刺顏良則是曹操畏懼敵軍強勢，不得已而請出關羽，正遂關羽報恩以及陣前打探劉備消息的心願。這兩次對戰，關羽以先聲奪人之勢，不畏強敵之勇，出奇制勝之快，充分展示了一個有勇有謀、敢作敢為、在強勢強權之下不失鬥志的武將形象。

人物的多視點透視也是作者所刻意追求的。赤壁之戰中，關羽隨同劉備赴會，周瑜見到關羽後「汗流滿臂」，打消暗算劉備的念頭（卷九第九則「周瑜三江戰曹操」），關羽之威從周瑜眼中看出；華容道義釋曹操，早從諸葛亮與劉備對話中得出其「義氣深重」，必然放曹；再從曹操謀臣程昱口中得出其「傲上而不忍下，欺強而不凌弱；人有患難，必須救之，仁義播於天下」。然後是曹操借《春秋》「庾公

之斯追子濯孺子」比喻而作出懇求。關羽私放之舉便不是以公徇私，成為天意與人情的巧合，體現其身上的道德觀念。失荊州時，責罰糜芳、傅士仁是關羽「驕于士大夫」的正面體現，後又從陸遜與呂蒙之設計中看出；荊州江防守備的用人不當有王累的諫言在先，後終於為東吳所擊破。

　　白描寫意，旨在傳神。中國古典小說在塑造人物形象的手法上多得益於中國傳統人物畫的技法，工筆、寫意兼而有之。其最高的境界是「傳神」。關羽上場時的定型形象是「身長九尺三寸，髯長一尺八寸；面如重棗，唇若抹朱；丹鳳眼，臥蠶眉，相貌堂堂，威風凜凜。」（卷一第一則「祭天地桃園結義」）如果說這一個高大威嚴的形象還是靜態描寫的話，以後，關羽的喜怒哀樂便盡現於眉目之間。許田射獵，關羽目睹曹操對獻帝的欺侮，「剔起臥蠶眉，睜環丹鳳眼」，要斬曹操，怒形於色；斬顏良時，是「鳳目圓睜，蠶眉直豎，來到陣前」，怒中含威；龐德抬櫬來戰時，關羽「勃然變色，美髯飄動」，美髯公的神采具現。加上關羽的「青巾綠袍」，儼然就是一幅色彩斑斕的肖像畫。在描寫戰場上的關羽橫刀立馬、斬將立功的時候，總是出奇的快。斬管亥，「數十合之中，青龍刀起，劈管亥于馬下。」斬荀正，「交馬一合，砍荀正于馬下。」斬車胄，「手起一刀，砍于馬下。」斬文醜，「腦後一刀，將文醜斬下馬來。」五關斬將之時，也是如此，凡是對戰斬將都非常簡略，從中得見其神勇。對關羽在總體上的「半神性」的塑造中，作者也十分注意通過細節的刻畫表現關羽人性的真實。如，曹操在許都以禮相待，關羽毫不動心，為了找尋劉備，卻欣然收下赤兔馬。心知曹操之恩，華容道上，「雲長回馬」、「雲長大喝一聲」、「長歎一聲」，其去留徘徊之心畢現。

　　另外，受到中國傳統的詩性語言的影響，在描寫人物和場景時意境悠遠，韻味十足。如單刀會一節，在滔滔江水的雄渾氣勢下，從魯肅的眼中畫出一個儒雅而有威勇的關羽形象：「辰時後，見江面上一

隻船來，梢公水手只數人，一面紅旗，風中招颭，顯出一個大『關』
字來。船漸近岸，見雲長青巾綠袍，坐於船上；傍邊周倉捧著大刀；
八九個關西大漢，各挎腰刀一口。」（卷十四第一則「關雲長單刀赴
會」）到敵軍陣地赴會如入無人之境，十分灑脫。在刮骨療毒一節，
則將刮骨有聲、流血盈盆的景象逼真再現：「陀下刀，割開皮肉，直
至於骨，骨上已青；陀用刀刮骨，悉悉有聲。帳上帳下見者，皆掩面
失色。公飲酒食肉，談笑弈棋，全無痛苦之色。須臾，血流盈盆。陀
刮盡其毒，敷上藥，以線縫之。公大笑而與多官曰，……」（卷十五
第九則「關雲長刮骨療毒」）諸將之失色與關羽的大笑對比，場面動
中有靜，驚中帶險，關羽處之泰然，何其神勇。

　　小說在描寫關羽時，也插入了不少的詩歌、論贊等韻文。《三國
志演義》文本中這些鑲嵌進小說的韻文大致可以分為三種，一種是正
史中的論贊史評，如卷十七第一則「范強張達刺張飛」中插入的楊戲
《季漢輔臣贊》〈贊關雲長、張益德〉；一種是文人的詠史詩，如胡曾
的詩歌；另外一種是在通俗文學（如平話、戲曲）中的過場詩。嘉靖
本中有關關羽的詩歌與《三國志平話》中插入的韻文全然不同，定然
不從平話中來；有一些比較通俗的詩歌（屬於第三種類型）則出現在
戲曲（如《古城記》）中，由於現存的戲曲版本較晚，故不好判定二
者的承襲關係。這些詩文是採取全知敘事的外在角度直接觀察人物和
情節，純屬客體的觀察與評價。這種韻文的插入可以理解為巴赫金所
說的「鑲嵌」。他說：「描繪並鑲嵌他人話語的作者語言，為他人話語
拓寬了前景，分別開了主次，為它的出現創造了環境和一切條件，最
後還滲透到他人話語當中，帶進了自己的語調、自己的語彙，為它提
供了產生對話的背景。」[23]「小說中的混合是不同語言結合所形成的
有機的藝術體系，它的目的在於利用一個語言去說明另一個語言，為

---

23 〔俄〕巴赫金：《小說理論》〈長篇小說的話語〉（保定市：河北教育出版社，1998
　年），頁145。

另一個語言塑造生動的形象。」[24]《三國志演義》中描寫關羽的韻文大部分不是作者自己創造的，是他輯錄史書或者前人的，屬於不同社會環境中的話語。其中，有對情節的概括：「酒尚溫時斬華雄」，「白馬顏良死，延津文醜休」，「刀尖曾挑錦征袍」，「掛印封金辭漢相」，「五關斬將鬼神驚」等簡單地複述加深印象。有對氣氛的渲染：「馬奔赤兔翻紅霧，刀偃青龍起白雲」，「鼓聲響處人頭落，旗影開時血刃紅」，「怪風怒拔漢江水，巨浪齊吞囂口川」等。詩意地刻畫，增添美感。有對關羽品質的評價：「忠義慨然衝宇宙，英雄從此震江山」，「神威能奮武，儒雅更知文」，「大義參天地，英風播四方」等，將關羽的形象特質提拔而出，是感性與理性的交融，在對象化的接受中昇華審美形象的內涵。

　　《三國志演義》中的關羽形象之所以感人，是因為它的真實性，是在真實的三國歷史背景中塑造出來的歷史人物；之所以動人，在於他的傳奇性，這是充分地發揮了民眾的智慧、想像而創造出來的關羽的英雄傳說。最後，關羽形象的美感則來自作者的一種道德理想和駕馭文字的能力。

第二節　《關帝歷代顯聖志傳》中的關羽形象

　　關羽文學形象的塑造與關羽信仰的傳播是同時並行、相輔相成的，形象的深入人心，使得民眾受到深刻的藝術感染，產生一種宗教情感；而關羽信仰的民間傳播又使得其神蹟傳說廣為流傳。這些傳說反映出歷代關羽的神化過程及其神性神職特徵。在文人有意識的加工編輯之下，故事更為曲折生動，形象也格外鮮明突出。《關帝歷代顯聖志傳》就是一部文人裒集加工的關公靈蹟故事集。

24　〔俄〕巴赫金：《小說理論》〈長篇小說的話語〉（保定市：河北教育出版社，1998年），頁149。

　　《關帝歷代顯聖志傳》，又名《關帝英烈神武志傳》，版心題《關帝英烈神武傳》、《關帝神武志傳》，現存有北京國家圖書館藏本，古本小說集成據明刻本影印本。本書卷端題「穆氏編輯」，作者情況不詳，小說所記敘的故事最晚為崇禎三年（1630）十一、二月的事情，據此推斷則可能是作於明末清初。小說正文前有附錄，其中目錄所存七圖三像已佚，殘存商狀元廟碑祠，焦竑廟碑（董其昌書），還有二十六幅各地寺廟楹聯。正文分四卷，除了卷一第一則總敘關羽死後各處建廟崇祀的盛況，卷四末則總敘兩朝敕賜封號外，其他每則各記關羽神靈感應之事，共三十二則，目錄與正文小目稍有出入。正文以事件發生的大致時間為序，儘管是以章回小說的形式出現，但是各則故事之間沒有情節上的聯繫[25]。

　　小說從關羽荊州戰敗被俘，不屈而死，到死後成神，助智者禪師建玉泉寺，應張天師之召往解州鹽池鬥蚩尤，一直到成為百姓世俗生活中無所不在的民間神祇，時間跨越三國至明朝。作者從各種筆記中搜集整理出這些故事，儼然是關羽歷代顯聖、職位攀升的神界歷程。這三十二則故事，大多數在各朝的廟記碑文和文人筆記中出現過，其本事出處考證如下：

書內小目	卷首目錄	其他引用故事書目
卷一		
〈吳魏人葬祀侯靈〉	〈吳魏人葬祀侯靈〉	
〈當陽靈建玉泉剎〉	〈當陽靈建玉泉剎〉	唐朝董侹《貞元重建廟記》
〈解州大破蚩尤神〉	〈解州大破蚩尤神〉	胡琦《關王事蹟》、《正統道藏》〈漢天師世家〉第三卷
〈元城縣書上李侍郎〉	〈元城書上李侍郎〉	郭彖《睽車志》、曾敏求《獨醒雜志》、徐夢莘《三朝北盟會編》

25 參考張麗娟：《關帝歷代顯聖志傳》前言，見古本小說集成本。此影印本頁一〇七至一〇八單頁插入位置錯位，應在頁一一〇之後。

書內小目	卷首目錄	其他引用故事書目
〈刑州逆婦殿下化狗〉	〈關王廟金氏化狗〉	胡琦《關王事蹟》注明出自《湖海紀聞》
〈延慶寺顯聖誅淫僧〉	〈延慶寺助誅淫僧〉	蔣一葵《堯山堂外紀》
〈皇覺寺筊算決天心〉	〈皇覺寺筊決天心〉	陳敬則《明開劫歷紀》、太祖《御制文集》題《紀夢》、朱國楨《皇明大訓錄》、孫緒《沙溪集》
〈南海帶于保兒還鄉〉	〈南海帶保兒還鄉〉	《關志》、王遜《流慶秘書》、王同軌《耳談》
卷二		
〈鸞筆指示襄敏公〉	〈鸞筆指示襄敏公〉	王復禮《季漢五志》、王兆雲《青箱餘正集》
〈燕南丹救賈一鶚父母〉	〈丹救賈一鶚父母〉	《關志》
〈鄉會場默助張翰林〉	〈場中兩助張翰林〉	王復禮《季漢五志》
〈嘉餘常州三殺賊〉	〈嘉餘常州三殺賊〉	唐順之《常州新建關侯祠記》
無此目更無內容	〈松溪縣顯身殺倭〉	
〈綠鼇城斬旦解賊圍〉	〈綠鼇城斬妖殺賊〉	
〈兩顯聖救沈氏父子〉	〈顯聖救沈鍊一門〉	王同軌《耳談》卷六《關壯繆》
無此目更無內容	〈怒責蘇中丞題扁〉	
〈傍水崖助官民誅虜〉	〈傍水崖助民誅虜〉	
卷三		
〈桃源救張堯文還魂〉	〈桃源救堯文還魂〉	《臨江府志》〈張進士回生記〉
〈爐下書授浦氏伯仲〉	〈爐下書授浦氏兄弟〉	
〈廣平城擊妖救水災〉	〈廣平城顯身救大水〉	王兆雲《客窗隨筆》、王復禮《季漢五志》

書內小目	卷首目錄	其他引用故事書目
〈彭湖港助舟山擒賊〉	〈彭湖港丹（舟）山擒倭〉	
〈酒樓顯聖捉柯三怨〉	〈酒樓現身捉三怨〉	
〈法雲寺斬僧救磐石〉	〈法雲寺木刀斬僧〉	王兆雲《烏衣佳話》
〈兩救助崔景榮塚宰〉	〈兩救崔景榮塚宰〉	《關志》
〈沮張相奸謀高閣老〉	〈簽阻張江陵密謀〉	《關夫子志》、《關聖全書》
〈福清縣神像斬山魈〉	〈福清神像斬山魈〉	謝肇淛《塵餘》卷一
卷四		
〈西昌告郭中丞平播〉	〈西昌告郭侯平播〉	平定楊應龍叛亂事見郭子章《紀夢》詩歌
〈怒責蹇公蝶慢神像〉	〈怒責蹇中丞褻神〉	謝肇淛《塵餘》卷二
〈彭湖降氣魚殺紅夷〉	〈彭湖氣魚殺紅夷〉	
〈丁丑冬默佑吳編修〉	無此目	《關聖全書》
〈秀水縣兩救張孝廉〉	〈秀水兩救張孝廉〉	
〈潞河率龍神救客船〉	〈潞河率龍神救船〉	《聖蹟圖志》、張翰《新建義勇武安王廟記》
〈虎丘山遣雷擊周滔〉	〈虎丘寺雷擊周滔〉	錢希言《獪園》卷十〈雷神七〉、王兆雲《碣石剩談》
〈與文學講易春秋旨〉	〈與文學講易春秋〉	《聖蹟圖志》鄒邦憲述
〈兩朝加勅賜封號〉	〈兩朝大加賜封號〉	

　　查廟記碑文、文人筆記中記錄的故事，都簡短精練；到《關帝歷代顯聖志傳》，故事更加文雅，插入大量詩歌韻文，而且增加了白話俗語，常有「話分兩頭」、「且說」、「話說」等口語加入，行文格式近話本。經過作者的增刪潤色，刻意渲染，關羽作為全能大神的整體形象得以凸現出來。

　　首先，關羽的神性集中反映為延續他生前忠勇品質的護國佑民、

除奸去佞的職能。從國家的大處著眼，關羽經常出現在抗擊侵略的軍事戰爭中，被人們當作守護國土的戰神。〈嘉餘常州三殺賊〉中，汪五峰、徐碧溪勾結倭寇作亂，督察趙文華在關羽的協助下破賊。〈西昌告郭中丞平播〉中，郭子章率兵平定楊應龍的叛亂也是有關羽相助。另外，關羽護佑明朝開國君主明太祖，使其君王之異像得到顯露，決心於元末揭竿而起（〈皇覺寺筊決天心〉），而且還保佑國家的忠臣良將，使其不受奸臣的陷害。宋朝時給抗金將領李若水送信避禍（〈元城書上李侍郎〉），明朝時警告妄圖陷害高閣老的張居正，使其陰謀未能得逞（〈沮張相奸謀高閣老〉），保護因彈劾張居正奪情而遭廷杖的吳中行（〈丁丑冬默佑吳編修〉），暗中保佑受到嚴嵩迫害的沈氏父子（〈兩顯聖救沈氏父子〉）。

從民眾生活細緻處看，則救災禦寇，懲惡獎善，治病救人，無所不能。關羽在防禦水災、抵抗水怪方面頗有威力。廣平城發大水，是因為怪獸夔逞能作怪（〈廣平城擊妖救水災〉）；浙江錢塘人施如忠等三人在潞池險些遭遇覆船之災，是青魚精興風作浪，關羽奮身與之相搏，或指揮龍神拼鬥，最終降伏水怪（〈潞河率龍神救客船〉）。在倭寇或者夷人入侵時，關羽能夠預先給百姓以警告。〈綠鰲城斬旦解賊圍〉記載，迎神之日，汪五峰的嘍囉到綠鰲城劫擄財物，戲臺上正在上演關羽斬貂蟬。裝扮關羽的演員突然真的將正旦的頭一刀砍下，自己從觀眾頭頂上飛出，騎著馬出城，城裡的人也趁勢殺賊無數。〈彭湖降氣魚殺紅夷〉中，關羽在前一夜，托夢丁字港裡男女明日紅夷要來丁字港裡打擄，要大家提防。第二日紅夷要拆關王廟，關羽借大魚之氣殺死夷人。關羽還幫助地方官管理地方治安。〈彭湖港助舟山擒賊〉中，三個慣騙叫半天飛、穿地攢、白頭浪。聽說澎湖新造街市，三人帶了「些不按君臣作怪的藥，幾件搬屋挖牆的物」，搭船到澎湖，偷了東西到關王廟裡來會合。喝酒後，朦朧中見周倉拿了繩索要綁這三人，並聽得關爺吩咐「把這三個捆送黃把總（舟山）責打每人

四十」。此後又幫黃舟山擒拿日本賊船。〈酒樓顯聖捉柯三怨〉中，在酒樓現身擋住市井賊人柯三怨，將其繩之以法。

在百姓生活中，關羽幾乎是有求必應。他用金丹治癒賈一鶚的父母，開出藥方治療崔景榮的疾病，而且使張堯文起死回生，浦大欽病癒。在求醫問藥、治病救人的同時，關羽承擔著維護社會倫理道德的責任：為於保兒妻子的祈禱所感動，將遠在南海服役的保兒帶回家鄉；懲罰虐待公婆的金氏，將她變成食糞的狗；對於有傷風化的淫僧、淫人妻女的山魈更是毫不留情，當場處死；還化解浦氏兄弟之間的恩怨，使其重歸於好。關羽能滿足市井細民非常私人化的美好願望，化解其生活中的曲折磨難；而在處理生活瑣事中，關羽也給予民眾以道德教化的力量。小說中，關羽對於文人似乎是惺惺相惜、尊重有加的。〈秀水縣兩救張孝廉〉中（題目為救張孝廉內容為救陳叔仁），陳叔仁見李萬春家有一副關帝像，「乃是墨刻，係唐閻立本筆，」讚不絕口，「古來名筆最為傳神，直寫出當日一片英雄本色，令人千載如見也。」尊敬瞻拜關羽。陳叔仁飲酒過量，翻下河去，關羽命河神將其扶上岸。後陳叔仁病了，關王手持大刀，為他驅鬼。對於封建文人來說，科考是一生的追求，關羽承當的正是監察科場的任務。在文人的祈禱中，如果得到關羽的幫助，則能文思如湧，順利答題。在〈與文學講易春秋旨〉一則中，關羽還和文士講論《春秋》，他頗精通易理，學問淵博。在這一點上，體現出文人對關羽神能的接受。

小說中刻意塑造的是關羽——亦人亦神的人格神形象。從外貌上看，這位關羽與關羽其人（文學形象）沒什麼兩樣。也是「赭面長髯，騎馬，手執偃月刀」（〈桃源救張堯文還魂〉），但是他神出鬼沒，來時飄然從水上來，或者駕一朵雲而來，去時從天井行空而上，不同尋常。這位關羽具有超出常人的神力，可以做一些凡人做不到的事情，預知吉凶，法力廣大。但是他也有有求於人的時候，當然事後會知恩圖報。〈鄉會場默助張翰林〉寫的是有夥小蜂兒在關羽像耳朵內

結了一個蜂藪。關羽托夢給士子張春說：「無他言，吾有一耳病，君能治之，後日當有以報也。」張春將帝耳拂拭乾淨後，又夢見關羽前來感謝，並與張春談論《春秋》，指示張春次年赴省秋闈，關羽將前去輔助。張春後為翰林，名噪一時。與神界其他的神祇一樣，關羽與世人的溝通方式通常是顯靈、托夢和靈籤扶鸞等方式。在兩軍相戰之時，關羽常在空中顯靈助戰，〈嘉餘常州三殺賊〉中，倭寇兵圍浙江餘姚城，「城幾陷。姚靈緒山之西，有關帝廟。姚人無計，爭禱於廟曰：『倭賊猖獗，不日將打破城池，求關王爺爺可憐滿縣生靈，懇乞神明救護。』遂號哭伏地，忽廟中陰雲四起，狂風大作，姚人耳裡都聽得有人道：『汝等何不開門迎戰？』姚人聞言，驚走出廟門時，便見空中陰兵四布，關聖持刀向前，從東南門出。滿城百姓，一時間遍說關王助陣，相邀納聲大喊，開東南門殺出。姚人奮力當先，無不一當百，倭兵如酒醉一般，拿手不起。自相踐踏，死者不可勝計。」戰鬥中關羽還賜予將士神力殺敵。〈嘉餘常州三殺賊〉的吳指揮是一員末將，在戰場與倭將只罕相遇，「不數合，吳力怯。正慌忙間，忽然風沙大作，吳自覺兩手有力，運刀如飛。其刀法並平日所未曉者。只罕大敗，走追擊之。」〈西昌告郭中丞平播〉中，將軍劉鋌之父保「曾夢得關帝授刀法，至鋌皆以大刀名世」，劉鋌兵前卜得關帝靈籤四十籤：「新來換得好規模，何用隨地步與趨。只聽耳邊消息到，崎嶇歷盡見亨衢。」「眾軍私相謂曰：籤所云『崎嶇歷盡見亨衢』之言驗矣。且今日將軍出戰，面貌儼如關聖，聞昔年護老都督，今復賜靈助主帥爺。」後驅兵上山，果然在半山浮現關王廟宇指引道路。

　　不但關羽顯靈，而且他的刀十分靈應。〈法雲寺斬僧救磐石〉中張磐石誤入僧人密室，窺見其暗藏佳人的秘密。僧人發現後將其反鎖，要找人殺磐石。關聖顯靈說：「張磐石，爾無驚恐震懍，吾當救汝。可取吾傍木刀，緊支方丈扉耳。」這把木刀後來將進門的僧人頭砍下來。磐石得救，但因命案入獄，關聖托夢：「爾明日可對有司

說，叫他取我原刀置於庭，命取獄中當決囚犯，伏其傍試之，吾自有應驗。」果然決疑。〈福清縣神像斬山魈〉中，新媳婦林氏用香木所刻的關羽像，在山魈來時現出神通，手拿鋼刀，劈頭將山魈一刀砍死，訇然有聲，也是刀的威力。

人們還通過扶鸞請仙和占卜求籤來決定行動的方向，預測行動的後果。〈鸞筆指示襄敏公〉中，關羽降筆指引襄敏公改名取字。明太祖皇覺寺笅卜吉凶，豐城縣人笅卜科考結果，後來都應驗了。關帝靈籤被認為是十分靈驗的。〈沮張相奸謀高閣老〉張江陵（居正）打算暗害高閣老，他在午門關聖廟抽得一籤曰「才發君心天已知，何須問我決嫌疑。」解作「所謀不善，何必禱神。宜決於心，改過自新」，張心中也有害怕，卻意已決，後來「帝心震怒」，陰謀未遂。〈燕南丹救賈一鶚父母〉中，賈一鶚往京城聽選，抽籤云「曩時敗北且圖南，助力雖衰尚一堪。欲識生前君大數，前三三與後三三。」夜裡又夢見關帝「許以初任花封，且諭其清正，賈醒，以告對帝像，問即許之。賈果除猗縣令」。〈延慶寺助誅淫僧〉中，方谷珍為女兒抽得一籤，「春來雨水太連綿，入夏晴乾雨又愆。節氣直交三伏始，喜逢滂沛足田園」，印證先凶後吉的兆頭。其實，各種通神的路徑無非是人們主觀意向作用的結果。在這人神相通的民間宗教活動中，關羽無疑成了一種被神秘化的精神力量。

小說所追溯的關羽顯聖事蹟中可以看出，關羽最早是玉泉山的土地神，後來智者大師到玉泉山做道場，關羽父子前去相助，成為佛門護法。再到宋崇寧年間解州鹽池戰蚩尤，被道教封為崇寧真君。後來在民間，關羽出現了多種稱呼。廟有關王廟，關王祠，稱呼有「關大王」、「關王」、「關帝」、「漢壽亭侯」、「關武安王」、「壽亭侯」等，關羽顯聖有時是扶持人世間的正義，誅除人世的邪惡；有時卻是與妖魔鬼怪鬥法，鎮壓在人間作祟的鬼怪。最終被封為「三界伏魔大帝神威遠震天尊」，體現他出沒三界、降伏妖魔的神力特徵。

第三節　《三國志玉璽傳》及其他說唱文學中的關羽形象

　　早在宋代，三國故事以及關羽形象就在以口頭敘事為特徵的說唱文學中廣為流傳。多年來民間藝人的表演和創作是章回小說《三國志演義》孕育的基石，藝人口中的關羽形象是小說戲曲中關羽形象的雛形。而說故事在小說出現之後依舊是俗文學中為市民百姓所接受的重要形式。較早記錄關羽等三國人物和故事的說唱文本是《三國志平話》與成化說唱詞話《花關索傳》。而小說《三國志演義》問世後，也有且彈且唱的詞話《三國志演義》在民間流行。徐渭《徐文長佚稿》卷四〈呂布宅詩序〉有：「始村瞎子習極俚小說，本《三國志》，與今《水滸傳》一轍，為彈唱詞話耳。」雖然徐渭所說的「彈唱詞話」是什麼樣的形態不得而知，但是從現存清初的彈詞《三國志玉璽傳》可見一斑。此外，在清末八旗子弟的子弟書鼓詞中也有《擋曹》、《十問十答》等詠唱關羽事蹟的段子。

　　說唱曲藝在勾欄瓦舍、茶肆酒樓是市民的娛樂消遣；在鄉村田頭，是農民勞動之餘「負鼓盲翁」作場的農暇休閒；明末清初，軍中的說書還曾一度高揚起農民起義軍的革命鬥志。說唱比小說更為通俗化民，比戲曲則更簡單易行，所以說唱故事流傳更廣，記錄說唱藝人口頭敘事之說唱文學也帶有一些更為樸素的民間敘事特徵。

　　長篇小說《三國志演義》問世後，民間的說唱三國故事仍然以各種不同的曲藝形式流行著。《三國志玉璽傳》就是明末清初一部以三國歷史為題材的彈詞。現存有乾隆元年至二十年間的抄本[26]。這部抄本是根據明嘉靖本《三國志演義》的情節演繹而來，從傳國玉璽的來源寫起，到劉備成都稱帝，然後極其簡略地介紹了晉滅魏蜀吳三國而

---

26 考證見童萬周校點：《三國志玉璽傳》〈前言〉（鄭州市：中州古籍出版社，1986年）。

成一統的結局。彈詞以玉璽為線索，通過史傳敘事、人情敘事、神話
敘事相結合，在三國群雄逐鹿的紛爭中，生動傳奇地穿插了劉備與邢
姣花的兩世姻緣，以及他和原配夫人甘氏、糜綠筠、孫萬金等女性之
間的纏綿感情，對於其他三國人物的家庭及其情感生活也有所描繪，
比起史詩性的小說更多了一種盪氣迴腸的英雄美女的兒女真情。在關
羽形象的塑造上，除了依據歷史和小說中的戰將故事，也加入了人情
和神話的敘事。本文從不同敘事視角來考察說唱文學中關羽形象的塑
造，從而反映出民眾對關羽形象的審美接受。

一　人情敘事

　　關羽的家室子女史傳中提及的，只有關平、關興和關羽之女，在
《三國志平話》中，沒有出現關興，出現了關索和關平還有關羽之女
（與史書一樣是孫權求親時側面提及）；《花關索傳》中還提到關羽之
妻胡金定。很顯然，有關關羽的家庭生活故事是在民間得到豐富和發
展的。《三國志玉璽傳》卷一，關羽自敘其早期經歷：「回說姓關蒲東
住，解梁縣內長生身。表字雲長名關羽，幼習兵書孫武能。今歲身年
二十五，鄉村埋沒未成名。為因本地多豪惡，倚強欺弱害良民。學生
義氣來殺了，避難逃災已六春。今聞招募來投進，掃滅黃巾望進
身。」卷七，關羽在曹營時又表達出兄弟失散，功名不就的惆悵和對
家鄉妻兒的思念。「拋妻棄子圖名利，離鄉背井奪功名。誰知命運多
顛沛，天困男兒志未伸。兄弟三人多分散，功名不就枉勞心。妻兒花
氏浦東住，數年拋別不相親。聞生一子名關索，至今未識可成人？只
為奮志圖名利，拋別家鄉苦在心。誓掃奸邪扶漢室，不知天意若何
能？」這裡關羽之妻是花氏，花氏所生子為關索。在後來關羽志得意
滿、鎮守荊州時，將妻兒從家鄉接來。見卷十七：「不枉多年辛苦
力，今日荊州做主人。浦東已接夫人到，公子花關索一人，夫妻父子

團圓會，守鎮荊襄得太平。身不離鞍朝夜戰，馬不停蹄日日征。今朝方得成功業，夫妻父子再相親。關索英雄如父猛，爹兒豪傑似天神。」表現出關羽與家人共享富貴的人間真情。關羽守荊州，威名遠揚，這時，髮妻花氏亡故，關索年方二十夭亡。「結髮夫人身故世，續弦又娶姓胡人。……只存兄弟字關興。卻是繼夫人所出，十分雄偉貌超群。小姐一人年紀小，兄妹雙雙勝寶珍。公子關平為長子，關興排做二郎君。兄弟二人多和氣，共為手足至親人。關平伶俐多忠孝，爹娘愛惜勝親生。婚娶名門年少女，夫妻和順孝雙親。布衣一旦成功業，威鎮荊州處處聞。」

　　和小說一樣，彈詞中關平也是以義子的身分出現的，還談到他娶妻之事。到此，關羽在事業有所成就之時，家庭也美滿團圓。卷十八開頭還提到關羽壽誕，「關公得做荊州王，父子神威掌大軍。五月十三公壽誕，文武俱來慶賀旬。益州牧主劉玄德，差出官員賀壽辰。」這都是人世間最為普遍至真的人情。彈詞以這樣的人情敘事方式將一個史詩敘事中不食人間煙火的中世紀傳奇戰將拉到與現實一樣的人間社會，給與他一個完滿的家庭，從感情上與彈詞的聽眾市民百姓貼近了，在關羽形象的陽剛之氣中添上幾分柔腸。

　　《三國志玉璽傳》中還插入了關羽斬貂蟬的故事。貂蟬女一開始是出現在連環計故事中，《三國志》〈呂布傳〉云：「（董）卓常使布守中閣，布與卓侍婢私通……後布詣允，陳卓幾見殺狀。時允與僕射士孫瑞密謀誅卓，是以告布使為內應……布遂許之，手刃刺卓。」[27]貂蟬的形象可能就是從這個與呂布私通的「董卓侍婢」演化而來，並被賦予了濃厚的政治色彩。在《三國志平話》中，任氏小字貂蟬，本為呂布失散之妻，而連環套主要是王允一手設計。先以貂蟬之色迷惑董卓，再讓呂布認妻，挑起事端，貂蟬的主動性不強。在下邳呂布被曹

27　《三國志》〈魏書〉〈呂布傳〉，頁220。

操、劉備圍困之時，貂蟬雖然阻止了陳宮分兵之計，但是出於一個失散多年的妻子對丈夫生死不渝、至死不離的恩愛，似也是在情理之中。小說《三國志演義》中貂蟬的行為帶有更多的主體意識。她願意為國除害，在挑撥董卓與呂布的關係時也是費盡心機。貂蟬對董卓、呂布二人都無情意可言，完全是位為國事而犧牲色相的紅顏女子。如果說小說主要從政治鬥爭來塑造貂蟬，《三國志玉璽傳》在連環計中則加入更為細膩的感情描寫。如呂布、貂蟬以玉連環為信物定情，而貂蟬對呂布也有男才女貌、兩情相悅的情誼。但是當鳳儀亭事件後，董卓聽從李儒以絕纓會為喻的勸告，為了拉攏英雄呂布，欲將貂蟬許配給呂布時，貂蟬以死相脅，誓死不從，使董卓父子誤會加深，最後完成王允所定之計。雖然董卓與呂布為義父義子的關係，但是貂蟬的舉動違背了人倫道德，依違在父妾子妻的雙重角色中。儘管這是一次政治使命，最終卻是父不父，子不子，造成子弒父的結局，是不符合儒家的倫理觀和婦德觀的，民間流傳的關羽斬貂蟬的故事便體現了百姓對貂蟬女的道德評價。

　　明胡應麟《少室山房筆叢》卷四十一〈莊岳委談〉下[28]對斬貂蟬本事有所推測：「《斬貂蟬》事不經見，自是委巷之談，然羽傳注稱：『羽欲娶布妻，啟曹公，公疑布妻有殊色，因自留之』。則非全無所自也。」關羽傳注中，是羽「祈納秦宜祿妻」而非「布妻」，在對關羽英雄性格的塑造中，這歷史一小插曲卻被關羽斬貂蟬故事取代，揮刀之際也斬斷了一個英雄對於美女誘惑的人性欲望。《三國志玉璽傳》中，斬貂蟬故事發生在白門樓斬呂布之後。卷六，關羽、張飛去搜呂布住宅，夫人嚴氏投井身亡，貂蟬被雲長用囚車押送入軍營內，於是在月夜開始了英雄與美女的對話：「夜坐燈前喚美人。貂蟬即得移蓮步，來見關公一個人。……暫把一言來試探，看他不負呂將軍。

28　胡應麟：《少室山房筆叢》（上海市：上海書店出版社，2001年），頁432。

燈前便叫貂蟬女：知你聰明世事能。且問當今龍虎鬥，不知豪傑是何人？貂蟬斂手回言答，低轉鶯聲說事因：前朝豪傑張良信，今世劉關張有名。桃園之義都知得，四海何人不仰欽。關公見說言如此，眼前貂蟬心不平。容顏美貌心靈慧，忘義無情非好人。相迷董卓恩辜負，貪戀溫侯誤事因。不記丈夫當世傑。又來奉承吾三人。留之我入迷魂陣，日後終須遺臭名。不如及早叫他死，免得他年作禍根。」關羽殺心已起，貂蟬察覺，哀告關羽饒恕自己去修行，關羽不允，借剪燈之際，將其斬首。斬貂蟬後，帳下三軍的反應是「吃驚」，「欣羨關公多美德，絕色佳人不動心。殺了貂蟬年少女，明表溫侯豪傑名。可惜美貌如花女，因為花容喪了身。」在關羽、呂布這兩個男性世界的精英與美女貂蟬的關係中，很顯然，呂布是被誘惑者，他對貂蟬美色的屈服挑起了男性世界的戰爭──這讓人想起荷馬史詩《伊利亞特》為了美女海倫而發起的特洛伊戰爭──這種男性與女性之間的故事原型在各民族文學傳統中廣泛存在著，女性也是歷史發展中的一種力量。但是在一切民族和意識形態中，歷史基本上都是「關於在男人之間和各民族之間爭奪權力的鬥爭」[29]，「向一個『不好的』和『非男子氣的』世界──一個不再由男性的劍統治的世界──的轉化是不能被容忍的」[30]。所以，在貂蟬面前出現了一個更為強壯的男性的力量，那就是關羽。他斬貂蟬的動機是為呂布英雄之名，也為了自己不受美色的迷惑。而從人類學的角度分析這種「紅顏禍水」的傳統觀念，可見其帶有男權社會對於女性的排斥與控制的深刻內涵；從中國傳統的儒家思想看，關羽斬貂蟬是對於倫理道德的捍衛，斬貂蟬是關羽的以理節情。

29 〔美〕理安・艾斯勒：《聖杯與劍──男女之間的戰爭》（上海市：社會科學文獻出版社，1995年），頁186。

30 〔美〕理安・艾斯勒：《聖杯與劍──男女之間的戰爭》（上海市：社會科學文獻出版社，1995年），頁201。

到清代末葉，關羽斬貂蟬的故事仍在傳唱，車王府曲本子弟書中有《十問十答》[31]，故事背景放在了關羽羈縻曹營之時，貂蟬又一次被作為政治工具出現——關羽斬顏良之後，曹操欲以貂蟬籠絡關羽之心，留住關羽。貂蟬愛慕英雄，道出自己被曹操派遣，實出無奈，決定見機行事。關羽洞察秋毫，欲尋藉口殺貂蟬，考問她古今聖賢、天文地理、歷史宗教、禮制方面的問題，貂蟬對答如流，最後問當今誰是英雄，貂蟬回答是關羽，關羽認為是呂布，責怪貂蟬忘恩無恥，藉口要殺貂蟬。貂蟬言明己志，傾訴自己有暗殺曹操之心。關羽不忍殺貂蟬，想送她回曹府，貂蟬不願意，要出家修行。後來瑤池聖母下凡，說貂蟬原是她的侍香女，一同飛升天界。在子弟書中，除了炫耀才華的十問十答，最後還是肯定了貂蟬女的忠肝義膽，用一種神話敘事的結局釋解了英雄與美女的矛盾。

二　神話敘事

《三國志玉璽傳》中，劉、關、張三人是天上的神將轉世，關羽之死也被解釋成為天界神將之間的誤會與爭鬥。劉備是紫微星官轉世人間，所以一遇到大難——如黑松林邙山山寨嚴言要害他的性命時——就有山中土地驚動陰兵神將護佑劉備，是天意讓邢姣花救得劉備性命。張飛原是天上皂旗軍，歸北極守旗門，後來違犯天條被貶謫下凡塵。他在天界誤殺了兩個披頭小鬼，二小鬼下凡轉生為范彊、張達，害了張飛性命。而民間懷著對這位武將的崇敬與懷念，將關羽的荊州戰敗、英雄末路構思成一個天界的神話：「不是今朝神智少，只因大限眼前臨。天上將星今欲墜，南天門下少天兵。玉皇敕旨關公守，天旨難違要促行。昔日顏良屈遭死，關公誤殺不甘心。陰空求得

31　劉烈茂、郭精銳主編：《清車王府鈔藏曲本‧子弟書集》第3卷（南京市：江蘇古籍出版社，1993年），頁735。

天廷旨，要轉凡間報冤心。顏良、文醜皆天將，謫降凡間同領兵。要殺曹操而報國，誤殺雲長手內存。顏良要報生前怨，投身降在呂蒙門。變作呂蒙多智力。吳侯殿下領三軍。文醜投為名陸遜。二人同說巧計文。今朝會合曹兵馬，齊心並力奪荊城。關公兵逼離城走，長子關平隨定身。……父子一齊俱被害，陰魂頃刻上天門。玉皇敕旨空中召，父子天廷盡受恩。鎮守南天城一座，馬趙溫關四將身。南天門上為神將，威名赫赫至今存。赤兔馬兒收上去，周倉王甫後頭跟。二人皆是忠心將，陰靈故得盡為神。」以民眾的世界觀，生死有命，關羽之死原是玉帝召回。而關羽荊州失利則是顏良、文醜因報國殺曹操被關羽誤殺，故投身轉世為呂蒙、陸遜報仇。最終關羽父子鎮守南天門，受到崇祀。這一神話敘事表現出一種樸素的戰爭是非觀，中國傳統觀念中，是以中和為行為的價值取向，不崇尚武力和暴力。人們相信濫殺無辜必然受到天譴。關羽一生征戰，刀下陣亡的，難免有屈死枉殺之人，顏良、文醜被關羽所殺，從道德評判的角度來看確實是非正義的，然而關羽當時是身在曹營，急於報恩，身不由己。既然產生了這樣的道德評價，就同時產生道德平衡的心理，於是有了這一輪迴報應的神話故事。在嘉靖本《三國志演義》中玉泉山關羽「還頭」之悟也就包含了這一層道德內涵。而小說與彈詞中都出現了關羽顯聖攝呂蒙的故事：「主將呂蒙身已死，關公顯聖殺他人。一錘打得頻吐血，血流如水命歸陰。」也是戰爭中的輪迴報應，這看上去是帶有一些唯心的色彩，卻表現了民眾趨真向善的道德取向。

　　《三國志玉璽傳》作為一部講述歷史故事的說唱文學，代表著對歷史的一種民間詮釋。帝王將相從歷史的光圈中走了出來，從凝重而又簡練的歷史敘事中游離出來，加上與平民百姓一樣的喜怒哀樂的俗世情感，再渲染一種神化了的平民史觀，來解釋帝王將相超出凡人的尊貴和操縱社會的力量，將民眾心中的英雄高高矗立，那也是人們內心所理解的維護社會秩序、帶來和平與安定的希望所在。

　　具有可比性的文本還有現代蘇州平話《千里走單騎》[32]。在現代古城會故事再創作的說唱文學中，蘇州平話《千里走單騎》在敘事情節的衍生和重構方面最有特色。不僅繼承戲曲中的民間傳說，對華吉（平話塑造的關羽馬夫形象）馴服赤兔馬、收周倉等情節加以更具人物個性特色的創造。而且還有兩個衍生的故事情節承襲古代小說戲曲而又獨具匠心。其一是有關關羽斬貂蟬的故事。毛宗崗在其《三國志演義》〈凡例〉中提到過斬貂蟬故事，認為是「後人捏造」，「俗本演義所無，而今日傳奇所有者」。在明代就有文人指出其誣妄。但是，作為一個頗受民眾喜歡的故事，對於民間文藝的創作家們是難以割捨的，他們千方百計地將其插入三國故事中。從史實和故事發展的可能性推測，斬貂蟬應該發生在白門樓斬呂布，曹操身還許都之後。可是小說在此處還有許田射獵、衣帶詔、青梅煮酒等有關政治鬥爭和英雄爭霸的重大情節，波瀾層迭，結構緊湊，與英雄美人故事在氣氛和情調上都難以融合。於是「斬貂蟬」作為關羽個人傳奇的故事之一被獨立出來，放進了古城記中。在隨之而來的曹操東征劉備中，下邳失守，關羽被執。關羽身在曹營的這段時間為斬貂蟬故事創造了充分的條件。在蘇州平話中，這一故事是採取插敘的手法。關羽在掛印辭金的同時，也將曹操所贈的十位美女歸還。而十位美女只剩九位，其中之一的貂蟬在受到關羽稱讚後懸樑自盡，這是民間流傳的「讚貂蟬」故事，雖然較簡略，卻為關羽傳奇添加了不少噱頭。

　　此外，還有一個人物細節的處理，就是有關胡華、胡班父子。從《三國志演義》小說看，對於胡班在幫助關羽過關之後的結局，嘉靖本與毛本有所不同（見第三章）。蘇州平話則對此進行了更為大膽的虛構，吸收了一些民間故事而對小說進行補充。是什麼樣的故事呢？平話暗示出胡華生有一兒一女，其女兒後來便成為關羽的妻子。關於

---

32 張國良：《千里走單騎》，長篇評話《三國》之一（北京市：上海文藝出版社，1984年）。

關羽妻子胡金定，在《花關索傳》中出現，其在民間流傳恐怕還更早，一般認為是關羽在家鄉原配夫人。平話作者則將其虛構成胡華之女，並同時交代胡班後來在張飛入川時出現，似乎胡班與花關索傳奇也相關。如果是胡班真的與關氏父子有更多的關係，那麼從毛宗崗的評點看，這在民間傳說中應該早就流傳了。這也體現出中國傳統英雄的塑造特徵，在不斷的敘事重構和人物繁衍中完成英雄傳奇的塑造。

第七章
俗文學中的關羽形象論析（下）

第一節　明代關羽戲中關羽形象的多種形態

　　明代戲曲中的關羽形象呈現出多種形態。首先，關羽作為三國時期的人物而出現在明代的三國戲中。明雜劇三國戲著錄有二十六種（元明間雜劇除外），現存六種（殘存一種）。明傳奇三國戲著錄有二十九種，存十種（殘存三種）[1]。其中，明初朱有燉《關雲長義勇辭金》雜劇和明萬曆年間刻本無名氏《古城記》傳奇是以關羽為主要人物的戲曲作品，這兩部作品是明代關羽戲的代表。而在一些明代孤本戲曲選集所選的三國戲中，除了《武侯平蠻》、《奔走范陽》、《張飛祭馬》等少數幾折外，以關羽為主角的單出戲被大量選入。這些選出的情節基本上是從元雜劇《關大王獨赴單刀會》、以上兩本關羽戲和其他三國戲（如《草廬記》、《連環記》）中擇出，演唱則用時尚的滾調或滾白，從其再創作看可能是四大聲腔興起之後，為適應舞臺的演出本，這向人們充分表明明代關羽戲演出的繁榮。

　　其次，關羽作為神的形象也廣泛散見於其他題材的戲曲作品。近年來陸續發現的明萬曆二年（1574）手抄本《迎神賽社禮節傳簿四十曲宮調》[2]和《唐樂星圖》（此本記錄清嘉慶二十三年〔1818〕的辦賽實例，另外還發現有明嘉靖元年〔1522〕的賽社抄本殘本）[3]等珍貴

1　參考陳翔華：《三國故事劇考略》，收入周兆新主編：《三國演義叢考》（北京市：北京大學出版社，1995年）。
2　其影本刊於《中華戲曲》第3輯。
3　見《戲友》1990年增刊。

的戲曲文物表明，在明代民間的迎神賽社舉行的祭祀活動中存在著大
量的關羽戲。本節選取明代這一時間橫斷面，考察戲曲中關羽形象共
時並存的多種形態，並對此進行分析。

一　《義勇辭金》和《古城記》中的關羽形象比較

　　朱有燉的雜劇《關雲長義勇辭金》，有明宣德年間周藩王府自刻
《誠齋雜劇》本，《雜劇十段錦》甲集本和《古今名劇選》卷三據
《雜劇十段錦》排印本，這三個版本大致相同。無名氏傳奇《古城
記》，有明萬曆年間金陵唐氏文林閣刻本，《古本戲曲叢刊》初集所選
明刻本，清代內府抄本。其中文林閣刻本曲調不同於其他兩本，情節
也略有差別。文林閣刻本第二齣〈賞春〉，劉備是以帝王的扮相出
場，甘、糜二夫人被稱為「皇夫人」，有太監、宮女侍立，後二本無
此種裝扮。文林閣刻本沒有收周倉和與蔡陽砍柳樹事。

　　《義勇辭金》作為文人創作的劇本，曲詞優美曉暢，得到了劇論
者的好評。祁彪佳的《遠山堂劇品》〈雅品〉著錄道：「不但關公之義
勇，千古如見，即阿瞞籠絡英雄之伎倆，亦觀之當場矣。每恨關公未
有佳傳，得此大暢。」而作者則將《古城記》收為《遠山堂曲品》
〈雜調〉，以為此劇「通本不脫《新水令》數調，調復不倫，真村兒
信口胡嘲者。」其實，《古城記》中襲用了很多《義勇辭金》中的曲
詞。如《古城記》第十三齣《卻印》、第十五齣《賜馬》襲用《義勇
辭金》第一折曲詞；第十六齣《斬將》襲用《義勇辭金》第二折曲
詞；第十八齣《辭曹》、十九齣《議餞》、二十齣《受錦》襲用《義勇
辭金》第四折曲詞，幾乎是成曲搬用，痕跡很明顯。這一方面體現出
朱有燉《義勇辭金》流行於舞臺的藝術魅力，另一方面，《古城記》
除了襲用的曲詞外，大部分曲白都淺顯易懂，這體現出其創作含有作
為舞臺演出而即興草創的成分。

　　《義勇辭金》和《古城記》都是描寫關羽掛印封金，辭操歸漢的故事，其中《古城記》的取材範圍要比《義勇辭金》更為廣泛。關羽依曹操，斬顏良後歸劉備事有正史記載：

> 建安五年，曹公東征，先主奔袁紹。曹公禽羽以歸，拜為偏將軍，禮之甚厚。紹遣大將顏良攻東郡太守劉延於白馬，曹公使張遼及羽為先鋒擊之。羽望見良麾蓋，策馬刺良於萬眾之中，斬其首還，紹諸將莫能當者，遂解白馬圍。曹操即表羽為漢壽亭侯。初，曹公壯羽為人，而察其心神無久留之意，謂張遼曰：「卿試以情問之。」既而遼以問羽，羽歎曰：「吾極知曹公待我厚，然吾受劉將軍厚恩，誓以共死，不可背之。吾終不留，吾要當立效以報曹公乃去。」遼以羽言報曹公，曹公義之。及羽殺顏良，曹公知其必去，重加賞賜。羽盡封其所賜，拜書告辭，而奔先主於袁軍。左右欲追之。曹公曰：「彼各為其主，勿追也。」[4]

　　在東漢末年群雄逐鹿的亂世，良將擇主而事是很平常的，然而關羽卻在曹操禮遇之下仍歸劉備。這段史實引起後人諸多聯想，也使得關羽忠義的形象流傳今古。後人經過一些藝術構思，將這段故事搬上舞臺，從不同層面讚揚關羽的忠義思想。

　　《義勇辭金》雜劇中，關羽一出場就處於一種兩難的境地。一邊是「待我甚厚，封為偏將軍，寵任無比」，一邊自己暗抱定了「忠臣不事二君」的想法，卻又得不到皇嫂的理解。此時，關羽已知道劉備在袁紹處，卻未立即投奔而去，給人留下一個懸念。接著張遼奉曹操之命陪宴，獻黃金美女。關羽百般推辭不受，辭了酒宴，辭了美女，

4　《三國志》〈蜀書〉卷37〈關羽傳〉，頁940。

在張遼再三懇求下收下黃金。張遼趁機說：「將軍之名，天下所懼，今日受了曹公深恩，丈夫以義氣相許，雖是左將軍劉皇叔與將軍結義深密，然而往來兩國之間，不憚頻煩，亦非得計。孰若舍彼就此為自固之計，以成功名，不亦可乎？」關羽表明自己與劉皇叔誓同生死，不可相背。張遼再問：「將軍既是在此無久留之意呵，怎不辭了曹公去尋劉皇叔去？」關羽坦白心跡：「我多受曹公之恩，必要立功相報，去之未晚。」張遼又趁勢指出：「近聞袁紹差大將顏良在官渡搦戰哩，將軍敢就在此立功麼？」明知劉備在袁紹軍中，卻欲殺袁紹手下大將，關羽再次陷入兩難境地。這一困境在關羽以漢室為重的思想觀念下得以化解。關羽認為：「俺為臣盡忠，皆為劉漢天下，劉玄德與曹公雖各統兵征討，同為漢室之臣也。」朱有燉以忠君作為關羽忠義精神的核心凌駕於兄弟結義感情之上，這當然與朱有燉周藩王的身分是分不開的。這種價值傾向也使《義勇辭金》全劇帶上很強的儒家正統思想的色彩。

　　如果說斬顏良體現的是關羽「今日個斬上將解重圍，便是我報深恩建勳績」（《義勇辭金》第二折〔離亭宴煞〕曲詞），為國盡忠，為己報恩的雙重意義，那麼斬顏良之後，關羽以輕鬆的心情表現自己兩難處境的化解。而在受爵賞之時，很自然又有個人建立功勳與兄弟結義情之間的矛盾。如曲文中所唱：「……我子待與丞相全忠義，向朝堂，立大功，播清風，只願的干戈休動，罷征伐，息戰攻。（末背云：雖然我受了爵賞，正不知我心中好是艱難呵）好教我感舊恨，淚珠如迸，憶劉張，何日相逢。這的是千里關山有夢通，自別後，更無蹤，空教我望孤雲目斷歸鴻」。關羽不為爵賞動搖，毅然選擇了千里尋兄，投奔舊主劉備。這是關羽義氣深重的表現，也使雜劇在斬顏良後出現了又一次情感高潮。第四折的餞別，當夏侯惇心懷異心時，關羽義正詞嚴地訓斥：「炎漢室衰微時世，為臣子須當盡職。」（第四折〔八轉〕曲詞）並對曹操留下勸諫之言：「……重拜覆曹公自思些，

將忠厚言語聽者。尊帝室職分休奢。俺劉玄德雖然衰懦，終則是漢家枝葉。一星星君前細說，一句句你索知耶。見如今魚龍入海混豪傑，誰肯立芳名建節，學宣尼尊王賤伯成功業，學齊桓諸侯九合歃盟血，學伊周忠誠輔相永無別。說來的幾般兒隨公擇，休把做不經意的常談不記者。」（第四折〔九轉〕曲詞）言辭中活現一個為漢室殫精竭慮的忠臣形象。正如周藩王刻本《誠齋雜劇》永樂丙申年（1416）《關雲長義勇辭金傳奇引》中作者所說：「予每讀史，至關羽辭曹操而歸劉備，未嘗不掩卷三歎，以為雲長忠義之誠，通于神明，達乎天地焉。夫曹瞞之心，奸雄殘忍，又非虎與虜輩之可比矣。然而雲長卒能遂其忠義之願，而操不忍加害者，非操有英雄之量，若漢高祖、唐太宗之為也，乃雲長忠義之心，精誠所致，若虎與虜輩，自不能加害耳。」「予嘉其行為作傳奇，以揚其忠義之大節焉。」關羽在《義勇辭金》中的形象充分體現了作者對其忠義思想的解讀。

　　《古城記》對於關羽的心理和情感上的刻畫不如《義勇辭金》細膩，而情節的傳奇性和通俗性則過之。《古城記》記敘了曹操興兵、下邳失守、叔嫂權降到過關斬將、古城聚義的整個過程，其主題思想也落在了兄弟結義情上。《義勇辭金》中關羽是一位深明大義、忍辱負重、報效漢室的武將形象，而《古城記》中的關羽更像一位有勇有謀、知恩守禮、為兄長不憚辛勞的英雄形象。「勇」是二劇中關羽形象共同的特質，「忠義思想」則表現為不同的層面。

　　《古城記》中關羽的忠義體現在保護兄嫂，為結義之情而不受曹操重禮厚祿並毅然辭操投奔劉備等行為上。在「約三事」中，第一件便是：「主亡則輔，主存則歸。早上知道仁兄消息，晚上辭別就行，毋得攔阻。」第二件才是：「降漢不降曹」，認為：「此乃大節也」。第三是：「一宅分兩院」，侍奉皇嫂。三事之後，還補充「不與老相建立大功」（第十齣《權降》）。後來，見曹操以禮相待，才對張遼說要「略建些小微功以報老相之恩」（第十三齣《卻印》），完全是知恩圖

報的江湖思想。而關羽斬顏良、文醜之前並不知道劉備在袁紹營中。在斬顏良、文醜之後，兩軍對峙之時，方知劉備就在對方軍隊中。於是後悔莫及，首先想到的就是劉備在敵營中的處境危險。這時又表現出關羽的智慧。他將顏良、文醜之頭賞與給他報告劉備消息的兵卒，以令箭相送，要他到曹操營中領賞，然後立刻趕到袁紹營中，告知自己是誤斬二將，要袁紹好生看待兄長，並威脅「倘大爺有甚差池，我到你處雞犬也不留」（第十六齣《斬將》）。這些描寫活現出關羽對兄長的情義。

　　《古城記》基本上是根據小說演繹而來，只是依民眾的喜好添加了一些頗有民間色彩的情節片段。其中，〈秉燭待旦〉一節，元雜劇《關雲長千里獨行》與朱有燉的《關雲長義勇辭金》中都沒有這個情節，前者第二折在甘夫人的道白中有：「自從俺在徐州失散，俺二叔叔不得已，降了曹丞相。到的許都，聖人封俺二叔為壽亭侯，我和二叔叔一宅分兩院，俺在這宜陽宅住坐。」朱有燉的《關雲長義勇辭金》頭折就有關羽的道白：「近日不幸下邳失守，同嫂嫂甘夫人引著侄兒到於許昌，一宅分為兩院居住。」基本上與《三國志平話》相同。《古城記》中的這一齣戲，比小說更為曲折生動。從一開始許褚設下陰謀，到關羽察覺後秉燭觀書，又拆蘆壁接光待旦。在關羽與嫂夫人的詠唱和驛丞更夫「鬧更歌」的烘托下，驛舍羈旅之憂思愁緒，長夜之漫長難熬都表現得淋漓盡致。而天亮後，關羽打驛丞，張遼聞訊後的責罵也是戲中有戲。嘉靖三十二年（1553）刊行的《風月錦囊‧精選續編賽全家錦三國志大全》有「秉燭待旦」〈混江龍〉、〈駐雲飛〉兩支曲子，曲詞與明萬曆間刻本《古城記》大致相同。《詞林一枝》〈古城記〉〈關雲長秉燭待旦〉、《群音類選》〈桃園記〉〈五夜秉燭〉都是這一情節的選齣，可見其在當時深受觀眾喜愛。清代毛綸、毛宗崗父子將「秉燭達旦」事插入小說正文。而「秉燭」一事為文人士子、村夫俗子廣泛接受的原因固然有其被元人寫入史書後，演義小

說與史傳文學的交叉影響分不開，戲曲中出色的藝術構思也應是其流傳甚廣的一個重要要素。

另外，《古城記》「賜馬」一節中，關羽馴馬技巧的諳熟；過關斬將後以弄死螞蟻比力氣和從馬後足上看針眼降服周倉；古城下比砍柳樹斬蔡陽等，都體現出民間群眾的智慧。《古城記》作為一部深入民間的傳奇作品，其中關羽的形象也更多地帶有江湖英雄的義氣和超人的膽識等民間傳奇色彩。

二　明選本[5]關羽戲情節的承傳與變異

在明朝中後期，出現一種新的戲曲刊本形式，即將當時流行的單出戲文加以裒集出版，聲腔上多為青陽腔，或昆腔，刊行多在金陵（江蘇南京）、閩建（福建建陽）等地，版式上多分上下兩欄，或上中下三欄。除了戲曲選出外，或收通俗小說，而且往往在中欄輯錄一些江湖方語、時令小調、酒令燈謎、郡縣名稱等，儼然是通俗雜志的出版形態。這些戲曲刊本中大多數有單出的關羽戲。下面從情節入手考察明選本關羽戲的一些承傳特點。

（一）明選本吸收了關羽戲中的精華並加以再創作

1 單刀會

關漢卿的元雜劇《關大王獨赴單刀會》的第一、三、四折都被後人作為折子戲進行再創作和演出。第一折有《樂府紅珊》〈桃園記〉〈魯肅詢喬國公（魯子敬詢喬國公求計）〉、《大明春》〈三國記〉〈魯肅請計國公〉、《大明天下春》〈三國志〉〈魯肅求謀〉。這些明代戲曲

5　明代選本大部分根據王秋桂主編：《善本戲曲叢刊》（臺北市：臺灣學生書局，1984
　　年出1、2、3輯，1987年出5、6、7輯）。李福清、李平編：《海外孤本晚明戲劇選集
　　三種》（上海市：上海古籍出版社，1993年）。

選本與元雜劇的繼承之處在於內容豐富了不少，增添了一些關羽的事蹟，如對火燒赤壁的追憶：「〔油葫蘆〕你道他兄弟雖多兵將少，赤緊的將夏侯惇先困倒。不想著周瑜蔣幹布衣交。怎當他股肱臣諸葛亮施謀略，多虧了苦肉黃蓋獻糧草。想當初曹兵百萬下江南，凜凜威風誰敢當，被周郎用下火攻計，把百萬曹兵一掃光。一霎時滿江烈火焚，四岸泣聲聞。哀哉哀哉，百萬曹兵敗。燒得他生的生，死的死，傷的傷，三停兒都在水上漂。……休欺負雲長年紀老，出五關誅六將，古城邊斬蔡陽，收四川白帝城，將我小婿周瑜先喪了。……」（選自《大明春》卷五下欄）另外還有過關斬將，古城擊蔡陽等，關羽形象由三髭髯變為五綹髯。對關羽的形容除了威風凜凜之外，還有「神道」之稱謂。

明代諸選齣〈訓子〉與《單刀會》第三折比，也在內容上豐富了不少。從開始感歎王朝興亡之事，回憶劉、關、張與諸葛亮「壯士投壯士，英豪遇英豪」的英雄際遇，到後來成就基業：「俺大哥稱孤道寡世無雙，三兄弟做了閬中王，俺關某匹馬單刀鎮的是荊州帶著襄陽」。表現的是帝王將相的興亡感和英雄主義精神。接著關羽回顧了自己一生的征戰生涯，千里獨行，過關斬將，斬蔡陽豪情萬丈，自稱有「臨潼會秦穆公志量」，「鴻門宴楚霸王的行藏」。在曲詞上，〈訓子〉明顯增加了一些滾白，下場詩更流暢、生動。

在明代選集散齣中，《三國志》〈關雲長獨赴單刀會〉（《樂府紅珊》）和《四郡記》〈單刀〉（〈怡春錦〉）演繹的是《單刀會》第四折的內容，卻是兩個不太相同的本子，前者是外扮關羽，後者是淨扮關羽。情節安排上不同。如：前者在〔胡十八〕曲中插入魯肅與關羽在席間的周旋、試探，體現關羽赴宴大膽而又謹慎、無畏而心存戒備的心態。

（外關）魯大夫，那時在赤壁與你相別，如今不覺鬚髮俱蒼白了。

（生魯）將軍休以功業為重，且請飲酒。

（外關）我平生誓不飲頭盅，請大夫先飲。

（生魯）今日相請無非敘間闊之情，並無他意，將軍若是見疑，下官就先飲一杯。……

（外關）大夫說得好，我連飲三杯。

（生魯）黃文，看馬來。

（外關）周倉，拿刀來。

（生魯）下官非是討戰馬，欲取枚馬與將軍見拳奉酒。

後者在〔駐馬聽〕後，關羽與魯肅相見時，有關羽祭刀的情節。「某家但是赴會，先將酒祭過刀，某家然後飲酒，叫周倉取刀來」（敬周倉酒），「某家今日赴會，少待酒席之間，倘有用汝之處，須勞你一勞。請上此酒」。相見後，〔沽美酒〕中插入對當年千里獨行，過關斬將，建功立業的感歎。這些情節安排都能體現關羽出草莽英雄的氣概和豪情。

2 碧蓮會

《草廬記》〈劉先主赴碧蓮會（劉玄德赴碧蓮會）〉（《樂府紅珊》）和《三國志》〈赴碧桃（蓮）會〉（《大明天下春》卷六下層）的基本情節根據元雜劇朱凱《劉玄德醉走黃鶴樓》演繹而來，周瑜借孔明、關、張到華容道追趕曹操之際（《大明天下春》本未寫明），請劉備到黃鶴樓赴會，諸葛亮用祭風臺的令箭助劉備脫身。只是元雜劇中扮漁夫的是姜維，明選本中扮漁夫的是孫乾。另外，《群英類選》中也有「黃鶴樓宴」，由劉玄德主唱。

3 霸橋獻錦[6]

　　元雜劇《關雲長千里獨行》中已經出現「霸橋獻錦」。曹操聽張
遼之言，設下三條計策，親自到霸橋送關羽。關羽在甘夫人的提醒之
下，辨認出毒酒，刀挑錦征袍。後來張遼見計策被揭穿，向關雲長索
要回奉之物，關羽回答：「想著俺桃園結義弟兄情，因此上辭操棄印
與封金，久以後拿住曹公不殺壞，那其間方顯雲長回奉心」。朱有燉
《關雲長義勇辭金》雜劇中的霸橋餞別，關雲長一行到霸橋，在酒店
間歇息用餐。店中酒保對甘氏出言調戲。關羽怒打酒保，酒保認出關
羽，去告狀。夏侯惇、張遼等人奉命與關羽餞行，頻頻向關羽勸酒。
關羽醉時，夏侯惇生殺心，被雲長識破，教訓了一通。《關雲長義勇辭
金》雜劇中沒有馬上刀挑錦袍的事，然而這一折語詞優美，矛盾衝突
有筆鋒突轉之妙，故多為後人所欣賞。《古城會》從語詞上繼承了《義
勇辭金》，但曲調不同，具體情節上，變化也較大。關雲長護送二位
夫人到霸橋，在酒店歇息。曹操親自帶人來到霸橋餞別，許褚獻毒酒
面露懼色，關羽以酒祭刀起火焰知道是毒酒。曹操表明自己不知內
情，關羽刀挑征袍，許曹操「他日雲陽死報」，簡潔凝練。後來的選本
《三國記》〈曹相霸橋獻錦〉(《玉谷新簧》)和《五關記》〈雲長霸橋餞
別〉(《八能奏錦》)吸收了《義勇辭金》和《古城會》的情節，曲調
與《義勇辭金》相同（後者不完整，但可看出其相同之處）。

　　除此之外，還有《詞林一枝》〈古城記〉〈權降〉、《堯天樂》〈古
城會〉〈嫂叔降曹〉和《詞林一枝》〈古城記〉〈關雲長秉燭待旦〉、
《群音類選》〈桃園記〉〈五夜秉燭〉、《風月錦囊》〈三國志大全〉〈秉
燭〉等，顯然是當時流行的古城會傳奇的散齣。

6　選本中「灞橋」多寫作「霸橋」。

（二）明選本關羽戲保留了部分現存劇本未見的情節

1 河梁會

　　小說中的河梁會，關羽隨劉備赴會，侍立而不發一言。周瑜為其英氣所懾，不敢輕舉妄動。而戲曲中關羽的表演更為精彩，劇情中有關羽脫袍換妝的情節。臨會前，關雲長扮成一個嗜酒馬頭軍，使人認為他是個酒囊飯袋；後見兵戈排列，金鐘鳴響（周瑜以金鐘為號，要殺劉備），關雲長警覺，逼東吳兵卒說出陰謀真相，頓時義憤填膺，露出真面目：「〔新水令〕……聽說罷怒髮衝冠，救我主闖入中堂……抹開了氈笠，頓開了錦囊，輕飄出美髯長。」這齣戲主要表現關雲長的智謀和大無畏的英雄精神，表現他對劉備的一片忠心。與《單刀會》情節相比，更有動作性和可看性，在思想意義和矛盾衝突上不如《單刀會》強。

2 華容釋操

　　《草廬記》第四十二折中有此情節。《草廬記》中這一情節純用對白道出，關雲長在曹操三番兩次以情義相求之下，念著雲（萍）陽之報，叫將士擺開一字陣，自己要去捉曹操，卻將曹操放走。《時調青昆》〈華容釋操〉一開始也有一段對昔日征戰，建功立業的詠歎。關羽見了曹操之後，開始很堅定，指責曹操「〔步步高〕……你挾天子定臣僚，思篡位亂皇朝。傷害百姓，四海蒼生，教他們恨怎消。這的是天教有道伐無道。……」後突然將曹操放走，「周倉我的兒，你與我收起青龍偃月刀，脫下了錦戰袍。你向轅門去報導，報導漢雲長順人情，賣放了奸曹，免不得淚灑衣襟血染鋼刀。七星劍下將頭斬，辜負咱半世功勞總是空」。此處情節的突轉，看似不合理，實際上則揭示出了關羽內心強烈的情感衝突，表現了關羽的完滿道德與高尚人格。他寧願自己受軍令狀，遭殺身之禍，也要報答知遇之情。因為

《時調青昆》中的「華容釋操」體現出不同於《草廬記》的面貌，有
的學者以為可能是已佚的《赤壁記》中的一齣。

3　千里獨行

　　從曲牌看，有兩種不同的選本，一是《雍熙樂府》〈千里獨行〉
和《風月錦囊》〈三國志大全〉〈千里獨行〉，不知其來源何在。一是
從《古城記》二十六齣選齣。《古城會》〈獨行千里（關雲長獨行千
里）〉（《堯天樂》）、《古城記》〈獨行千里〉（《時調青昆》）、《群音類
選》〈獨行千里〉、《歌林拾翠》〈新鐫樂府古城拾翠〉〈獨行千里〉所
選此齣大致與《古城記》相同。《雍熙樂府》之「千里獨行」曾被莊
一拂疑為「《斬蔡陽》之第一折」[7]。《斬蔡陽》是宋元戲文，已佚。
而這一套曲子關羽獨唱的形式和成套的曲牌，也可能是從元明間無名
氏雜劇《關雲長古城聚義》（已佚）或《壽亭侯五關斬將》（已佚）中
擇出。從下表的若干曲詞對照看，則見出《古城記》對於前者的承傳
化用。《古城記》中「千里獨行」一節是在二十六齣「服倉」中，關
羽與周倉一段頗有民間色彩的較量之後唱出。這兩種不同選本，在表
現關雲長「遊遍天涯海角，為仁兄不憚辛勞」的義勇上可謂異曲同
工。其中，《古城會》之「千里獨行」尤其傳神。曲詞改由甘夫人與
關羽輪唱，表現甘夫人對夫君的思念。兒女柔情與英雄義氣相結合，
委婉曲折，動人心懷。

《雍熙樂府》〈千里獨行〉（《風月錦囊》〈三國志大全〉〈千里獨行〉少後四曲）	《古城會》〈千里獨行〉（諸選本大致相同）
〔仙呂‧點絳唇〕、〔混江龍〕、〔油葫蘆〕、〔天下樂〕、〔哪吒令〕、〔鵲踏	〔駐雲飛〕、〔新水令〕、〔步步嬌〕、〔折桂令〕、〔江兒水〕、〔雁兒落〕、

7　《古典戲曲存目匯考》卷7。

枝〕、〔寄生草〕、〔么〕、〔後庭花〕、〔青哥兒〕、〔尾〕	〔僥僥令〕、〔牧江南〕、〔園林好〕、〔沽美酒〕、〔尾聲〕、〔寄生草〕
〔仙呂・點絳唇〕我則待創立劉朝，替天行道，誅奸暴，水米無交，立大節全忠孝。	〔新水令〕桃園結義勝同胞，想著咱弟兄情好傷懷抱。無心歸孟德，有意立劉朝，決不憚水遠山遙，訪吾兄自存忠孝。
〔油葫蘆〕憑著我坐下渾紅偃月刀，不怕他武藝高，若遇著英雄且敵豈擔饒。他更有韓信般暗度陳倉道，準備著大會垓十面將軍吊。他憑著百萬兵，咱仗著一將驍。咱雖然飄零四海無人靠，量奸雄一似小兒曹。	〔雁兒落〕憑著咱一口青龍偃月刀，縱有柳盜跖何足道，哪怕他埋伏九裡垓，俺此行暗度陳倉道。有賊來殺，教他怎生逃。量曹操一夥小兒曹，本待要立炎劉誅強暴，請嫂嫂休心焦，路行千里終須到，不憚迢也麼遙，管取團圓直到老。
〔哪吒令〕過溪邊小橋，見垂楊樹稍，脫征衣錦袍，解獅蠻甲條，把車兒且住著，啼鳥在林間噪，怎聽上絮絮叨叨。	〔園林好〕（貼旦）過溪灘又過小橋，見垂楊漸漸又凋，牽惹得離情懊惱，當此際恨無聊。

4 斬貂蟬

斬貂蟬的故事不見歷史記載，也沒有在小說中出現，這個故事是通過民間流傳的。《也是園書目》著錄《關大王月下斬貂蟬》正名，已佚。祁彪佳《遠山堂劇品》〈具品〉著錄北五折《斬貂蟬》，可見此故事在明代的流傳，而《風月錦囊》〈三國志大全〉〈斬貂蟬〉和《群英類選》〈桃園記〉〈關斬貂蟬〉則可讓我們得窺其貌。

斬貂蟬的故事情節大致是，在貂蟬許配關羽的當晚，貂蟬滿懷新生活的希望，言語謹慎，貶呂布贊關張，迎合關羽。而關羽則認為呂布是一代英雄，其白門樓之死皆因為貂蟬未曾正言相勸，關羽認為貂蟬「你今日棄溫侯（呂布）來近關張，倘或你棄咱每，又近那邊？迎

新又要將咱貶。」（《群音類選》〈桃園記〉選（滾調）曲）因而心生
惱怒。關羽見有奸邪魅影，提刀斬貂蟬。《風月錦囊》〈三國志大全〉
〈斬貂蟬〉與《群音類選》所選情節大概相同，曲調不同但曲詞有些
相同，如：

《風月錦囊》〈三國志大全〉〈斬貂蟬〉	《群音類選》〈桃園記〉〈斬貂蟬〉
〔耍孩兒〕昆吾賽過吹毛劍，出鞘離匣龍吐淵，穆王曾鑄金鑾殿，治家邦伐佞除奸。天下何由三尺取，袖內攜來四海安。曾把白蛇斬，在朝內誅了讒佞，關外掃塵煙。	〔滾〕昆吾賽過吹毛劍，昆吾賽過吹毛劍，出鞘離匣龍吐涎，穆龍曾鑄金鑾殿，治家邦伐佞除奸。天下何由三尺取，天下何由三尺取，就裡提防四海傳。曾把白蛇斬，在朝內誅奸除佞，向關外掃滅狼煙。
〔三煞〕關羽手內提，要在你貂蟬項下懸，也是你前生註定今生限。你雖不是江邊別楚虞姬女，我交你月下辭咱命染泉。休埋冤，則為你花嬌貌美，我惱你是綠鬢朱顏。	〔前腔〕此劍在我手內提，要在你貂蟬頷下懸，也是你前生註定今生限，你就江邊別楚虞姬女，教你目下堪將命染泉。教你目下堪將命染泉。你今日休埋怨，只為你花嬌美貌，惱得人怒髮衝冠。
〔二煞〕明晃晃劍離匣，光輝輝龍吐涎，咕嘟嘟鮮血如紅茜，廝啷啷扯動連環響，赤律律油頭落粉肩。跳酥酥香肌顫，長舒舒羅衣褊體，蓋撲撲倒在階前。	〔前腔〕明晃晃劍離匣，色輝輝龍吐涎，咕嘟嘟鮮血如紅茜，廝啷啷扯動連環響，赤律律油頭落粉肩。透酥香染羅衣遍，你看他雙眼睃睃閉，一身倒在階前。
〔煞尾〕今日除病根掃退身邊患，也是我忠心不克行方便，免得你翰墨無功將咱貶。	〔煞尾〕今朝除卻身邊患，不枉了漢末英雄史記傳，免使旁人談笑俺。

斬貂蟬時關羽自比楚霸王，將貂蟬比作「江邊別楚虞姬女」，揮
刀斬貂，塵埃落定之時，也流露出英雄的無奈和感歎。《風月錦囊》

〈三國志大全〉在這之前有貂蟬「俺安排著語言的當，到帳前拜見關張」的謹慎心態、「只願得漢乾坤，求遠安康，軍卒罷戰場，黎民樂四方」的願息干戈、天下太平的心願和「將緩步金蓮入洞房，準備燈前慶晚妝，心中喜悅無惆悵，若遇英雄我立在傍，我倆人此夜明蟾須共賞」的美好憧憬。《群音類選》〈桃園記〉則有貂蟬「一家骨肉皆星散，三年失侶空悲怨，幸遇亡夫呂奉先，又苦被梁王賺，到今日方披雲霧得睹青天」的身世遭逢之歎和「劉關張是英雄漢，那數無名呂奉先。他跟腳由來賤，他只是，馬前走卒，怎上得虎部名班」的迎合關羽之語。關羽為生前事身後名都無法接受貂蟬，這齣戲便帶有貂蟬命運和關羽人格的雙重悲劇成分。

在《樂府紅珊》中還選了一齣《單刀記》〈漢雲長公祝壽（漢壽亭侯慶壽）〉搬演喜慶場面，關羽形象並不突出，而在元雜劇無名氏的《壽亭侯怒斬關平》中便有「五月十三日是元帥生辰貴降之日」的說法。

（三）出現關羽作為神將顯聖斬妖的情節選齣

明選本《時調青昆》中選汪廷訥《長生記》中〈關公斬妖〉一齣。關羽應呂洞賓之召，與周倉下界，為周小官擒斬九尾狐妖。關聖帝君以斬妖除魔作為自己份內職責，與王道士的虛弱無能相比較，體現出關聖帝君的無邊法力。《詞林一枝》〈曇花記〉〈關羽顯聖〉和《徽池雅調》〈曇花記〉〈真君顯聖〉所選的都是屠隆《曇花記》中的一齣。此齣中關羽更多的帶有在世時的英雄豪氣。上場時一曲〔瑞鶴仙〕唱出關羽由人歸神、正氣不變的襟懷：「青史錚錚者，論英雄義烈，真傾夷夏，炎精欲滅。也待支手風雲，雙擎日月。古今正氣不消磨，列名天闕，只靈臺一點，皈依三寶蓮花座下。」接著一段長長的道白將關羽（自稱「關真君」、「佛門大護法王」）生前功績和「天數之去」的感觸表露出來。在關公除妖的過程中也不斷重現昔日征戰生

涯，甚至蜀國的衰亡都歷歷在目，所以這一齣戲體現了關羽成神後的
一些與人性相通的情懷，作為神的關羽和歷史中的關羽相互重合，使
關羽的人格和神格都得到體現。

明選本中的關羽戲是明代特別是明中後期關羽戲演出的典型記
錄。其中，關羽作為人世英雄的形象繼續通過戲曲演出的獨特手法進
行塑造。如青陽腔滾調、滾白的加入，昆腔心理刻畫的繼續深入，都
在這些經典的折子戲中突出來了，使關羽英雄形象塑造得更為生動完
滿。戲曲情節主要表現的是關雲長單刀赴會、大無畏的英雄主義精神
和掛印辭金、千里獨行的忠肝義膽。而關羽作為神的形象仍在隨著其
神格的不斷提升而演繹著，這是宗教信仰在戲劇中的體現。

三　結論

明代戲曲從整體上看，呈現出的是世俗化、市民化的內容和情感
傾向，在昆腔繁榮，昆弋爭輝的面貌中達到了古代戲曲繼金元雜劇之
後的又一個高峰。昆曲流行於貴族庭院，表現的是士大夫的情趣風
尚；文人創作的劇本或是反映世俗情感生活，或是反映時事鬥爭，歷
史題材的作品相對居於落寞。關羽戲，從文本來看，比起元明之際無
名氏創作的雜劇來，似乎要冷清許多。而在民間，歷史故事戲仍是百
姓津津樂道的消閒話題和酬神活動中的主要節目，其中關羽戲也不例
外。綜而觀之，關羽戲在明代戲曲舞臺上表現出的多種形態，具有以
下特點。

首先，關羽戲的多種演出形態中忠義內涵的多層闡釋，使關羽形
象豐滿動人，有廣泛的影響。中國古代的戲曲演出是多層次、多形態
的，演出的場所有宮廷、貴族庭院、市井勾欄、民間迎神賽社等；欣
賞的觀眾上至王公貴族，下至市民農夫；戲曲創作者也有教坊藝人、
書會才人和文人士夫不等。然而關羽形象卻活躍在各種形式的戲曲舞

臺上，成為各階層普遍接受的歷史人物形象。在明代的關羽戲中，有
教坊編演的《慶冬至共享太平宴》[8]，記敘張飛與馬超到荊州接關羽赴
宴，關羽留關平、關興守荊州，自己與周倉赴宴（歷史上無關羽離開
荊州的記載），周瑜聞之，領兵截殺關羽。被關、張、馬殺敗逃回，
關羽宴罷便趕回荊州的故事。王季烈謂：「蓋亦內廷供奉之作」[9]；秦
淮墨客選輯、唐氏振吾刊行的《樂府紅珊》將戲曲分為慶壽類（收
《單刀記》〈漢雲長公祝壽〉）、訓誨類（收《桃園記》〈漢壽亭侯訓
子〉）、訪詢類（收《桃園記》〈魯子敬詢喬國公〉）、宴會類（收《草
廬記》〈劉先主赴碧蓮會〉、《桃園記》〈劉玄德赴河梁會〉、《三國志》
〈關雲長獨赴單刀會〉）等，體現出貴族士大夫的欣賞趣味。而戲曲
更廣闊的天地則在民間。民眾以通俗的情節來塑造和點綴關羽形象，
再現平民化的歷史生活。

　　不同階層的人在讚頌關羽的忠義思想上是一致的，但對關羽忠義
形象的接受卻體現為各種不同層面。有對忠臣品格的激賞，也有對英
雄義氣的禮贊；有儒家教化色彩的《訓子》，也有江湖好漢不近女色
的《斬貂》；有為國赴難、大義凜然的單刀會，也有喬裝護兄、明察
秋毫的河梁會。不同層面的忠義思想相互融合滲透，統一在關羽形象
中，使其豐滿動人地「活」在明代社會生活各個角落。

　　其次，人神形象的交叉影映，促使神格不斷攀升，關羽形象的宗
教色彩逐漸加濃。到明代，關公顯聖的情節更多地出現在舞臺上，而
且其身分和神職各不相同。在《升仙記》、《雙珠記》、《目連救母勸善
戲文》、《蕉帕記》、《觀音魚藍記》中，關羽仍是作為「四大天將（或
元帥）」的面目出現。《曇花記》和《長生記》中關羽以真君身分出
現，到崇禎、天啟年間的《喜逢春》和《畫中人》中，關羽已是三界
伏魔大帝。戲曲中關羽形象隨關羽在神界封號的不斷提升而改變，這

8　《孤本元明雜劇》第4冊。

9　《孤本元明雜劇提要》第一四三個劇目。

與當時人們的宗教信仰有關。關羽死後於景耀三年（260）配享，隨
著歲月流逝，便由歷史人物逐漸演變成為世俗神。明代民間的迎神賽
社活動頻繁，在明萬曆二年（1574）手抄本《迎神賽社禮節傳簿四十
曲宮調》中，關羽作為人的形象和作為神的形象同時出現在戲曲舞臺
上。由於關羽忠義人格在明代社會的廣泛影響，也由於統治者對於忠
義思想的需要和利用，終於在萬曆年間，關羽被封為「三界伏魔大帝
神威遠震天尊關聖帝君」，在神職上攀升到至尊的地位。民間信仰中
的關羽崇拜也如火如荼地興盛起來。

第二節　清代的關羽戲及其關羽形象的整合

　　清朝統治者因為開國之初曾經借重關羽，所以對於關羽的推崇比
明朝有增無減。這對於關羽形象的普及和其宗教地位的確立都具有推
動性作用，然而同時又束縛了戲曲中關羽形象的發展。對於關羽戲的
禁忌從明中後期就開始了[10]；到清初，開始禁演關戲：「優人演劇，每
多褻瀆聖賢。康熙初，聖祖頒詔，禁止裝孔子及諸賢。至雍正丁未
（1727），世宗則並禁演關羽，從宣化總兵李如柏請也。」[11]儘管如
此，關羽戲還是屢禁不止，深受群眾喜愛。然而，封建帝王對關羽的
神化也使得劇本創作中關羽形象帶上濃重的神性色彩。這種非人性的

---

10 如明代《曇花記》演出凡例中對於聖賢佛祖的舞臺演出和觀看者的規定：「……
　　五、此記扮演，俱是聖賢講說，仙宗佛法，不當以嬉戲傳奇目之，各宜齋戒恭敬，
　　必能開悟心胸，增福消罪，利益無方，不許葷穢褻狎。六、登場梨園，雖在官長貴
　　家，須命坐扮演，緣裝扮多係佛祖上真，靈神大將，慎之慎之，如好自尊，不許梨
　　園坐演者不必扮。七、遇聖師天將登場，諸公須坐起立觀，如有官府地方體統，不
　　便起立者，亦當懷敬整肅之念，不然，請演他戲。八、梨園能齋戒扮演，上善大
　　福。如其不能，須戒食牛犬鰻鯉龜鱉大蒜等，□□□（葷穢物），本日如有淫欲等
　　事，不許登場。」
11 徐珂：《清稗類鈔》〈戲劇類〉〈禁演聖賢之事〉（北京市：中華書局，1986年），頁
　　5040。

色彩有的是來自民間傳說，如清初的《大轉輪》雜劇。更多的還是劇
作者將一種宗教意識貫注到關羽形象當中，同時也有一種反思歷史的
潛意識作用，使所搬演的三國歷史帶上一種宗教宿命的色彩。如傳奇
《補天記》、《南陽樂》等。稍後的《納書楹曲譜》和《綴白裘》所收
的關羽折子戲已經可以隱約反映出清中後期戲曲中花、雅之爭傾向。
接著，朝廷用昆弋並奏來編演宮廷大戲《鼎峙春秋》等，代表著雅部
關羽戲的最終面貌。逐漸興盛的京劇雖是前後承襲而來，卻具有截然
不同的風格特色。人物的活力也是戲曲的活力。花雅二部對關羽形象
的塑造是不同的，地方戲中的關羽戲更是色彩繽紛。總之，清朝的關
羽形象中，神性已經是其突出的特徵。

一　清朝前期戲曲中帶有神性的關羽形象

　　清朝前期，新編的三國戲比較少，除了參照小說《三國志演義》
情節改編的戲劇外，最主要的文人創作有雜劇《大轉輪》，傳奇《補
天記》、《南陽樂》等。反映出清初文人對歷史人物的接受及其戲曲創
作心態，其中塑造的關羽形象帶有較濃厚的社會使命感和非人性（神
性，靈性）的特徵。

　　《大轉輪》，徐石麟撰。徐石麟，字又陵，號坦庵，江都人。《大
轉輪》現存版本有：一、鄭振鐸《清人雜劇二集》，據北平圖書館藏
順治刊《坦庵六種》影印；二、姚燮編《今樂府選》稿本所收本。鄭
振鐸〈題記〉中說道：「《大轉輪》為至今尚流傳於民間之一故事，即
所謂《半日閻羅》者是。《古今小說》載《鬧陰私司馬貌斷獄》一
本，元刊本《三國志平話》亦以此故事為引子。稽永仁亦有《憤司馬
夢裡罵閻羅》一劇。」「半日閻羅」故事在民間流傳很廣。元代《三
國志平話》中就有韓信、彭越、英布轉世為曹操、劉備、孫權，劉邦
轉世為獻帝，呂后轉世為伏皇后，蒯徹轉世為諸葛亮，司馬仲相轉世

為司馬懿的輪迴思想，只是尚沒有將關羽、張飛納入輪迴轉世的人物之列。而馮夢龍《鬧陰司司馬貌斷獄》[12]則有樊噲轉生為張飛，項羽轉生為關羽，劉、關、張的桃園結義是閻羅前定，關羽的斬六將也是為報項羽被逼自刎烏江之仇。《大轉輪》中的情節應是從馮夢龍話本小說承襲而來。劇中塑造了司馬貌這樣一個家境清貧，懷才不遇的落魄士子形象，因為遭到妻子數落，心裡不痛快，就寫詩罵天帝：「嗟爾蒼天，昏德多穢。我為天卿，當易之位。」第二折文昌帝君報告下界「天下士子，不遵正法，俱以賄賂取官。」這正是司馬貌怨氣之由來。閻羅王請司馬貌斷疑案。司馬貌判西楚霸王項羽投身為關羽，項羽二手下臨離叛主，被投身為顏良、文醜，死在關羽刀劍之下。司馬貌本人則轉世成為司馬懿。這個劇本借民間傳說反映士人對科舉不公正的不滿和欲積極幹世的心態。

　　《補天記》又名《小江東》，清范希哲撰，有《古本戲曲叢刊》五集據北京大學藏清康熙刊本影印。劇中伏氏將曹操之險惡訴之於女媧，女媧讓伏氏見到曹操受地獄之苦的果報。女媧煉石補天，在劇中為「補闕元君」，所以有此「補天記」之劇名。另外「小江東」之名則是諷刺當時孫權君臣「局量狹隘，志氣卑藐」。又此劇是翻戲曲《單刀會》之案，故特意將原劇中首句唱詞「大江東去浪千疊」而改為小江東。劇情雖是承接演繹小說而來，但是塑造了一個不同的魯肅形象，虛構了很多奇異怪誕、具有宗教意味的故事。戲曲從劉備入川，關羽、諸葛亮留守荊州，後龐統落鳳坡身亡，劉備召諸葛亮進川，亮將帥印交付關羽寫起。其中，魯肅形象不同之處在於，他在單刀會上被關羽打動，會後，盡力保護關羽使其不受甘寧、呂蒙的謀害。甘寧、呂蒙埋怨魯肅將關羽放脫，屢次圖謀未遂。魯肅最後見東吳君臣都想依附曹操，仇視蜀國，氣憤嘔血而死。魯肅成了一個忠於

12 見《喻世明言》第31卷。

吳蜀聯盟，並為之竭盡生命的臣子形象。作者在自序〈小說〉[13]中發表議論，闡明自己的看法。他認為以東吳之小，孫氏能夠「坐踞東南數十年」，取得赤壁之戰的勝利，皆因魯肅「善計，視孫、劉為一家，延孔明于上座，指揮三軍，運籌制勝」之力，荊州遂成鼎足之形勢。魯肅「心王室，一秉至公」，「較之關夫子心胸，無二轍也」。而「議者不察」，以為「各立門戶，亦唯荊州是圖，遂將臨江一會，演出關夫子之披堅執銳，詭備百端。又奮酒力之餘，拳臂張馳，效鄙夫之排擊」，是「癡人說夢」、「唐突聖賢」之作。作者創作這一劇本「不過欲洗單刀會一番小氣，以開聖賢真境耳。補天之荒誕，巾幗之喬奇，亦無非破涕為笑，作戲逢場，如是觀也。」由此看來，此劇用意在於翻單刀會之案，同時也可說是文人遊戲之筆。劇中對魯肅的推崇，使關羽單刀赴會的英雄氣概稍顯單薄，而且他主要是以聯吳抗曹之理打動魯肅，矛盾轉移到魯肅與甘寧、呂蒙之間殺關羽與保關羽的衝突。當然關羽除了嚴守軍令、敢入虎穴的將軍風采，還添了幾分儒雅知禮的文人氣質。劇中的虛構部分主要設置了一個「補天」情節，伏後與獻帝被曹操軟禁，托穆順（此人在莆仙戲中也出現）送信與伏後之父伏完，望聯合劉備興復漢室。不料機謀洩露，伏後被杖斃致死。女媧為補闕元君，奉天帝之命補天，遇見伏後游魂。女媧將伏後游魂附著於周倉身體，在關羽面前訴說冤情以及希望劉備雪仇報怨的心願。之後，又有伏後在意中天看曹操受苦的果報，夢神攝獻帝、劉、關、張、諸葛、周倉、趙雲等人相見，囑咐其報仇。獻帝前身為高祖劉邦，伏後的前身為呂后，曹操為韓信，劉備為彭越，孫權為黥布。而此劇最後以關羽水淹七軍，威震華夏，祭奠伏後而告終。似乎是補天成功，實際上掩蓋不了史實中關羽的命運悲劇以及蜀漢最後的悲劇命運。此外有關劉備等人轉世的因果報應故事與《大轉輪》暗合，可見這故事在清初流傳甚廣。這種補天情結也出現在《紅樓夢》

---

13 《古本戲曲叢刊》第5集，《補天樂》劇首。

的開篇，似乎是清朝知識分子一種政治意識的幻影。

　　《南陽樂》，清夏綸撰，有清乾隆間疊翠書堂刻本、世光堂刻《惺齋新曲六種》本等。筆者所見題為「錢塘夏綸惺齋撰，同里徐孟元徐村評」的世光堂刻本，眉批道：「此本係乾隆已巳（1749）重定，視原刻稍異，結構愈嚴謹，詞藻愈絢爛……」。戲文尾有「壺天隱叟」拜題七律二首，有符月亭先生和張欠先生評點。此劇主要是為諸葛亮翻案，改變諸葛亮身死而蜀亡於魏的結局。諸葛亮出祁山臥病禳星，玉帝令天醫華佗授予靈丹救其命。後來，諸葛亮滅魏，北地王劉諶平吳，諸葛亮退隱南陽，後主劉禪讓位於劉諶，「一統山河漢室尊」（《傳概》），讓思漢之心拍手稱快。

　　劇中，關羽出現在第二十四齣「戰江」，寫已經是靈霄天將的關羽協助北地王劉諶攻打東吳，在江上作戰的事蹟。此齣的眉評十分準確地點出關羽形象出現的構思及其意義：「……至關公乃心王室，大志未伸，今魏社既屋，而吳祚依然，麥城舊痛，冥冥中寧無目眥尚裂者，作者特摛華捄藻，構成是折，一以表北地之奇功，一以吐關公之夙忿，其設色處輝煌瑰麗，真足薄日月而動星辰。」顯然是翻關羽失荊州之案。關羽自訴生前經歷「秉燭達旦，而不虧臣節於午夜，鬼神亦鑒豪傑之心；掛印辭曹，而遠奔故主于袁軍，朝野共服英雄之膽」。其生平「舉其大凡而全身俱現」（眉批），而其餘恨在於「封疆失守，大志未伸」，可見，此折「似特為關公補恨而作」。關羽以神將的身分出現，已經昭示他「威靈普遍，血食萬方」的不朽神性，也暗含了蜀漢滅吳的正義性。隨同淨扮關羽出場的有副淨扮周倉，生扮關平和三旦雜所扮陰兵。還有前來助風的雜扮風伯，關羽依照當年諸葛亮借東風之例，要風伯暗助劉諶幾陣順風，再助劉諶戰敗陸遜。戰江之後，孫權就投降了。吳國滅亡，關羽的夙願已償，仍舊回到仙班：「俺也曾談笑單刀赴酒筵，今日個慰安劉夙願，返玲瓏宮殿，仍向那玉霄中虎拜侍班聯。」

　　總的來看，清初這些文人創作的戲曲作品雖然都突出了關羽形象靈性的一面，但是對於其形象內涵刻畫不是很深刻，關羽的忠勇都沒有細緻地描寫，其出場似乎是為了一種社會鬥爭的需要或者是為了作者表達政治抱負的需要。作為案頭文學，劇作家創作這種翻案歷史劇，無非以他人酒杯澆自己塊壘，抒發文人內心不平與懷抱。毋庸置疑，在廣大的民眾之間，自然還有精彩的關羽舞臺形象在表演傳播，因為民眾接受的是具有動作性的真實的歷史人物形象，而不僅是一種文人的翻案心態。

二　《鼎峙春秋》與京劇關羽戲中的關羽形象

　　乾隆以後，昆腔漸趨衰落，昆腔的演出從整本大套的本戲轉到專門演傳統的折子戲。這些折子戲人物刻畫細膩深刻，曲詞精緻典雅，成為百看不厭的精品。清朝中期的關羽戲主要收集在長州葉堂編選的《納書楹曲譜》和錢德蒼的《綴白裘》中。其中，《納書楹曲譜》只錄曲辭加工尺音譜，供表演者使用；《綴白裘》曲文賓白俱收，不加工尺音譜，供表演使用也供案頭閱讀。

　　《綴白裘》中收入的有關關羽的折子戲主要有：

一、《綴白裘初集》卷一：《三國志》〈單刀〉

二、《綴白裘八集》卷二：《三國志》〈訓子〉

三、《綴白裘十一集》卷三：梆子腔《斬貂》（另外，收入的三國折子戲有《綴白裘二集》卷三：《連環記》〈議劍〉〈梳裝〉〈擲戟〉；《綴白裘四集》卷四《連環記》〈起布〉〈問探〉；《綴白裘五集》卷一《三國志》〈負荊〉；《綴白裘十集》卷四《連環記》〈賜環〉〈拜月〉；《綴白裘十一集》卷一《連環記》〈大宴〉〈小宴〉等。）

　　《納書楹曲譜》（有乾隆五十七年（1792）壬子孟春懷庭居士自序）中收入的有關關羽的折子戲有：

　　一、《正集》卷二：《古城記》〈挑袍〉、《單刀會》〈單刀〉

　　二、《續集》卷二：《三國志》〈訓子〉

　　三、《納書楹補遺曲譜》卷三：《三國志》〈挑袍〉

　　從上可見，《納書楹曲譜》收入了兩種不同的「挑袍」，正集所收《古城記》〈挑袍〉有「〔六轉〕……夏侯惇心毒狠」句，情節與朱有燉《義勇辭金》雜劇相似，《補遺》所收《三國志》〈挑袍〉有「〔八轉〕……張遼的計也高，許褚的謀也妙。……〔九轉〕笑張遼智不高，怎生的安排著藥酒害吾曹」的唱詞，陷害關羽的魏將與上折不同，可能從青陽腔傳奇劇本《古城記》改編而來。二者灞橋告別的情節有稍微不同，在思想趨向上，前者更著重於關羽對劉備作為漢室枝葉的忠心和報國心願，後者則表現出關羽的知恩重義和勇敢。而《綴白裘》和《納書楹曲譜》都收入了〈單刀〉和〈訓子〉，可見這兩齣戲已經成為昆曲中的經典唱段。從曲詞上看，兩書收入的大致相同，因為《納書楹曲譜》只收唱詞，故看不出與明選本在樂調上有什麼不同。而《綴白裘》中的〈單刀〉一齣則與明選本大同小異，稍微的差別在於關羽在酒筵上，應魯肅之請求，「出席卸袍，手舞足蹈」講述自己的故事。說到灞橋挑袍時，有行至「三里橋」，見曹兵潮湧而至，關羽提刀砍柳樹，以「如有人過此橋者，即將此柳樹為號」威拒曹兵的情節，不見於以前的關羽故事。另外，周倉稱關羽為「父王」，如周倉的上場詩：「浩氣淩雲貫九霄，周倉今日顯英豪。父王獨赴單刀會，全仗青龍偃月刀。」《單刀會》一劇由元到明清，長久不衰。不過從思想上看，明清的《刀會》比起元雜劇來少了一種悲愴的民族氣節，關羽孤軍深入，確實有膽量，但魯肅則更為在理。

　　另外，《綴白裘》中還收入了梆子腔《斬貂》，這一折戲寫水淹下邳擒了呂布後，張飛擒了貂蟬，送給關羽鋪床疊被。關羽月夜看《春秋》，由「權臣篡位」想到董卓父子，「妖女喪夫」想到貂蟬，於是喚貂蟬出來，問她前朝後代的聖人豪傑，再問虎牢關上誰弱誰強。貂蟬

心中以夫婿呂布為英雄，但為了迎合關羽，盛讚劉、關、張三人。關羽覺得貂蟬「無義不良」，要斬貂蟬，亮出劍，自稱「此劍乃周文王所造，菩薩所贈」，響過三次，第一次為斬顏良、文醜，第二次為呂布，第三次將驗在貂蟬身上。關羽趁貂蟬剔去燈花，賞月之時，斬了貂蟬。這齣戲在唱詞上比起明選本戲來要通俗不少，在劇情上也有些變化，關羽的劍在劇中得到神化的表現。亂彈腔在乾隆中後期興起，關羽戲也由貴族庭院更深入地走進民間文藝活動中。雖然就關羽形象來講，聲腔並不是主要的決定因素，但是作為表現形象的載體，戲曲的文學性和表演性對於形象的舞臺傳播有重要影響。清朝中後期的戲曲發展歷程中，雖然花雅二部在關羽戲編創和演出上都有精彩的表現，但不同的戲曲模式對於關羽形象塑造還是有著不同的接受傾向與表現形態。

　　在花部諸腔興起之初，清朝統治者曾對其明令禁止，嘉慶三年（1798）詔諭：「亂彈、梆子、弦索、秦腔等戲，聲音既屬淫靡，其所扮演者，非狹邪褻褻，即怪誕悖亂之事，于風俗人心殊有關係。⋯⋯」[14]嗣後，除昆、弋兩腔仍照舊准其演唱外，其亂彈、梆子、弦索、秦腔等戲，概不准再行演唱。而且，乾隆時期，在宮廷中，奉乾隆皇帝之命，由清莊恪親王允祿（康熙第十六子）主持編定了《鼎峙春秋》、《昭代簫韶》等大戲節戲，並且多次在宮廷演出，對當時的演劇事業有很大的影響，也是當時雅部戲曲的代表作品。其中《鼎峙春秋》就是編演三國故事的連臺大戲。

　　《鼎峙春秋》是清廷朔望承應演出以供娛樂的戲曲，一共十本，共二百四十齣，由周祥鈺[15]、鄒金生等編。劇本現存版本有：一、首都圖書館藏（原北平孔德學校藏）清內府鈔本，《古本戲曲叢刊九集》影印。故事止於蜀後主宴慶諸葛亮南征凱旋；二、臺灣中山博

14　蘇州《老郎廟碑記》，轉引自《中國京劇史》，頁72。

15　周祥鈺，字南珍，常熟人，據劉崇德〈新定九宮大成南北詞宮譜校譯前言〉，周也是《新定九宮大成南北詞宮譜》的編纂者之一。

物院有清內府傳鈔本。故事止於單刀會、曹操殺華佗。兩本頗有異同[16]。陳義敏《京劇史繫年輯要》（1752-1874）[17]從史料中鉤沉出四次《鼎峙春秋》的演出時間記錄：

一、一八一九年二月三日至十六日（嘉慶二十四年正月初九至二十二日）同樂園承應《鼎峙春秋》。

二、一八四一年五月（道光二十一年閏三月）同樂園承應《鼎峙春秋》，演出長達七個月。

三、一八四三年三月十四日（道光二十三年二月十五日）同樂園自是日起承應演出《鼎峙春秋》，演至道光二十四年四月。

四、一八四九年三月三十日（道光二十九年四月初八日）《鼎峙春秋》自道光二十七年九月二日演起至是日演至二十段，未終場即輟，後未再演。

《鼎峙春秋》的故事內容，大都從小說《三國志演義》或前人的三國戲承襲而來。其中，諸葛亮和關羽是劇作者突出塑造的正面形象，尤其是關羽形象，經歷了由傳奇英雄到忠義勇將、伏魔大帝三位一體的形象變異復合。《鼎峙春秋》第一本第六齣關羽首次出場之時，就帶有神奇色彩：關羽看《春秋》後疲困，出門上街，所佩劍響。劍響即殺聲，預示著有不平之事。關羽所佩之劍在戲曲中響了三次，一次是誅熊虎，一次是斬卞喜，一次是單刀會上嚇魯肅。突出兵器的靈異，無非是襯托關羽英雄豪俠的形象。關羽浪跡江湖，與劉備、張飛的結義完成了他出身底層社會、武藝高強、兄弟義氣深重的傳奇好漢形象。同時，與漢室宗親劉備的結義也是關羽投軍入伍、效忠漢室的開始。接著從「奮神威停杯斬將」（第一本第二十四齣）到「聖武式昭華夏震」（第八本第五齣），完成了關羽作為一個征戰沙場、建立軍功、輔佐劉備、忠心不二的儒將形象。這與小說《三國志演義》基本

16 陳翔華：《諸葛亮形象史研究》（杭州市：浙江古籍出版社，1990年），頁359。
17 見《戲曲研究》第46輯，頁187。

重合，故不贅述。荆州一戰，雖是以屢戰屢勝始，但是在第八本第六
齣「王猷久塞九襄開」費詩到荆州冊封關羽之後，關羽奉旨進取樊城
之前，就有關羽對部將傅士仁、麋芳飲酒失火的責貶，為荆州戰役失
敗埋下伏筆。然後，第八本第十五齣「老比丘玉泉點化」，第十六齣
「紅護法貝闕朝天」一直到劇尾，關羽不僅成神，而且成為佛門護
法、伏魔大帝，是整部戲曲中所出現的三國人物中神職最高的人。

　　由此可見，《鼎峙春秋》中關羽個人形象是很豐富完整的人神統
一，在這點上甚至超過了小說《三國志演義》中的關羽形象。當然，
為了神化、美化關羽，劇作者也對這個人物的故事進行了精心而又合
理的剪裁。「斬熊虎」一段，最早可能是在民間流傳，見於戲曲，《鼎
峙春秋》是比較早的，劇作者將這個故事吸收進來，加強了關羽為民
除害的正義形象[18]。作為武將的關羽故事也稍有增刪，如第三本第十
二齣「秉燭人有一無二」也就是「秉燭達旦」故事，還是基本承襲前
人戲曲，較小說生動。而第二本第二十四齣「獵許田君弱臣強」中卻
沒有關羽欲殺曹操之事。第三本第十九回「游說客較短論長」中所約
三事：「一為下許昌一宅分兩院，二為二位夫人仍食皇叔月俸，三為
主存則歸，主凶則輔」，與以前戲曲小說都不同，淡化了「降漢不降
曹」的色彩，主要表現其守義重禮的品質。另外，第八本第六齣「王
猷久塞九襄開」費詩到荆州冊封關羽時，以一句唱詞「雖則與老卒號
齊肩，卻不道五位我居先」將不恥黃忠同列一事略過。取樊城後，與
徐晃大戰不利、呂蒙襲荆州、敗走麥城等一系列事件都沒有正面描
寫，而是從廖化等人口中訴說出來，這可能是因不願意看到英雄末路
之悲的心理，或對神靈的忌諱所致。關羽人性上的弱點──驕矜自負
等也因此而被掩蓋，他的忠義神勇的品格也就更加突出。《鼎峙春
秋》對於關羽成神的塑造是超過前人戲曲小說的。其後部分的劇情是

---

18 斬熊虎也見於京腔選本集《清音小集》，只不過斬熊虎之人不是關羽而是馮賢，後
　　來京劇《斬熊虎》便是從《鼎峙春秋》或《清音小集》演變而來。

在兩個世界、兩條線索間交替展開。在現實世界，白帝城托孤之後，是諸葛亮七擒孟獲，其中有關羽之子關興、關索隨軍在前線斬將立功；在神靈世界，玉泉山顯聖之後，是「岳帝奏申彰癉權」、「閻君牌攝奸讒魂」，開始了冥界與天界的報應。曹操、董卓等一干篡漢奸賊被牽引到十殿閻羅處受盡體罰，伏完、董承等一干漢室忠臣超升天界，同去參拜遊歷天宮、神位高於眾人的伏魔大帝關羽。伏魔大帝監管群魔，喝令眾魔「如今聖主當陽，邪魔斂跡，爾等各宜安分，不得擅離本宮，如敢故違，按律懲治。」最後以上帝詔令伏魔大帝到西天去見如來佛，「三教同聲頌太平」結束全劇。

《鼎峙春秋》劇尾，神界的關羽超越了人世間曹、劉等稱王爭霸的王室帝胄，成為統領群魔，守護清朝太平的佛門護法、伏魔大帝。而且，三國的正統紛爭也都消弭在作者精心構造的忠奸鬥爭、善惡報應的神化敘事結構中。整部劇作宣揚的是忠君報國的節義思想，而這種忠義與奸惡在神界的敘事氛圍中純粹化、精神化，成為一種批判與繼承的道德力量。如第十本第十一齣「分善惡十殿輪迴」中，十殿閻君奉上帝敕旨，「將抱忠竭志，為國捐軀，大義昭然，堪為世法者，超升天府；其大逆不道，欺君篡國，驅害忠良者貶入輪迴。」這種善惡的道德評價是每個封建王朝都遵循的，所以在劇中加以突出表現，對於三國人物所忠心的「漢室」正統意味反倒被削弱了。作為清朝節令承應的大戲，劇作者的這種編排自然是煞費苦心的。

儘管《鼎峙春秋》帶有濃重的封建統治階層意識形態色彩，但是它畢竟是首次將《三國志演義》全本搬上舞臺，而且將關羽作為主要人物形象來描寫刻畫，充分表現了關羽一生的功勞戰績，為後來京劇關羽戲的繁榮打下良好的基礎。

京劇中的關羽戲是花雅二部的融合。當京城上演著昆、弋雅部的《刀會》、《訓子》時，徽班進京，也將具有地方風土特色的三國戲帶到京城。京劇正是在徽班內部孕育，融合徽調、漢調、昆曲、梆子

等聲腔而形成的新劇種。據周明泰《道咸以來梨園系年小錄》記載，道光四年（1824），慶升平班上演三國戲四十八齣，其中《華容道》和《戰長沙》無疑是以關羽為主要角色的劇目。除此之外，《臨江會》、《三顧茅廬》、《博望坡》等劇目中肯定也有關羽的角色。最初在京城舞臺上扮演關羽而出名的則是漢戲演員、在春臺徽戲班搭臺演唱的湖北人米應先（1780-1832），戲曲演員的精彩表演為關羽的舞臺形象增添無窮活力，清廷《鼎峙春秋》的編演，無疑又給初創時期廣收厚蓄的京劇作家以藝術啟迪。於是，在眾多藝人的加工塑造中，關羽戲逐漸成為了京劇舞臺上一個獨具風格的戲曲品種。

　　早期京劇中的關羽戲劇本，基本上收在車王府曲本中，「車王府曲本現存關羽戲三十三種，包括《小宴》、《奉馬》、《挑袍》、《灞橋》、《擋曹》、《水淹龐德》等，囊括了關羽一生戎馬生涯的精彩段落。」[19]最早進行京劇關羽戲改編與創作的作家兼演員主要有盧勝奎和王鴻壽。齊如山《增訂再版京劇之變遷》曾記載三國戲改編成京劇的過程：「全本《三國志演義》，乃乾隆年間，莊恪親王奉旨所編，名《鼎峙春秋》。原係崑曲，場子剪裁，都非常之好。小生陳金爵等，曾演於圓明園。後經盧勝奎手，改為皮黃，有三慶班排演出來，腳色之齊整，無以復加。」盧勝奎（1822-1889），是當時三慶班有名的老生演員，他集編、演於一身，結合小說《三國志演義》，將《鼎峙春秋》從「馬跳檀溪」開始到「取南郡」為止，改編成連臺本皮黃戲《三國志》共三十六本，其中最精彩的是《赤壁鏖兵》八本，包括《舌戰群儒》、《激權激瑜》、《臨江會》、《群英會》、《橫槊賦詩》、《借東風》、《燒戰船》、《華容道》八本，現有盧勝奎義子蕭長華所藏手抄本，經蕭長華多次排演修飾，於一九五七年石印成冊，劇名為《赤壁鏖兵》。這三十六本連臺本戲享譽京城，經久不衰，有「三慶的軸子」之稱，帶動其他戲班社也編演「三國戲」，形成一股熱潮。如果

19 郭精銳：《車王府曲本與京劇的形成》（汕頭市：汕頭大學出版社，1999年），頁152。

說盧勝奎是三國戲的編劇高手，王鴻壽就稱得上關羽戲的編劇專家了。王鴻壽（1848-1925），藝名三麻子，他不但是著名的關羽戲表演家，而且正是他陸續地把徽班裡的關羽戲全部移植於京劇舞臺，也將《鼎峙春秋》中的關羽戲整理改編成京劇。上海文藝出版社於一九六二年出版的《關羽戲集》，收入從《斬熊虎》至《走麥城》共二十七個劇本，都是王鴻壽親自編演，由其弟子李洪春保存下來的。作為英雄傳奇性質的關羽系列劇目，應是比較完整了。未被收入或失傳的還有《走范陽》、《破黃巾》、《虎牢關》、《破壁觀書》、《破汝南》、《斬貂蟬》、《破羌兵》、《捉呂蒙》、《玉泉山》、《斬越吉》、《青石山》等，共四十餘齣。至此，關羽的英雄傳奇歷程都展現在舞臺上，形成了獨特的關羽個人戲曲系列。

由上可見，京劇中關羽戲劇本的創作者主要是演出藝人，他們所塑造的關羽形象不僅表現在戲曲文本中，而且主要是表現在舞臺上的唱念做打的表演藝術中。京劇中的關羽表演分為南北二派。其中北派較早，主要有米應先、程長庚等。據記載：米喜子[20]演關羽時，「出場時用袖子遮臉，走到臺前，乍一撒袖，全堂觀客，為之起立。都說是彷彿真關公顯聖一樣，所以不覺離座。大致因為他戴的是軟夫子盔，染紅臉，所以非常之像。……」[21]程長庚演關羽戲是從米喜子師承沿襲而來，他在師承米應先的基礎上有所發展[22]。程長庚扮演關羽的特點是身段不多，然而造型端莊，唱念講究，聲形兼致，生動傳神[23]。《京劇二百年之歷史》[24]說他演《戰長沙》：「開臉之際，先塗胭脂，一破當年扮關羽之臉譜。至出場後，冠劍雄豪，音節慷爽，如當年關

---

20 米喜子就是米應先。

21 齊如山：《京劇之變遷》（北京市：北京國劇學會，1935年第2版）。

22 有的學者認為程長庚沒有直接師承米應先，而是師從崔學京。見江同先：〈崔學京‧程長庚‧關羽戲〉，《中華戲曲》第21輯，頁351。

23 蘇移：《中國京劇史》（上卷），頁389-395。

24 〔日〕波多野千一著，鹿原學人譯：《京劇二百年之歷史》（上海市：上海商務印書館，1926年）。

羽之再世，……」對於關羽戲表演藝術有較大貢獻的是南派的王鴻壽。王鴻壽從關羽臉譜、服裝、髯口、唱腔、念白、身段、馬童、大刀、造型等方面對戲曲舞臺上的關羽形象加以塑造[25]，對京劇舞臺上的關羽戲有廣泛的影響。此後，京劇舞臺上關羽的表演形成了一定的程式：表現關羽在戰場上的神威：「雙手直舉著大刀。開打時，也只有一兩個回合。如果要殺人，只需橫刀反刃一抬，就算把敵人殺死。」關羽的傲慢表現在舞臺上「雙眉微縱，眼不輕易睜，看東西時理髯的動作，僅用一個食指反腕輕輕捋下，不許用滿把去捋。」[26]在關羽的造型上，也突破了以前模仿廟裡神像、呆板而無生氣的造型，根據關羽四十八張圖像，創造了不同時期的關羽形象。

　　在清朝後期的戲曲舞台上，由於關羽信仰日益深入人心，在統治者著意渲染的宗教氣氛中，關羽成為三教合一、護佑國祚的正神，配享國祀，這與清朝的關羽信仰是相契合的。然而這種信仰崇拜也妨礙了對關羽形象的舞臺塑造，「演關羽的演員不能充分發揮創造性，只好坐著幹唱，一切都模仿廟裡塑像」，關羽被高高供奉在神龕上，呆板，不生動，這種演出模式到京劇裡才得到突破。

　　關羽原本是作為神來表現的，京劇中北派的早期風格也有類似特點。然而關羽的神性正是來源於他的獨具個性的人格特徵，從某種程度上，沒有關羽的人性美也就沒有其神性美。後來的京劇中，王鴻壽等一批藝人對關羽的人格進行大膽的塑造，形神兼備，這種現實主義的表演風格得到觀眾的認可，具有深刻的感染力。關羽崇拜則在演出禁忌中表現出來。如演關羽戲時，觀眾要起立、肅靜，扮演關羽的演員一進後臺就不講話，不閒談，同時還要燒香、磕頭、頂碼子等。所以舞臺上對關羽人格的塑造並沒有貶低其神性，反倒使得其形象更受人尊敬、膜拜。

---

25 于質彬：《南北皮黃戲史述》〈附論：論關羽戲「南派」開山祖王鴻壽〉，頁453。
26 葉濤：《中國京劇風俗》，頁195。

三　地方戲中的關羽形象及其宗教意象

　　地方戲的概念非常寬泛，一般被用來指稱在各地城市中演出，在劇目、聲腔、表演上具有地方特色和獨特風貌的地方劇種，如漢劇、越劇、晉劇、豫劇、秦腔、川劇、楚劇、粵劇等。中國古代戲曲的地域性早在元雜劇與南戲的分野中就可以體現出來，後來明代四大聲腔的產生也表現出地域差異。這種地域特點體現在聲腔和演出技巧等各方面，歸根結底則是與各地歷史、地理、風俗、文化相聯繫的。以下討論地方戲曲中的關羽形象，基本上以近代以來形成的地方劇種和目前尚在鄉村流傳的民間戲曲為研究範圍。

　　各地的地方大戲都不同程度的有三國戲劇目，其中關羽也是各地方舞臺塑造的典型人物形象，而且受京劇表演藝術的影響比較大。如秦腔、河南梆子、湘劇、漢劇、川劇、山西梆子、廣東粵劇等關羽戲表演，都不同程度地吸收了京劇關羽戲南派表演藝術的現實主義方法。

　　與地方大戲相比，在鄉村演出的祭儀劇與京劇就有很大的不同。祭儀劇，有的學者定義為「滯留於民間，以驅凶納福為宗旨的宗教儀式及其相關的故事化表演。」[27]根據其概念，儺戲、地戲、關索戲、鑼鼓雜戲、夫子戲等都屬於這個範圍。夫子戲就是因多演關羽戲而得名，《中國戲曲劇種大辭典》[28]介紹道：「夫子戲（又稱牛燈戲），安徽地方戲曲劇種之一，流行於（安慶）懷寧石牌洪家埠一帶，係在楊家山楊姓家族內傳唱，因演《古城記》中的〈降曹〉、〈過府〉、〈剖壁〉、〈馬上挑袍〉等關羽戲而得名。」與其他祭儀劇一樣，夫子戲的演出也是一種民俗活動，只在農曆正月初七至十五進行，意在娛神以求平安。除此之外，與關羽密切相關的劇種還有流行於雲南省澄江縣陽宗

---

27 王廷信：〈祭儀劇：中國民間戲劇的重要形式〉，《山西師範大學學報》1996年第4期。
28 《中國戲曲劇種大辭典》（上海市：上海辭書出版社，1995年）。

區小屯村的關索戲，關索戲和關索故事[29]在民間流傳很廣，其演出劇目主要是三國時期蜀國將領的故事，其中關羽戲的比重較大，在現存十二齣戲中有《戰長沙》、《古城會》、《收周倉》等關羽戲。關羽戲還廣泛地見於其他劇種的演出中，成為很多地方迎神驅邪的重要形象。

　　民間祭儀劇中關羽形象的塑造也是以三國故事為依託的。在明抄本《迎神賽社禮節傳簿四十曲宮調》中就有大量的表演三國故事的雜劇、院本和供盞隊戲。關羽戲有《破蚩尤》、《古城聚義》、《過五關》、《斬華雄》、《單刀赴會》、《斬關平》、《獨行千里》、《關公斬妖》、《關公出許昌》等，不過在演出形式上可能與地方大戲及京劇不同。根據近年來一些學者采風實錄載：「（上黨）潞城縣南舍辦賽，沿襲古老的俗規，……據南舍老樂戶回憶說……民國二十七年演隊戲《過五關》是這樣的：雲長先在舞臺上演一陣。接著掛印封金，與他二皇嫂走下舞臺，自乘紅馬，二嫂乘車，出廟院。此時樂隊和觀眾也都擁擁擠擠跟隨在車後，一起上了古道。大道上早已搭好五座草門關隘（隔一里一座草門），門眉大書『東嶺關』、『榮陽關』等字樣。雲長每過一關，先禮後兵，斬將闖關，過了『黃河』，與劉備、張飛在『古城』相會，收場」。「演隊戲《斬華雄》時，華雄敗而跳下舞臺，穿過觀眾的夾縫，逃至社房。社房備有獎金（紅布包著三百小銅錢，這是古俗規，讓扮者享用），華雄把獎金裝進衣兜，雲長殺至。華雄抵不住，逃至大殿，餓得慌，搶供桌上供品吃。雲長大刀劈來，赫得華雄把吃食甩掉（觀眾大笑不止），又被雲長趕上舞臺。略戰數個回合，就把華雄斬掉了」。「民國二十七年（1938）正月那次賽社演出

---

29 關索在說唱文學中被塑造成關羽的兒子，然而從其民間流傳來看，似乎是另一個史詩性人物。《中國戲曲志》〈湖北志〉〈儺戲〉記載，在鄂西南一帶儺壇公認的代表劇目，有「天、地、水、陽」四大團圓，其中「天團圓」演關索故事，為全本《鮑家莊》，「地團圓」演梁祝故事，為全本《雙蝴蝶》，「陽團圓」演孟姜女故事，為全本《孟姜女》，「水團圓」為龍女牧羊、柳毅傳書故事，為全本《清家莊》。此外，清代江浙湖州武康縣也演出過關索戲，在貴池儺戲、安順地戲、贛儺中也出現關索形象。

中，初九日，早上演隊戲《美良川》，……回來吃過早飯就開隊戲
《斬華雄》和《三戰呂布》。下午演《大會垓》。……初十日，……早
飯一罷就開隊戲《過五關》。」[30]從內容上看，除了關羽生平故事的表
演，還有一些具有驅邪意義的宗教儀式色彩的歌舞。如《迎神賽社禮
節傳簿四十曲宮調》中第四部分，樂舞「啞隊戲」有角色排場單二十
五個，其中關羽上場的有：

《五嶽朝後土》一單《齊天樂・曲破》：

> 夜叉（二個），監壇，關公，二郎，五嶽（五位），四瀆（江河
> 淮濟四個）上，散。

《關大王破蚩尤》一單：

> 三帝真宗駕頭，寇準，金紫園，歸使臣，城皇，土地，千里
> 眼，順耳風（應為「順風耳」），急腳鬼，宰相王欽，張天師，
> 鬼怪（八個），炳靈公，風伯，雨師，雷公，電母，四揭地
> （揭諦）神，關公，關平，周倉，五嶽陰兵，降蚩尤，上，
> 散。

《二十八宿鬧天宮》一單，舞：

> 玉皇駕，鎮殿將軍，十二元辰，天地水符三官，關公，二郎，
> 五門星君，二十八宿，左輔，右弼，天蓬，天猷，雷神，真
> 武，北極紫微大帝，六丁六甲，上元神將，劉中信，哪吒，中

---

30 張振南、暴海燕：〈上黨民間的「迎神賽社」再探〉，中國戲曲學會、山西師範大學
　戲曲文物研究所編：《中華戲曲》第18輯（太原市：山西古籍出版社，1996年），頁
　116。

元神將，下元神將，趙進達，李天王，上，散。

《聖道化論春秋》一單，舞：

直武，關公，關平，周倉，二郎，郭押直，雙廝兒，老健，平
設鼓板，舞《湘江樂》，上，散。

其中《聖道化論春秋》顯然是宣揚儒家教化思想的樂舞，而《破
蚩尤》與《朝後土》則是關羽作為山西本土神祇所表現出的降魔伏妖
和驅邪納福的神性。在山西的賽戲中，可能因為鄉土觀念和榮譽感而
對關羽尤為推崇。許世旺珍藏、清宣統元年（1909）記錄山西省曲沃
縣任莊每年元宵節前後的祭神活動儀範的《扇鼓神譜》（由「十二神
家」手持彩鞭敲擊扇鼓為主要形式）中，也將關羽等人奉為神（第一
之十二）：「奉請起至仁至聖、仁勇大帝、關聖帝君，忠仁忠義、威武
靈應、桃園劉、張二位聖君，周倉，關平老爺來受香煙！」在「坐後
土」之「後下神」有關羽上場：「三人結義在桃園，烏牛祭地馬祭
天。平生來了英雄漢，一定三分永古傳。正在空中閒遊玩，一股新香
沖滿天。卜開雲霧往下觀，神目觀見富貴鄉。收了雲來落了霧，吾身
落在富貴鄉。要知道吾身的名姓，奄（俺）本是至仁至聖仁勇大帝關
聖帝君真武老爺搬鞍下馬里裡！」[31]從關羽與后土娘娘的關係看，也
是作為一種土地崇拜，祈望風調雨順的家鄉守護神而得到崇敬的。

此外，在民間儺戲舞臺上還流傳著一些獨特的關羽故事。在河北
省武安市固義村的儺戲《捉黃鬼》中，有關羽與顏良之子顏昭的故
事，是未見小說戲曲記載的傳說。儺戲節目《捉黃鬼》也叫《十殿閻
君大抽腸》或《（足本）鬼》，是在元宵節期間演出的一種「迎神祭

---

31 許世旺珍藏，李一注釋：〈《扇鼓神譜》注釋〉，《中華戲曲》第6輯，頁79。

祀、祈求風調雨順、豐衣足食、處置人間一切惡類、實現國泰民安、並對村民進行道德教化、具有相當濃郁的巫術性質、和娛神娛人作用」的大型儺戲節目。其中，關羽是臉戲《弔掠馬》的主角。其掌竹唱詞選抄（民國廿四年六月謄寫）有《弔掠馬身十五班》：「……（此前為陳述關羽殺死巡虎（熊虎）一家十八口逃難，桃園結義，辭曹掛印，千里獨行，古城聚義等事蹟）只因長沙府大戰黃忠七明七夜不分勝敗，自回本帳夜看春秋。看來看去看至楚平王行起無道，公公兒妻，父納子妻，越看越惱，越看越怒，將書案桌上擊了一掌。書案桌下閃出一小小耍童，望著老爺就要行刺。老爺問道：你是何人？袁昭（顏昭？）答曰：吾父袁梁（顏良），吾乃袁（顏）昭，只因白馬坡斬了我父。我前來子報父仇。老爺說道：你臉上胎毛未退，嘴嚼乳倉（食）未乾，你怎敢與你父報仇？容我釘（砍）你三刀背不死，你在（再）與你父報仇。老爺說罷，就釘（砍）了三刀背，不死。袁（顏）昭身不動，膀不搖，氣不發喘，面不改色。老爺代口之言，封他為鐵髀袁（顏）昭，放他回去。行之（至）東吳。東吳見喜，封他為領兵大元帥天下都招桃（討）。袁（顏）昭領定人馬，將老爺困至玉泉山。藥（越）宿而亡。」[32]這一故事與小說中玉泉山關公顯聖時普淨所說「顏良之頭」以及民間流傳的顏良轉世為呂蒙，向關羽索命（《三國志玉璽傳》）等有所不同，顏良之子顏昭為一「小小耍童」，刀砍不死，稱為「鐵髀顏昭」，這一形象似乎與關索、哪吒等神之子屬於同一系列。在成化說唱詞話《花關索傳》〈貶雲南傳〉中寫吳王求婚不成，受辱大怒，發兵攻打荊州。有「大膽陸遜為元帥，吳王御駕去親征。鐵臂顏昭先鋒將，呂蒙軍師簇擁君」的唱詞。顏昭是吳國的先鋒，後來花關索率兵離開西川，到荊州報父仇，與顏昭大戰，鬥了十餘合，輸了顏昭。詞話還配有「關索戰顏昭」的插圖。可見，顏昭

---

32 以上引文見杜學德：〈固義大型儺戲《捉黃鬼》考述〉，《中華戲曲》第18輯，頁168。

此人在明代的三國說唱故事中已經出現，而其與顏良的關係在詞話中反映不明。在《弔掠馬》中，顏昭到東吳領兵圍困關羽，也是子報父仇的傳統情節類型。只不過此戲最後還是關羽從高處下來，與顏昭交鋒，把顏昭壓在青龍偃月刀下結束。似乎還是具有以正壓邪的意味。

　　在這些民間的迎神賽社活動中，往往融歷史、宗教、神話、傳說於一爐，儒、道、佛思想互相滲透，人、鬼、神同場演出，體現出中國民間社會宗教思想的包容性、功利性。這種迎神賽社活動流傳已久，在其流傳過程中，關羽作為神的形象也逐漸脫離了三國的時代背景而向其他系列的戲曲故事和宗教故事中滲透。同時其他富有地域色彩的宗教意象也滲透到三國戲中，使得民間流傳的關羽戲曲故事具有更深厚的宗教底蘊。莆仙戲十二本連臺大戲《三國》保留了更多關於關羽早年發跡的故事傳說。關羽出場時，自敘「父母早逝，孑然一身，娶妻寶氏，僅生一子，未離襁褓」，與玉泉和尚，兄李克和相交。玉泉和尚還折柳教關羽走馬。蕭東林見李克和的女兒李翠英美貌，迫娶其女（與京劇中傳說屬於同一類型），關羽代友報仇，被官府捉拿，乘月夜奔，後來在玉泉和尚的指點下，擂面出關。關羽出秦潼關後，到涿州地面，投宿山中老人家。老人告訴他白鶴精、青龍精、白蛇精「侵陷男女」事。關羽有心降妖，得到老猿指點，「須用三進殺其形，三退殺其影，得此妙法便可擒。」三妖被關羽降服後，變成一塊鐵，桃園結義時就用此鐵打造三人兵器。這一段經歷比小說和前代戲曲更為豐富。而劇本中普淨形象在「擂面出關」一折就出現（後來的氾水關普靜，字不同，自稱是荊州良人縣人，可能是民間的誤傳），而玉泉和尚與白猿則是特有的形象。這玉泉和尚似乎與普淨為同一人，但是劇本中以兩個不同人物的面貌出現，沒有交代清楚。而白猿則既教授關羽怎樣使「三妖成鐵」（可是後來關羽自述是「玉泉道兄」指點此鐵異日可大用作隨身之器，玉泉道兄、玉泉和尚似為一人，而白猿與玉泉和尚什麼關係不知），在第六本有《白猿磨刀》

一折，又講白猿怎樣教授關羽拖刀法：「關（白）：瓦（我）方參只處看《春秋》，見一白猿將瓦亂刀舞弄，仍教瓦拖刀法。只拖刀法，當初虎牢關上斬了華雄，大兄，響（想）瓦敗刀，你曾用伊是了（此段文義不太通，照實抄錄，可能是方言或者漏筆）。蔡陽是雌刀，關某是雄刀，雌刀就雄刀，翻身一轉，斬了蔡陽。軍士，帶馬到吊橋，斬了蔡陽了。」這裡出現的白猿可能與福建本土的猿猴崇拜有關。《吳越春秋》中記載了一個越女與「猿公」比劍的故事：「（處）女將北見王，道逢老人，自稱袁公。問女曰：『聞子善為劍，得一觀之乎。』處女曰：『妾不敢有所隱也，唯公所試。』」於是，袁公即「挽林內之竹，似枯槁，末折墮地。女接取其末，袁公操其本而刺處女。處女應節，入之三，女因舉杖擊之。袁公飛上樹，化為白猿。」[33]其中，袁公就是一隻武藝高強的白猿。福建自古以來多猴，《閩產錄異》記載：「玃，產福州，似猿而蒼色。」《八閩通志》卷二十五〈物產〉：「猿，似猴而長臂，善嘯，便攀援。或殺其子，必自投而死，剖之，腸皆寸斷，亦名『猿父』。」福建的猿猴崇拜中，猿猴是一種有法力的精靈，能幫助人也能危害人[34]。莆仙戲《三國》連臺大戲中，白猿多次向關羽傳授刀法，是一種正義的神秘力量。

　　在目連戲中，成為四大將軍之一的關羽曾被召下界捉拿白猿（見元雜劇《鎖白猿》和鄭之珍的《勸善記》），不管是被道教馴服的擄掠人妻的煙霞大聖（《鎖白猿》），還是觀音菩薩攜同張天師擒拿，並為其戴上金箍，挑經開路，護送羅卜尋母的白猿精（《勸善記》）。猿猴形象有一個棄惡從善的過程。而且後來逐漸與《西遊記》中孫悟空的形象重合。在山西的鑼鼓雜戲《白猿開路》中，雖然是演目連故事，與目連戲不同的是，增加了一個兒子叫益利，一個女兒叫金枝。在戲

33　《太平廣記》卷444，〈畜獸十一〉〈猿上〉（上海市：上海古籍出版社，1990年），第
　　4冊，頁293。

34　參考徐曉望：《福建民間信仰源流》第2章〈福建古代精靈崇拜溯源〉。

的結尾還加入了白猿與關羽的形象。劇中劉氏作惡多端，被打入地獄。此後，目連戲接著便是目連下地獄尋母、救母了。而《白猿開路》這時「掉轉筆鋒，把唐僧西天取經的路數移來，以白猿取代悟空，中途又收了沙僧，協助白猿保護羅卜前往西天。在往西天途中，遇烏龍攔路，被白猿殺掉了。後又遇魚精，她是烏龍的妹妹，梨山老母的高徒，仇人相見，自然分外眼紅，加以她武藝高超，且有異術，白猿戰她不過，便去請天師（張道陵）。天師又把溫、馬、趙、關四大元帥和雷公、電母都請來，最後還是關羽以火德星君的身分出現，才算一舉收復了魚精。」[35]這裡，關羽仍是作為道教神祇出現，而且法力高於白猿（可能是山西人民的鄉親感摻入所致），而西天取經則明顯是佛教的精神追求，整個故事又是以儒家的孝道等倫理觀念為支撐，明顯可以看出儒道釋三家的融合。關羽形象在民間還是偏向於道教的。在宗教雜糅的民間社會裡，雖然可以看見道佛鬥法的影子，但總的來說是統一在中國百姓求神納福的願望中。為了這種超驗世界的願望，他們賦予鬼神以形象化的表徵，關羽這位三國歷史名將也就成了百姓所企盼的神的形象和力量的表現。通過與歷史故事相結合的祭儀劇的表演，百姓覺得自己心中的神就是舞臺上的樣子，戲曲舞臺也就是神力活動的場所，這也就是祭儀劇中關羽形象的民俗價值所在。

第三節　民間傳說中的關羽形象

在小說《三國志演義》以及其他文學形式的關羽故事的傳播影響下，關羽的形象更廣泛地走向民間。在民間廣袤的文化土壤上，勞動人民以特有的方式表現出對關羽形象的接受和再創造。使關羽形象作為民間文化的一個符號，包容了更深刻和豐富的民族精神與文化內

---

35 寶楷：《鑼鼓雜戲──一種色彩淡化了的儺戲──兼談《白猿開路》》，《中華戲曲》
　　第12輯，頁238。

涵。本文主要關注關羽形象在民間傳說中的造型及其與文學、歷史之間的互動關係。

一　傳說的概念及本文論述範圍

關於傳說（legend）的概念界說，現當代的民間文學研究者有各自不同的定義。《辭海》「傳說」條解釋為：「指民間長期流傳下來的對過去事蹟的記述和評價，有的以特定歷史事件為基礎，有的純屬幻想的產物，在一定程度上表現了人民群眾的要求和願望。古代歷史、民歌、民間故事中多有記載。」[36]其中傳說似乎包括了民間故事（folk-tale）。臺灣學者李亦園院士則認為：「所謂傳說，系指 folk-tale 或 folk-narrative 而言，可以包括神話學家所謂神話（myth）、傳說（legend）和民間故事（folktales，fairy tales）三者。」[37]

以上應該說是廣義上的傳說概念，在對這些民間文學範疇的精確化的過程中，有的學者對狹義的傳說作了界定，並科學地指出了神話、傳說、民間故事三者之間的區別。日本民俗學專家柳田國南在他的《傳說論》一書中，將民間口頭傳承文學中的傳說作為一種獨立的體裁進行研究，從傳說體裁的特點細緻地區分了傳說與昔話（故事）。認為傳說具有可信性：「傳說的要點，在於有人相信。另一個無可爭辯的特點，是隨著時間的演進，相信它的人就越來越少」[38]，也就是說傳說也有可變性。其次，傳說有中心點。「傳說的核心，必有紀念物。無論是樓臺廟宇，寺舍庵觀，也無論是陵丘墓塚，宅門戶院，總有個靈光的聖址、信仰的靶的，也可謂之傳說的花壇發源的故

36　《辭海》（上海市：上海辭書出版社，1979年），頁491。

37　轉引自李福清：《神話與鬼話》（上海市：社會科學文獻出版社，2001年），頁27。

38　〔日〕柳田國南，連湘譯：《傳說論》（北京市：中國民間文藝出版社，1985年），頁9。

地，成為一個中心。奇岩、古木、清泉、小橋、飛瀑，長坂，原來皆是象一個織品的整體一樣，現在卻分別而各自獨立存在，成了傳說的紀念物。儘管已經很少有人因為有這些遺跡，把傳說當真，但畢竟眼前的實物喚起了人們的記憶，而記憶又聯繫著古代信仰。這比起那放在任何地方似乎都能通用的故事（昔話）來，不能不說是傳說的又一個顯著不同之處。」[39]這也就是傳說的解釋性和說明性。而傳說的第三個特點是敘述的自由性和可變性，第四個特點為逐漸與歷史遠離。李福清區分三者時，主要強調傳說的真實性與可信性，傳說是以一定的歷史人物和事蹟作為題材根據，具有紀念性。其次是傳說的地域性，如名勝傳說與特產傳說。另外，傳說與行業及宗教有關[40]。

遵照以上對傳說的理論界定，我們可以梳理一下關羽傳說的發展過程：

（一）萌生期

這個時期的跨度可以從三國時期一直下溯到小說《三國志演義》的成書。期間，關羽傳說還與文學、歷史相黏聯，體現出混合的形態。如，在後來的史書中有不見《三國志》所記載的關羽生平傳說，而歷史中的關羽故事也被後人所傳聞：如《三國志》裴注所載的「乞納秦宜祿妻」事收入陸龜蒙的《小名錄》（見上文），「關羽夢豬齧足自知不祥」事載范攄《雲溪友議》卷三。在《三國志演義》以前的戲曲和小說等俗文學中也摻入了大量的民間傳說。進入文學的傳說已經相對固定化，成為文學作品中的一種故事形態。此外，關羽的宗教傳說也在逐漸繁衍著，推動關羽崇拜走向定型。

---

39 〔日〕柳田國南，連湘譯：《傳說論》（北京市：中國民間文藝出版社，1985年），頁26。

40 〔日〕柳田國南，連湘譯：《傳說論》（北京市：中國民間文藝出版社，1985年），頁34。

（二）繁榮期

　　明清時期的關羽傳說已經基本上與歷史和文學相剝離。由於歷史演義的體制規範而未收入小說中的有關關羽生平傳說繼續流傳，出現了大量的靈蹟傳說，地方風物傳說也得到發展。一些古代的傳說被明清時期的人們傳誦並進行變化。如唐朝段成式《酉陽雜俎》[41]所載：「近有盜發蜀先主墓，墓穴，盜數人齊見兩人張燈對弈，侍衛十餘，盜驚懼拜謝。一人顧曰：『爾飲乎？』乃各飲一杯，兼乞與玉腰帶數條，命速出。盜至外，口已漆矣，帶乃巨蛇也，視其穴，已如舊矣。」這則後來在清代一些文人的筆記中也出現了。如李調元的《井蛙雜記》卷二：「明有盜發蜀先主墓，入穴，見兩人張燈對弈，侍衛十餘，盜驚懼拜謝。一人顧曰：『爾飲乎？』乃各飲以一杯，兼乞貝玉腰帶數條，命速出。盜至外，口已漆矣，帶乃巨蛇也，視其穴，已如舊矣。」[42]將年代改成了明代，褚人獲《堅瓠集》〈餘集〉卷一引《文苑瀟湘》所載，時間地點為「嘉靖中」，敘述文字也基本上相同。在仇兆鼇《杜詩詳注》中則更為離奇：「《津逮秘書》載惠陵一事，有蜀盜潛入隧道，見帝與關、張共聚一堂，令盜飲酒一碗，賜玉帶一圍，其人戰懼而出。所飲之酒乃漆漿也，所與之帶乃白蛇也。」[43]將劉、關、張三人加入，更增添故事的可信度。

　　明清時期的關羽傳說已經形態多樣，內容豐富，其中大量展現的關羽靈應傳說，其廣泛程度和零散、雜說的性質並非歷史與小說所能包容。

---

41 段式成：《酉陽雜俎》前集卷13（北京市：中華書局，1981年），頁126。

42 《歷代筆記小說集成‧清代筆記小說》第15冊（保定市：河北教育出版社，1994年），頁74。

43 《關帝事蹟徵信編》卷19〈雜綴〉轉引。

（三）發展期

　　關羽傳說從近代到當代還有豐富而多向的發展，時代的變更也為關羽傳說注入新的方向和內涵。至今關羽傳說仍是民間文學中一個重要的傳說類型而分佈在祖國各地，其中的關羽形象則更具有人民性和傳統的文化特質。

　　本文主旨在於通過研究明清時期的關羽傳說，考察一個特定時期的關羽形象及其與明清時期關羽崇拜的聯繫以及與歷史、文學的關係。本文的研究範圍既然是明清時期的關羽傳說，所以就不包括小說《三國志演義》中所採用的關羽故事，也不延伸到近代和當代的關羽傳說。因為關羽是一個歷史人物，後世所流傳的關羽的故事本身就是一種傳說。所以在此也不嚴格區分傳說與故事，大致明清時期與關羽有關的，不見於歷史與小說中的故事文本都是本文的研究範圍。當然，這些故事基本上具備了柳田國南和李福清先生所界定的傳說的特徵[44]。

　　明清時期的關羽傳說分佈廣泛，散見於各種地方志、文人筆記、宗教圖志、地理書等史料中。採取這種收集途徑，主要與傳說的真實性、可信性相符合。也就是說，儘管明清時期記載的一些傳說由於記載者們的取捨篩汰而沒有保存下來，然而對這種民間口頭傳承的文學進行文字記載的人們所記錄的內容總是在當時有很多人深信不疑，並且有中心的遺跡，或者紀念的目的，是屬於地道的傳說。另一部分只流傳於人們口頭上的傳說則很難進入我們的收集視野，也許這些口頭流傳的故事可以在當代的傳說中找到一些線索，在此則只好忽略了。

二　明清時期關羽傳說與關羽的民間造型

　　明清時期的關羽傳說大致可以分為生平傳說、風物傳說、靈蹟傳

---

44 有關關羽傳說的研究可參考臺灣學者洪淑苓的《關公〈民間造型〉之研究——以關公傳說為重心的考察》。

說三種，在三種類型的傳說衍生的過程中，關羽的民間造型也從中凸現出來。表現出與歷史和小說不同的一番面貌。

　　首先，我們來看生平傳說。一、與龍有關的轉生傳說。在明代薛朝選的《異識資諧》[45]卷一有「鬚龍」的故事，鬚髯是關羽的一個重要的形象特徵。這個傳說就是為了表現關羽外貌上的神奇以及與龍這一種象徵權力與神力的動物的聯繫：「關雲長美髭髯，內有一鬚尤長，二尺餘。色如漆，索而（勁）。常自震動，必有大征戰。公在襄陽時，夜夢一青衣神，辭曰：我烏龍也。久附君身，以壯威武。今君事去矣，我將先往。語畢，化為烏龍，駕雲而去。公寤而怪之。至夜，公走麥城，與吳兵對。天曙，將（捋）鬚，失其長者。公始悟前夢辭去者是鬚也。歎數已定，將奈之何！至晉太始元年，樊城大旱，祈雨無驗。有司夢黑衣神，自稱鬚龍：能為我立廟，我當致雨以救民。有司焚香告訴。至午，果雨。雨霽，淡雲中烏龍現身。有司遂為創祠。掘得址，得一長鬚，意即龍也。因以塑于龍神頸中，題其廟額曰鬚龍廟。」這個故事李日華《紫桃庵雜綴》卷四，和褚人獲《堅瓠集》廣集卷二《鬚龍》中都有，可見到了清代仍流傳著。李日華《紫桃庵雜綴》卷四在敘述故事之後還有所評論：「夫英雄之體，為神物之所托，且歷久不變，豈凡情可涯測哉？」自然，鬚龍的故事就是人們用神靈附體的觀念來解釋關羽的英雄品質以及其歿後的靈應。在徐道《歷代神仙通鑑》卷九有一個斬首龍的傳說，寫關羽是一條違反天帝旨令、為民降雨的烏龍轉生的：「桓帝時，河東連年大旱。僧道多方祈雨不應。蒲坂居民聞雷首山澤中有一尊龍神，相傳亢旱求之極靈，集眾往跪泣告。老龍憫眾心切，是夜遂興雲霧，吸黃河水施降。明旦水深尺餘。凡下土人民奢侈之極，天必降以饑饉；淫佚之極，天必貽以疫癘。一人暗肆奸謀，獨遭水火；一方相沿侵奪，咸受刀兵。

---

45 北京圖書館藏有萬曆三十二年（1604）書林珍萃堂王守渠刻本，此據大塚秀高文。
　　見周兆新《三國演義叢考》。

上帝方惡此方尚華靡，暴殄天物，當災旱以彰罪譴。而老龍不秉上命，遽取水救濟過民。上帝令天曹以法劍斬之，擲頭於地，以警人民。蒲東解縣有僧普靜，見性明心，結廬於常平溪側。聞空中雷電，在白藤床上，晨出視之，溪邊有一龍首，即提至廬中，置合缸內，為誦經咒。九日，忽聞缸中有聲，啟視已無一物，而溪東有呱呱聲，發自關道遠家。」關羽便出世了。這個傳說充滿了勸善懲惡的說教意味，同時也將關羽與僧人普靜聯繫在一起，普靜這一人物曾在小說中出現，與關羽有不解之緣。而有關關羽是天神下凡轉生的傳說也在說唱文學中出現過，但是與斬首龍無關，而是南天門的神將被謫下凡。

除此之外，還有關羽是火帝一說。《關帝事蹟徵信編》卷三十〈書略〉談到明黃梅瞿九思所撰《關將軍幽贊錄》時，引用了瞿九思書中的說法：「關將軍非漢忠臣，蓋火帝也」。為什麼這麼說呢？「南方屬火，火為朱雀，朱雀有羽，徵其為火帝一也。天南門之星，正在南方。門闕在南，門扃亦在南，自宜姓關。南方為夏，夏雲屬火，故字雲長。」此外作者嘗見《太函集》中的《涇縣廟碑》稱「王秉火德，熒惑應之。顏如渥丹，騎如赤兔，蓋其徵也。陽明用事，如日中天，先天則維南當乾，後天則重明麗正」云云。

龍自古以來是皇權與帝王的象徵，關羽在明中後期，神職已經一躍而為伏魔大帝，擔當冥界的帝號，故與龍的聯繫也就顯得順理成章了。

二、指關為姓與申義除霸。這是有關關羽早期的英雄事蹟，正是歷史記載的空白，為了對其早年「亡命奔涿郡」進行解釋，元代俗文學中就有殺有反心的州尹臧一貴的故事（見元雜劇《劉關張桃園三結義》），到明清時期演變成為民除害以及姓氏的由來，更富有傳奇色彩。《堅瓠集》秘集卷三《指關為姓》：「《關西故事》：蒲州解梁縣關公，本不姓關，少時力最猛，不可檢束，父母怒而閉之後園空室。一夕月甚明，啟窗越出，閒步園中，聞牆東有女子啼哭甚悲，兼有老人

相向哭聲，怪而排牆詢之，老者訴云：『我女已受聘矣，而本縣舅爺，聞女有色，欲娶為妾，我訴之尹，反受叱罵，以此相泣。』公聞大怒，仗劍徑往縣署，殺尹並其舅而逃。至潼關，聞關門圖形，捕之甚急，伏于水旁，掬水洗面，自照其形。自水洗後，顏已變倉赤，不復識認。挺身至關，關主詰問，隨口指關為姓，後遂不易。」[46]此故事中沒有寫明所救父女姓名，後來在各地流傳過程中，雖都是救被搶民女，殺好色惡霸，但姓名各不相同。在京劇與地方戲中，還出現關羽最初姓馮的傳說。

指關為姓之後，是「一龍分二虎」的傳說，沿襲自元雜劇：「……東行至涿州，張翼德在州賈肉，其買賣止於上午。至日午，即將所存，下懸肆旁井中，舉五百斤大石掩其上，任有勢力者不能動，且示人曰：『誰能舉此石者，與之肉。』公至時，適已薄暮。往買肉，而翼德不在肆。人指井謂之曰：『肉有全肩，懸此井中；汝能舉石，乃可得也。』公舉石輕如彈丸，人共駭歎，公攜肉而行，人莫敢禦。張歸，聞而異之，追及，與之角力，力相敵，莫能解。而劉玄德賣草鞋適至，見二人鬥，從而禦止，三人共談，意氣相投，遂結桃園之盟。」[47]

三、真假關公與姚彬盜馬。這一故事早在元明之際的《花關索傳》以及《三國志演義》小說中就初露端倪，故到清代還出現了這樣的古蹟。劉侗《帝京景物略》：「三里河天壇東關廟一楹，俗傳吳將姚彬盜公馬而獲強不屈。廟塑縛彬像，臂弩出於縛。公戎巾服，作色，左顧彬，彬反面，色不屈。侍將七，怒色，視聽指歸乎彬。捶者嗔彬，色作努。縛彬者仰公而色然受命，馬回望公，其色噴沫。人曰：

---

46 同一故事，梁章鉅《歸田瑣記》卷7《三國演義》條也有記載，見於示時校點本（北京市：中華書局，1981年），頁133。

47 全國圖書館文獻縮微複製中心二〇〇二年八月影印吉林省圖書館藏康熙年間四雪草堂巾箱本，下冊，頁1218。

隋像也。呼姚彬關王廟雲。」[48]至於姚彬盜馬到底是怎麼個過程呢？
《欽定日下舊聞考》則記載更為詳細：「慈源寺東數百武，有關王
廟，相傳即元崇恩萬壽宮。殿中塑像甚古，作姚彬被縛狀，殆元時舊
塑。元設梵像提舉司，專董繪畫佛像及土木刻削之工，其藝特絕，後
人不能為也。寺僧云：彬初為黃巾賊將，貌類關公。會其母病，思食
良馬肉。彬知關公所騎赤兔最良，因投麾下，竊赤兔以逃。關吏察其
音不類河東，執以歸公。彬慷慨請死，臨刑忽大哭，公問之，則以與
母永訣故耳，乃釋之。事不見於正史。世所傳關公事蹟亦無之。荒唐
之詞，不知何所本也。」[49]因為有紀念物——寺廟，所以故事在流傳
過程中被修補得更為完善。姚彬盜馬的舉動成為孝順老母的表現，而
其中關羽則是一個體恤下士、不記過節的將領形象。這種以寺廟為依託
的傳說總是帶有更多勸善懲惡的教化色彩。

　　明清時期的關羽生平傳說見於記載的還不算豐富，但如果說元代
的關羽生平傳說給小說《三國志演義》的人物塑造以素材的話，明清
時期的關羽傳說則直接影響了關羽的宗教傳記形象。

　　其次，是有關關羽的風物傳說。鍾敬文對於風物傳說的概念曾做
過如下解釋：「地方風物傳說敘說地方的山川古蹟、花鳥蟲魚、風俗習
慣和鄉土特產等的由來。它們同解釋性的神話相似而又不同。有關山
川景物的傳說飽蘊人民熱愛鄉土的情感。賦予所敘述的自然物和人工
物以富有情趣的或富有意義的說明。民間風物傳說通過把自然物或人
工物歷史化和人格化，使它們和人民的生活融為一體，對風俗習慣也
給以饒有興味的解說。它們的產生，說明勞動人民既行有傳述歷史的

---

48 劉侗、于奕正：《帝京景物略》第三〈城南內外〉（北京市：北京古籍出版社，1983
　年），頁101。
49 于敏中等編纂：《欽定日下舊聞考》卷58〈城市〉引《寄園寄所寄》第3冊（北京
　市：北京古籍出版社，1981年），頁946-947。此故事還見俞樾《茶香室三鈔》卷19。

嚴肅意願，又有健康豐富的生活情趣和無比活躍的藝術想像力。」[50]
與關羽有關的古蹟記載，最早見於《水經注》、《元和郡縣圖志》等地
理書籍。經過幾百年的時空變換，三國時的地貌已經發生改變，而勞
動人民則憑藉對關羽的崇敬和懷念，在他大致活動過的地方，虛構出
了他生活的痕跡。就地域範圍而論，風物傳說多出現在湖北、湖南、
河南等地，四川、安徽、山西等地也有一些。從物質結構來說，除了
少數是人工的建築如「大節亭」等，多數是來自自然的山川形態。
如：「劈破山」，《河南通志》記載：「在汝寧府信陽州東南，與義陽山
相接。史記兩山相峙，狀若刀劈者，俗傳關某於此試刀云。」「拖刀
嶺」，《河南通志》記載「在信陽州南二十里，上有峽，隨嶺而中分
之，相傳為關某拖刀之所。」顯然，傳說是由天然形成的山勢衍生而
來。就來源而論，風物傳說，有的直接來自歷史記載，例如「麥
城」、「青泥山」、「關瀨」、「故江陵城」、「樊城」等，「青泥山」是建
安十七年（212）樂進與關羽相拒之處，「麥城」自然是關羽敗亡之地
等等。在歷史上都實有其名；有的來自小說，如「許都故宅」、「八里
橋」、「關公挑袍處」等，這些地方都留有文人的詩歌或遊記。大部分
的風物傳說還是來源於民間的傳聞。

　　勞動人民往往通過對風物古蹟的由來進行解釋，衍生出生動的故
事情節。在明清時期的風物傳說中，故事情節生動的並不多，大多數
只是簡要的說明。這些解釋說明多與關羽的征戰生活有關，如「飲馬
泉」、「磨刀石」、「關公寨」、「摩旗臺」等，或表現關羽對其戰馬、兵
器（刀）的珍愛，或表現關羽行軍用兵的威武陣勢。還有一些傳說則
突破了歷史與文學所描述的戰將事蹟，帶有普遍的人性和凡人的情
愫。如：「金雞堡：相欽拔《重定壯繆公考》記載，在平陸縣南太陽
渡河岸上，峰最高，係公望鄉處。上有公廟，向北」。《山西通志》記

50 轉引自張紫晨：《中國古代民間傳說》（長春市：吉林文史出版社，1986年），頁10。

載：「思鄉廟，在金雞堡上，世傳為漢壽亭侯思鄉云。」[51]這一望鄉、思鄉的金雞堡是人們對遠離家鄉，征戰沙場的關羽之於親情的思念所臆想而來。另外，還通過特殊的地形地貌表現關羽的喜怒哀樂。如「潑硯地」，《關志》記載，「在荊門州西十五里，相傳關公駐馬停刀於此，因而立廟。廟下周圍黑土，二十里色如墨漬。地名為潑硯地。土人傳為公偶怒，潑硯水而黑」。《季漢五志》記載：「玉泉山下方二十里皆黑壤，徐學謨曰：『相傳侯駐兵玉泉，作書遺其子平，書罷，以硯汁潑地，故至今土為之緇。』」「擲甲山」，《明一統志》記載「在荊州府城龍山門西北，相傳關某棄甲於此，故名。今有某廟。葉仰高《新荊州府志》：『呂蒙襲南郡，關將軍還救，聞糜芳以城降，憤而擲甲於此』。其西南隅曰卸甲山。」[52]關羽的憤怒還能夠在一方水土留下痕跡。在民眾看來，荊州之敗對於這位驕傲的英雄肯定是一個沉重的打擊，兵敗如山倒之時，怎能不遺憾憤恨呢？在這些傳說中由衷地寄託了民眾對英雄的同情。

　　由於關羽被後代敬奉成神，因此對於有些古蹟的解釋也帶有民間信仰的色彩。這些古蹟被賦予靈性，成為人們膜拜祈求的對象。如：「關山」，《聖蹟圖志》記載，「在滁州西北三十里，山上石臺有帝坐痕，來往人輒以小石投之，取中其間者為生子之兆。旁有周將軍足跡，及馬蹄四石上宛然。又有二井。一微僕，以為飲馬所致。旁建帝廟。」傳說中關羽坐過之地竟可以為求子的人們帶來福音。另外，如「秣馬山」，婁肇龍《當陽縣誌》記載「近萬城舊名馬山，原隰寬衍，傳關聖督荊州時秣馬之地。側有盡頭山，上有關帝廟，田中土阜，傳其下有軍器窖，犯者即雷電作云。」可見關羽的神威。

　　有關關羽的風物傳說在空間上體現為地形地貌的傳說，在時間上則體現為民俗傳說。也就是以固定的歲時節日來祭祀關羽，並對這種

51　《關帝事蹟徵信編》卷13〈名跡〉。

52　《關帝事蹟徵信編》卷13〈名跡〉。

節日風俗進行解釋產生的傳說。據《中國地方志民俗資料彙編》[53]輯錄記載，在明清時期各地的風俗中，有四月初八、五月十三、六月二十三、九月十三以及正月這幾個日期與關羽信仰風俗有關。如：《河南省南陽地區》〈重修靈寶縣志〉[54]有：「四月初八日，祀關聖帝君。」但是沒有說明為什麼這一天要祭祀關羽。再如：《四川萬縣地區》〈萬縣志〉[55]：「俗於五月十三日及六月二十三日祀關帝，十三日尤盛。其日多雨，謂之『磨刀雨』」，也沒有說明六月二十三日的祭祀原因。而九月十三日據《南京市》〈吳縣志〉[56]載：「相傳九月十三日為成神之辰」。傳說性比較強而且比較普遍流行的是五月十三日的民俗活動，並且在各地產生了不同的解釋。一說，為關羽生日：《南京市》〈吳縣志〉[57]：「十三日，關帝生日」，「官府致祭于周太保橋之武廟。吳城五方雜處，人煙稠密，貿易之盛甲于東南他省。仕商各建關帝祠於城西，為同鄉公議之所，棟宇壯麗，號為『會館』，十三日前已割牲演劇，拜禱維謹；行市則又家為祭獻，爆竹喧街巷。是日微雨，謂之『磨刀雨』，主人口平安。……」一說是關羽單刀赴會之日。見《錦州市》〈義縣志〉[58]：「十三日，俗謂關壯繆於是日單刀赴會，英雄出色之紀念日也。後壯繆成神，常於此日出巡。以是每逢旱年，人民諺語恒謂『大旱不過五月十三日』，此言常驗。是日關帝廟亦有開香火會者」。《四川樂山地區》〈井研縣志〉[59]：「『單刀會』，故老相傳，慶祝關帝，由來已久。市鎮好事者或令梨園演水淹七軍故事。傍江邊搭戲棚，看周將軍水中擒操將龐德、于禁為歡譃」。《四川

---

53 丁世良、趙放主編：《中國地方志民俗資料彙編》（北京市：北京圖書館出版社，1991年）。

54 中南卷上，頁264，清乾隆十六年刻本。

55 西南卷上，頁274，清同治五年刻本。

56 華東卷上，頁380，民國二十二年蘇州文新公司鉛印本。

57 華東卷上，頁380，民國二十二年蘇州文新公司鉛印本。

58 東北卷，頁207，民國二十年鉛印本。

59 西南卷上，頁192，清嘉慶元年刻本。

南充地區》〈南充縣志〉[60]:「十三日『關聖會』，相傳武聖關夫子是日過江飲宴。」還有一說是「磨刀會」與「磨刀雨」。如:《四川綿陽地區》〈德陽縣新志〉[61]:「五月十三日為『磨刀會』，俗謂關聖磨刀之辰，前後數日必有雨，以為驗。各市村有廟像處，莫不演戲禮敬焉」。《河南省周口地區》〈淮陽鄉村風土記〉[62]:「五月十三日，關帝廟會賽祭。是日多雨，謂為關爺磨刀斬小妖之日。」由此看來，有關磨刀雨的傳說有一個從史事到傳聞的過程，是從關羽單刀赴會的故事衍生出來，與自然界氣候相關聯，從表現關羽的英勇膽量到反映其駕馭風雨的威力，甚至還傳說關公磨刀「斬小妖」，更加具有神話色彩。

其三，再看有關關羽的靈蹟傳說。隨著明清時期關羽崇拜發展到高峰，也產生了大量關羽的靈蹟傳說，保存在反映當時社會生活的文人筆記、宗教圖志以及碑文廟記中。宗教圖志中的靈蹟傳說，集大成者如《關帝事蹟徵信編》卷十四到卷十八的「靈異」部分內容，是信奉關羽者廣泛搜集編寫的感應事蹟。這些感應事蹟從時代上看雖然溯源到隋唐時代玉泉山顯靈，但大部分是發生在明清時期的社會中。由於宗教圖志的編者為清朝人，他們廣泛採納了前人的文人筆記、碑記和地方志。例如上文介紹的《關帝歷代顯聖志傳》也是編者採選之列。為了表示事蹟的真實性，編者不厭其煩地標明事蹟的出處來源，而且對所涉及人物的行跡加以考實，如該人何時科考中舉，便以各種進士題名錄和地方志的記載來加以證明。這樣包裝出來的關羽自然就成為了明清社會滲透到百姓生活中的重要形象。

有關關羽伏魔事蹟傳說的類型和內容，與《關帝歷代顯聖志傳》大致重合，在此不再贅述。顯然，宗教圖志中收入的靈蹟傳說帶有民間信仰的成分在內，而在明清文人的筆記小說中，這種佞神的宗教意

60　西南卷上，頁298，清咸豐七年洪璋增修本。

61　西南卷上，頁121，清道光十七年刻本。

62　中南卷上，頁165，民國二十三年鉛印本。

味相對減弱，更多了一些宗教批判的色彩。從內容上，表現為：其一，對幽冥神界的現實構擬，其中關羽自然處在神權的高層部門。在文人的筆下，神靈的世界與現實世界一樣有神靈的官僚機構和等級系統，不能瀆職。袁枚《子不語》卷九〈城隍神酗酒〉[63]記載杭州沈豐玉為同事袁某所戲，誤為江洋大盜沈玉豐，被鬼鎖至城隍廟中。適逢城隍神與夫人飲酒沉醉，不得已，忍痛受杖。「杖畢，令鬼差押往某處收獄。路經關聖廟，沈高聲叫屈。帝君喚入，面訊原委。帝君取黃紙朱筆判曰：『看爾吐屬，實係秀才，城隍神何得酗酒妄刑？應提參治罪。袁某久在幕中，以人命為兒戲，宜奪其壽。某知縣失察，亦有應得之罪，念其因公他出，罰俸三月。沈秀才受陰杖，五臟已傷，勢不能復活，可送往山西某家為子，年二十登進士，以償今世之冤。』判畢，鬼役惶恐叩頭而散。沈夢醒，覺腹內痛不可忍，呼同事告以故，三日後卒。袁聞之，急辭館歸，不久吐血而亡。城隍廟塑像無故自仆，知縣因濫應驛馬事，罰俸三月。」此外，關羽在冥界有很多代言人，有的只是普通的鬼神，並不是賢良之人。如《子不語》卷二十二〈成神不必賢人〉記述李海仲秀才的鄰居王某當年歲荒，為饑寒所迫，掘墳盜財，被捕拿獲，罪已斬決，後成為鬼，與李同往京師。王某此行專為陽間索債，報復貪財之人。回鄉時，「行至宿遷，鬼曰：『某村唱戲，盍往觀乎？』李同至戲臺下，看數齣，鬼忽不見，但聞飛沙走石之聲，李回船待之。天將黑，鬼盛服而來曰：『我不歸矣，我在此做關帝矣。』李大駭。曰：『汝何敢做關帝？』曰，『世上觀音、關帝，皆鬼冒充。前日村中之戲，還關神願也。所還願之關神，比我更無賴，我故大怒，與決戰而逐之。君獨不聞沙石之聲乎？』言畢拜謝而去。李替帶五百金付其妻子。」[64]當然關羽的血食還是多為秀才所享。《子不語》卷十〈關帝血食秀才代享〉道出原委：「某生員

63 袁枚：《子不語》，見《筆記小說大觀》第20冊，頁62。

64 袁枚：《子不語》，見《筆記小說大觀》第20冊，頁147。

請仙。一日，關帝臨壇，某以《春秋》一段問之，乩上批答明晰無誤，批訖遂去。某歸家後心切疑之，云：『關帝忠貫日月，位至極尊。如何以一紙之符，即能立刻請到？』甚不服，欲擬表文一道，焚於上天控告。正作表文間，忽聞扣門聲，某啟戶視之，而不見一人。某愈怒，提筆又做。忽案頭有人云，『相公緩筆。』某問：『爾係何人？』答云：『我即臨壇之人，實係唐朝秀士。因被亂軍所殺，魂魄落在廟中殿下，朝夕打掃殿宇。聖帝憐我勤苦，命我享受廟中血食，並非關帝也。』某大笑，即欲焚表，案頭人又云：『緩焚。』某又問：『何故？』答云：『若焚表文，仍是控告我。我總求相公，將表文放入水中，磨滅字跡，方於我無礙。』某又問：『關帝到底有臨壇時否？』答云：『關帝只有一尊，凡天下各廟中血食，皆係我等受享，惟天子致祭，方始臨壇。』某問：『何以知之？』答云：『曾有修煉數千年之狐狸聞天子致祭，一月前齋戒沐浴，遂往窺伺。七日前，見周將軍臨壇打掃壇舍，紅光滿室，妖魔盡被燒死。故知天子致祭之期，關帝方臨壇雲。』」[65]其中表現出士人階層對於神靈的懷疑，而秀才作為關羽的代表也寄託文人的一種宿命的願望。

其二，對於盲目崇神求仙的否定。如《子不語》卷十二〈掛周倉刀上〉記紹興錢二相公，學神仙煉氣之術，能頂門放出元神遍歷十洲三島，也遇到不少妖魔。妖魔畏懼其成仙，聚集起來攻擊錢某，趁其打坐時，牽抱手足，放大甕中，壓之雲門山腳下。錢家失去二相公，還以為他真的仙去。半年後，錢二相公回，自述曰：「某月日，我在甕中，有紅雲一道，伏魔大帝從西南來。我大聲呼冤，且訴諸魔惡狀。帝君曰：『作祟諸魔，誠屬可惡，然汝不順天地陰陽自生自滅之理，妄想矯揉造作，希圖不死，是逆天而行，亦有不合』。」[66]關羽讓周倉送其還家。錢二相公也不再妄想成仙。

---

65 袁枚：《子不語》，見《筆記小說大觀》第20冊，頁222。
66 袁枚：《子不語》，見《筆記小說大觀》第20冊，頁80。

　　其三，對人間惡僧邪道的批判。《子不語》卷一〈酆都知縣〉中，酆都知縣為了免除勞民傷財的「納陰司錢糧」，前往冥界。見到包公，包公一語中的指出其中弊病：「世有妖僧惡道，借鬼神為口實，誘人修齋打醮，傾家者不下千萬。鬼神幽明道隔，不能家喻戶曉，破其誣罔。明公為民除弊，雖不來此，誰敢相違？今更寵臨，具征仁勇。」[67]對知縣舉動表示贊同。實際上，確實也存在很多僧道打著神仙的幌子騙人錢財的事例。如《子不語》卷十四〈鳩人取香火〉：「杭州道士廖明，募錢立聖帝廟塑像。開光之日，鄉城男婦蜂集拈香。忽一無賴來，昂然坐聖帝旁，指像侮慢之。眾人苦禁，道士曰：『不必，聽其所為，當必有報。』須臾，無賴僕地，呼腹痛，盤滾不已，遂死，七竅血流。眾大駭，以為聖帝威靈，香火大盛，道士以之致富。逾年，其黨分財不勻，出首：去年無賴之慢神，乃道士賄之，教其如此，其死乃道士先以毒酒飲之，而無賴不知也。有司掘驗其骨，果青黑色，遂誅道士，而聖帝香火亦衰。」[68]

　　文人筆記所載，對於社會上的宗教信仰多了幾分理性的審視。當然，從其故事形態上，也是屬於傳說的範圍。

　　這裡，我主要勾勒明清時期關羽民間造型的大致輪廓，描述形象的內涵與特質。稱之為「民間」，但並不完全指社會的亞文化圈，而是表現為各個階層的接受與包容，只不過這些傳說從其生成來看，很大程度上是一種民眾的意志。關羽的形象充斥在明清社會的廣大生活空間中，在民眾這片宗教土壤中生根、成長。

三　民間傳說中關羽形象的塑造手法

　　大量關羽的民間傳說充分展現出一個具有民間色彩的關羽形象，

---

67 袁枚：《子不語》，見《筆記小說大觀》第20冊，頁9。
68 袁枚：《子不語》，見《筆記小說大觀》第20冊，頁93。

這一形象的豐富內涵已經遠遠超越了歷史和文學所能包容。這也表明民眾在進行傳說的創作和加工的時候，運用了一些樸素而又高明的手段，而且這些手段和方法的使用往往是以廣袤的民間文化背景作為鋪墊之下的集體無意識行為。分析關羽傳說中的的形象生成，可以讓我們體察到一些來自文化深層的運作規律。

傳說中關羽形象的塑造，也就是關羽形象的變形，經歷了一個物化、神化再重新人化的過程。張紫晨《中國古代傳說》一書在講到傳說中形象的變化時說道：「傳說中的形象變化，根據事物本分的特性進行創作。古代傳說最後常常是用一種奇異的形式使其中的形象發生變化。在創造這種變化之中，民間的作者總是尋求人和事物之間的聯繫，並且選取其中某些特性，使其具有某些合理性。」（頁51）在風物傳說中，往往是因事成景，因史成跡。有關羽遺跡的地方被認為是關羽生前戰鬥或生活的場所，這些痕跡總是依據歷史來加以證明和解釋的，當然也包括一些在景物的天然狀態基礎上的附會，一般不會太虛妄。歲時傳說也是在一種人與事物的關係中衍生成的。比如關羽的生辰是紀念日，這是合乎中國習俗的。而五月十三日的紀念，卻正好和下雨的天氣相關，自然氣候成為關羽單刀赴會、磨刀出巡的客體存在。而「指關為姓，擂面出關」則是關羽自身形象的變化，也就是為什麼關羽是紅臉的解釋，在民間傳說中還有白臉關公、七痣關公的形象，但是都沒有紅臉關公的解釋那麼神奇生動而且反映關羽好俠仗義的本質，所以關羽紅臉的形象更得到民眾的認可。還有一種「物化」，是關羽與龍之間的比附。這主要來自龍的象徵意象。龍在中國是作為帝王的象徵，而關羽由斬首龍轉生的傳說可能與他後來成為伏魔大帝的稱號有關，龍的變化神通已經喻指了關羽形象中的神性因素。

上文已經指出，明清時期是關羽形象神化的高峰期，關公的靈蹟傳說也是明清時期的關羽傳說的主流。這個神化過程自然與帝王的推崇有關，在明清兩代統治者的封神運動中，關羽被抬得很高。而本來

在民間，關羽崇拜也日漸興盛，百姓總希求著找到一個神靈的庇護。
而他們質樸的心目中，總是認為封號越大，權力越大，這樣，關羽在
明清社會中就變得神通萬應。這些傳說對關羽的神化不同於《三國志
演義》小說中顯靈報仇、護佑後輩的神化，而是立足於明清社會，著
重表現普通百姓是怎樣敬祀關羽，並得到關羽的保佑。在這些傳說
中，關羽已經跨越了幾百年的時空阻隔，充當著明清社會的道德標準
的裁判與善惡懲罰的執行者，與民眾的生活和命運息息相關。當然這
一神化過程主要來自宗教力量的影響和滲透，是封建社會神權與君權
相互作用的產物，以及當時社會道德約束機制的工具，也與民眾的精
神依賴分不開。

　　經過物化和神化的關羽形象最終還是還原成人，這是一個符號映
射的過程，同時也是人性化的過程。在所謂關羽遺跡的一山一水中，
我們所觀照到的還是關羽的行為與影響。所以自然在人化過程中最終
變成了人化的自然。景物上留下的是關羽形象的烙印。而關羽不管怎
麼成神成靈，在民眾的想像中行使著神界的職責，他在人們的膜拜中
仍具體表現為香煙縈繞的塑像，這是他的實體，一個紅臉綠袍、長髯
大刀的武聖人。如果說明清的傳說中關羽形象還帶有濃厚的偶像崇拜
的痕跡。那麼在後來發展的有關關羽的生平等傳說中則更著重表現其
更平民化的人性內涵。包括關羽的喜怒哀樂，他的性格缺陷，都成為
百姓塑造的對象。關羽越來越成為民間社會中的一員，他身上具有的
是平民社會中所能親身體驗到的品質，或者是鐵匠的兒子，或者是做
豆腐的手藝人；或者是打抱不平的江湖好漢，或者就是一個斷案的清
官；他的驕傲自矜也被人利用，他的失敗也會被人譏笑。總之，走出
了神壇的光環，現代的關羽傳說更加豐富多彩，最終還原出一個具有
人性的關羽形象。

　　其二，傳說中關羽形象的塑造表現出現實性與幻想性的高度結
合。傳說結構故事，塑造人物的一個特點就在於現實性與幻想性的結

合。就像張紫晨所指出的：「傳說的現實性，來源於人們對社會現實生活的觀察，來源於人們的切身感受。當人們進行傳說的創作時不能不進行現實的投影。傳說的幻想性，來源於人們的想像力，人們把現實的感受與藝術的想像，天衣無縫地結合在一起，成為一種別具特色的藝術。在這種藝術中，現實的東西，採取並非現實的手段進行表現。使人們透過非現實的想像，看到了現實的內核，而在體味這現實的境界時又取得一種藝術上輕鬆。因此，傳說是屬於一種輕鬆的藝術。」那麼在關羽傳說裡又是怎樣的結合呢？

作為「物化」的關羽形象，風物傳說中的關羽遺跡是具有現實性的，表現在歷史的真實和現實的真實兩個方面，也就是說，歷史上，關羽的確在荊州地區作戰，麥城也確為他兵敗之地，在傳說流傳的明清社會，荊州和麥城也都依然存在，人們很容易在這些歷史遺跡中折射出歷史人物的活動投影。當然，在傳說的生動與傳奇之處，自然是需要大膽的想像和誇張。擲甲山的得名據說是因為關羽聽說糜芳投降，憤怒而棄甲。這自然是一種依據山形和關羽兵敗心態而進行的合理的假想和解釋。在幻想中也包含著民眾的一種崇敬，正是對於英雄豪氣的禮贊與英雄末路的同情，才會在山水間幻化出一個屹立於天地之間，怒斥天地，泣驚鬼神的關羽形象，這自然是出自民眾的獨特塑造。

在關羽形象的「神化」過程中，現實性和幻想性就結合得更緊密了。關羽的靈蹟傳說都被認為是一種社會的現實——也就是說，明清時期人們對於這些事情的發生深信不疑——而從所涉及的人物來說，雖然市井細民無從考察，但是作為帝王的朱元璋，作為重臣的張居正等人肯定是存在的。明清時期關羽形象的一個現實性基礎就是關羽崇拜的普遍性，關羽就是那尊供在寺廟神龕裡的塑像，威嚴莊重。而靈蹟傳說的流布與關羽神性的塑造則很大程度上來自一種宗教幻想。

靈蹟傳說在我們現在看來其實是很荒謬的東西，並不可信，但是

明清時期這麼多人都相信，自然與當時的關羽崇拜有關。人們產生這樣的宗教信仰，往往就會把自己處在現實社會中希望得到幫助的願望客觀化，對象化，寄託在作為神靈崇拜的關羽身上，開始產生與神靈交往的願望，也按照自己的需要來塑造神。在古代社會，人們通神的路徑無非是托夢感應，靈籤扶乩等，在宗教幻想中，神靈能夠現身，甚至塑像會有實際行動，這一點，西方人格羅特解釋道：「在中國人那裡，像與存在物的聯想不論在物質上或精神上都真正變成了同一，特別是逼真的畫像或雕塑像乃是有生命的實體的，乃是原型的靈魂之所寓。不但如此，它還是原型自身……這個如此生動的聯想實際上就是中國的偶像崇拜和靈物崇拜的基礎。」[69]這樣靈蹟傳說中的關羽形象就是明清社會關羽崇拜的現實面貌與主觀幻想的結合。

在生平傳說中，關羽形象的現實性和幻想性體現在，人物的性格一般以史傳記載作為基礎，故事情節是按照人物的性格邏輯來發展。也就是說我們看完這個傳說，知道這件事情如果真的發生在關羽身上，關羽一定就是這樣做的。而對於個性細節和生活細節的描寫，則毫無疑問是反映平民社會的現實存在。要將歷史人物的性格真實與現實社會完美地結合起來就需要民眾發揮智慧與想像了。

總而言之，關羽的民間造型的基礎是歷史和文學中的關羽形象，而最終是在民眾中豐富完成的。他的精神內涵所體現的是勞動人民樸素的宗教觀、道德觀、歷史觀、人生觀。正因為來自中國社會結構的底層，所以這一造型才影響得更深遠，也正因為來自普通的社會生活，這一造型才無疑具有無限的延展性和永恆的魅力。

---

69 〔法〕列維·布留爾著，丁由譯：《原始思維》，轉引自關淑苓《關公民間造型之研究——以關公傳說為中心的考察》，頁481。

第八章
泛文學中的關羽形象論析

關羽崇拜和關羽信仰到了明清社會被演繹得如火如荼。關羽，這個在封建末世寄託著帝王的社稷家國憂思、士子的科舉仕途理想、百姓的家庭生存願望的人格神形象從來都沒有像在明清社會中那樣神秘地、崇高地、聖靈地籠罩在中華大地和炎黃子孫的心中。那是一盞彼岸世界的神燈指點著封建專制腐朽的後世前程，也朦朧地指引著民眾沉淪、掙扎與反抗之路。在此我們要分析宗教所借助的各種手段對於關羽神性形象的塑造，來反觀這一中國社會的造神傳奇，以探究關羽形象中最為普遍傳播的人性力量。

第一節　神職與祭典：走向多元合一的神性歷程

在儒、釋、道三教的合力推動下，明清時期關羽崇拜走到了「三教盡皈依」、「儒稱聖，釋稱佛，道稱天尊」[1]的極盛。在中國宗教的多神譜系中，能夠如此受到三教推重的人格神，關羽屬於絕無僅有的一個，這裡我們尚不分析其中的緣由，而主要想在中國社會功利性的宗教信仰和宗教倫理化背景下，離析出各種宗教因素中關羽崇拜的形態以及相互的交叉影響。

一　佛教之護法伽藍

關羽成為佛教的護法伽藍，緣自隋朝智顗建寺的傳說，這個傳

1　金實秋：《關帝廟對聯集》（太原市：北嶽文藝出版社，1990年）。

說，唐朝已為人們所耳熟能詳，但是只限於關羽父子以鬼斧神工之力助智顗修建寺廟，沒有提及其皈依佛門。到宋代才出現關羽父子受戒為護法伽藍的說法。張商英的〈重建關將軍廟記〉與〈建關三郎廟記〉[2]中，以一種魔幻主義的手法，塑造了由鬼而入神的關羽父子形象。在玉泉山上「……先有大力鬼神與其眷屬怙恃憑據，以神通力故法行業，即現種種諸可怖畏，虎豹號擲，蛇蟒盤瞪，鬼魅嘻嘯，陰兵悍怒，血唇劍齒，毛髮鬅鬙，欻然千變」，這裡「大力鬼神與其眷屬」可能指的就是關羽父子。智顗到來，發言相問：「汝何為者，生死於幻，貪著餘福，不自悲悔」，於是關羽現身並自明其志：「我乃關羽，生於漢末，……死有餘烈，故王此山，……願舍此山，作師道場，我有愛子，雄鷙類我。相與發心，永護佛法」。於是智顗「授以五戒」（以上引文出自〈重建關將軍廟記〉），關羽父子成為佛門護法弟子。張商英的描寫自然是帶有宣揚佛法無邊的宗教意味。他感歎道：「嗚呼！關侯父子，驍雄猛銳，生於亂離之時，以金革戰鬥為事，身死家破，客魂魄於覆船山下。一旦遇大士，發明真諦，心生欣厭，以剎那善念，其福力遂與玉泉相表裡。佛力之方便，真不可思議哉！」（〈建關三郎廟記〉）這一伽藍的說法，在南宋志磐《佛祖統記》〈智顗傳〉[3]中也有所敘述。

　　伽藍神，是護衛伽藍（寺廟）之神，又稱守伽藍神、護伽藍神、護僧伽藍神或寺神，為密教神祇之一。據《七佛八菩薩大陀羅尼神咒

2　張商英的文章轉引自《玉泉寺志》卷4〈詞翰補遺〉，《中國佛寺志叢刊》第15冊，頁441、446。

3　《佛祖統記》成書於咸淳五年（1269），卷六注載：「章安撰《別傳》，略不及關王事，殊所未曉。若謂之無所聞知，則章安親在玉泉聽講矣。謂之不語神怪，則華頂安禪，強軟二魔，必言之矣。矧夫關氏事蹟，逮今神應，豈於當時有所遺逸邪？今據玉泉碑以補其闕，用彰吾祖之聖德若此。」可見，志磐對於關羽為護法伽藍的事蹟的記載也是根據後人碑記而來。《佛藏要籍選刊》第12冊，55C（上海市：上海古籍出版社，1994年）。

經》[4]卷四有云：「護僧伽藍神，斯有十八人，各各有別名：一名美音，二名梵音，三名天鼓，四名巧妙，五名嘆美，六名廣妙，七名雷音，八名師子音，九名妙美，十名梵響，十一名人音，十二名佛奴，十三名歎德，十四名廣目，十五名妙眼，十六名徹聽，十七名徹視，十八名遍觀。」《敕修百丈清規》[5]卷七〈節臘章〉四節土地堂念誦下云：「上來念誦功德，回向當山土地列位護伽藍神合堂真宰。」將作為寺院護法神的伽藍神與中國的土地神並列。宋代道誠《釋氏要覽》[6]卷下云：「中國僧寺立鬼廟，次立伽藍神廟。」可見唐、宋時期的禪家已有奉祀伽藍神的風俗。伽藍在佛寺護法神中，地位低於四大天王，二金剛，韋馱等。

　　既然關羽在佛門的地位如此低下，隨著關羽崇拜的逐漸升溫，很多人開始對伽藍神一說發表異議。明朝朗瑛《七修續稿》卷四《辨證類》〈關漢壽〉辯析道：「《桑榆漫志》，關侯聽天師召，使受戒護法，乃陳妖僧智顗、宋佞臣王欽若附會私言。至於降神助兵諸怪誕事，又為腐儒收冊，疑以傳疑，予以既為神將，聽法使矣；解州顯異，有錄據矣；諸所怪誕，或點鬼假焉，亦難必其無也。……玉泉顯聖，羅貫中欲伸公冤，既援作普淨之事，復輳合《傳燈錄》中六祖以公為伽藍之說，故僧家即妄以公與顏良為普安侍者。殊不知普淨，公之鄉人，曾相遇以禮，而普安元僧，江西人（見《佛祖通載》），隔絕甚遠，何相干涉？是因伽藍為監從之神，普安因人姓之間，遂認為監壇門神侍者之流也，此特褻公之甚。」（明刻本）朱國禎《湧幢小品》卷二十〈關雲長〉條也論道：「而俗傳（關）雲長為（佛教）伽藍神，理誠

4　《大正藏》第21冊・557C。

5　《大正藏》第48冊・152C。

6　《大正藏》第54冊・303C。該書引道世語云：「寺院既有十八神護，居住之者，亦宜自勵，不得恣情為非，恐招現報耳。」該書夾註云：「凡寺壁有畫大神者，即是此神也。或問：世界之內伽藍無數，何只十八神而能遍護耶？答：一切神皆有無數眷屬，即是分任守護也無妨。」

有之，不可得而擬議也。」（明天啟二年刻本）明代文人張邦濟便有
〈伽藍考辯〉一文，歷數伽藍神說的淵源，並指出這是佛教利用關羽
的人格精神的廣泛影響達到令人信從的目的：「……然顥之意，蓋見
彼佛無靈，假王之威以懼人心，故敢為是說耳。遂使天下後世無知之
人，皆謂以王之為人如此，為神如此而尚從於佛也，吾人可以不敬佛
哉？」顯然這是從儒生辟佛的角度，對於伽藍神的質疑。《古今圖書
集成》〈神異典〉卷三十七所載〈伽藍考辯〉則指出「禪林道院中有
護法神，曰伽藍，或當戶而立，或拱侍於傍。神不拘一，而以關帝作
伽藍者，大概十八九」。同時認為不可以聖帝為伽藍，因為關羽「忠
孝節烈，得統春秋，素王素臣，心源獨紹。自孔孟而後，扶名教而植
綱常者，賴有聖帝也。」這樣一個中國傳統倫理綱常的典範，一個
「楷模百代、人之師表」的儒家聖人，怎麼能「居門廡之下，被介冑
之飾，類宿衛之容？」故論者提出對於關羽伽藍之位，應該「門者徙
之於庭，旁者易之以正，並戒後之設像者，宜坐不宜立。」這樣以示
對關羽的尊敬。明清以後，對關羽直呼伽藍已逐漸減少了，大概是以
他的最高神職為準吧。而在藏傳佛教中，關羽還被奉為八部神之一。

二　道教：由將帥入帝王、天尊

　　宋崇寧年間關羽因受詔下界治理解州鹽池而封「崇寧真君」之
時，天師張繼先其實才十三歲，小小年紀的天師促成了關羽的神職升
遷，並且被後世道人越傳越玄。宋元道教雷法中將關羽列為雷部將帥
之一。在道法大全書《道法會元》卷二五九、二六○有「地祇馘魔關
元帥秘法」和「酆都朗靈關元帥秘法」。這是正一道天師張繼先吸收
同時代神霄派道人王文卿的「神霄大法」而創立的雷法[7]。卷二五九

7　宋元之際流行的所謂「雷法」，主要是通過作法求雨祈晴，解決農業生產中自然災
　　害的現實問題。以神霄派的觀點，「從天人合一的宇宙觀出發，神霄家認為金木水

之後有道士陳希微所志《事實》，敘述了關羽雷法的淵源：

> 昔三十代天師虛靖真君於崇寧年間奉詔旨云：萬里召卿，因鹽
> 池被蛟作孽，卿能與朕圖之乎？於是真君即撰符文行香至東嶽
> 廊下，見關羽像，問左右此是何神，有弟子答曰：是漢將關羽，
> 此神忠義之神。師曰：何不就用之。於是就作關字，內加六丁，
> 書鐵符投之池內。即時風雲四起，雷電交轟，斬蛟首於池上。
> 師覆奏曰：斬蛟已竟。帝曰：何神？師曰：漢將關羽。帝曰：
> 可見乎？師曰：惟恐上驚。帝命召之，師遂叩令三下。將乃現
> 形於殿下，拽大刀執蛟首於前不退。帝擲崇寧錢，就封之為崇寧
> 真君。師責之：要君非禮，罰下酆都五百年，故為酆都將[8]。此
> 法乃斬蛟龍馘魔祖法始也。故書其首末，以示後之嗣法之士。

道人的記述道出天師召關羽的隨意性，並著意於天師所行的符籙道法，
順便也解釋了關羽淪為地祇的緣由。

關羽作為雷部將帥，有各種稱號。在「地祇馘魔關元帥秘法」
中，「主法」者為「聖師北極紫微大帝」，「主將」關羽全稱「雷部斬
邪使、興風撥雲上將、馘魔大將、護國都統軍、平章政事、崇寧真君
關元帥」。又一派雷法中，「主法」為「祖師三十代天師虛靖弘悟真君

火土五雷，無非五氣相激剋而生，而五氣皆由先天祖炁（即氣）所化所宰，五氣在
人身為五臟之氣，若能煉成內丹，元神祖氣主宰自在，能隨意升降自身陰陽。五氣
令之交感激蕩，便能感通身外天地間的陰陽、五氣及主張陰陽、五氣之神祇，達到
祈雨求晴、消災治病等現實目的。」見任繼愈《中國道教史》，頁564。

8　關於關羽為酆都神的說法，也見於小說。鄧志謨《咒棗記》第十三回「薩真人游遍
地獄　關真君引回真人」中寫薩真人在冥府見到了關羽：「關真君怎的在酆都？因為
當初與張道陵天師相挺，天師做了一角公文，叫真君解到酆都，實欲把關真君永墮
酆都。途遇著普庵祖師，將公文拆開一看，原來是關雲長自己解自己。普庵祖師乃
替他改著『永鎮酆都』。故此關真君在酆都之國鎮守。……」《咒棗記》見《明清善
本小說叢刊初編》第七輯鄧志謨專輯。

張諱繼先」，「將班」關羽稱號為「東嶽獨體地祇義勇武安英濟關元帥
諱羽」[9]。「酆都朗靈關元帥秘法」中，「主法」為「祖師三十代天師
虛靖張真君」，「將班」中有「主將酆都朗靈馘魔大將關元帥諱羽、副
將清源真君趙昊、飛天八將（名略）」[10]此外，在「蓬玄攝正雷書」
中，「主法」為「祖師九天司命清真紫虛魏元君」，名列「帥班」的關
羽稱號為「轟雷攝正青靈上衛上將關元帥」[11]然而不管其稱呼如何，
關羽的神職終究不過是受道士或正神召遣的對象，驅除妖魔、轟雷布
雨的將軍。而關羽所具有的神力和以正祛邪的精神正是來源於他生前
的人格力量。在「酆都朗靈關元帥秘法」的「助贊咒」中，將關羽的
生前品格與神性相結合贊咒道：「馘魔大將英烈威靈，在生忠勇，死
後為神。忠貫日月，德合乾坤。寶刀在手，怒氣淩空。誅斬妖魔，賓
服不臣。鬼妖輒逆，怒目一嗔。化為微塵，助吾行神。神威明明，忠
勇至靈。神知汝姓，鬼懼汝名。一攝速降，再攝現形。急急如酆都大
帝律令。」那麼，關羽受召所行何事呢？或者是祈雨救旱：「……督
勒……酆都朗靈元帥關羽、諸司官將、雷部萬神：疾速驅龍卷水，激
雷興雷，灌門掩曦，覆壇結蓋，誅除旱魃，窮滅妖霓。帶風雲電雷雨
的於今月某日某時來赴本壇，震動天聲，布降霖雨，昭蘇苗稼，沾足
田疇，協成大有之年，以慰下民之望。」[12]或者是斬鬼捉邪：「遣咒：
天心天心，莫負我心。雷霆迅速，關羽即今酆都大帝令下排兵急抵患
家搜捉邪精，若有違戾，黑律匪輕。」[13]而關羽和其他的雷神一樣，
如果不受驅使，還要受到懲罰：「一諸仙官不聽法官驅使者，依鬼神
抗拒法律斷罪；一諸雷神被法官呼召而不至者，杖一百；一諸雷神被
法官差於某年某月某日某時震動以為報應，至時不震動，不依牒內坐

9　《道法會元》卷259。

10　《道法會元》卷260。

11　《道法會元》卷36。

12　《道法會元》卷49。

13　《道法會元》卷260。

說故意違者，仰法官差神吏重行遣役。……」

　　究其實，關羽等將帥在道教雷法中，無非是充當了道士們設壇齋醮的工具，在道士們擬設的虛幻世界中被賦予天人一體，氣脈相通的能量。於是，隨著關羽神職的攀升，這種能量也日益擴充。在明代，關羽能稱帝，稱天尊，據傳也是道士所請。《陔餘叢考》卷三十五載：「萬曆二十二年，因道士張通元之請，進爵為帝，廟曰英烈。」甚至萬曆四十二年（1614）的敕封也和道士相關。這些民間的說法自然可信可疑，但是稱帝之後，關羽在道教齋醮儀式中便享受起帝王的待遇。在《廣成儀制關帝正朝全集》[14]中，記載了齋醮關羽的整個過程，在道教法師登壇的存想之中，壇場儼然是崇寧寶殿，殿上列坐「兩班文武合幹真宰」如張飛、趙雲、關平、關興、周倉、廖化等人，此外還有侍衛森列，凡間之壇化為神靈仙境，關羽作為帝君高高在上，接受齋醮法筵。整個氣氛正如儀式末所讚：「善事崇修建帝臺，琅函初舉法筵開。真香炷鼎祥煙起，仙仗排空聖駕來。班列屬官憑祀典，雲從部將赴清齋。威靈應感無疆慶，佇看天花滿塵埃。」法師在獻香請神之時，還高頌關羽的「讚歌」：「讚帝君，至仁勇，浩氣舒，日午當中。桃園結義心性同，宰烏牛，答謝蒼穹。春秋丈夫美髯公，魏與吳，俯首相從，輔佐炎漢保真龍，丹心現，秉燭敬忠。伏魔蕩寇顯神通，佑眾生，錫福無窮。」在灑水淨壇之後，「各禮師存念如法」，於是法師宣念科咒，主要突出關羽「神功受命，威加九地；遠及遐荒，鎮靖寰宇」的神威，創設一種肅穆、威嚴、神幻的氣氛。其中，人神相通，法師「恭對瑤壇，秉稱法職」，「望帝座以陳言，面法筵而請命」，就像人間宮殿臣子朝見君王的儀式一樣。齋醮儀式的舉行，主要是祈願「皇圖天永，帝德日新，四海享升平之治，萬民樂弦誦之休。風雨及時，年登大有，邊夷服化，歲協永安。」在神靈的

---

14 武陽雲峰羽客陳仲遠校輯，收入《藏外道書》第15冊。

護佑中，祈盼國泰民安，讓人們的願望有所寄託。這也是道教清醮儀式的一個重要的社會功能所在。

三　儒稱「武聖」

在封建社會的國家祀典中，關羽取代姜子牙，成為武廟正神是從明朝開始的。明開國皇帝朱元璋欲重建封建秩序，在酌定國家祭祀禮儀之時，對於「忠臣烈士」之封務求慎重，以禮為規範[15]。究其因，在於對於君臣之禮的嚴格界定。因此，甚至歷代被奉為文聖的孔子也因其臣民身分受到衝擊，更不用說武成王姜子牙了。只是，未曾想到，這一來卻為關羽在國家祀典中獨立立廟以至後來在民間宗教信仰推動之下，位置日益攀升，成為「武聖」創造了條件。

由明到清，關羽的冥神之路青雲直上，「冥運亨通」。首先，從群祀上升到中祀。明初，關廟與都城隍廟等相埒；清代咸豐一朝，關羽已經享有與歷代帝王、文昌帝君等相同的地位，至此，關羽在國家祀典中的地位達到頂峰。不僅如此，關羽的祖先三代也由公爵而升至王爵。其次，對於關羽的祭典也日益制度化。據汪宗元《南京太常寺志》記載，明初，關羽是與「蔣忠烈、武順，昭應，嘉祐諸王等廟同日致祭」[16]，嘉靖十年由「壽亭侯」改稱「漢壽亭侯」之後，改為四孟及歲暮應天府五祭，五月十三日為關羽誕辰，太常寺祭。祭品都為「少牢」。應天府歲五祭時，由堂上官行禮，陳設有「帛一，羊一，豕一，果三，爵三」，儀注贊引為「引獻官詣盥洗所，盥訖，贊就位，作樂，贊奠帛，行初獻禮。執事各捧帛爵立於神位前，贊詣神位

15　《皇明詔令》卷一，《初正山川並諸神祇封號詔》洪武三年（1370）六月頒佈，詔曰：「至於忠臣烈士，雖可以加封號，亦惟當禮為宜。夫禮所以明神人，正名分，不可以僭差。今命依古定制……歷代忠臣烈士亦依當時初封，以為實號，後世溢美之稱，皆與革去。……」《續修四庫全書》第457冊，頁45。

16　《關帝事蹟徵信編》卷11〈祀典〉。

前，引獻官至神位前，贊奠帛，獻爵復位。樂止，贊讀祝訖，贊亞獻
禮，執事各捧爵自立獻於神位前，訖贊，終獻禮，（儀同亞獻）贊焚
祝帛，執事各捧祝帛，至燎所，焚訖，贊禮畢，樂止。」以上儀式包
括：一、清潔盥洗；二、作樂，奠獻；三、讀祝，焚祝帛等。到了清
朝儀式就更為繁瑣。據《大清會典》，主要包括以下程序：一、承祭
官盥洗，就位；二、迎神，上香；三、復位，跪叩；四、奠獻，讀
祝，跪叩，獻爵；五、送神，詣望燎位焚帛，禮畢。在跪叩的時候，
對關羽要行三跪九叩禮，對關羽祖考三公要行二跪六叩禮。而到關羽
崇祀制度的最高峰，其禮儀制度更是與帝王相等。據《欽定大清會典
事例》一書，主要規定有：一、祭日為春秋二祭，不得用忌辰日期；
二、關帝廟樂章與歷代帝王廟一樣用六成（迎神、初獻、終獻、徹
饌、送神）；三、關帝廟佾舞與歷代帝王廟一樣用八佾，文舞武舞兼
用。四、春秋二祭時，以親王郡王擬定正陪，遣王一員行禮。（不僅如
此，嘉慶年間，還令皇子報祀如儀[17]；咸豐帝[18]，同治帝[19]，光緒帝[20]
都曾經親自到關帝廟拈香行禮。）同時還規定了供品以及後殿的各項
事宜。此外，關羽祭祀制度也由中央推廣到了地方。乾隆十六年
（1751）山西布政使多綸奏准，又十七年，由禮部咨准：「各省壇
廟，春秋戊祭，省會令督撫主祭，布政使以下陪祀，其有道員駐劄之
府州縣地方，亦令道員主祭。府州縣以下等官陪祀。督撫道員各有出
巡職任，倘偶出巡時，仍令布政使及該地方正印官攝祭，如將軍提鎮
等均系武職，應仍照向例陪祭。至分駐之同知等官，分司河公鹽捕等
事，較之道員，體統殊絕，知縣係地方正印官，應仍照舊主祭。」[21]

17　《清史稿》卷84。
18　《清文宗實錄》卷126。
19　《清文宗實錄》卷237。
20　《清德宗實錄》卷102。
21　阿思哈：《續河南通志》，轉引自《關帝事蹟徵信編》卷11，《關帝文獻彙編》第3冊，
　　頁372。

對於主持祭祀的地方官員官爵有如此嚴格的等級要求，也可以看出官方祭祀關羽的嚴肅與隆重。地方上的祭祀除了與京城一樣的春秋二祭外，還帶有更多民間信仰的色彩。如在解州，每年四月八日、九月十三日祭祀關羽。此外，「每歲清明，分為二祭，州官親詣行禮，一祀于武安王神位前，一祀于王先人墓塚，亦如民間祭掃之儀」。而且有道士的清醮儀式，《關志》載《常平祠墓清明祭典申批》云：「合每歲遇清明節，令道官率領闈宮道士。俱詣本廟，建設清醮三日，庶見崇報之意。」[22]洛陽相傳為關羽的墓地之一，祭祀也有其地方色彩：「每歲正月十六日，鄉人鄰封士女，率到羊灑酒上塚，如祭掃之禮。」[23]當陽的大王塚，在清明節的時候也有鄉人行祭掃之禮。

如果說從在明清兩朝國家祭典儀式制度中的祭祀規模可以看出封建君主對關羽崇拜的重視，那麼在明清的祭祀祝文中就可以看出，帝王們借重關羽的原因。明成化十七年（1481），曾頒佈關廟祭文[24]，主要表彰了關羽在宋朝「統陰符之兵，剿滅蚩尤之怪。妖氛既絕，旱虐隨消。天降甘霖，池盈鹽水。生民獲利，國課充輸。公快私忻」的顯靈事蹟，並且借關羽這種通神禦患、降妖除怪的威力護佑大明皇運，其中的關羽具有降魔的功用和民間的神化色彩。嘉靖以後的祝文中則稱「生稟忠義，死後神靈。禦災捍患，歷代昭著[25]」，簡要的概括關羽的忠義精神以及死後的功績。到清代，雍正帝親自作〈關帝告祭文〉[26]，熱情洋溢地歌頌關羽生前為人稱頌的忠勇：「素志忠誠，天姿勇毅；九霄皎日，長懸翼戴之心；萬古英風，不泯剛勁之氣。」關羽的深明大義：「學宗洙泗，生平誦習《春秋》；光動河山，義烈昭垂宇宙。」

---

22 轉引自《關帝事蹟徵信編》卷11，《關帝文獻彙編》第3冊，頁376。

23 胡棟：《關帝志》，轉引自《關帝事蹟徵信編》卷11，《關帝文獻彙編》第3冊，頁381。

24 張鎮：《解梁關帝志》卷1《封號》。《關帝文獻彙編》第2冊，頁560。

25 汪宗元：《南京太常寺志》，轉引自《關帝事蹟徵信編》卷11。

26 《清世宗憲皇帝御制文集》卷18，《四庫全書》第1300冊，頁145。

關羽的聲名與厚祀:「高名完節,既長耀於史編;福國庇人,久特隆於廟祀。」這樣,關羽身上儒家教化的色彩便突出出來,與成化年間祭文彰揚破蚩尤的神魔力量風格迥異。後來的祝文便由此生發開來,主要頌揚其「扶正統而彰信義」、「完大節以篤忠貞」[27];表彰其「允文允武,乃聖乃神」[28]的儒雅氣度和崇高地位。關羽作為帝王們所樹立的包納在儒家傳統禮教精神範圍內的武聖人的形象就這樣被包裝出來了。顯然是帶有濃厚的倫理教化色彩。

　　綜上觀之,儒、釋、道三教都以各自的儀式與神職為關羽裝扮了一番:在佛教寺廟中,關羽雖忝列為伽藍,卻端坐大殿,位置不同尋常;道士在香煙繚繞中為關羽設置了文武大將分列的崇寧寶殿;封建帝王則「親自」為關羽披上華袞,戴上冕旒,使其成為與歷代帝王等列,卻仍默應自己號召的冥界帝君[29]。這三家的合力促成了關羽信仰的升格升溫。而且三教之間(特別是儒、道之間)常有融合現象。例如,在萬曆四十二年,關羽被敕封「三界伏魔大帝神威遠震天尊關聖帝君」時,在正陽門關廟舉行醮典,醮詞中既有「生前忠義,振萬古之綱常;身後威靈,保歷朝之泰運」的褒揚,又有「關聖帝君以今年八月十五日位正南方丹天三界伏魔之位,天人共慶,三界推尊。茲建醮典三日,安供聖經,慶賀關帝」[30]之類對其封號進行道教色彩的闡釋。不過,最終對關羽的神職的認定基本上參照了人間帝王的儀制,在這位中國民間神祇身上添加更多的儒家色彩。民間就有這樣的說法,即關羽稱帝后,「又封夫人為九靈懿德武肅英皇后,子平為竭忠

27　來保、李玉鳴:《欽定大清通禮》卷14〈吉禮〉。

28　來保、李玉鳴:《欽定大清通禮》卷14〈吉禮〉。

29　關羽本來是三國將領,按理是不應該與歷代帝王等祀的,而清朝的皇帝之所以百般抬捧關羽,無非還是為其所用,歸根結底,這個冥界帝君還是人造出來的。在乾隆朝,本來在關羽封號之前,都有「敕封」二字。後來,乾隆帝旨令將二字刪去。見《欽定大清會典事例》卷438《禮部》〈中祀〉。

30　張鎮:《解梁關帝志》卷1〈封號〉。《關帝文獻彙編》第2冊,頁564。

王，興為顯忠王，周倉為威靈惠勇公。賜以左丞相一員，為宋陸秀夫；右丞相一員，為張世傑；其道壇之三界馘魔元帥，則以宋岳飛代；其佛寺伽藍，則以唐尉遲恭代。」[31] 好像分割了關羽在儒道釋三教的神職，一心一意做他的關聖帝君了。然而在民間的關羽信仰實際上是三教合一的多元形態，而且民間信仰的傳播除了以上具有官方色彩和宗教色彩的儀式外，還主要靠善書的流通。

第二節　善書中的關羽：民間的道德守護神

關帝善書，是指假託關羽的名義製作的、勸人去惡從善、積善獲福的通俗道德教化書[32]。關帝道經與善書一般收錄在道教文獻中。如較早的一部道經為《太上大聖朗靈上將護國妙經》（張國祥校梓）收入《續道藏》中；《藏外道書》第四冊收入《三界伏魔關聖帝君忠孝忠義真經》、《關帝明聖經全集》；第十五冊《懺法大觀》中有《太上忠武關聖帝君護國保民寶懺》等。這些善書的寫作時間大概是明清兩代，具體已無從考證，雖然善書前冠以「關帝」之稱，但並不能就此認為是明代萬曆年間加封關聖帝君之後所作。例如，《道藏輯要‧星集》本有兵部尚書蒲州楊博的〈忠義經序〉，稱其名為「《關壽亭侯忠義經》十九章」，序中提到，他曾經在嘉靖三十五年（1556）巡撫楚荊，後還省，在楚王處見到此經。由此可見，《忠義經》在明代就流傳了，後來所刻善書稱關羽為「三界伏魔關聖帝君」乃是據後世封號所加。

關帝善書，除了以上收錄在道教典籍中的經文之外，還有《關聖帝君覺世經》、《伏魔帝君聖誥》、《武帝正心寶誥》、《正心經》、《戒士子文》、《信善經》、《超生度人滅罪寶懺》等，在民間將關帝善書彙集

31　趙翼：《陔余叢考》卷35。

32　參考陳霞：《道教勸善書研究》〈導言〉（成都市：巴蜀書社，1999年），頁9。

成《武帝真經寶懺》加以印行，或者與關羽本傳、祀典碑記、史論考辨、靈異事蹟、關帝靈籤一起合刊，如周匯淙《關帝全書折中》。從內容上講，關帝善書可以分為說理型（勸善懲惡），如《忠孝忠義經》、《覺世經》、《戒淫經》等；紀事型如《戒士子文》；操作型如《大戒功過格》[33]等。大致在清代以後，善書便大量在民間流通，還有人為之作注證，出現諸如《覺世經注證》、《戒士經注證》、《忠義經衍義》[34]、《關聖帝君覺世寶訓圖說》、《關帝寶訓像注》[35]等。注釋對經文加以詳細講解，說理更為透徹，尤其是補充了大量的靈應故事，更為吸引民眾。

在明清時期，民間大量刊行善書的一個重要原因是認為印送善書流通可以積累功德，為自己或家人祈求現世的平安和幸福。《關帝全書折中》有《流通善書之法》便羅列了十八條印書勸善所祈求的目的，包括「功名財祿，祛病延齡，超度亡靈，時和年豐」等。最後一條是「一切祈求，一切善願」，可見善書的包容性。而顯然，關帝經文的流行也是與民間信仰中關羽信仰分不開的，關帝善書適應於家中的禱告與祭拜。如《明聖經》的《誦經規款》寫道：「凡有善信之士，虔誦此經，不及塑畫聖像，即用黃紙朱筆中書『伏魔大帝關聖帝君神位』，左列張仙天君，右列靈官天君，供奉中堂，齋戒沐浴，更著潔服。點燭一雙，上香三炷，茶酒鮮果，虔誠致敬，行三跪九叩禮畢，跪誦……」[36]這樣，不需要到寺廟燒香祭拜，甚至不要張掛關羽之像，用一個虛擬的神位就可以代表關羽了。中國的民間信仰之所以能繁衍不息，大概與這種通俗的宗教形式與通俗的宗教教義相關吧。

既然是託關羽之名所寫的經文，關羽為人為神的形象便充分反映

33　周匯淙：《關帝全書折中》卷43。

34　周匯淙：《關帝全書折中》卷46，卷49到卷54。

35　如首都圖書館藏雍正辛亥歲刻《關帝寶訓像注》，京師內城東單牌樓喜鵲胡同善慶堂何藏版。

36　見潭西劉宅光緒辛卯年刊《關聖帝君明聖經》。

在善書之中，而且具有多個層面的意蘊和身分。

　　善書中關羽的形象自然也是以歷史中或小說刻畫的三國將領為基礎。《忠義經》〈述志章〉精煉而又完整的敘述了關羽的生平事蹟：「黃巾作亂，天下招兵。觀榜涿郡，偶遇劉張。桃園結義，生死不忘」，到「始除黃巾，三戰呂布。許田射鹿，投鼠忌器。土基被困，失散兄弟。曹操奸雄，奏封壽亭。吾奉二嫂，吾思弟兄。誅良斬醜，掛印辭曹。灞陵橋上，挑起錦袍。吾宿驛司，明燭達旦。獨行千里，五關斬將。吾斬蔡陽，古城會敘。後遇子龍，周倉歸義。冒雪隆中，三顧臥龍。義釋曹操，恕斬黃忠。領牧荊州，勸農講學。單刀赴會，談笑自若。赤壁鏖戰，水淹七軍。生擒龐德，華夏威名」。基本上囊括真實的史實情節和小說中虛構的故事，其中「赤壁鏖戰」應在「三顧臥龍」後，「義釋曹操」前，而在荊州「勸農講學」一事則有可能是自創或出自傳說。《桃園明聖經》前面的《關聖帝君世系》對關羽做了簡單的介紹，卻不是依據正史，而是來自傳說：「聖帝姓關諱羽，字雲長，出夏大夫龍逢之後，居解州常平村寶池里，……年十七娶胡後，生三子，曰：平、興、索」。增加了史實中沒有的祖考、配偶和關索這個兒子。經文中有關羽的前世為戰國紛爭中的伍子胥一說：「鑒知戰國侵淩亂，命我臨凡救萬民。玉皇賜我名和姓，子胥五轉做忠臣」。伍子胥的忠孝得到上天認可，於是敕令他「管錢塘事，晝夜領潮行」。後來，到東漢末年，「漢室多奸黨，改姓下凡塵」。投生為關羽，加上「指關為姓」的故事：「鄰人韓守義遭呂熊荼毒，關羽殺之」。增加「封漢壽亭侯，印無漢重鑄」這個在小說嘉靖本中出現的故事，其他故事與上面《忠義經》所述大同小異。《明聖經》中描寫關羽的外形：「火龍燒赤兔，水獸煉青鋒。臥蠶眉八字，丹鳳目雙睛。五龍鬚擺尾，一虎額搖身。精忠沖日月，義氣貫乾坤。韜略期孫臏，機謀勝范增。鬚長義更長，面赤心尤赤。英雄氣蓋世，燭殘刀破壁。封庫印懸樑，爵祿辭不受。偃月刀，磨仍快，歡兄弟不再。

臥蠶眉，鎖未開，恨江山幾改。」與小說中的關羽外貌基本相同，還以磨刀鎖眉的動態描寫，展現一個有兄弟之義、漢室江山之憂的武將風姿。

對於關羽生平故事的敘寫無非告訴世人，正是關羽這種在世時的人格使得關羽能夠獲得神界的職位，為後人所敬仰。那麼關羽的神職有哪些呢？善書中也眾說紛紜。《明聖經》中有對孔明、劉備、張飛和關羽轉世成神的敘述：「孔明原是廣慧星，即是前朝嚴子陵。此生諸葛亮，再宋朱文公。輪迴三世相，永不下凡塵。……大哥已在清虛府，關某今掌三天門。三弟四川為土谷，每起忠良護國心。在宋易姓岳飛將，在唐改諱曰張巡。輪迴三轉皆忠烈，上帝封為護國神。小可兵戈不差汝，大難危邦再下塵。天下城隍皆將相，正直為神古至今」。這段由人而神的歷程表明三國時蜀漢集團在以漢室為正統的後代得到普遍崇敬。而關羽職掌三天門，位置重要：「萬神啟奏我先聞。善者紀錄加官爵，惡者遭殃絕子孫。報應遲速時未到，昭彰早晚禍福臨。」原來是負責上傳下達，主善惡報應。另外，經中關羽自稱：「吾係紫微垣中，火之正氣。火，離明象也，故主文昌。火，又烈性也，故主武曲。文主仁，仁首忠孝。武主義，義首廉節」。看來是文武全收了。不僅如此，關羽最後的神職更高，據《伏魔帝君聖誥》〈志心皈命禮〉稱為：「太上神威，英文雄武。精忠大義，高節清廉。協運皇圖，德崇演教。掌儒道釋教之權，管天地人才之柄。上司三十六天星辰雲漢，下轄七十二地土壘幽酆。秉注生功德，延壽丹書。定生死罪過，奪命黑籍。考察諸佛諸神，監制群仙群職。德圓妙果，無量度人。萬靈萬聖，至上至尊。伏魔大帝，關聖帝君。大悲大願，大聖大慈。真元顯應，昭明翊漢天尊。」

早期的道教經典中，關羽形象帶有更多的趨神馭鬼的職能因素。如《太上大聖朗靈上將護國妙經》中說「吾授玉帝敕命三界都總管雷火瘟部，冥府酆都御史，提典三界鬼神」，雖然也宣揚忠孝，但更強

調附著在關羽身上的神威力量。到後來的勸善書中，關羽形象則更世俗化。其中，關羽儼然超越時空之上，歷代果報盡收眼底，經文一般是以關羽為第一人稱的語氣道出，彷彿一位歷史老人在諄諄地教化眾民。這種倫理教化大多都是通過善惡因果報應的思想表達出來的，而且還附帶著很多歷史人物的故事。如《關聖降筆真經》中勸諭大眾要真心待人，正直光明，便列舉三國人物：「周瑜雖然智巧，量窄反自傷身。曹操無底深險，現今受罪冥陰」。「孔明只緣忠義，幽冥群奉為神。」《戒淫經》除了舉出古代淫亂遭禍的事例，如「夏桀無道，寵妹喜而敗壞江山；商紂不仁，愛妲己而摧殘社稷。齊莊公因棠姜廢命，慘不可言；陳靈公為夏氏亡身，醜不堪問」。關羽還現身說法，講述自己「在漢室，寸心可白。秉燭待旦，無意曹瞞。斬將奪關，尋兄護嫂」。善書中列舉出大量耳熟能詳的史例，為百姓的日常行為規範提供了一個歷史的參照系。在這裡，關羽便是這些通俗的歷史故事的傳播者和人倫傳統的代言人。

關帝勸善書強調做人要一心向善，而作為善的報應，不僅是超升入仙界，更多的是現實中人們所祈求的科舉功名，富貴榮華，健康長壽等等。《覺世經》中詳細地羅列了諸如「敬天地，禮神明。奉祖先，孝雙親。守王法，重師尊。愛兄弟，信友朋。睦宗族，和鄉鄰。別夫婦，教子孫」等一系列的善行，善有善報：「加福增壽，添子益孫。災消病癒，禍患不侵。人物咸寧，吉星照臨。」也羅列了諸如「淫人妻女，破人婚姻。壞人名節，妒人技能。謀人財產，唆人爭訟。損人利己，肥家潤身」等惡行。行惡者將受到「斬首分形」之類的懲罰。在善惡的執行中，關羽又成為監督者與評判者，他貼近人的心靈：「凡人心即神，神即心，無愧心，無愧神。若是欺心，便是欺神（《覺世經》）」。不僅與人心息息相通，而且全知全能，無所不在，無所不能。如果民眾虔誠信行其法，還能夠為民心所馭使，救苦救難，消災添福，有求必應：「正心行吾法，吾必合汝心。持心終始

一，吾必親現形。由汝役使吾，變化如沙塵。分身千百萬，隨處救天民。勤心奉吾者，永結為弟兄。遣吾幹霖雨，掣電轟雷廷。遣吾誅妖孽，斬頭滴血腥。……汝若負吾者，風刀斬汝形；吾若負汝者，永滅精氣神。」總之，在信徒們琅琅地念誦中，他們的心漸漸地與關羽相通而能夠感受到一種天人之際的回應，這位氣息相通又威嚴在上的神靈成為在世之人避惡行善的一盞明燈。

在中國古代人治的社會裡，這些由宗教人士創造出來、託關羽的名義流行的樸素的道德規範和善惡標準，儘管有些唯心主義和神秘主義的色彩，但無疑對於社會道德秩序的建設具有平衡和調節的作用，這是神道設教政策的上行下效，也是中國本土民間信仰的一種重要的功能。而關羽形象能如此深入人心，恐怕也與他承擔的這種角色有關。

第三節　寶卷中的關羽：無生老母的信徒

寶卷，是上承唐宋「變文」、「說經」的一種與宗教有關的民間通俗文學樣式。大致以宣講佛教故事、神道故事、民間故事為主，還包括一些勸世經文，故有的學者也將其作為勸善書的一種。然而到了明清時期，隨著民間下層社會中反封建壓迫的意識高漲，民間秘密宗教運動也蓬勃發展，寶卷作為宣講秘密宗教教義的工具，幾乎成了民間秘密宗教經卷的一種代稱。而且不同時期所表現的形態還有所不同[37]。本節所論及的關羽寶卷是刊刻於明萬曆年間到清康熙年間的《護國佑民伏魔寶卷》、《三義護國佑民伏魔功案寶卷》、《銷釋萬靈護國了意至聖伽藍寶卷》等。

---

37 有關寶卷的知識，參考鄭振鐸：《中國俗文學史》第11章〈寶卷〉，和濮文起：《中國民間秘密宗教》第6章第1節〈白蓮教經卷──寶卷〉（杭州市：浙江人民出版社，1991年）。

　　《護國佑民伏魔寶卷》[38]作為明清時期祕密宗教經卷，其刊刻時間不明，在寶卷中有「丁巳年癸卯月，發心開造，一部私傳」（第二十一品）的道白。丁巳年可能是萬曆四十五年（1617）或者康熙十六年（1677），從寶卷中「破苗蠻，擋倭賊」、「擁護大清萬萬年」的詞語看，刻於康熙十六年的可能性比較大。至於作者，有的題為「明·悟空」編，寶卷中則有「張曹李王張君子，五人同共發善心。善名在板永不壞，萬萬餘年不占塵」的韻文，至於這五人是編者還是刊印者，難以說明。寶卷開卷便講明編卷的由來：「夫伏魔寶卷者，不是編作浮言，盡是真實功德。老爺顯聖，正月初一日，景我三遍，著我遺集寶卷，弟子不敢應承。至二月初三日，弟子在京都，老爺提名叫應，著我造經。醒來不敢善專，香燭幣馬，午門求籤。三籤上上，弟子應承。集就熟言，口中長疒。大眾聽說寶卷力意，或者宣卷不信，或者聽卷不依，起心悔謗，應墮地獄」。此後，全篇中一直都在反覆宣揚寶卷是大夥捐錢完成，刻經卷，宣經卷，是行善積德等等。

　　寶卷分為上、下兩卷，二十四品，卷首有開經偈。每一品的結構大致相同，是帶有詞牌曲牌、一般為兩闕、用來歌唱的曲詞。之後，是說白部分。接著是十言的韻文，用來吟誦。《護國佑民伏魔寶卷》屬於勸世經文類型的寶卷，其中講述的關羽故事並不多，主要通過關羽超凡入聖、救苦行善、護國佑民、萬神擁戴的神品宣揚善因自種、福慧自修等思想。

　　伏魔寶卷大致描述了關羽轉凡稱聖的過程和成神後的顯靈事蹟。在寶卷開端的一、二品中是對劉、關、張三人桃園結義的宗教闡釋。第一品講到：「老爺原根桃園結義，關劉張三人三性圓明，一體同觀，白者白如雪，紅者紅如血，黑著黑如鐵，非凡人也。」第二品「三人和合萬法皈一」概括地敘述了三人齊心協力、建功立業的征戰

38　此寶卷由天津社科院宗教所濮文起先生收藏。

過程:「話說三人結義,大哥是當人清淨法身,二哥是元人千百億化身,三弟是元滿報身。三身原現,一體同觀。破黃巾賊,十萬八千。殺文侯,死心忘意。三刀劈四寇,五關斬六賊。千里尋兒認弟,古城聚會團圓。降曹滅吳,西川為主,成其大事」。在此,所宣揚的不僅是異性兄弟的患難感情,而且將三人與佛教中的「三身(報身、化身、應身)」聯繫起來,賦予三人「三性圓明,一體同觀」的不分你我、精神合一的境界,這種精氣神的高度合一正是在秘密宗教中被宗教化了的一種兄弟情誼。此後,寶卷敘說了一個觀世音試探關羽色心的故事:「感動菩薩,慢坨之中化一神堂古廟,大雨趕關爺入廟被雨,菩薩變化美貌女子,故裝心痛哀告:『將軍救我一命,按我一把,我病消退。』關爺聽說:『你是女子,我是男人,不好向前治你根。』結扇深出刀纂,菩薩起在虛空,高聲大叫:『我不是別人,我是南海觀世音菩薩,至你色心,真乃赤心財色雙忘,許你成神,護我金身』。雲消霧散,去了菩薩。」很顯然,故事帶著非常濃厚的世俗特色,關羽因男女授受不親,不好用手按女子,而伸出刀去按。試探之後,觀音菩薩點化他成神,向他傳授方法:「修道人,先調理,先天一氣;采清風,換濁氣,養氣存神。氣要聚,養聖胎,三華聚頂;五氣朝,在中宮,見性明心。開三關,透九竅,通天徹地;從海底,往上返,滾上崑崙。霹靂響,金門乍,開關展竅;養嬰兒,成正覺,滾出雲門。」轉凡稱聖的過程卻十分怪誕,是一個男兒懷孕的違悖常理的故事:「男兒懷孕,委世稀罕,懷孕整三年。先小後大,不方不圓。功圓果滿,入聖超凡。玄門開放,滾出天外天」。

　　經過了這一再生的過程後,進入第三品「三官保本玉帝封神」:「話說玉帝坐于龍霄寶殿,三百六十天尊,二十八宿九曜星官排班站立。三官舉本,玉帝得知下界有一關將,耿直性烈,恩愛財色,盡情頓斷。乞玉帝得知,該當封神,在凡封壽亭侯,在聖武安王,昭討關元帥。眼觀十萬里,日赴九千壇。千里呼,萬里喚,隨心應口,應口

隨心。神無大小，靈者為尊。也是寶（實）麼」。關羽於是具有超凡
的神力，見第四品「轉凡稱聖」：「關老爺廣大神通，指山山崩，指水
水滅，呼風風來，喚雨雨至。上管天兵，中管神兵，下管陰兵，三界
都招討協天都元帥，相伴菩薩金身。護佛金相，凡聖雙修，從授師羅
點化，也得皇天聖道，采天地骨髓，佛祖命脈，日精月華風中有，廣
按定五氣，煉得行神入妙，與道合真」。成神之後，關羽因護駕有
功，被敕封為伏魔大帝：「話說關老爺時時護持御駕，刻刻不離皇
宮，保定真主國泰民安。萬歲警中，觀見金盔金甲，手持大砍刀，護
定聖駕萬歲，醒來卻是南柯一夢。天明動問文武，朕當夜晚見一將，
金盔金甲，護定朕，當卻是何人。文武聽言，齊奏萬歲，此神是關雲
長，漢朝壽亭侯保主聖駕。真主聽說，頒行天下，敕封三界伏魔大
帝，神威遠震天尊，賜九琉珠冠，滾龍袍白玉帶，摩尼朝靴，傳遍天
下。府州縣市鎮鄉村，都與爺改換金身」（第六品）。而關羽封帝之
後，由岳飛替職為帥（見第七品）。

　　寶卷所描寫的關羽超凡入聖的過程和顯靈的事蹟基本上與民間傳
說相同，然而，寶卷對這一神性歷程的講述，卻在於昭示人們關羽接
受了師羅的點化，「答查對號」[39]，皈依無生老母門下，納入了秘密宗
教教派。寶卷中雖然也說到「伏魔爺，根基深，不是凡人。元是南方
火帝君。臨凡下世在東土，保國護民」（第十三品），但是更多的是宣
揚他由一個凡人到被接納為秘密宗教所奉的神靈的過程，意在借關羽
在民眾中的神聖地位，為他披上秘密宗教的行頭，勸化大眾入教、信
仰其教義。寶卷第十六品借關羽自歎道出對世風的不滿：「話說伏魔
大帝想起少年英雄殺顏良，誅文醜，五關斬將，古城聚會：我也曾南
征北戰，費力也操心。多蒙師羅提惺，傳與我皇天聖道。我也曾咽苦
吐甜，也曾掘地尋根，搖山晃海，上升下降，參的一體同觀。多虧了

---

39 這是一種秘密宗教的入教儀式。

菩薩點化超凡入聖，拋了凡胎，證其法身，神通奧妙，護國佑民。正直無私，才敢稱聖賢。我見至今時人瞞心昧己，誇強賣會，自逞其能，奸詐不實，虛虛颺颺，怎成大道，吾今歎也。」第十九品還將關羽作為大眾榜樣來宣講：「大眾不信，現有榜樣關老爺為證。漢時為神，原是凡體，師羅點化，菩薩接引，自己真修，一成正覺，神通廣大，感動十方，以得（德）動人，也是實麼。」接著唱道：「關老爺，起初時，漢朝為將；次後來，遇師羅，點化修行。根基深，感菩薩，親來指點；聖賢心，絕財色，不掛毫分。調神氣，煉陰陽，上升下降；養先天，鉛投汞，故住命根。在丹田，養聖實，男兒懷孕；功完滿，丟凡胎，透出運門」。這就是關羽在秘密宗教中轉凡稱聖的整個過程，從此之後，「超了凡，入了聖，皈家認祖；七寶池，洗蕩了，六根六塵。聚佛牌，標了名，答查對號；伴定了，無生母，永不占塵」（第二十二品）。關羽與無生老母的關係，在寶卷中被渲染成嬰兒與娘的親情，充斥著「嬰兒姹女」的宗教意象。如「答查對上號，嬰兒見了娘。捧著手到西方」（第十品鎖南枝唱詞）「嬰兒靈山會上找親娘……嬰兒見娘，赴到靈山不還鄉」（第十五品）等。寶卷中還出現了其他的女性神祇，如「無生母執掌四兩仙氣，王母娘娘執掌四兩神氣，神州娘娘執掌四兩鬼氣，地藏老母執掌學道之人」（第二十二品）。這些女性神祇對民眾母親般的情愛，十分動人。民間秘密宗教中這種女性神祇的母性關愛是十分特別的。

　　另外的兩種寶卷，所涉及的三國故事可能更多。《三義護國佑民伏魔功案寶卷》，據黃育楩《續刻破邪詳辯》一卷[40]介紹，寶卷中講到：「佛曰吾觀火帝真君下生，一十八劫已盡，即差南海觀世音菩薩化為師羅，度他還源。」「次後觀化男女，赴命歸根，收源結果，跟老爺答查對號。」黃育楩論道：「此卷前半惟照《三國志演義》，鋪敘

40 中國社會科學院歷史研究所清史研究室編：《清史資料》第3輯（北京市：中華書局，1982年），頁69。

成文，亦無足議。後雲觀音菩薩化為師羅，度他還源，又有赴命歸根、收源結果、答查對號之說，是直以關聖為邪教中神也」。至於此寶卷的全貌未見。

　　清初刊本《銷釋萬靈護國了意至聖伽寶藍卷》（國家圖書館藏，殘存上卷）以現存文本來看，這部經卷更多的是從關羽監壇護法的伽藍身份，以及結合桃園結義、一宅分兩院、秉燭夜讀、霸橋挑袍、千里獨行等故事，以求精進除邪，轉凡成聖，早證般若大乘。開經之前，先敘關羽神職：「蓋聞漢朝聖明先主、關公、益德結義，號關大王，神定意清，忠直無二。行動萬神擁護，善平等大智，罰惡斬妖，除邪鎮護，萬國安寧。原是幻化護法菩薩，心證萬神，助護漢國寧靜。玉泉山上從拜授神僧大記，後證護教伽藍，在廟佛前，威光聖永。道稱監壇大將，上天為朗靈上將，官大元帥。供行神關爺，敕封護國崇寧至道真君。……」也就是說「關聖賢原是菩薩顯化，應世後證護教伽藍」。有忠君保國的「十大功勞」。

　　寶卷第一品開始，用關羽第一人稱口氣敘說三人桃園結義情景。在講到三人兵器時說「大哥哥雙舞劍使的能，（這裡恐有遺漏）偃月刀使的強，三兄弟手持著丈八點鋼槍，自殺到虎牢關上。」之後再敘戰功：「先破黃巾賊百萬，西楚回來封俺做一字王，俺三人也曾展土地也開疆。」這種「一字王」的說法也很有民間色彩。接下來，筆頭轉向寫諸葛亮的神機妙算。歷數諸葛亮「破曹兵百萬，破東吳三氣周瑜，命歸地府」，「妙算祭風，火燒戰船，損將折兵，扶漢主平定天下」，「隔江鬥智」，「百萬軍中使趙雲抱皇殿下出萬軍之隊」，「破陸遜片甲不歸」。然而最後卻歸結於其「使機謀耗散元身」，「躲不過，無常至，難了生死：五丈原，氣血盡，落而無功」，總結為「諸葛聖為能，圖王霸業心。未得明心性，黃粱一夢中」。以關羽的口氣道出對諸葛亮鞠躬盡瘁、功敗垂成的醫生的評價，並以此證道：「萬法歸一，談玄說妙。正信除疑，心花發明。參拜知識，明心見性。兒入母池，

萬景識破。願往西方淨土歸。」似意在破除功利心，要歸依佛法。

　　接著改用第三人稱譴責曹操「貪嗔嫉妒勢重」，逐鹿中原，使「三身」失散。「丞相使一妄想，舌變能言，請聖賢請入中原。聖賢有願，出入不醉（辭）。丞相家小，身居中原水南清淨宅舍，一宅分兩院。丞相送美女、金銀、段匹等物，聖賢一不貪用，將美女紅衣送上水南宅，清靜一無貪染。二六時整頓威風，眼前除花，腦後博儀，腳下絕塵。夜靜吩咐關平和家眷等，務加精進，爐降明香，參拜天地。願求出離萬軍之塵，早得解脫，同見聖明主公，各人明心增慧。」這裡的關羽不是陣前殺伐戰將，軍功一概不述，而主要是寫他清淨無貪染之心，求佛證道求解脫之心。第二品開頭寫關羽令關平掌燈看《春秋》，發出奸臣當道的感嘆：「先皇后代興世事，幾帝真明幾帝昏。功勞十大成何用！如今奸謀當道，不顯忠臣」。之後辭曹，「關王聖賢忠直心，合家眷等相當人。全憑志剛為根本，務要尋著主人公。」第三品是張遼定計贈袍，關羽刀挑絳紅袍，這些故事的加入使此部寶卷的文學性大大加強。

　　而宣講故事，最終還是為闡揚教義。接著在寶卷中也出現了「無生母」的形象，所謂「皇圖永固真大乘，帝道遐長轉法論。達摩傳下真口訣，參破大意證無生。」（第八品）這部經卷與《伏魔寶卷》比較起來，更多的是採用佛教中的一些破貪執的思想要義，看起來似乎更溫和些，叛逆思想不是那麼強烈。

第四節　碑記楹聯中的關羽形象

　　中國的士人自古以來就有立身揚名的人生追求，追求個性價值的實現和生命的永恆。不知何時，這種對人世間故者的懷念又移用到民間信奉的神靈身上。當然，並不是給神靈樹碑立傳，卻主要是紀念廟宇的落成與介紹建廟的緣由，其中或隱或現地展現出蒞臨人間的神靈

們及其對現實人世的關照。對聯來源於律詩，最初不過是文人的一種
文字遊戲，後來與書法結合，成為百姓人家歲時節慶烘托氣氛、表達
感情的民俗事象。寺廟中的楹聯多少代表著中國的一種「國粹」，是
中國文化特有的產物。在此，將以歷代以來的關廟碑記與楹聯（指關
廟中的對聯，少部分為關廟戲臺對聯、名勝古蹟聯或者文人題詠）加
以分析，勾勒出其中的關羽形象，考察其創作心理與意義。

一

　　梁章鉅《楹聯叢話》[41]「廟中楹聯，宋元時絕無傳句，大約起於
明代，至本朝而始盛。文昌殿、關帝廟兩處，撰者尤多，幾於雅、鄭
混雜。……」可見當時關廟楹聯題詠頗多，這些對聯本諸史實，更多
的是採用《三國志演義》小說中那些膾炙人口的故事情節，每每遭到
聯語者的批評。例如：「關帝廟聯最多，世人皆習用《三國演義》
語，殊不雅馴。有集《四書》句者，云：『知我者其惟《春秋》乎？
乃所願則學孔子也。』最著于時。語似正大，不知帝之好讀《春
秋》，正史亦無明文，惟裴松之引《江表傳》云：『公好《左氏傳》，
諷誦略皆上口』而已。『學孔子』語亦泛而無當，不得謂之佳聯。」[42]
以正史為據援事入聯固然恰當，然而，終究小說中所塑造的關羽形象
深入人心，用小說故事入聯者仍比比皆是。如灞橋贈袍一事，便多次
出現在當地的楹聯中。《楹聯新話》卷二〈祠廟〉記載世傳河南許州
八里橋廟一聯云：「灞橋自古有行人，問誰策馬而馳，傳名不朽；曹
魏於今無寸土，賴此綈袍之贈，遺像猶存。」[43]將行事與留名相結

---

41 梁章鉅等撰：《楹聯叢話》卷3〈廟祀〉，見白化文、李如鸞點校：《楹聯叢話：附新
　話》（北京市：中華書局，1987年），頁32。

42 《楹聯叢話》卷3〈廟祀〉，頁33。

43 《楹聯叢話：附新話》，頁416。

合，以匆匆路人與曹魏作為關羽的陪襯，對比深刻。

　　關廟楹聯或是評論古今歷史，感歎英雄末路，謳歌忠義精神；或是表達對神靈的崇敬，懇請福庇下民；或是微言大義，謹諷世人。其中，最突出的還是關羽作為忠義勇的三國戰將閃光的人格力量。這種人格精神是與關羽的征戰生涯分不開的，也是對聯經常引用的事蹟。如：《楹聯叢話》卷三載關廟一長聯云：「識者觀時，當西蜀未收，昭烈尚無尺土。操雖漢賊，猶是朝臣，致一十八騎走華容，勢方窮促，而慨釋非徒報德，只緣急國計而緩奸雄，千古有誰共白；君子喻義，恨東吳割據，劉氏已失偏隅。權即人豪，詎應抗主，以八十一州稱敵國，罪實難逃，而拒婚豈曰驕矜，明示絕強援以尊王室，寸心只在自知。」[44]在講論歷史大勢中對關羽加以肯定，甚至將「華容釋曹」一事牽強地解釋為不是關羽要報私人恩德，而是為了國家大計。拒婚東吳不是關羽性格驕矜，而是表示辭絕援助，心繫蜀漢。這些自然都是對於關羽的諛美之辭。此外還經常歷史真實與向壁虛構混淆不分。福建省福州市的一副對聯：「秉燭豈避嫌，斯夜一心在漢室；華容非報德，此時兩眼已無曹。（佚名）」也屬於論史性質，不過午夜秉燭，華容釋操都是演義中的故事。

　　作聯者往往用一些儒家所尊奉的格言來頌揚關羽，無形中提升了他的品格。如：「天地合其德，日月合其明，四時合其序，智者勇者聖者歟，縱之將聖；富貴不能淫，貧賤不能移，威武不能屈，忠矣清矣仁矣夫，何事於仁。」[45]論者認為此聯「聯合渾成，推崇得體，可稱合作。」（同上）山西省太原市晉祠的對聯：「貫日精忠，立臣子于千秋模範；彌天正氣，壯國家一統山河。（清・佚名）」[46]是將關羽作為忠臣義子的典範來褒揚，稱譽甚高。又如：「秦潤泉學士（大士）

44　《楹聯叢話：附新話》，頁36。

45　《楹聯新話》卷2《祠廟》，頁415。

46　金實秋：《關帝廟對聯集》（太原市：北嶽文藝出版社，1990年），頁4。

聯云：三教盡皈依，正直聰明，心似日懸天上；九州享隆祀，英靈昭
格，神如水在地中。」[47]指出關羽在後世所受到的優渥隆重的祀典，
也描畫出其心神充斥天地的巨大影響。清代翁廣居的對聯「力扶漢
鼎，道闡麟經，秉忠義伐魏拒吳，統南北東西，四海鹹欽帝君仙佛；
氣稟乾坤，心同日月，顯威靈伏魔蕩寇，合古今中外，萬民共仰文武
聖神」。囊括了關羽生前的功績和生後的靈威，很有氣勢。類似的還
有很多，如「義存漢室丹心耿；志在春秋浩氣長。」「漢封侯，晉封
王，明封大帝；儒稱聖，釋稱佛，道稱天尊。（清・黃殿陔）」[48]

　　在關廟對聯中，自然是正面讚頌的對聯占大多數，但還是有諛美
之嫌。所以有的聯者獨出蹊徑，構擬出一些比較特別的聯語。其一，
將與關羽相關聯的一些器物形象用入對聯中。如福建省東山縣：「白
馬烏牛，引出丹心一點；青龍偃月，劈開鼎足三分。」上聯是兄弟結
義情，用白馬烏牛來指代；下聯的青龍偃月比喻關羽的武藝神威。湖
北秭歸縣有聯：「赤兔踏翻曹社稷；青龍扶起漢江山（佚名）。」其
中，赤兔是關羽的坐騎，青龍為他所持的刀名，在頗有動感的造型中
勾畫出一個力挽乾坤的英雄形象。其二，還有採用第一人稱的手法，
通過關羽的自述來抒發其英雄懷抱。例如《楹聯叢話》卷三收錄的兩
首對聯：其一在河南：「河南許州八里橋有關帝廟。壁有畫像：帝騎
馬居中，曹公及張遼等分立兩旁，酌酒餞行。有長聯云：『亦知吾故
主尚存乎？從今日遍逐天涯，且休道萬鐘千駟；曾許汝立功乃去耳！
倘他日相逢歧路，又肯忘樽酒絺袍。』」[49]這是用關羽的口氣所作的題
畫對聯，借灞橋贈袍這個廣為流傳的故事作為背景，在這樣的情境中
刻畫關羽仗義辭操，又感恩報德的襟懷。這種亦敵亦友的情感只有借
關羽之口才能聲情並茂地訴出。另有傳關帝乩筆一聯云：「史官擬議

---

47 《楹聯叢話》卷3〈廟祀〉，頁36。
48 金實秋：《關帝廟對聯集》頁35、60。
49 《楹聯叢話：附新話》，頁34。

曰矜，誤矣！視吳、魏諸人，原如無物！後世尊崇為帝，敢乎？論
《春秋》大義，還是漢臣。」[50]自然是文人以關羽的語氣寫作的，刻
畫關羽的傲和忠。其三，有的文人在對聯中還不惜表現關羽的末路之
悲，營造一種失意的氣氛，表達壯懷激烈的感傷。如《楹聯新話》卷
二[51]，范次典（鴻謨）題彰德府關廟聯對關羽生平功過進行客觀評
價，云：「鼎立定中原，惜漢祚天移，未與生平完事業；馨香崇古
鄴，問曹瞞地下，更從何處避英靈。」上聯頗有功未成身先死的傷
感，而《蜀志》本傳有關羽降于禁，斬龐德，威震華夏，操議徙許都
以避之，所以下聯有「避英靈」之說。另有幾首文人的題對：「但與
乾坤存正氣，不將成敗論英雄。（清・王岱）」、「義忠貫日月，縱橫華
夏喪敵膽；怨恨傾山河，敗走麥城失蜀魂。（陳榮權）」、「志扶漢室，
威震華夏，忠義凜然參天地；白衣偷渡，兵潰麥城，成敗豈足論英
雄。（張文華）」文人就是在這種悲失的感歎中寄託追思。不過，這種
對聯一般很少在關廟中出現。

　　除了著意塑造關羽自身形象，在關廟楹聯中還經常利用對聯的
「對」的特點，擴充出幾組能與關羽正對或者反對的形象。

　　與關羽正對的形象入聯比較多。所謂正對就是在人格精神或神格
上對關羽的形象起烘托鋪墊作用的形象，經常使用的莫過於孔子和岳
飛了。其中孔子與關羽並稱文武二聖，而岳飛則延續了關羽的忠義報
國精神。如明朝方孝孺的對聯：「先武穆而神，大漢千古，大宋千
古；後文宣而聖，山東一人，山西一人。」神與聖在時間──漢與
宋、和空間──山東與山西中延伸，論者認為此聯「可包一切掃一切
矣」[52]。《楹聯三話》指出關羽與岳飛前後被奉為護國之神：「相傳每
朝之興，必有尊神為之護國。前明為岳忠武，我大清則奉關帝為護

50　《楹聯叢話：附新話》，頁35。

51　《楹聯叢話：附新話》，頁416。

52　《楹聯叢話》卷3〈廟祀〉，頁34。

國。二百年來，武功之盛，震疊古今。神亦隨地顯靈，威震華夏，故朝廷尊崇封祀，洋溢寰區」[53]，所以關岳二人合聯者尤多。清代惲季申的對聯：「義氣薄雲天，生不二心漢先主；忠肝貫金石，後有千秋岳鄂王」[54]。將關羽對劉備的義與岳飛對宋王朝的忠對舉，既點出各自的特徵又前後照應，將王臣的忠義品質提出來。而繆昌期之聯，是就關廟與岳廟比肩相連的地勢來作關廟門聯云：「德必有鄰，把臂呼岳家父子；忠能擇主，鼎足定漢室君臣」。除此之外，就地取材的對聯中，還出現了其他的忠臣義士形象。如：「新安汪村水口有關廟，並祀張睢陽，上有文昌閣。俞陰甫太史題聯云：威名滿華夏，真義士，真忠臣，若論千載神交，合與睢陽同俎豆；戎服讀春秋，亦英雄，亦儒雅，試認九霄正氣，常隨奎璧煥光芒」[55]。吳恭亨《對聯話》中收入郊縣吳小岩題關羽、趙普合祠聯：「地居廉讓之間，二分流水，三分農圃；學有經濟者貴，半部《論語》，一部《春秋》」。聯語工整，相得益彰。

　　以關羽的人格神形象，信手拈來其他或陪祀或同祀的神衹入聯，也頗為有趣。如彭春農為一寺廟題句，廟中正殿奉關帝，左右祀火神、龍神。聯云：「心之光明猶火也，神而變化其龍乎！」[56]就地取意，恰到好處地表現了關羽的人格與神格。清代朱麟為浙江省杭州市西湖題聯：「義勇冠三分，想西湖玉篆得摹，終古封侯尊漢壽；威靈躋伍相，看東浙銀濤疾卷，迄今廟貌並吳山」[57]。是將關羽與伍子胥相對，二人都是由人而神，伍子胥在西湖的威靈可與關羽相埒。而朱蘭坡聯：「帝爽有昭明，當朝諡號增崇，奉戴儀同文廟肅；神功無代謝，亙古河山作鎮，靈長運過蔣侯齊」[58]。上聯用「儀同文廟」指

53　《楹聯三話》卷上〈武廟戲臺聯〉，頁261。

54　金實秋編：《關帝廟對聯集》（太原市：北嶽文藝出版社，1990年）。

55　《楹聯新話》卷2〈祠廟〉，頁416。

56　《楹聯叢話》卷1〈故事〉，頁35。

57　金實秋：《關帝廟對聯集》，頁29。

58　《楹聯續話》卷1〈廟祀〉，頁184。

出歷代崇祀的莊嚴，下聯又用「運過蔣侯」調侃關羽神路亨通的運氣[59]。近代江雲衢為湖南雙峰縣觀音閣關聖殿題聯：「得文昌為鄰，握手講春秋大義；與菩薩說法，同聲覺海宇群生。」[60]將文昌帝君和觀音菩薩等神祇與關羽並舉，構擬出擬人化的、談笑風生的神仙世界。湖北房縣上達河的佚名聯：「懇關公顯靈，驅那毒殘鬼魅；望東嶽祈福，佑吾愚弱黎民。」[61]則表現出民眾對關羽的崇拜與祈願。

至於反襯的形象，無非是孫吳與曹魏之人。如《楹聯叢話》卷三載：「富陽緱嶺，即王子晉吹笙處。舊有關帝廟，邑人葺而新之，或懸一聯云：『此吳地也，不為孫郎立廟；今帝號矣，何須曹氏封侯。』」[62]是通過後世對三國人物的不同態度來表現關羽人格精神的永恆魅力。

二

關羽碑記，即有關關羽的廟記碑文[63]，是伴隨關羽信仰的興起而產生的。碑記記錄有關關廟的興建原因、經過、顯靈事蹟或者紀念關羽受封等重大事件，並對關羽的生平經歷、功績進行評說，大多都被人們刻在石碑上而得到流傳。歷代的碑記散文不僅是關羽形象演變與關羽信仰接受的史料實錄，而且這些文章大致都由文人受他人所託而撰寫，於是，在對關羽人格的評價與民間宗教的滲透之間，文人表現出自己的審美接受與價值取向[64]。

---

59 蔣侯是指三國人物蔣子文，其成神也是時運所致。

60 金寶秋：《關帝廟對聯集》，頁77。

61 金寶秋：《關帝廟對聯集》，頁65。

62 《楹聯叢話：附新話》，頁36。

63 本節未注明出處的碑記散文都引自《關帝事蹟徵信編》卷25、26。

64 〔美〕韓森著，包偉民譯：《變遷之神——南宋時期的民間信仰》（「外國學者筆下的傳統中國叢書」，杭州市：浙江人民出版社，1999年）〈緒論〉中，頁12，比較客

　　首先，作為中國儒家文化的傳播者，不同時代的文人對關羽形象中的人文特質有不同角度的闡發，從而使得關羽的形象打上了很深的儒家人文精神的烙印。現存的資料中，最早的關羽碑刻是唐朝董侹的〈貞元重建廟記〉，作於唐德宗貞元十八（802）年。文中記載了關羽廟的修建經過，指出關羽「生為英賢，沒為神明」的形象流傳特點。作者引用重建關廟者荊南節度工部尚書江陵尹裴均的話，指出修廟之緣由、目的在於：「政成事舉，典從禮順。以為神道之教，依人而行，禳彼妖昏，佑我烝庶。」大概是以神道為盛世政教的輔助措施而行之。

　　到宋代，存留的關羽碑刻便多起來了，宋朝文人在撰寫關羽廟記、評議關羽之時，最先旌揚的是關羽的「忠義大節」。宋鄭咸〈元祐重修廟記〉中說關羽「以忠義大節事蜀先主昭烈皇帝」。以為「侯之名聞於天下後世，老農稚子皆能道之。然皆謂侯英武善戰為萬人敵耳。此不足以知侯也。」為什麼呢？分析漢末大勢，曹強劉弱，英雄擇主而事，而關羽卻「抗強助弱，去安而即危」，「苟不明于忠義大節，孰肯者。夫爵祿富貴，人之所甚欲也，視萬鐘猶一介之輕，比千乘於匹夫之賤者，豈有他哉，忠盡而義勝爾」。指出「侯以為曹公名為漢臣實漢仇也，先主固劉氏之宗種，侯嘗受漢爵號矣」。這裡強調劉備為漢室宗室，曹操是「漢仇」，是非之意已明。而南濤〈紹興重

觀地對廟記作了一番闡述，並合理地推測了廟記的創作目的與材料來源，現摘錄於此，以供參考：「在某些時候，這常常由於特別靈驗，或得到了官府的賜封之後，某一神祇的信徒們——識字的與不識字的——會湊錢立碑，刻上一篇紀念性的文章。碑銘並不一定是供閱讀的，它們只是為了將神的靈驗告訴人們。這些石碑的壯觀景象（有時達2米多長，1.5米寬），足以告訴人們神的威力，以及人們對它的奉祀程度。碑文常常包括該神生前的事蹟，靈驗的故事，由朝廷賜予的頭銜，以及對廟宇規制的描述。」、「習慣上，廟記作者所寫內容到底有多少出自委託人的要求，廟記總是隻字不提。有的作者是當地的士人，他本人對所談到的神祇很熟悉，廟記可能是他獨自寫成的。但有的作者住得很遠，他就必然會得到一些文字的或口頭的要求，告訴他在廟記中該寫些什麼。本地人會讓他知道這個神在自己的地區有過哪些靈蹟，他們也許很得根據自己的瞭解，告訴他有關此神生前的事蹟。」

修廟記〉中以關羽之勇烈善戰為一特點，更突出他辭曹歸劉的「忠義大節」，「非戰勇可方」。蕭軫的〈淳熙加封英濟王碑記〉也著重強調了關羽對劉備的忠心耿耿：「三國鼎峙，漢祚已移，天下英雄豪傑雲和相應，孰不願為曹操執鞭弭以驅馳者？壯繆嘗受操之恩矣，其於先主君臣之分未定也，惓惓於先主不渝其初，非見之明守之確行之剛者詎能爾耶？」金元兩朝，受到朱熹以蜀漢為正統的史學思想的影響，關羽的忠義便和漢室興衰聯繫在一起了。田德秀〈嘉泰重修廟記〉中認為曹操「雖名漢相，其實漢賊」，先主則為「漢之宗裔」。關羽當時「予曹則助賊為虐，逆也；予劉則輔正合義，順也」。其可稱道之處正是在「曹氏勢熾，炎劉力弱」之時，「事君不忘其本，見利不失其義」。元代陶壽《關廟記》指出關羽於漢室的功勞：「惟神以忠赤之心以倡其勇，以一州而北動中原，權不渝盟，漢事成矣，然則漢祚之少延，國之未墜，皆神之功也。」宋超的〈義勇武安王廟記〉讚揚關羽忠心追隨劉備，金石不移：「誠以昭烈帝室之冑，寬仁下賢，苟輔之以興復漢室，則義順而斯世被其澤矣。」可惜的是功用不就，非人力所為。歷來「君子論王忠義耿耿，能擇所從」，而作者認為「王世世歆祀，千載之下，凜然有生氣，民思其義耳」。在元朝，關羽受國封為「武安王」，廟號「義勇」、「顯烈」，故元代廟記中所突出的便是「義勇」二字。何謂「義」，何謂「勇」呢？「視敵國若匹夫，刀劍如林，直前而不顧，可謂勇矣；委身於人，擇其可事者而事之，所謂義也。」[65]關羽的人格精神與元朝尚武精神相結合，便形成了他「事漢而一節不渝，敵愾而萬夫莫禦。威震華夏，義薄雲霄，賈勇於三分之時，顯靈於百世之下」[66]的時代特徵。

　　明清兩代，文人的廟記與國家的崇祀相呼應，將關羽的人性演繹到儒家至聖的高度，儒家道德典範被一一比附擴充到關羽身上。如明

65　〈武安王廟記〉，《桐山老農集》卷1，《四庫全書》第1219冊，頁133。
66　〈重修關將軍祠抄疏〉，《閒居叢稿》卷9，《四庫全書》第1210冊，頁650。

代祝允明〈漢前將軍關侯廟記〉，文章開頭便提出「天下之達德曰
三：智、仁、勇，三德相濟，則道立而名正矣」。擇劉而事，是其
智；不背劉備厚恩，報效曹操而去，是其仁；其「絕勇天授」更不用
提了。這些道德理想為關羽增添了不少的光環，也讓他的形象日益高
大。宋明理學之後，儒家的人文關懷，不僅面向現實的倫理道德，而
且還將「理」上升到對宇宙本體的認識，建構了天理論，理氣論等哲
學體系，溝通天人，聯繫了自然與社會人生，於是，文人在用「理氣
論」闡釋人道觀時，進一步將關羽的人性抽象、昇華。在元代同恕的
〈關侯廟記〉中就用到了「氣」這一哲學概念，指出：「天地以盛大
流行之氣，化生萬物，而人為最靈。故人之忠魂義魄，雄健勇烈，首
出群倫者，其取天地之氣尤多。生而威震一時，歿而惠及百世。理有
固然，無足疑者」[67]。氣在中國古代哲學中被認為是生成萬物的材
料，而稟受的氣不同，構成事物的種類和人的道德素質也不同。文人
便以這一哲學原理來解釋關羽的卓越特出。方孝孺〈關王廟碑〉以
為：「蓋天地之妙萬物者，神也；神之為之者，氣也。是氣也，得其
靈奇盛著則為偉人」。關羽生前致力於忠義事業，死後也不與眾人同
泯而化為神靈，這是合「理」的。清代李世熊〈關帝廟碑〉則指出：
「儒者之言曰天下地上皆大氣舉之，顧自有文字以來，卒無能狀氣
者。孟子獨狀之曰：浩然。浩然又不可狀也，則申之曰至大，曰至
剛，曰直養，曰塞天地，曰配道義，浩然之理，亦恍然昭著矣。……
上下今古，特寫一浩然剛大之圖以懸示天下，其漢之關聖帝乎？……
（宇宙）咸有帝君威神充塞其間者，可謂之至大無倫矣。至剛不息
矣，曰精忠貫日，曰重義如山，可謂之配道與義矣。故曰關帝者，浩
然之氣之圖也。於是侯不已而王，王不已而帝，帝不已而聖」。謝濟
世的〈陀羅海兵馬營關侯廟記〉一文，更深入地闡發了氣的內涵：

---

67 同恕：《榘庵集》卷3〈關侯廟記〉，《四庫全書》第1206冊，頁682。

「盈天地間者，氣也。有濁氣、疾氣、雜氣、清氣。清而且剛，可伸不可屈，可大不可小，是曰正氣。人稟天地之正氣以生，格物而窮理，盡性以至命，則血氣化而道氣盈，不則利澤施於生民，功業垂於竹帛，其生也氣伸，則其死也氣散」，關羽之歿，「其鬱憤之氣往來于冷雨寒風，光天化日之中，而其忠義之氣，又實有以感動乎天下地上」。後人為其立廟塑像，於是「氣之飄蕩於太虛者有所依，太虛飄蕩之氣既有所依，而生人呼吸之氣又有以相通，於是乎吉凶禍福，其應如響」。這裡用氣息相通解釋了關羽的靈應，為作為民間信仰中的神靈的關羽之所以能夠預測吉凶禍福做了哲理性的論述。而歷觀「古來成仁取義之士」，其身雖死，仍有氣顯于一方：「萇宏之氣在血，先軫之氣在元，子胥之氣在濤，顏魯公之氣在指爪，岳鄂王之氣在宰樹，張閬州之氣在禱雨，于少保以祈夢……」，而作者認為關羽不同於一般之士，隨著京師省府州縣的廟祀，塞外膻腥之地的祭享，其氣則「可謂塞於天地之間也」。

由上可見，儒家思想中融通宇宙自然與個人道德的理念，成為關羽作為儒家所塑造的武聖人的哲學基礎，也使得儒家倫理道德思想中的神道設教帶上人性的終極關懷色彩。

在完成「聖人」精神特質的塑造之外，歷代文人廟記立足於造神化民，也參與了民間宗教中關羽神性的塑造。自古為神靈修建廟宇，一般都是有神祇顯靈在前。崇祀關羽時代久遠的玉泉寺，便代有靈異。唐朝荊南節度使、工部尚書江陵尹裴均於貞元年間重修寺廟時，「白龜出其新橋，若有所感，寺僧咸見，亦為異也」。在宋朝時，更是「曰雨曰賜，其應如響」，「每歲寺中必為大籠餅以祭，極於齋潔。方曝麥於庭，鼠雀不敢近，有犯，輒自歿。以此，人咸敬而畏之」[68]。宋元時期其他各地的關羽廟也大都是因為出現了靈異的事蹟而興建。

---

68 司馬知白：〈壽亭侯印記〉，轉引自《玉泉寺志》。

宋朝李漢傑的〈漢壽亭侯廟記〉記載關羽在當地捍衛正義，是非分明的故事，當剿寇的軍隊路過關羽祠，「詢其居民，對曰：皇祐中，儂賊陷邕州，禱是廟，妄求福助，擲杯不應，怒而焚之，狄丞相破智高，表乞再完，仁宗賜額以旌靈既」。眾人駭其靈異，「羅拜於庭，與神約曰：一軍瞻假威靈，平蠻得儂，長歌示喜，高蹕太行。而北歸舊裡。當為將軍構飾祠宇」。後果然一舉得勝，關羽顯靈護佑的故事便隨著軍隊的凱旋而得以傳揚。元代同恕〈關侯廟記〉記載鞏昌府仁壽山關羽廟的事蹟，解釋當地於五月二十三日祭祀關羽的由來。「相傳金大定間，西兵潛寇，城幾不守。乃五月二十有三日，見若武安狀者，率兵由此山出，賊駭異退走，遂即其地廟而祀之。今他郡皆祀以十三日，獨此邦用是日答神既也」。明清以後，關於這樣的事蹟寫入廟記的就更多了，而且內容從護國剿寇到救人水火、助人發財，無所不有。這些故事本身就是民眾建廟祭祀關羽的緣由，同時也使得其神性越來越彰顯出來。撰寫廟記的文人或許本人並未經歷，因而未必相信，但是受人所託而記錄這些傳聞，傳聞故事於是也就具有了一種真實的存在形態。隨著時代的流傳，這些燒錄在碑石上的故事就成了關羽神蹟的一種實證了。

　　當然，文人們記錄下來這些事蹟，除了為滿足民眾的崇拜心理外，多少還會帶有一些神道設教的政教因素在內[69]。廟記的語言中所透露出的神的威嚴，神的無所不在，在文人看來，卻是用以懲惡揚善，有裨世教，通俗化民。他們在文中流露出立廟是為神也為民的用心所在，宋蕭軫的〈淳熙加封英濟王碑記〉中寫到關羽加封為英濟王

---

69 《變遷之神》：「勒石立碑就是為了使讀者對所記載的神祇的威力留下深刻印象，廟記著重描述神祇靈驗的一面，將所有奇蹟歸之於神祇，絕口不提有失靈驗的事實。廟記作者的目的很清楚：列舉所有可能的事例，來證明神祇的靈驗。……廟記就其本質而言，很可能使有傾向性的，但因為它們出自時人所流傳的對神祇的描述，使我們能夠一窺時人對神祇的一些想法。」（頁14）

時，百姓歡呼雀躍，認為「非王之受其賜，民之受其賜也」，可見關羽深入民心。喻時的〈武安王廟記〉也記載「王之靈護居多」，而且認為「忠義，民軌也，非揚則湮；災疹，民厲也，非驅乃傷。驅厲於神，揚軌於吏，政常也」。看來關羽的靈佑是有裨於政教的。王宏祚〈重修關帝廟碑〉中還將關羽這種在民間信仰的光環下調節社會行為規範，獎善罰惡的社會作用與國家刑法機器相比較，認為：「夫國家設刑賞以示勸懲，即刑賞所及，而人心能勸懲者幾何。今帝之詔人也，如耳提面命，吉凶毫髮不爽。是故吉人之趨，凶人知懼，不待刑賞，俾遵王路，功在萬世，洵不誣已。」這種神靈的號召力甚至比刑賞還立竿見影。在這一方面，文人看到了民間宗教的利用價值。他們批判那種盲目地祭拜，「淫祀妄禱，唯知曰我祭則受福」[70]的泛神信仰，主張為關羽打造一個品牌，要以「能極大義之所至」來「感神」。這樣便能使民間宗教中的關羽形象更接近國家的道德理想。

　　在碑記中，文人還自覺地記錄了關羽形象在各種宗教中的滲透、傳播並對這種現象作出分析，定位了關羽在宗教中的面貌形象。孫緒〈重修漢壽亭侯廟碑記〉講到儒釋道三家對關羽的吸納：「釋氏曰：吾護法伽藍也，祀于梵宮。老氏曰：吾元帝英帥也，祀于琳宮。巫祀醮祭卜筮諸家曰：吾主壇驅邪驍將也，各祀於其所，其他專祀獨享之祠，無地無之入」。而關羽怎樣達到這樣的影響的呢？作者以為「侯愈遠愈新，必有所以維持人心者」，不能單一的用死難一節概之。作者分析歷代名將忠臣之死，是「君臣之義也」。「侯之死，有君臣之義，有兄弟之恩，有朋友之情，有久要不忘之節。」而「君臣之義，為儒者能知之，至於兄弟之友游，交遊之肝膽，生平之約信，夫人知之；夫人知之，則夫人喜談而樂道之；人人喜談樂道，則其威靈赫奕于天下，于萬世獨表表于諸公者，固有由矣。」孫緒在他的另一篇廟

---

70 王惲：《秋澗集》卷39〈義勇武安王祠記〉，《四庫全書》第1200冊，頁501。

記〈周溪村甘露寺重修伽藍殿記〉中，還分析了關羽人格與佛家思想結緣的原因所在，關羽一生征戰，誅戮殺伐無限，後又身死國難。而「佛氏以好生惡殺招誘慈愛為宗，與侯若相背馳，援而祀之，義將何居？」如果說是佛教「藉英靈，竊往聖，以尊其教，神其說」，那為什麼對於張睢陽、岳武穆、蔣文山這些「去今尚近」的人物又漠然視之呢？作者分析說：「蓋諸公心跡惟儒者能知之，麗澤文會之外，不知者十九。十人知之而一人不知，則其說其教，將有所居而不行，而況十而九也。若侯之歷履名氏，如雷霆風雨，山嶽河海，有耳目者所其聞見，即其所聞見者，招徠竟動以尊其教」所以還是因為關羽的影響更大，才被佛教所用以尊其教的。

　　總之，明清文人是將「關侯之神」與「孔子之道」相並提而論的[71]，他們儘量融合各教，宣揚關羽「補佛助孔」[72]宗教功能，這樣民間宗教中的關羽信仰就具有更深刻的社會內涵了。

三

　　最後，我們將涉及一個很有意思的問題，那就是這些碑記楹聯除了紀念性、觀賞性、可閱讀性以及後世所用作為的資料性外，還是不是包含著作者與民眾——尤其是民眾們對待神靈的一種微妙心態？在廟記的結尾，一般會點出文章的寫作用意所在。如宋李漢傑〈漢壽亭侯廟記〉文尾寫道：「事有極異，不著於辭，久則寂無所聞。乃礱石鏤記，永傳嘉應，於神無愧負矣。」也就是說，立廟還不夠，還要將關羽的靈應事蹟刻在石頭上，永傳不朽，這樣才不會愧負神靈。對於文人「安神受福」的心願與「報答神庥」的宏旨，以及將立名不朽的人文追求移用到神靈身上等等都可以得到理解。但是不可否認，這種

---

71 徐渭：〈蜀漢關侯祠記〉。

72 王思任：《關聖帝君廟碑記》。

立廟樹碑的民俗，最早可能與民間的祖先崇拜相關聯，那些託文人撰寫碑記的百姓自然是看不懂文字的，那為什麼還要將神靈事蹟「勒諸銘、立諸石」呢？從民眾的角度來考察碑記的寫作，美國學者韓森提出了一個很有趣的推測：「假定絕大多數當地人士讀不懂廟記，那麼這些廟記寫來給誰讀呢？很可能就是給神祇本人。……如果神祇看不到他的封號，就會不再顯靈」[73]因此廟記除了「答神謝神」的意願，還具有「告神」的功能。能夠閱讀碑記，這無形中又將神靈人化了。

關於寺廟楹聯，似乎也是神靈所能觀見的內容。《楹聯叢話》卷三記載了《熙朝新語》中的一則故事：「山東庠生張大美奉關帝甚虔，病中夢入關廟，見帝著本朝衣冠理事。有頃，呼張名語之曰：『吾廟中楹柱對聯膚泛俚俗，甚不愜意。爾與吾有香火緣，其為吾易之』」[74]。看來關羽雖身在神界，對廟宇中的楹聯還是頗為注意。於是，「張跪誦一聯：『數定三分，扶漢室削吳吞魏，辛苦備嘗，為了平生事業；志存一統，佐熙朝伏寇降魔，威靈丕振，只完當日精忠。』帝深加歡賞，曰：『此四十二字，爾來歲當知好處也。』」自然，為神靈寫出了滿意的楹聯，是可以得到神靈的報答的。「次年鄉試，首場張構思未就，倦而假寐。夢帝肘之曰：『起，起！而忘對聯字數乎？』張驚寤，文思沛然如夙構。榜發，中式第四十二名，適符聯字之數。」[75]毛際可〈募修漢壽亭侯廟疏〉[76]也記錄了在廟落成之日發生的一件怪事：「……（廟）落成，有農夫踉蹌自田間來，索紙筆甚急，大書匾額及柱聯，遒勁飛動，非時手可及。置筆，乃蠢然農夫耳。」如此說來，神靈不但能鑒賞對聯，而且還會自撰對聯，於是碑記楹聯在肅穆靈幽的寺廟中的存在也帶上了神靈的意願。

73　《變遷之神──南宋時期的民間信仰》〈緒論〉，頁14。

74　《楹聯叢話：附新話》，頁36。

75　柴繼光：《武聖關羽》，頁127有故事衍文。

76　《關帝事蹟徵信編》卷27〈附錄〉〈祭文疏引〉。

結論

關羽畫像小史

關羽畫像的最早記載見於史傳。在《三國志》〈于禁傳〉中，記錄了曹丕圖畫水淹七軍於壁羞辱于禁事：「（文）帝使豫於陵屋畫關羽戰克、龐德憤怒、禁降服之狀。禁見，慚恚發病薨。」[1]由此看來，三國時就有關羽的畫像了，至於畫像上的關羽是什麼樣子卻不可得知。自三國到五代，雖然有一些有關關羽畫像的記錄，但是都沒有流傳下來。明人王世貞《弇州四部稿》[2]記載智顗禪師開皇十二年在當陽金龍池，關羽父子顯靈建寺並受五戒。禪師致書晉王廣，上玉泉伽藍圖。古玉泉寺有塑羽像以為伽藍神。據清人記載，唐朝著名畫家吳道子也畫過關羽像[3]。另據《益州名畫錄》記載，在五代時後蜀孟昶曾令畫家創作了《關將軍起玉泉寺圖》[4]。目前可見的署名為「宋馬

1　《三國志》卷17〈魏書〉〈于禁傳〉，頁524。

2　《弇州四部稿》卷173，見《四庫全書》1281冊，頁741。

3　《關帝事蹟徵信編》卷19〈雜綴〉引王士俊《河南通志》：「吳道子洞，在許州城西北。道子，陽翟人，後寓許州，供畫，筆法超妙，為百代畫聖。明皇召入供奉，為內教博士，今有遺洞，孔聖像、關帝像，皆其手筆，刻石現存。」該書編者按語為：「許州石刻，作立馬提刀像，方頤大目，疏髯長鬚，題曰：『唐吳道子畫』，明秣陵弟子李宗周立篆額為『乾坤正氣，日月精忠。滿腔義勇，萬代英雄』十六字，張君歧陽購得拓本。」

4　俞樾：《茶香室續鈔》卷19：「關將軍圖」引宋黃休復《益州名畫錄》（另見：王世貞《王氏畫苑》本）：「趙忠義者，德元子也，……蜀王知忠義妙於鬼神屋木，遂令畫《關將軍起玉泉寺圖》。於是忠義儘自運材斫基以致丹楹刻桷，皆役鬼神疊拱下棉地架，一座佛殿將欲起立。蜀王令內作都料看此畫圖枋拱有準的否，都料對曰：『此畫復較一座分明無欠』。其妙如此……」

遠作」的刻石畫像[5]，如果確實是出自馬遠手筆，那就是現存最早的
關羽像了。石畫像中，關羽手捻美髯，神情嚴肅，身後有一環眼威猛
戰將，手握一柄大刀，可能是周倉。而比較確信可靠的較早的關羽畫
像是一九〇九年內蒙古黑水城出土的金代平陽府徐家印的版畫《義勇
武安王》像[6]。

　　關羽的畫像也和關羽崇拜相關聯並通過宗教造像得以流傳。唐朝
在蜀先主廟中配享的關羽以及在武成廟從祀的關羽則肯定有圖像或塑
像。宋代樂史《太平寰宇記》載：劉備、劉禪、劉湛、關羽、張飛、
諸葛亮、諸葛瞻等人的塑像此時均已出現。在宋至和二年（1055）
《桂林龍隱岩釋迦寺崖壁造像記》中，就記錄了龍隱岩「天臺教主智
者大師、擎天得勝關將軍、檀越關三郎」的造像[7]。到元朝末年，據
《關王事蹟》編者胡琦所見，便有坐像、有立像，有躍馬捉刀像等
等，不一而足。關羽像造型呈現多樣化的傾向，最終以小說《三國志
演義》中的關羽形象而定型，大致是「身長九尺三寸，髯長一尺八
寸；面如重棗，唇若抹朱；丹鳳眼，臥蠶眉，相貌堂堂，威風凜凜。
頭戴青巾，身著綠色戰袍，手拿青龍偃月刀，足跨追風赤兔馬」。此
後，雖然民間還流傳有「白臉關公」、「七痣關公」的畫像及其傳說，
但是小說中所刻畫的關羽肖像以絕對的影響力為民眾所接受。

關羽形象的文化象徵意象

　　為什麼紅臉關公的形象能如此深入人心呢？這可能與關羽造型中
的一些文化內涵分不開，以下我們就來具體分析這些肖像特徵所具有
的傳統文化內涵。

5　王樹村：《關公百圖》（廣州市：嶺南美術出版社，1996年），頁26。

6　王樹村：《關公百圖》，頁13，胡小偉在《嶺南學報》1999年新第1期上發表了〈金
　　代關羽神像考釋〉一文，對此畫像做了詳細的考證和介紹。

7　轉引自〈「關公顯聖」與佛教造像〉，收入《段文傑敦煌研究五十年紀念文集》。

紅臉

　　關羽的紅臉，確切地說，應該是棗紅色，即黑紅色。這當然不是天然生就的，以現實生活經驗來觀照，這似乎與天天風吹日曬的農民的臉色很相近而決不是士人或貴族所具有的膚色。百姓將這種與自己一樣的黑紅臉色加到關羽身上，似是體現出對他平民出身的認同。另外，棗紅色也近似於銅紅色，在宗教的造像中，所塑神像多為金身或銅身，這樣金屬般的臉色給人留下威嚴莊重的印象。因此，關羽的紅臉造型可能與下層百姓對關羽的接受以及宗教的塑像有關。這種赤臉形象在宋元平話中，並非是關羽獨有，在《秦並六國平話》卷上，描寫齊國的鄒鬪將軍就是「面赤髭黃」，赤面將軍在臨戰上陣之時，自然有一股威嚴氣象[8]。

　　而進入文人創作的文學作品中，紅臉又表現出更深刻的內蘊。紅色與血、火相關，體現一種熱血沸騰、熱情洋溢的陽剛之氣。由此，可以聯想到赤膽忠心、俠義豪氣，這正是關羽忠義品格的外化，所謂「赤心如赤面」，這一點不僅是毛宗崗父子在評點《三國志演義》時所刻意指出的，也是明清時代文人的詩文中所詠歎的。他們用這樣的色彩將中國傳統人格精神表現出來。以後在小說中，也多次出現紅臉漢子的形象，如《飛龍全傳》中的趙匡胤，敘述他未登帝位之前的草莽生涯，紅臉也成為他以後飛黃騰達的一個兆象。在戲曲中還出現了「紅生」這樣一個行當，與白臉所表現的陰險狡詐之人（如曹操等）相對比，用臉譜化的手法來刻畫人物的舞臺形象，誇大了顏色的象徵意義。

8　辛棄疾：《竊憤續錄》〈附阿計替傳〉：「……次日，斡離不引阿計替見粘罕（金人），但見面如赤棗，大耳蝦身，目中有赤光，顧示威人。」《筆記小說大觀》第8冊，頁155。

綠袍

　　元代的戲曲和說唱平話並未著重指出關羽之綠衣戰袍，小說《三國志演義》，在關羽下邳護送二嫂隨曹操到許都後，曹操為表示對關羽的關懷，為之定做新戰袍。綠袍從曹操眼中看出，正是棄舊迎新之意。未料到關羽卻因綠袍為兄長劉備所贈，袍雖舊而感情彌深，穿上新袍仍以舊袍罩之。於是，綠袍意象不僅成為關羽的形象特徵，也凸現出其重義輕利的高尚人格。綠色在傳統的色彩體系中並非十分尊貴之色。《三國志平話》中新任安喜縣尉的劉備便自稱「綠衣槐簡」。在神仙系統中，一些小神也常著綠衣，如唐朝鐘輅《續前定錄》「崔龜從」中為崔龜從預言其壽祿的「綠衣吏」敬亭神。綠色可能是一種平民化的顏色，在後來的關羽雕像中，除了著龍袍，一般服飾和戰袍都為綠色。此外，綠戰袍與赤兔馬紅綠相映，體現了民眾的審美品位。

美髯

　　關羽的美髯確是於史有據的肖像特徵。然而元明詩文中對其須髯的形態卻描寫不一。元吳淵穎題畫詩稱其「紫金焰眼醒玉面」。明代方孝孺的〈寧海廟碑〉稱「虯髯虎目面赤顴，寶刀白馬提三軍」，商輅的〈都城廟碑〉稱「修髯如戟」，李夢陽的《擬古樂府》稱「髯如虯，眼如炬」，儲文懿〈泰州廟碑〉稱「髯如戟，面如赭」。徐文貞〈當陽廟碑〉稱「長髯飄顏渥赭翁」。《靈緒山廟碑》稱「鳳目虯髯」，《三國志平話》也說關羽「虯髯過腹」。在戲曲舞臺上，關羽或「三髭髯」或「五髭髯」，則是受道具的限制，到《三國志演義》小說才將其定型為長髯。

　　小說中，在許都，曹操宴請關羽之時，二人曾談論其美髯，「操問曰：『雲長髯有數乎？』公曰：『約數百根。每秋月約退三五根。冬月多以皂紗囊裹之，恐其斷也。』」後世小說中便有關公長鬚為龍的傳說（如《異識資諧》），關羽還被皇帝封為「美髯公」。

　　美髯在古人眼中也是頗有意味的，古人認為「髯多人疏秀者必貴，密而瘦短者必神氣不足。⋯⋯」[9]似乎多髯為高貴的象徵，而美髯也有不好的意味。褚人獲《堅瓠集廣集》卷一〈美髯〉道：「史傳美髯者多不得其死，雲長、茂先往往而驗。謝靈運臨刑，舍其鬚裝瓦棺寺維摩詰僧。王僧辯子頒，為父報仇，發陳武帝陵，戮其屍，見鬚皆不落，其本出自骨中，豈鬚美者，歿猶為崇耶？」[10]謝靈運臨刑贈髯之事見於唐人筆記，對於美髯者壯歿的說法似有所據。謝肇淛在《五雜組》卷五〈人部一〉中也對於鬚髯所體現出來的面相做了描述：「崔琰鬚長四尺。王育、劉淵皆三尺。淵子曜長至五尺。謝靈運鬚垂至地。關羽、胡天淵髯皆數尺。國朝石亨、張敬修，髯皆過膝。然相法曰：『鬚長過發，名為倒掛，必主兵厄。』驗之，往往奇中。」[11]由此看來，關羽的兵敗還與其長髯之相貌相關。

赤兔馬

　　「人中呂布，馬中赤兔」，赤兔馬為呂布坐騎於史有載，唐朝李賀《馬詩》二十三首之八有「赤兔無人用，當須呂布騎」的詩句，意謂駿馬當須名將來騎。在《三國志平話》中，呂布正是為了這一匹馬，殺了丁丞相。丞相家奴介紹此馬「非俗，渾身上下血點也似鮮紅，鬃毛如火，名為赤兔馬。丞相道，不是紅為赤兔馬，是射兔馬。旱地而行，如見兔子，不曾走了，不用馬關踏住，以此言赤兔馬。又言，這馬若遇江河，如登平地，涉水而過，若至水中，不吃草料，食魚鱉。這馬日行一千里，負重八百餘斤。此馬非凡馬也。」（卷上）在呂布手下侯成盜走赤兔馬後，關羽「巡綽侯成，得其馬」。民間將這匹赤兔神

9　趙德麟：《侯鯖錄》卷4。
10　全國圖書館文獻縮微複製中心二○○二年八月影印，吉林省圖書館藏康熙年間四雪草堂巾箱本，下冊，頁977。
11　謝肇淛：《五雜組》（上海市：上海書店，2001年），頁88。

馬賦與了關羽，這自然是英雄與其神奇的坐騎的傳說母題影響所致。在《花關索傳》中，正是這匹赤兔馬的神奇，幫助關索斬將立功。

　　《三國志演義》中則有另一番佳構。呂布既在白門樓為曹操所殺，赤兔馬自然歸曹所有，關羽與赤兔馬結緣之機定然是其降曹之時。小說描寫曹操見關羽坐騎贏弱，不堪承載。將赤兔馬賜予關羽，意在博其歡心。關羽一反推辭不就的常態，欣然接受，令曹操大惑不解。原來關羽以為有此千里馬能夠更早更快地投奔兄弟劉備。戲曲《古城會》中，還有關公在曹營馴馬一段，關羽稱讚赤兔馬：「此馬自頭至尾長一丈，從蹄至首高八尺。身如炭火，眼似銅鈴，上高山如登平地，渡溪河似跨蛟龍，可愛可愛！」這馬曹營中無人可降，卻被關羽馴服。他吩咐馬頭：「曹爺那柳蔭之下一匹紅馬，無人可降，此馬乃是龍種，專食魚蝦，你可兜著魚蝦，近前放料，分鬃三把，隨他進前三步，退後兩步，任他踏踢一番，洋洋地將他帶過來，便可服他性子。」後來，在五關斬將，黃河渡口，正是赤兔馬載著關羽渡過黃河，殺了秦琪，奪得船隻過關。在小說中是用赤兔馬表現關羽歸劉心切，馬的神異就大大減弱了。在關羽麥城之敗，殉身而亡後，赤兔馬「數日不食草料而死」（第七十七回），毛宗崗夾批道：「此馬不為呂布死而為關公死，死得其所矣。」表現馬對主人的忠心，以馬襯人，更見關羽的忠心。

青龍偃月刀

　　關羽所用兵器，在陶弘景《古今刀劍錄》中記載有刀和劍：「關羽為先主所重，不惜身命，自采都山鐵為二刀，銘曰萬人，及羽敗，羽惜刀，投之水中」[12]，「蜀主以劉備章武元年，歲次辛丑，採金牛山鐵鑄八劍，各長三尺六寸。一備自服，一與太子禪，一與梁王理，一

---

12 《叢書集成初編》本，第1490冊，頁7。

與魯王永，一與諸葛亮，一與關羽，一與張飛，一與趙雲。」[13]在元雜劇中，有多次敘述關羽使劍的唱詞。史載關羽「刺顏良」的動作似乎也不是用刀。然而，在宋元時期，就出現關羽與青龍偃月刀的畫像，此外，在《秦並六國平話》中，描寫一位匈奴戰將馬亂吞的打扮中也有「橫青龍偃月刀，跨千里追風馬」的句子，這當然不是戰國時期的真實情況，卻好像青龍偃月刀在元代是比較常見的兵器。再加上關羽「單刀會」這智勇雙全的舉動，刀作為道具便更為突出了。

　　青龍偃月刀，有的戲曲中也叫偃月三停刀，還有一個更美的名字，叫做冷豔鋸，胡宗憲《籌海圖編》卷十三《偃月刀式》記載：「關王偃月刀，刀勢既大，共三十六刀法，兵仗遇之，無不屈者，刀類中以此為第一」[14]。

　　關於「投刀水中」的母題，在陶弘景《古今刀劍錄》中首次出現，後世有所發揮。《花關索傳》中，有「關志入水取刀」一段，講的是關羽被圍困在玉泉山下，周倉死了，赤兔馬拖刀跳入河中，刀落在水中，關羽身亡。後來，關索為報父仇，要關羽大刀才能贏得吳將曾霄，於是鬼頭關志將刀從水中取出，關索演練刀法「三十六步花刀法，二十四個大開門」。學會父親刀法後，打敗吳軍，替父報仇。

　　關羽以上造型的文化特徵用一首關廟楹聯可覽括無餘：「赤面秉赤心，騎赤兔追風，馳驅時，無忘赤帝；青燈觀青史，仗青龍偃月，隱微處，不愧青天。」在小說《三國志演義》中，不但完成了關羽形象的造型也完成了神化的關羽及其隨從的造型。小說第七十七回玉泉山關公顯聖時，以普淨之眼觀之：「只見空中一人，騎赤兔馬，提青龍刀，左有一白面將軍，右有一黑臉虯髯之人相隨。」此後在宗教畫像中便出現了周倉持刀，關平捧印的固定場景。

13　《叢書集成初編》本，第1490冊，頁3。

14　《四庫全書》第584冊，頁440。

周倉持刀

　　小說在郭常之子盜馬後，由裴元紹之口，道出周倉對關羽的仰慕之情，周倉原為黃巾張寶部將，後占山為王，其「黑面長身」、「兩臂有千斤之力，板肋虬髯，形容甚偉」。周倉表示願意「隻身步行，跟隨將軍」。關羽遂為其誠意所動，收周倉隨行。關羽遇廖化在先，卻收周倉於後，毛評以為是「倉之慕公切於化。」並就此評論道：「夫使倉而不與公遇，不過綠林一豪客耳。今日立廟繪像，倉得捧大刀立於公之側，竟附公以並垂不朽，可見人貴改圖，士貴擇主，雖失足崔苻，未嘗不可以更新。而單身作僕，勝似擁嘍囉稱大王也。」

　　其實，周倉其人也有濃厚的民間色彩。對於其人物原型，梁章鉅的《浪跡續談》卷六〈周倉〉進行了詳細的考證。他以為〈魯肅傳〉所載關羽赴單刀會時，「坐有一人曰：『夫土地者，為德所在耳，何常之有？』肅厲聲呵之？詞色甚切。關操刀起謂曰：『此自國家事，是人何知？』目之使去。」此人即周倉。後來元人魯貞作《漢壽亭侯碑》，已有「乘赤兔兮從周倉」語。到清朝人們根據小說將其寫進地方志，見《山西通志》云：「周將軍倉，平陸人。初為張寶將，後遇關公于臥牛山，遂相從。樊城之役，生擒龐德，後守麥城，死之。」亦見《順德府志》，謂「與參軍王甫同死。」[15]清代柯汝霖的《關帝年譜》[16]中，敘述關羽「道遇周將軍」時注道：「將軍諱滄，字海若。曹斯棟《稗販》：『都城正陽門外關帝廟，周將軍神牌署名作滄字海若。滄，或作倉，史傳未載，高樹程〈題漢壽亭侯玉印歌〉：『將軍海若得長侍，青龍赤兔隨幽臺。』蓋指此也。」

　　在明清時期的靈異傳說中，有一些傳說是關於周倉顯靈，傳達關

---

15 參看《浪跡續談》卷6〈周倉〉條。見《浪跡叢談‧續談‧三談》（北京市：中華書局，1981年），頁351。

16 清同治年刊本，藏於上海師範大學圖書館。

公的命令。如袁枚《子不語》卷十三〈關神世法〉，寫康熙時舉人江
閩收到關公名帖，投遞者自稱周倉，卻是少年無鬚者。後任山西解梁
知縣，謁武廟，廟中周倉塑像果然為少年無鬚。此外也流傳不少周倉
的神蹟傳說，如袁枚《子不語》卷二十二〈周倉赤腳〉寫道：「相傳
東臺白駒場關廟周倉赤腳，因當日關公在襄陽放水淹龐德時，周倉親
下江挖坑故也。」[17]關羽收周倉似乎與英雄伏魔的母題相關，在戲曲
和說唱文學中都有所表現[18]，但小說中則很簡略。儘管毛評對其作出
棄惡從善的客觀評價，卻也不能掩蓋周倉的虛構色彩和神性造型。

關平捧印

　　關平在正史記載中為關羽長子確鑿無疑，到小說中搖身一變成為
關羽義子。在古城遇張飛之後，關羽隨孫乾到汝南訪兄，宿於關定莊
上。關定久仰關羽大名，熱情相待。其次子關平年方十八，習武。關
定意欲讓其跟隨關羽，在劉備的說合下，尚未有子的關羽將其收為義
子。從這個違背史實的構思來看，無非加強關羽身上的義氣色彩，關
羽已有兄弟之義，至此又得父子之義，關平便作為關羽「義絕」形象
的襯托而成為義子造型。

　　在嘉靖本中有關於「印無漢重鑄」的故事。關羽在曹營斬顏良
後，曹操表奏朝廷封雲長為壽亭侯，鑄印送公。初印文為「壽亭侯
印」，關公看了推辭不受，後曹操鑄印文為「漢壽亭侯之印」，公遂拜
受。這個故事被毛宗崗認為是「紀事多訛」者而刪去，但是故事在民
間流傳甚廣。因為有了這個故事，印的存在便成為關羽忠心於漢室、
代表漢室利益的表徵。

17　《筆記小說大觀》第20冊，頁147。
18　如《花關索傳》詞話中的周倉本是下西川途中收服的成都府元帥，後來跟了關羽，
　　做了「擎刀得意人」。戲曲《古城記》中關羽以弄死螞蟻比力氣和從馬後足上看針
　　眼降服了周倉。

　　由上觀之，關羽形象的固定形態，實際上也是其忠、義、勇文化特徵的折射。這些象徵意象表現著中國文化的道德標準，反映其內在的秩序，也迎合了中華民族感情和精神的需要。毛宗崗第七十七回總評道：「雲長英靈不泯固矣，而赤兔馬亦在雲中，豈馬為英雄之馬，其英靈亦勝於人耶？況青巾綠袍並青龍偃月刀，皆依然如故，得勿衣物器械亦有魂否？曰：無疑也。其神靈，則不獨相隨之人，附之而靈；其所用之物，亦與之而俱靈。平也，倉也，馬也，刀也，巾袍也，皆宜與雲長並垂不朽者也」。即此，中國的文化特質也憑藉這種物態化的形式得以傳承。

接受傳播之一：歷史的選擇取捨

　　在分析關羽的肖像及其造型的同時，我們能夠感覺到一種對傳統文化的感性描述，通過程序化的塑造，並被中國文化所接受和承認，它於是向我們展示了一個具有特定象徵意味和複雜內涵的文化符號──關羽形象。在漫長的古代歲月中，關羽形象由歷史而進入文學，進入宗教，這一形象的生成無疑具有典範的意義。

　　如果我們要從中尋找一個形象生成的原點，那就應該將眼光投向一千多年前的歷史。它會真實地告訴我們關羽其人並不是一個無名小卒，而是為蜀漢集團立過功勞，與先主形同手足，在蜀漢集團是個舉足輕重的將軍。當然這位將軍也有驕傲輕敵的毛病最終導致了他的敗亡。不管怎樣，關羽還是代表著「捐軀赴國難」的尚武精神和「視死忽如歸」的壯士形象。這也就是屈原〈國殤〉中所謳歌的一種民族形象。然而，中國作為禮儀之邦的文化傳統以及其內斂而不張揚的文化個性，使得長期以來以儒家為正統的封建文化長於塑造一些謙謙君子和道德聖人，隱匿了殺伐暴力的武士風範，只有在民間，還在推崇江湖豪俠的扶正祛邪，抑惡揚善。在三國以後很長的一段歷史時間裡，關羽所為人稱道之處在於他的勇猛，他被作為與張飛並列號稱「萬人

敵」的勇將出現。關羽百萬軍中刺顏良的高超武藝、過人膽量與刮骨療毒的大無畏精神，則成了軍伍中人力與勇的象徵而使人心嚮往之，體力行之[19]。

　　關羽被作為儒家文化的載體來塑造大概是從宋代開始的。主要有以下幾方面的契機：首先，宋代儒學的復興可以說是從《春秋》學開始的，而史載關羽愛讀《左氏春秋》，「諷誦略皆上口」，這是一條適合於塑造亦文亦武的儒將形象的文化訊息。所以，宋人為關羽作傳的時候，也就將這條《三國志》關羽本傳中的注解加入進去。其次，南宋偏安，與金、元對峙的局面，在歷史上唯一可以比附的可能就是三國時期了。而在南宋民族抗戰的時代背景之下，漢民族的勇武氣節被空前地激發起來，在行伍中與士兵同仇敵愾、共同作戰的將領被歌頌為民族英雄，在這一點上南宋儒士十分推崇關羽，盧陵曾三異的《同話錄》認為：「《九歌》〈國殤〉，非關雲長之輩，不足當之。所謂『生為人傑，死為鬼雄』也」[20]。在這樣的機緣中，到宋代已經演變為亦人亦神的三國戰將關羽的形象，加上忠義精神的時代激勵，成為軍隊和百姓守護家國的精神力量和文化象徵。第三，大概正是因為南宋偏安與三國時期的相同局勢，南宋的正統性與蜀漢的正統性便聯結在了一起。在宋朝文人心目中，南宋作為漢族的政權，與蜀漢政權都應該是具有正統地位的。從宋朝碑記[21]中對關羽忠於劉備，擇主而事的讚頌當中可以看出，最遲在北宋末南宋初，蜀漢集團的正統地位已經成為宋儒的共識。當然在朱熹將蜀漢正統寫入《通鑑綱目》之後，尊劉貶曹的思想一直成為後代三國故事的主流。

19　《南史》〈薛安都傳〉記載薛安都刺魯爽：「安都單騎直入，斬之而反，時人皆云，關羽斬顏良，不是過也。」《魏書》〈長孫子彥傳〉記載：「子彥少嘗墜馬折臂，肘上骨起寸餘。乃命開肉鋸骨，流血數升，言戲自若，時以為踰於關羽。」

20　《說郛》卷23上，〈殤神〉。

21　蕭軫：《淳熙加封英濟王碑記》。

　　儘管關羽形象的演變歷程，真實地存在於中國的古代社會，但這一關羽形象已經不是三國歷史中的關羽了。確切地說，歷史上的關羽與後世流傳的關羽形象沒法被同時真實客觀地觀察到，但是後世的人們將關羽形象當作可以代表不可復現的歷史人物關羽的符號載體。關羽形象在以後每個時代的存在，並不是關羽本人的現實存在，而是存在於一種由於社會的接受而建立起來的文化世界裡。在其中，關羽形象的存在形態是和某種文化制度、文化傳統聯繫在一起的，成為了每個社會裡人們借以思考、講述、用傳統文化進行闡釋的一個符號或者說一個文化單位。當人們有意識地塑造關羽的形象並將它由人擴大到神的時候，實際上已經接收到了歷史本源所發出來的信息，是對歷史的一種解讀。「在人們的生活中，宗教除外，重要的是自我形象，尤其包括它的有文學記載的歷史，它的偉大人物，決定性的事件和關鍵性的創造。」[22]因為關羽是歷史的，民族的，所以他被選擇用來作為傳統文化的載體。

　　誠然，三國歷史中的關羽是關羽形象生成的「客體」，如果沒有歷史的存在，那麼整個關羽形象都似乎沒有存在的理由。而這一形象演變的過程中，人們給關羽加了許多文化代碼，這些代碼就是傳統人文精神中忠、義、勇等道德規範，在這些道德規範中，有的是歷史中關羽所具有的，有的則是後代人所著意提升的。它們給關羽本體注入了得以延展的文化生命，從這一點上看，文化代碼相對於關羽這一文化載體更有活力，它們是靈魂與軀殼的關係，互相依存，不可分離。

傳播接受之二：文學的塑造

　　宋代俗文學的興起和繁榮為亞文化中的英雄們提供了廣闊的天地，並且煥發出前所未有的生命力，這種生命力在於他們能夠由俗入

22　〔美〕N・沃爾斯托夫著，沈建平等譯：《藝術與宗教》（北京市：工人出版社，
　　1988年），頁238。

雅，接受文人的加工創造，由元入明，關羽形象在小說中得以定型，成為具有廣泛影響力的人物形象。此後，文學以它的多種樣式和雅俗文體對關羽形象進行了全方位的塑造。

　　文學中關羽形象的塑造以小說《三國志演義》為分水嶺。小說成書前，史傳、詩歌、戲曲、說唱文學、文人筆記中所記敘與描寫的關羽形象特徵不一，缺乏整合。而《三國志演義》在史傳、戲曲、說唱文學、民間傳說等多種同質異構的文本基礎上加以融合，兼容包納了關羽在各種文學形態中的面貌特徵，集大成地塑造出具有強大吸引力與藝術魅力的關羽形象。小說成書後的廣泛傳播與接受也進一步擴充了雅俗文學對其形象的再塑造，同時推動著關羽崇拜的發展。

　　《三國志演義》中的關羽形象塑造在關羽形象演變史上具有重大的意義，深刻地影響著關羽形象與關羽崇拜的接受與傳播。在此，要對《三國志演義》中的關羽形象的藝術性進行歸納分析。

　　首先，《三國志演義》中的關羽形象開創了中國古代小說中儒將的人物形象類型。中國浩如煙海的史傳文學中，塑造了大量的帝王將相，其中雖展示出了武將在疆場征戰、行軍用兵中的氣魄和力量，但對於其個性的挖掘遠不如那些治國謀臣深刻；而在民間長期以來的武俠文化傳統中，受到百姓歌頌愛戴的英雄俠客雖然個性強烈，愛憎鮮明，但是大部分是魯莽的人物形象而且是作為「犯上作亂」的面目出現的，這種俠客形象顯然難以被統治階層所接受。《三國志演義》中所塑造的英勇能武、儒雅知文的關羽形象則成為了統治者與老百姓都普遍接受的武將的典型。這一儒將特質的文化意義，最早來自於南宋偏安之時，在民族危亡的時刻，統治階層結合當時的局勢，樹立以蜀漢為正統的思想。與此同時，統治者也意識到了對於塑造忠君愛國的武將形象的文化缺失。在保衛國家、抗擊敵人的民族戰爭中，統治者對戰將武力的需要與民眾對俠義之士的仰慕得到統一，關羽作為忠君愛國的武將典型從而得到旌揚。長期在民間傳唱的三國故事經過文人

的加工，最後創作出《三國志演義》這部歷史演義小說，其中的關羽形象也被刻意塑造成為具有忠義思想的儒將典範。

其次，小說《三國志演義》對於各種文本中不同關羽形象特質的矛盾、互補、重構的組合過程，則使關羽形象中忠、義、勇等人文精神體現出了多重內涵。由於中國各個階層的文化差異，其對於忠義精神的規定性有所不同。所謂的「義」可表現為統治者強調的忠君愛國的大義、儒者所津津樂道的仁義和江湖弟兄肝膽相照的結義等層面。《三國志演義》將多種層面的忠義內涵整合到對關羽形象的塑造上，交叉運用了前代各種雅俗文學的敘事話語，有說唱文學與民間傳說中的故事，有文人詩歌的詠歎與議論，從而形成一個多層次的語義體系。例如：「古城會」是民間對於劉、關、張三人作為江湖英雄好漢的傳奇經歷的敘說，小說中襲用了許多傳說母題，並對其進行合目的性、合規律性的重構，將其納入歷史的真實情境當中。而故事中的「秉燭達旦」一節則是文人對歷史細節的虛構，補充了關羽堅定、有操守、忠貞的思想境界。「華容釋操」由講史中「面生塵霧」到小說中「報恩放操」的情節演變，則反映出忠與義的矛盾以及不同的化解方式，其中還折射出不同的價值接受取向。對於「大意失荊州」的悲劇結局的塑造，顯然是對歷史文本的一種重構。在民間的故事中並不會正面展開一位英雄的失敗，而在文人筆下，關羽的驕傲與他的英勇結合在一起，反映出文士在解讀歷史時所感受到的建功立業與人生無常的生命終極關懷，在關羽形象上打上了悲劇式英雄的情感烙印。

此外，小說中的關羽形象馳騁於三國古史的歷史時空中，卻已經是人神合一的整體。他不僅生前英雄俠義，死後還曾經三次顯靈護衛自己的兒子或擒拿自己的仇人。這一人神合一的形象是三國人物的關羽與後世人們心靈中作為守護神的關羽的結合，表現出超越人性的力量。

總之，作為一個定型的形象，《三國志演義》中的關羽形象傳遞

出許多相互滲透、相互關聯的文化內涵。對此，不同接受層可以進行不同程度的讀解，他們通過自己的感覺從關羽這一形象內涵中抽取一些自己認可的文化屬性，並加工這些信息。這一讀解過程又將與新的文本一起生成新的關羽形象，關羽形象的生成由此而成為一個無限符號化的過程。

　　關羽形象因為被各階層的人所接受而出現在雅俗的不同文學體裁當中，成為形象的再一次生成過程。後人繼續為關羽寫作各種文學傳記或宗教傳記，記錄的是關羽作為人或者作為神的令人信服的事蹟。傳記的文體規範要求的是接近真實的記敘，可是千年以下的人為三國時期的關羽作傳，所能參考的真實事件無疑非常有限。於是這些傳記總是在材料編排方面表現出作者的取捨喜好的主觀傾向。而宗教傳記更是編造了大量有關關羽的故事，其中很多是《三國志演義》小說中出現的內容。這一種來自於民間的傳記，反映出百姓完全地接受了文學文本中的關羽形象並把它作為歷史來對待，在誠敬的祈禱中回味著那些真實的或者是虛構卻被當成真實的故事，遙拜著那位古老的英雄。相對來說，文人詩歌中的關羽就更為典雅，這種典雅也來自於詩歌的韻律與象徵意象。在詩歌中如果出現了不見史傳而是向壁虛構的故事的描述，總是難免被正統文人所批評。批評也罷，譏笑也罷，這些故事大量入詩，人們也已熟視無睹了。除此之外，詩歌中用「日月」、「丹心」、「龍」等意象將關羽的人格提升，正如黑格爾所說，這些「感性事物本來就具有它們所要表達出來的那種意義。在這個意義上象徵就不只是一種無足輕重的符號。同時，象徵所要使人意識到的卻不只應是它本身那樣一個具體的個別事物，而是它所暗示的普遍性意義。」[23]在詩歌中，它們象徵著關羽勇敢的品質、忠義的精神和超人的神性。

---

23 〔德〕黑格爾：《美學》第2卷，頁11。

　　俗文學對這位從亞文化中走來的英雄的塑造是全方位的，繼《三國志演義》之後，在小說、戲曲、說唱、民間傳說等各種文體中都有各自的再創造。小說中所展現的是關羽的神魔形象，當然已經達不到《三國志演義》所具有的藝術高度。而戲曲中則在宮廷戲和地方戲裡都有關羽廣闊的舞臺。戲曲的唱念做打不僅給關羽以再現般的生命力，而且也參與了關羽崇拜的民俗活動。說唱文學中演繹的是關羽的兒女情長和神靈特徵，這一在市民階層充分發展的文學樣式，也讓關羽形象帶上了市民審美的視角。如果說在小說和戲曲、說唱文學中，慣用的文學技巧是「移花接木」、「虛實結合」。在民間傳說中，則往往以坐實的口吻迎合民眾探求歷史真實的心態。比如在大量的地形地貌傳說中，用具體的地理形態來證實關羽在歷史的空間中所留下來的痕跡，雖然難以讓人信服，卻終是為人們增添了一些憑弔古人的人文景觀，形成延綿不絕的旅遊文化。最後，關羽在宗教中完全被神聖化了，成為了一個臨壇說法、伏魔三界、懲惡揚善的道德監護人。

　　我們可以看到，俗文學的繁榮使儒家文化以一種前所未有的方式傳播到市民百姓中去[24]。而文人的參與，也開始了關羽形象的儒化過程。對於士人階層來說，改造俗文學，將其納入傳統的儒家道統範圍是他們義不容辭的責任。於是元雜劇中關羽形象的神道色彩與市民氣味，逐漸為《三國志演義》小說中那種雅俗共賞的，具有忠義思想的儒化的戰將形象所取代。一方面，使得民間的亞文化中所產生的文化英雄關羽得到文人的關注。一方面，也讓關羽形象走進了主流文化，充當儒學禮教下延的載體和工具。在對忠義精神的多重闡釋中，關羽形象成為主流文化與亞文化相融合的最佳的文化符號。

---

24 據考證，宋元說話與佛教的宣講有很大的關係，儒文化的傳播也是借用了宗教傳播的方式。

傳播接受之三：宗教的圓融滲透

在中國社會，不同階層對於宗教有不同的心理上、精神上以及應用上、物質上的需要。「統治階級需要自己的神靈來維護自己的統治，被統治的人民亦需要某個救苦救難的神靈來滿足他們幻想的某種幸福的要求」[25]。而關羽的形象被各階層接受的程度超出了一般形象所及的範圍，他的靈威輻射到社會意識形態的各個角落。

早在隋唐時期，或者更早一些，湖北當陽玉泉山上就有祭祀關羽的廟宇。與其他人格神崇拜一樣，關羽崇拜也來自於古代的祖先崇拜。斯賓塞的《社會學原理》揭示了祖先神崇拜的存在：「對一切超於普通事物的東西，野蠻人認之為超自然的或神聖的。超群的名人也是如此。這個名人也許不過是記憶中建立部族的遠祖；也許是一位以孔武有力、驍勇善戰而知名的領袖；也許是一位享有盛譽的巫醫……不管他是上述哪一種人物，由於其生前受人敬畏，其死後便受到更大的敬畏。對於這位鬼靈的邀寵禮，漸漸比那些不為人恐懼的鬼靈來得大，並發展為一種定為制度的崇拜。」[26]關羽最初在宗教中也是以引起人恐怖、懼怕的厲鬼形象出現的，在民眾心目中對關羽的畏懼感遠遠大於崇敬感。這也昭示了關羽在冥界的一種超過其他神的非凡力量，從而得到人們更多的祝拜與祈禱，以致形成制度。

關羽崇拜最早體現為亞文化的接受形態，集中表現為社會中弱勢群體（如農民、遊民、市民等）對於強悍的英雄主義的需求和依賴。費爾巴哈認為：「人的信賴感，是宗教的基礎。」[27]在中國封建社會長達上千年的宗法統治中，這一群體的人或受到殘酷的壓迫和統治，或游離在宗法制度外，浪跡江湖，謀求生存和發展，或具有一定的經濟

25　呂大吉：《宗教學通論新編》（北京市：中國社會科學出版社，1998年），頁158。

26　呂大吉：《宗教學通論新編》，頁169。

27　〔德〕費爾巴哈，王太慶譯：《宗教的本質》（北京市：人民出版社，1999年），頁1。

地位，卻沒有合法的政治地位。這樣，他們需要依靠一種精神信仰來
解脫人世間遭遇的災難和痛苦，希望得到超現實的保護以改變現實世
界的無助。雖然這種宗教信仰帶有一定欺騙性和唯心色彩，但是長期
以來在中國的文化底層潛伏著，支配了芸芸眾生的生存與發展。早期
的有關民間關羽崇拜的記載寥寥無幾，直到宋代俗文學的興起才反映
出民間存在的關羽信仰形態。儘管我們無法確知民眾心中關羽是什麼
樣子，但我們可以推測百姓對於關羽的階級認同感和劉、關、張兄弟
結義的江湖情感的接受，大概就是《三國志平話》中的草莽英雄式的
形象，而元雜劇《關大王大破蚩尤》中對祭賽關羽的民俗活動的記載
也大致反映了民間關羽崇拜的原生形態。

　　如果說早期的關羽崇拜根源於祖先崇拜或者英雄崇拜，而局限於
地域性影響的話，那麼到了宋徽宗年間張天師召關羽下界為解州鹽池
除患時，關羽的宗教影響應該更為廣泛了。這一歷史回顧，旨在說明
關羽早期的宗教形象存在於中國的亞文化中，以後才逐漸滲透到主流
文化中去，成為儒家文化的代表和國家認可的宗教神靈。「宗教隨著
社會關係的變化而不斷調整自己的教義信條和體系，神的神性亦隨著
社會需要的不同而不同，隨著人際社會關係的變化而變化。無論何時
何地，我們都可從神靈世界的結構中看到社會結構的投影，在以社會
性為其本質內容的人性中找到神的神性的原型。」[28]關羽最初的神性
主要表現在禦災捍患的神職上。在宋徽宗朝，應召平定解州鹽池之
患，是關羽作為地方性神靈的最大功績。隨著南宋時局的變化，關羽
也成了保家衛國的守護神。不但民眾能夠在崇拜關羽的宗教信仰中幻
想找到人生的幸福，而且統治者也發現了樹立關羽這一人格神以標榜
忠義的儒家精神的現實需要。於是明清社會中關羽崇拜在統治者的推
波助瀾中愈演愈烈。上升到「伏魔大帝」的寶座，在民間諸神中，關

---

28 呂大吉：《宗教學通論新編》（北京市：中國社會科學出版社，1998年），頁158。

羽應該是人格神中神職最高的神靈了。這一掌管三界的神靈皇帝，其原型正是封建社會的人間帝王的形象。關羽崇拜最終被封建社會的統治者納入國家祀典，在形式上肯定了關羽崇拜，也是統治者對民間宗教的控制和利用。

　　總之，關羽崇拜在社會各階層中是由下向上傳播的，「傳播活動總是流向社會上需要它的地方」[29]。那些信仰關羽，在情感上需要關羽的下層百姓更早地描畫關羽的形象，塑之於寺廟，懸之於庭堂。反過來，統治者自上而下對關羽形象的認可和封祀，實際上是對於宗教中的關羽形象進行規範，從而保證對其的社會性控制。

　　這樣，我們就可以看到中國的宗教中，存在的只有一具具的偶像。像關羽，就算他擁有了超越其他神靈的權力，甚至有了與人間帝王齊平的地位，但他始終還是由人演變而來的。他是歷史上的真實存在，他的神性是在他人性的基礎上，由儒家文化選擇並抽象出來的，有裨於教化、也有利於封建統治的人文精神。儘管，在民間秘密教派中，也會將關羽形象拿來作為自己反封建的教義的代言人，但是關羽形象中所存在的忠、義、勇的特質是同一的，並沒有發生異質的改變。在中國宗教功利性思想的影響下，關羽崇拜只是被作為一種實用性的工具來為儒家人文精神服務的，充分表現出中國勸善性倫理文化的內涵。在這樣一層人文精神的籠罩下，就算關羽的神格形象影響力再大，也不可能在中國社會中形成一種政教合一的宗教狂熱。

　　隨著中國封建社會的解體，關羽崇拜作為全民信仰的時代已經一去不復返了。但毋庸置疑的是，關羽形象像一顆璀璨的明星，將永遠閃爍在中國文化人性輝耀的宇空。

---

29 〔美〕威爾伯‧施拉姆、威廉‧波特著，陳亮、周立方、李啟譯：《傳播學概論》（北京市：新華出版社，1984年），頁108。

參考文獻

一　專著研究

黃華節　《關公的人格與神格》　臺北市　臺灣商務印書館　1967年
　　　初版　1978年4版（人文文庫）

柴繼光、柴虹　《武聖關羽》　太原市　山西古籍出版社　1986年

梁志後主編　《人‧神‧聖關公》　太原市　山西人民出版社　1993年

梅錚錚　《忠義春秋──關公崇拜與民族文化心理》　成都市　四川
　　　人民出版社　1994年

洪淑苓　《關公民間造型之研究──以關公傳說為重心的考察》　臺
　　　北市　臺灣大學文史叢刊　1995年

鄭土有　《關公信仰》　北京市　學苑出版社　1994年第1版；1996
　　　年第2次印刷

孟祥榮　《武聖關羽》　長沙市　湖北人民出版社　1998年

梅錚錚　《關帝之謎》　成都市　四川人民出版社　1998年

趙　波　《中國傳統文化血脈──關公文化概說》　太原市　山西人
　　　民出版社　1999年

李福清　《關公傳說與三國演義》　臺北市　雲龍出版社　1999年

蔡東洲、文廷海　《關羽崇拜研究》　成都市　巴蜀書社　2001年

趙波等著　《關公文化大透視》　北京市　中國社會科學出版社
　　　2001年

盧曉衡主編　《關羽、關公和關聖──中國歷史文化中的關羽學術研
　　　討會論文集》　上海市　社會科學文獻出版社　2002年

二　史書、史料

〔晉〕陳壽　《三國志》　北京市　中華書局　1982年7月第2版；
　　1998年3月第14次印刷

《後漢書》、《宋書》、《南齊書》、《宋史》、《元史》、《明史》、《清史
　　稿》等　中華書局本

〔晉〕常璩著　劉琳校注　《華陽國志校注》　成都市　巴蜀書社
　　1984年

〔清〕楊晨　《三國會要》　北京市　中華書局　1957年

〔宋〕司馬光編著　〔元〕胡三省音注　《資治通鑑》　北京市
　　中華書局　1956年

〔宋〕朱熹　《通鑑綱目》　四庫全書　第66冊

張舜徽主編　《三國志辭典》　濟南市　山東教育出版社　1992年

〔清〕盧弼　《三國志集解》　北京市　中華書局　1982年版　影
　　印本

安作璋編　《秦漢農民戰爭史料彙編》　北京市　中華書局　1982年

〔北魏〕酈道元著　朱謀㙔箋　王國維校　《水經注箋》　上海市
　　上海人民出版社　1984年

〔唐〕杜佑　《通典》　《四庫全書》第603冊

〔唐〕李吉甫　《元和郡縣志》　四庫全書本

〔清〕畢沅撰　《續資治通鑑》　北京市　中華書局　1957年8月第1
　　版；1994年1月第7次印刷

〔宋〕王溥　《五代會要》　上海市　上海古籍出版社　1978年

〔清〕徐松輯　《宋會要輯稿》　北京市　中華書局　1957年

〔宋〕李燾　《續資治通鑑長編》　北京市　中華書局　1979年

〔宋〕鄭樵　《通志》　《四庫全書》第372-381冊

〔宋〕蕭常　《蕭氏續後漢書》　《四庫全書》第384冊

〔宋〕潛說友　〔清〕汪遠孫校補　《咸淳臨安志》清道光十年刊本　《宋元方志三十七種》　臺北市　國泰文化事業有限公司　1980年

〔宋〕樂史　《太平寰宇記》　四庫全書本

〔元〕孛蘭肹等著　趙萬里校輯　《元一統志》　北京市　中華書局　1966年

〔元〕熊夢祥　《析津志》　北京市　北京古籍出版社　1983年

《明會典》　《四庫全書》本　第617冊

《明實錄類纂》　武漢市　武漢出版社　1993年

《清實錄》中華書局影印　1986年

《石刻史料新編》　臺北市　新文豐出版公司印行　1978年

和寧修　邊疆地方志叢書《回疆通志》、《衛藏通志》　臺北市　文海出版社　1967年

《中國方志叢書》　臺北市　成文出版社有限公司

中國社會科學院歷史研究所清史研究室編　《清史資料》　北京市　中華書局　1982年

李華編　《明清以來北京工商會館碑刻選編》　北京市　文物出版社　1980年

三　歷代文集、筆記

嚴可均　《全上古三代秦漢三國六朝文》　北京市　中華書局　1958年

逯欽立輯校　《先秦漢魏晉南北朝詩》　北京市　中華書局　1983年

〔唐〕虞世南　《北堂書鈔》　北京市　學苑出版社　1998年　據首都圖書館藏清光緒十四年南海孔氏三十有三萬卷堂影宋刊本制

〔清〕董誥編　《全唐文》　北京市　中華書局　1983年

《全唐詩》　北京市　中華書局　1960年

范之麟、吳庚舜主編　《全唐詩典故辭典》　武漢市　湖北辭書出版
　　　社　1989年

〔唐〕歐陽詢　《藝文類聚》　上海市　上海古籍出版社　1982年

〔唐〕段成式　《酉陽雜俎》　北京市　中華書局　1981年

〔晚唐〕范攄　《雲溪友議》　《稗海》第一函　明刊本

〔宋〕李昉等編　《太平廣記》　北京市　中華書局　1961年

〔宋〕孫光憲　《北夢瑣言》　北京市　中華書局　1960年

曾棗莊、劉琳主編　四川大學古籍整理研究所編　《全宋文》

〔宋〕洪邁著　何卓點校　《夷堅志》　北京市　中華書局　1981年

〔宋〕洪邁　《容齋隨筆》　《筆記小說大觀》本第6冊

〔宋〕郭象　《睽車志》　《四庫全書》第1047冊

〔宋〕曾敏求　《獨醒雜志》　知不足齋叢書本

〔宋〕徐夢莘　《三朝北盟會編》　《四庫全書》第350-352冊

〔元〕王惲　《秋澗集》　《四庫全書》第1200冊

〔元〕同恕　《榘庵集》　《四庫全書》第1206冊

〔元〕郝經著　苟宗道注　《郝氏續後漢書》　《四庫全書》第385-
　　　386冊

〔元〕無名氏　《保越錄》　《歷代筆記小說集成（漢魏、唐、宋、
　　　明、清）》元代部分　第三冊　保定市　河北教育出版社
　　　1994年

〔元〕秦子晉撰　《繪圖三教源流搜神大全》（外二種）　元刻本
　　　建安版　上海市　上海古籍出版社　1990年

《大宋宣和遺事》　上海市　中國古典文學出版社　1954年

〔明〕王穉登　《吳社編》　《說郛》續編本

〔明〕劉侗　《帝京景物略》　《說郛》續編本

〔明〕陶宗儀　《說郛》　北京市　中國書店　1986年

〔明〕田汝成　《西湖遊覽志》　北京市　中華書局　1958年

〔明〕田汝成　《西湖遊覽志餘》　中華書局　1958年

〔明〕謝肇淛　《五雜組》　上海市　上海書局　2001年

〔明〕商濬編撰　《稗海》　明刊本

〔明〕徐道　闕民、劉禎校注　《歷代神仙通鑑》(《中國神仙大起
　　　　義》)　北京市　中國文聯出版公司　1998年

〔清〕梁章鉅著　楊耀坤校訂　《三國志旁證》　福州市　福建人民
　　　　出版社　2000年

〔清〕黃宗羲編　《明文海》　北京市　中華書局　1987年

〔清〕袁枚著　沈習康校點　《新齊諧‧續新齊諧》　北京市　人民
　　　　文學出版社　1996年

〔清〕徐珂　《清稗類鈔》　北京市　中華書局　1986年

《筆記小說大觀》　揚州市　江蘇廣陵古籍刻印社　1983年

四　關羽資料集、有關文本

(一)關羽資料集

〔元〕胡琦　《關王事蹟》　北京國家圖書館藏　明成化七年張寧刻本

〔明〕趙欽湯　焦竑輯　《漢前將軍關公祠志》　明萬曆三十一年趙
　　　　欽湯刻本　四冊　國家圖書館藏

〔明〕顧問輯　《義勇武安王集》八卷　明嘉靖四十三年顧夢羽刻本
　　　　二冊　國家圖書館藏

〔清〕錢謙益　《重編義勇武安王集》稿本　有陳奐　吳毓芬　毛懷
　　　　曹之忠跋　魏源題詩　三冊　國家圖書館藏

《關帝寶訓圖注》　不著撰人　清雍正九年（1731）刊本　四冊　首
　　　　都圖書館藏

〔清〕張鎮編　《關帝志》四卷　有清乾隆二十一年（1756）解州刻

　　　　本四冊　　有圖像　　北京大學圖書館　　國家圖書館藏　　民國十
　　　　八年（1929）陽曲張氏重印清乾隆年間刻本　　四冊　　有圖像
　　　　國家圖書館藏

〔清〕彭紹升　　《關聖帝君全書》六卷　　清乾隆三十七年（1772）挹
　　　　蘭堂刻本　　插圖　　國家圖書館藏

〔清〕周匯淙　　《關帝全書折中》八十卷　　清道光十二年（1832）刊
　　　　漢陽大生堂書局印本　　三十二冊　　北京大學圖書館藏

〔清〕萬之薖　吳寶彝同纂　　《關侯事蹟彙編》七卷　　清刻本　　四冊
　　　　國家圖書館藏

《關聖帝君萬應靈籤》二卷　　清道光六年（1826）尚勤堂馬氏刊本
　　　　二冊　　北京大學圖書館　　首都圖書館藏

〔清〕盧湛　　《關聖帝君聖蹟圖志全集》五卷　　清道光九年（1829）
　　　　重刊本　　五冊　　北京大學圖書館　　首都圖書館藏　　清宣統元
　　　　年（1909）刻本　　五冊　　國家圖書館藏

〔清〕佚修者名　　《關氏族譜》　　清光緒十五年（1889）廣州刻本
　　　　七冊　　國家圖書館藏

《關帝廟菩薩殿拆修查估丈尺做法清冊》清抄本　　四冊　　北京大學圖
　　　　書館藏

〔清〕周廣業、崔應榴合纂輯　　《關聖帝君徵信編》三十卷　　清光緒
　　　　八年（1882）武清侯氏重刊本　　六冊　　北京大學圖書館　　北
　　　　京師範大學圖書館藏

〔清〕徐鳳臺輯　　《關聖帝君盛跡全志》八卷　　光緒九年（1883）刊
　　　　本　　八冊　　首都圖書館藏

〔清〕王玉樹編　　《關壯繆遺跡圖志》十卷　　民國十年刊本　　四冊
　　　　首都圖書館藏

〔清〕孫苣輯　　《關帝文獻會要》八卷　　清康熙四十九年（1710）東
　　　　皋雪堂刻本六冊　　上海圖書館藏

《關帝伏魔寶卷注解》四卷　附《明聖經注解》三卷　五冊　民國二
　　十一年（1932）石印本　上海圖書館藏

《關帝寶訓像注》四卷　四冊　清咸豐二年（1852）年刻本　上海圖
　　書館藏

〔清〕黃希聲輯　《關聖類編》六卷補一卷　八冊　清順治十三年
　　（1656）刻本　上海圖書館藏

〔清〕魏勷修　王禹書編　《關聖陵廟紀略》四卷後續一卷　四冊
　　清康熙三十九年（1700）章鄉刻　同治八年（1819）修補印
　　本　上海圖書館藏

佚名撰　《關帝史略演詞》一卷　一冊　民國間石印本　上海圖書
　　館藏

〔明〕劉思敬輯　《關帝全集》存卷十一　明刻本　一冊　上海圖書
　　館藏

〔民國〕《關岳文翰故事合編》二十二卷　民國四年（1915）觀鑑廬
　　刻本　六冊　上海圖書館藏

李洪春　《關羽戲集》　上海市　上海文藝出版社　1962年

洛陽古代藝術館編　《洛陽關林》　鄭州市　河南人民出版社　1985年

魯愚等編　《關帝文獻彙編》　北京市　北京國際文化出版公司
　　1995年

侯學金、李均霞　《解州關帝廟》　運城市　解州關帝廟文物保管所
　　1998年

《常平關帝家廟》　運城市　解州關帝廟文物保管所　1998年

金實秋　《關帝廟對聯集》　太原市　北嶽文藝出版社　1990年

（二）戲曲

《孤本元明雜劇》　北京市　中國戲劇出版社　1958年據涵芬樓藏版
　　印

鄭振鐸編　《古本戲曲叢刊》　1957年文學古籍刊行社據上海商務印
　　　書館影印本

李福清、李平輯　《海外孤本晚明戲劇選集三種》　上海市　上海古
　　　籍出版社　1993年

王秋桂編　《善本戲曲叢刊》　臺北市　臺灣學生書局　1984年

孫崇濤、黃仕忠箋校　《風月錦囊箋》　北京市　中華書局　2000年

〔清〕錢德蒼　《綴白裘》　乾隆四十六年、四十七年刻　共賞齋藏版

鄭振鐸　《清人雜劇二集》　民國二十三年五月版長樂鄭氏印行　線
　　　裝十二冊

〔明〕朱有燉　《雜劇十段錦》　董廷尉刊　據嘉靖戊午仲夏紹陶室
　　　刊本印

〔明〕朱有燉　《誠齋雜劇》　明永樂　宣德正統間自刻本

《古城記》　明萬曆年間金陵唐氏文林閣刻本　一冊　國家圖書館藏

《古城記》　清乾隆間內府抄本

〔清〕葉堂　《納書楹曲譜》　二十四卷　清道光戊申年刊本

劉烈茂、郭精銳主編　《清車王府鈔藏曲本·子弟書集》　南京市
　　　江蘇古籍出版社　1993年

莆仙連臺大戲《三國》　藏於福建藝術研究院

《清音小集》　乾隆癸卯年新刊　敏修堂藏板　藏於首都圖書館

胡文煥編　《群音類選》　北京市　中華書局　1980年

（三）小說、說唱文學

朱一玄校點　《明成化說唱詞話叢刊》　鄭州市　中州古籍出版社
　　　1997年

鐘兆華　《元刊全相平話五種校注》　成都市　巴蜀書社　1990年

《三國志平話》　上海市　上海古典文學出版社　1955年

古本小說集成本　《三分事略》　上海市　上海古籍出版社　1992年

關四平、劉敬圻點校　周曰校本《三國演義》　哈爾濱市　北方文藝
　　　出版社　1994年

沈伯俊、李燁校注　李卓吾評本《三國演義》　成都市　巴蜀書社
　　　1993年

陳曦鐘、宋祥瑞、魯玉川輯校　《三國演義》　北京市　北京大學出
　　　版社　1986年

嘉靖本《三國志通俗演義》　上海市　上海古籍出版社　1980年

嘉靖本《三國志通俗演義》　北京市　人民文學出版社　1975年

毛綸、毛宗崗評　劉世德、鄭銘點校　醉耕堂本《三國志演義》　北
　　　京市　中華書局　1995年

李靈年、王長友整理點校　鐘伯敬批評本《三國志演義》　合肥市
　　　安徽文藝出版社　1994年

張志和整理　黃正甫本《三國演義》　北京市　中國人民大學出版社
　　　2000年

《雙峰堂本批評三國志傳》　見陳翔華編　《三國志演義古版叢刊五
　　　種》　北京市　中華全國圖書館文獻縮微複製中心　1995年

《朱鼎臣輯本三國志史傳》　見陳翔華編　《三國志演義古版叢刊五
　　　種》　北京市　中華全國圖書館文獻縮微複製中心　1995年

《湯賓尹校本三國志傳》　見陳翔華編　《三國志演義古版叢刊五
　　　種》　北京市　中華全國圖書館文獻縮微複製中心　1995年

《喬山堂本三國志傳》　見陳翔華編　《三國志演義古版叢刊五種》
　　　北京市　中華全國圖書館文獻縮微複製中心　1995年

《六卷本三國志傳》　見陳翔華編　《三國志演義古版叢刊五種》
　　　北京市　中華全國圖書館文獻縮微複製中心　1995年

《關帝歷代顯聖志傳》四卷　明刻本《古本小說集成》

《明清善本小說叢刊初編》第七輯　鄧志謨專輯

（明）秦淮墨客校訂　《楊家府演義》　上海市　上海古籍出版社
　　　1980年

童萬周校點　《三國志玉璽傳》　鄭州市　中州古籍出版社　1986年
張國良　《千里走單騎》　長篇評話《三國》之一　上海市　上海文
　　　藝出版社　1984年

五　宗教書目

〔清〕李元才續修　釋亮山補輯　《玉泉寺志》　光緒乙酉重刻昆盧
　　　殿藏板　《中國佛寺志叢刊》14、15冊　揚州市　江蘇廣陵
　　　古籍刻印社　1996年
《大唐郊祀錄》　適園叢書本第一集　張石銘刊　民國烏程張氏刻本
《高僧傳合集》　上海市　上海古籍出版社　1991年據石責砂藏本影
　　　印
道　原　《景德傳燈錄》　民國八年常州寧寺刻經處　線裝十四冊
《道藏精華》　文山遁叟蕭天石主編　臺北市　臺灣自由出版社印行
《道法會元》　《正統道藏》本　臺北市　藝文印書館印行　1977年
《藏外道書》　成都市　巴蜀書社版
濮文起主編　《中國民間秘密宗教辭典》　成都市　四川辭書出版社
丁福保編　《佛教大辭典》　北京市　文物出版社　1984年
《乾隆大藏經》　福建師範大學歷史系藏臺灣影印本
濮文起　《中國民間秘密宗教》　杭州市　浙江人民出版社　1991年
喻松青　《明清白蓮教研究》　成都市　四川人民出版社　1987年
段玉明　《中國寺廟文化》　上海市　上海人民出版社　1994年
丁世良、趙放主編　《中國地方志民俗資料彙編》　北京市　中國圖
　　　書館出版社
卿希泰、唐大潮　《道教史》　北京市　中國社會科學出版社　1994年
郭　朋　《中國佛教思想史》　福州市　福建人民出版社　1994年
呂大吉　《宗教學通論新編》　北京市　中國社會科學出版社　1998年

牟鍾鑒、張踐　《中國宗教通史》　北京市　社會科學文獻出版社
　　2003年

高長江　《符號與神聖世界的建構──宗教語言學導論》　長春市
　　吉林大學出版社　1993年

任繼愈主編　《中國道教史》　上海市　上海人民出版社　1990年

張澤洪　《道教齋醮科儀研究》　儒道釋博士論文叢書　成都市　巴
　　蜀書社　1999年

呂宗力、欒保群著　《中國民間諸神》（上、下卷）　保定市　河北
　　教育出版社　2001年

六　研究著作、理論書目

周兆新　《三國演義考評》　北京市　北京大學出版社　1990年

周兆新　《三國演義從考》　北京市　北京大學出版社　1995年

沈伯俊、譚良嘯編　《三國演義辭典》　成都市　巴蜀書社　1989年

陳翔華　《諸葛亮形象史研究》　杭州市　浙江古籍出版社　1990年

鄭振鐸　《中國俗文學史》　北京市　東方出版社　1996年

朱一玄、劉毓忱編　《三國演義資料彙編》　天津市　百花文藝出版
　　社　1983年

齊裕焜　《中國歷史小說通史》　南京市　江蘇教育出版社　2000年

韓兆琦　《中國傳記文學史》　保定市　河北教育出版社　1992年

陳植鍔　《詩歌意象論》　北京市　中國社會科學出版社　1990年

吳晟　《中國意象詩探索》　廣州市　中山大學出版社　2000年

石昌渝　《中國小說源流論》　北京市　生活‧讀書‧新知三聯書店
　　1994年

張京媛主編　《新歷史主義與文學批評》　北京市　北京大學出版社
　　1993年

胡士瑩編　《彈詞寶卷書目》　上海市　上海古籍出版社　1984年

鐘敬文　《鐘敬文民間文學論集》　上海市　上海文藝出版社　1982年

錢南揚　《宋元戲文輯佚》　上海市　上海古典文學出版社　1956年

《說唱藝術簡史》　中國藝術研究院戲曲研究所編　北京市　北京文
　　　化藝術出版社　1988年

胡　忌　《宋金雜劇考》　上海市　古典文學出版社　1957年

李洪春述　劉松岩整理　《京劇長談》　北京市　中國戲劇出版社
　　　1982年

劉靖之　《關漢卿三國故事雜劇研究》　香港　三聯書店香港分店
　　　1980年

傅惜華　《明代雜劇全目》　北京市　作家出版社　1958年

傅惜華　《明代傳奇全目》　北京市　人民文學出版社　1959年

蘇　移　《中國京劇史》　北京市　中國戲劇出版社　1990年

齊如山　《京劇之變遷》　北京市　北京國劇學會　1935年

于質彬　《南北皮黃戲史述》　合肥市　黃山書社　1994年

《古今中外論長庚（1811-1880）》　北京市　中國戲劇出版社　1995年

郭精銳　《車王府曲本與京劇的形成》　汕頭市　汕頭大學出版社
　　　1999年

張庚、郭漢城　《中國戲曲通史》　北京市　中國戲劇出版社　1980年

王利器　《元明清三代禁毀小說戲曲史料》　上海市　上海古籍出版
　　　社　1981年

趙景深　《曲藝叢談》　北京市　中國曲藝出版社　1982年

胡士瑩　《話本小說概論》　北京市　中華書局　1980年

陳汝衡　《說書史話》　北京市　人民文學出版社　1987年

倪鐘之　《中國曲藝史》　瀋陽市　春風文藝出版社　1991年

《中國古典戲曲論著集成》　中國戲曲研究院編校　北京市　中國戲
　　　劇出版社　1959年

《中國戲曲劇種大辭典》　上海市　上海辭書出版社　1995年

《中國戲曲志》　中國戲曲志編輯委員會

傅仁杰、行樂賢主編　《河東戲曲文物研究》　北京市　中國戲劇出版社　1992年

陳　霞　《道教勸善書研究》　儒道釋博士論文叢書　成都市　巴蜀書社　1999年

張寅德編選　《敘述學研究》　北京市　中國社會科學出版社　1989年

高丙中　《民俗文化與民俗生活》　北京市　中國社會科學出版社　1994年

徐曉望　《福建民間信仰》　福州市　福建教育出版社　1993年

吳恭亨撰　《對聯話》　長沙市　嶽麓書社　1984年

梁章鉅等撰　《楹聯叢話》　北京市　中華書局　1987年

〔俄〕巴赫金　《小說理論》　保定市　河北教育出版社　1998年

〔德〕黑格爾　《美學》第一卷　北京市　商務印書館　1979年

〔日〕青木正兒著　王古魯譯　《中國近世戲曲史》　北京市　作家出版社

〔英〕魏安　《三國演義版本考》　上海市　上海古籍出版社　1996年

〔日〕中川諭　《《三國志演義》的版本研究》　汲古書院　1998年

〔俄〕李福清　《三國演義與民間文學傳統》　上海市　上海古籍出版社　1997年

〔俄〕李福清　《神話與鬼話》　上海市　社會科學文獻出版社　2001年

〔英〕別林諾夫斯基著　費孝通等譯　《文化論》　北京市　商務印書館　1946年

〔加〕諾思羅普‧弗萊著　陳慧、袁憲軍、吳偉仁譯　《批評的剖析》　天津市　百花文藝出版社　1998年

〔美〕約翰‧邁爾斯‧弗里著　朝戈金譯　《口頭詩學：帕里—洛德理論》　北京市　社會科學文獻出版社　2000年

〔美〕理安・艾斯勒　《聖杯與劍──男女之間的戰爭》　上海市
　　社會科學文獻出版社　1995年

〔日〕柳田國南著　連湘譯　《傳說論》　北京市　中國民間文藝出
　　版社　1985年

呂選勝、丁毅信、朱巧玲、李愛玲　《中國名勝楹聯鑒賞》　北京市
　　中國青年出版社　1990年

〔義〕烏蒙勃托・艾柯著　盧德平譯　《符號學理論》　北京市　中
　　國人民大學出版社　1990年

〔美〕N・沃爾斯托夫著　沈建平等譯　《藝術與宗教》　北京市
　　工人出版社　1988年

〔美〕威爾伯・施拉姆、威廉・波特著　陳亮、周立方、李啟譯
　　《傳播學概論》　北京市　新華出版社　1984年

〔美〕韓森著　包偉民譯　《變遷之神──南宋時期的民間信仰》
　　外國學者筆下的傳統中國叢書　杭州市　浙江人民出版社
　　1999年

〔法〕愛彌爾・涂爾干　《宗教生活的基本形式》　上海市　上海人
　　民出版社　1999年

七　關公傳說集

中國民間文學研究會湖北分會與湖北省群眾藝術館編　《襄樊民間傳
　　說》　1983年　關公故事5則

湖北省咸寧地區群眾藝術館編　《三國故事傳說集》　1983年　關公
　　22則

浙江文藝出版社選編　《三國名人傳說》　杭州市　1984年　關公故
　　事10則

鐘揚波主編　《荊州風物話三國》　長沙市　湖北人民出版社　1983
　　年　關公44則

張志德等編　《關公的傳說》　太原市　山西人民出版社　1986年　關公45則

鄭伯成、韓進林搜集整理　《曹操三請諸葛亮——反三國故事》　武漢市　華中大學出版社　1986年　關公4則

湖北省群眾藝術館編　江雲、韓致中主編　《三國外傳》　上海市　上海文藝出版社　1986年　關公25則

董曉萍編　《三國演義的傳說》　海口市　南海出版公司　1990年　關公9則

王一奇、吳超、羅載光、關豔如編　《三國人物別傳》　北京市　中國戲曲出版社　1990年版　關公33則

蒲圻縣文化館編　《蒲圻三國故事傳說集》　關公3則

劉錫誠、馬昌儀編　《關公的民間傳說》　保定市　花山文藝出版社　1995年

莊稼漢編　《關公故里的傳說》　香港　天馬圖書有限公司　1993年

後記

　　早在二○○○年上半年，博士一年級的時候，導師齊裕焜先生向我介紹了陳翔華先生的《諸葛亮形象史研究》一書，並建議立足於《三國志演義》小說文本，從「關羽形象的演變與關羽崇拜的文化闡釋」的角度來研究三國文化。這一選題在我二○○○年七月到河南洛陽、山西運城的實地考察過程中得到了感性的認識。在古城洛陽的關林，我看到了從臺灣來的敬香團和各種旅遊團體。相傳身首異處的關羽的頭就葬在此處，現在已經成為了一種旅遊文化為時人所接受。在中國大地上，像這樣的關帝廟與三國旅遊勝地還很多。而運城火車站橫刀立馬的關羽塑像，相傳關羽斬蚩尤、綿亙數十里的解州鹽池，至今仍在演戲酬神、供人娛樂的常平家廟古戲臺，讓我感受到了關羽這位三國人物綿延至今的文化力量。

　　這一論著是在眾多前輩學者的研究基礎上得以完成的。如果說稍有創新，大概體現在：首先，論著系統地分析了關羽形象的演變規律，並結合形象的演變與生成來考察關羽崇拜。其次，論著通過分析各種文學作品對關羽形象的塑造，展現其絢爛多彩的藝術魅力，從而觀照中華民族造人造神的審美追求。此外，在論著的論述中介紹了一些新的史料與文本。例如史料中，鍾繇的《賀克捷表》和《吳鼓吹曲》中對荊州戰役的描寫。還有對明刻本小說《關帝歷代顯聖志傳》和說唱文學《三國志玉璽傳》中關羽形象的分析。在戲曲方面，對雅部昆弋大戲《鼎峙春秋》中的關羽形象、車王府曲本中的關羽戲、民間祭儀劇中的關羽形象的論述；還有對關帝善書、《護國佑民伏魔寶卷》等的分析介紹等等，拓寬了關羽研究的領域，對關羽的傳記、詩

文、碑記楹聯進行了綜合研究闡述。

　　本論著還有兩個內容顯得比較薄弱，一是明清除《三國演義》之外其他小說中的關羽形象以及後期說唱文學中關羽形象的研究還有明顯的不足。二是地方戲中的關羽形象還尚待發掘補充。這兩個方面的資料容量與研究空間都足以寫出專著。如果說本論著在關羽形象演變的考察與文本分析方面還堪備一說的話，那麼對於在廣袤的中國大地以至華人華僑足跡遍及的世界各地傳播的關羽文化是非常值得考察的。

　　學無止境，學海無涯。當我拿到此書的小樣時，已身在南開大學文學院博士後流動站從事研究工作。回顧自己八年的求學生涯，不算長，卻是我人生中最關鍵的一部分。碩士導師王琦珍先生手把手扶我走上學術之路。猶記當年拜師深深的一鞠躬。師從書海遨遊，頗得寂寞真味。學術視野的開闊和拓展，則深深得益於博士生導師齊裕焜先生。人生的歷練智慧，文心的闡幽發微，於是也自覺將為人與為學聯繫在一起。到南開，跟隨陳洪先生，境界自然開闊，也期待「萬一禪關砉然破，美人如玉劍如虹」的大達與了悟。

　　閱讀書稿，深感自己在很多地方不夠精到，對此陳洪先生也曾表示遺憾，認為我只開啟冰山一角。而那些不足和缺陷，期待以後完善和補充吧。守志於學問，我不憚辛勞。

　　在此，除了感謝齊師以及他在序言中提到的各位良師，還感謝為我提供寶卷資料的濮文起先生，不吝賜教的胡小偉先生，與我一起切磋關羽文化的伊藤晉太郎先生，感謝多年來支持我的學業，鬢染霜花的父母雙親，家人朋友。

作者簡介

劉海燕

　　江西萍鄉人，福建師範大學文學院教授，碩士生導師，中國俗文學學會理事。出版有《從民間到經典——關羽形象與關羽崇拜的生成演變史論》、《明清《三國志演義》的文本演變與評點研究》、《翰墨英風——文昌帝君與關聖帝君》、《大學生品讀「三言」》、《閩臺客家宗教與文化》（合編）等著作，其中專著《從民間到經典》獲福州市第六屆社會科學優秀成果三等獎。在《文學遺產》、《明清小說研究》、《中國宗教》等刊物上發表論文二十多篇，主持國家社科基金青年項目《明清長篇白話小說的創作與批評》、福建省教育廳（A 類）項目《福建刻書家余象斗的小說評點研究》、國家社科基金《福建刻書與明代通俗文學的發展》（排名第二）。

本書簡介

　　本書的上編，是從時間發展的縱向角度考察關羽由歷史人物到文學形象，到宗教神靈的歷史過程。通過分析關羽形象的演變規律，挖掘其演變的時代因素和文化內涵，揭示中國文化傳統中獨特的人文精神。下編，是從覆蓋社會各個階層的文學類型中的關羽形象的塑造，展現其絢爛多彩的藝術魅力，從中觀照中華民族造人造神的審美追求。結論部分是對關羽崇拜的文化闡釋。

福建師範大學文學院百年學術論叢·第五輯 1702E10

從民間到經典——關羽形象與關羽崇拜生成演變史論

作　　者	劉海燕	
總 策 畫	鄭家建　李建華	
發 行 人	陳滿銘	
總 經 理	梁錦興	
總 編 輯	陳滿銘	
副總編輯	張晏瑞	
編 輯 所	萬卷樓圖書股份有限公司	
排　　版	林曉敏	
印　　刷	百通科技股份有限公司	

發　　行　萬卷樓圖書股份有限公司

　　臺北市羅斯福路二段 41 號 6 樓之 3

　　電話 (02)23216565

　　傳真 (02)23218698

　　電郵 SERVICE@WANJUAN.COM.TW

香港經銷　香港聯合書刊物流有限公司

　　電話 (852)21502100

　　傳真 (852)23560735

ISBN 978-986-478-266-6

2019 年 5 月再版

2019 年 1 月初版

定價：新臺幣 460 元

如何購買本書：

1. 劃撥購書，請透過以下郵政劃撥帳號：

　　帳號：15624015

　　戶名：萬卷樓圖書股份有限公司

2. 轉帳購書，請透過以下帳戶

　　合作金庫銀行 古亭分行

　　戶名：萬卷樓圖書股份有限公司

　　帳號：0877717092596

3. 網路購書，請透過萬卷樓網站

　　網址 WWW.WANJUAN.COM.TW

大量購書，請直接聯繫我們，將有專人為您服務。客服：(02)23216565 分機 610

如有缺頁、破損或裝訂錯誤，請寄回更換

國家圖書館出版品預行編目資料

從民間到經典 ：關羽形象與關羽崇拜生成演變史論 / 劉海燕著. -- 再版. -- 臺北市：萬卷樓, 2019.05

　　面 ；　公分. -- (福建師範大學文學院百年學術論叢. 第五輯 ；1702E10)

ISBN 978-986-478-266-6(平裝)

1.中國文學 2.民間文學 3.文學評論

820.8　　　　　　　　　　　108000225

書號：1702005
ISBN 978-986-478-253-6
定價：新臺幣 23800元